# Bianca Briones

## As Batidas Perdidas do coração

5ª edição

Rio de Janeiro-RJ / Campinas-SP, 2015

VERUS
EDITORA

**Editora:** Raïssa Castro
**Coordenadora editorial:** Ana Paula Gomes
**Copidesque:** Ana Paula Gomes e Maria Lúcia A. Maier
**Revisão:** Raquel de Sena Rodrigues Tersi
**Capa e projeto gráfico:** André S. Tavares da Silva
**Imagens da capa:** © Pindyurin Vasily/Shutterstock (guitarrista)
© Aleshyn_Andrei/Shutterstock (mulher)

ISBN: 978-85-7686-322-9

Copyright © Verus Editora, 2014

Direitos reservados em língua portuguesa, no Brasil, por Verus Editora. Nenhuma parte desta obra pode ser reproduzida ou transmitida por qualquer forma e/ou quaisquer meios (eletrônico ou mecânico, incluindo fotocópia e gravação) ou arquivada em qualquer sistema ou banco de dados sem permissão escrita da editora.

**Verus Editora Ltda.**
Rua Benedicto Aristides Ribeiro, 41, Jd. Santa Genebra II, Campinas/SP, 13084-753
Fone/Fax: (19) 3249-0001 | www.veruseditora.com.br

CIP-BRASIL. CATALOGAÇÃO NA FONTE
SINDICATO NACIONAL DOS EDITORES DE LIVROS, RJ

B871b

Briones, Bianca, 1979-
 As batidas perdidas do coração / Bianca Briones. - 5. ed. - Campinas, SP : Verus, 2015.
 23 cm.

 ISBN 978-85-7686-322-9

 1. Romance brasileiro. I. Título.

14-13024            CDD: 869.93
                                      CDU: 821.134.3(81)-3

Revisado conforme o novo acordo ortográfico

Para Arthur e Athos,
meu rei e meu mosqueteiro

# 1
## Viviane

> You left me with goodbye and open arms
> A cut so deep I don't deserve
> Well, you were always invincible in my eyes
> The only thing against us now is time.
> — The Calling, "Could It Be Any Harder"*

**Meu pai costumava** dizer que nada acontece por acaso e que devemos ser capazes de perceber os sinais de que algo bom virá em qualquer situação.

É o modo de pensar que ele aprendeu com meu avô e ensinou a mim e ao meu irmão. Sempre ver o lado positivo, sempre buscar o "se não acabou bem, é porque não terminou ainda".

Ele gostava de frases de efeito. Acho que faz parte do publicitário dentro dele. *Fazia*, fazia parte. O mais brilhante e importante publicitário de São Paulo. Ele certamente teria a frase mais tocante para este momento, que se encaixaria como uma luva.

Meu pai não deixou de acreditar nem quando a vida lhe sentenciou à morte. "O que tiver de ser será... Vou ficar bem. A vitória pertence a quem acredita nela por mais tempo."

Sei que isso é citação de alguém. Ele adorava citações em qualquer língua. Todo dia ouvíamos uma.

---

* "Com um adeus e de braços abertos você me deixou/ Um corte tão profundo, eu não mereço/ Bem, aos meus olhos você sempre foi invencível/ A única coisa contra nós agora é o tempo."

Quando papai conseguiu ultrapassar os seis meses de vida que lhe foram estipulados pelo câncer no pulmão, minha fé redobrou e acreditei que ele venceria, mas eu não era parâmetro. Eu acreditava em qualquer coisa que ele fizesse ou dissesse.

Agora, 2 de janeiro de 2004, dez meses após o diagnóstico, acabo de assinar os documentos para liberar seu corpo, enquanto meu avô tenta inutilmente confortar minha avó.

Minha mãe ainda dorme, sob forte efeito de calmantes. Se optei por acreditar até o fim, ela — talvez por enxergar algo que eu não pude — optou por se esconder, por negar a perda iminente.

Olho ao redor e não vejo meu irmão em nenhum lugar. Preciso encontrá-lo. Ando em direção à entrada do hospital, pensando que ele pode estar lá fora.

Pessoas entram e saem, cada uma vivendo seu próprio momento. Algumas comemoram nascimentos, outras lamentam perdas como a minha.

Olho para os lados, apressada. Preciso encontrar Rodrigo.

Deixo a recepção e, quando encosto no vidro para empurrar a porta, vejo alguém tocar no outro lado para entrar. Ele usou a mão fechada. Há tatuagens em seus dedos, pequenos sinais que não reconheço. Noto quando ele dá um passo atrás para que eu possa passar.

Trocamos um olhar, que não dura mais que dois segundos. Olhos azuis, marcados de vermelho, como se tivesse acabado de chorar. O lábio inferior está cortado e há um arroxeado no queixo, quase encoberto pela barba por fazer. Ele puxa o gorro escuro para baixo, como se eu o tivesse pegado em flagrante, e vejo apenas pontas de cabelos castanho-claros.

Ele para e me encara, como se fosse dizer algo, ou pelo menos julgo que fosse.

Aperto mais meu casaco, que se perde em um tom entre o rosa e o salmão, ao sentir o ar gelado passar e se chocar contra a camisa branca de gola rendada que uso por baixo. A saia preta e curta, repleta de babados, não protege minhas pernas. Como o tempo pode mudar tanto em São Paulo? Pela manhã, por pouco não pego o casaco, mas meu pai me deu um último conselho: "Viviane, o que eu sempre digo? Não saia de casa sem casaco". A botinha de cano baixo e salto fino já fez com que eu perdesse a habilidade de sentir os dedos após uma tarde inteira andando de um lado para o outro, e isso me desvia do fato de que eu gostaria de poder não sentir nada.

Avisto meu irmão. Rodrigo é só dez meses mais novo do que eu, o que nos faz ter a mesma idade, dezoito anos, pelo menos até o mês que vem, quando faço aniversário. Ele é a versão adolescente do meu pai. Não consigo evitar um sorriso triste. É como se meu pai andasse até mim outra vez, com seus cabelos negros contrastando com o verde dos olhos. Ele me abraça silenciosamente, e, quando me solta, percebo que o rapaz ainda está parado, mas algo em seu olhar mudou ao ver meu irmão. Um brilho de inconfundível fúria surge antes que ele coloque as mãos nos bolsos do blusão cinza-chumbo e se afaste.

Se meu irmão percebe, não diz nada.

É estranho e me pergunto a razão de me preocupar com isso. Talvez seja a ligação instantânea que a dor estabelece entre as pessoas. Ou talvez seja só um modo de desviar a atenção do que eu mesma estou vivendo.

Novamente, volto a pensar na conversa que tive com meu pai, e uma frase explode em meu coração, à medida que caminho com Rodrigo pelos corredores brancos e congelantes do hospital: "A vida é muito mais que uma sucessão de fatos ao acaso. Quando você acha que nada mais pode acontecer, é exatamente aí que tudo muda".

# 2
# RAFAEL

> *I was bruised and battered*
> *And I couldn't tell what I felt*
> *I was unrecognizable to myself.*
> — Bruce Springsteen, "Streets of Philadelphia"*

**ESTOU HÁ UMA** hora parado em frente ao hospital. Meu celular tocou algumas vezes, mas nem o tirei do bolso do blusão. Sei que é minha mãe e ainda não estou pronto para entrar.

Cruzar aquela porta é formalizar a morte de mais alguém que amei. E, honestamente, quero mais é que a morte se foda.

Não quero ver o corpo da minha única irmã, não quero ver Lucas, meu primo, desolado porque seus pais e irmão morreram em um acidente de carro causado por mais um filho da puta imprudente da classe alta de São Paulo. Não quero olhar para minha mãe e ser sufocado por tudo o que senti quando meu pai foi assassinado há quatro anos. A morte já me levou vidas demais.

Observo o entra e sai de pessoas, a diferença de cada uma delas. E me atenho aos detalhes para não ser afogado pelo todo.

Dou uma última e longa tragada no cigarro, deixo o que sobrou escorregar entre os dedos e o apago com a ponta do coturno. Quase posso ouvir a voz da minha irmã me acusando de não me preocupar com

---

* "Eu estava ferido e esgotado/ E não sabia dizer o que sentia/ Eu estava irreconhecível para mim mesmo."

o meio ambiente. Então, por ela, abaixo, pego a bituca novamente e jogo em uma lata de lixo, enquanto caminho rumo à porta do hospital.

Um vento gelado corta a rua e coloco o gorro, para me proteger da corrente de ar e do olhar das pessoas. Após a briga das últimas horas, não sou exatamente algo que valha a pena olhar, porém o estado do moleque é pior — aquele que levou a vida de quatro pessoas da minha família por tirar um racha na avenida, e que não será condenado jamais, graças ao pai promotor.

A ironia é que ele nunca será preso, e eu passei a última noite da vida da minha irmã na cadeia, enquanto ela lutava para resistir a uma segunda e derradeira parada cardíaca.

Coloco a mão no bolso e aperto o chaveiro dela. Um chaveiro de pelúcia em forma de estrela cor-de-rosa. Um presente do meu pai, que ela segurava quando os paramédicos a tiraram do carro capotado. Agora sou eu quem aperto a estrelinha com uma mão, enquanto a outra encosta no vidro da porta do hospital. Uma garota faz o mesmo.

Não tem como não lembrar da Priscila ao ver o casaco rosa. Ela adoraria. Ela vivia escolhendo modelos em revistas de moda pelos quais nunca poderia pagar. E é aí que as semelhanças entre a minha irmã e a garota terminam. Um olhar rápido é suficiente para reconhecer que ela destoa das outras pessoas. Uma aparente delicadeza, traduzida pela pele bem clara, traços suaves e cabelos loiros, caindo tranquilamente em ondas pelos ombros.

Ela me olha também e parece fazer a mesma investigação que eu. Lágrimas marcam seu rosto. Semelhanças que só encontramos em um hospital — a dor e a morte são implacáveis com todos nós. Entreabro os lábios, nem sei se ia dizer algo, mas qualquer pensamento racional se vai quando um garoto a abraça.

Odeio prejulgamentos e me odeio mais ainda por ceder a eles, mas, se a garota me faz lembrar da minha irmã, o garoto desperta a memória de seu assassino. Ainda que eles não sejam parecidos, algo em seu porte indica que pertencem ao mesmo grupo social. Aquele que não se importa com as consequências, porque sempre vai ter um pai rico e influente para limpar sua barra.

Passo por eles sem olhar para trás. Mal podendo esperar pelo momento de encontrar minha mãe e meu primo e deixar este hospital. Odeio este lugar.

# 3
# *Viviane*

> *Someday I'll wish upon a star*
> *And wake up where the clouds are far behind me*
> *Where troubles melt like lemon drops*
> *Away above the chimney tops*
> *That's where you'll find me.*
> — Eva Cassidy, "Over the Rainbow"*

*Uma garoa cobre* todo o cemitério e me pego pensando se chover em enterros é um denominador comum. É como se tudo precisasse estar cinza como os sentimentos. Quase parte do pacote.

Meu pai adorava esse tempo, o que é irônico. Ou não — talvez seja o modo que a morte tem de lhe fazer uma homenagem.

Minha mãe está acordada, mas continua dopada. Seguro sua mão enquanto caminhamos e observo Rodrigo carregar o caixão de meu pai ao lado de meu avô, que brigou com todos que quiseram impedi-lo de carregar seu menino pela última vez. Tio Túlio segura a alça logo atrás dele.

Túlio Albuquerque era o melhor amigo do meu pai, assim como Bernardo, seu filho, é o melhor amigo de Rodrigo. Além disso, ele é meu padrinho e advogado da nossa família. Ele cuidou de tudo hoje e pro-

---

\* "Um dia vou fazer um desejo para uma estrela/ E acordar onde as nuvens estão bem atrás de mim/ Onde os problemas se derretem como gotas de limão/ Acima do topo das chaminés/ É lá que você vai me encontrar." Esta é uma versão. A música original foi composta por Harold Arlen e E. Y. Harburg especialmente para o filme *O mágico de Oz*.

vavelmente será assim por muito tempo, porque tio Túlio não consegue deixar de cuidar de quem ama. Eu tentei resolver, juro que tentei, mas as pessoas tratam velórios e enterros como negócio. Sei que é o negócio delas, mas ainda assim é frio demais, e tive uma crise de choro enquanto discutia como tudo seria, então meu tio assumiu. Não sem antes, é claro, Branca pegar o telefone da minha mão e ofender o moço da funerária.

Branca é a filha mais velha de tio Túlio. Há pessoas de pavio curto e há a Branca, que não tem pavio nenhum, principalmente se achar que alguém que ela ama está sendo magoado. Somos amigas também, mas não como Bernardo e Rodrigo, que são praticamente Ken e Ryu, dois personagens de videogame que vivem juntos. Eles costumavam dizer que eram como Mario e Luigi, mas aí entraram na fase da academia e se tornaram os outros dois.

Rodrigo ficou horas conversando ao telefone com Bernardo na noite passada, depois jogando no computador. Como Bernardo mora em Londres com o tio há dois anos, computador e telefone são o que eles mais usam para se comunicar. Rodrigo deveria ter ido assim que completou dezoito anos, mas a doença do nosso pai veio e tudo mudou. Tudo saiu do eixo.

Também sinto falta do Bernardo. É o tipo de pessoa que você quer ter por perto. Ele saberia exatamente o que dizer ou apenas me abraçaria em silêncio. Nós nos beijamos uma vez, pouco antes de eu começar a namorar o César, há três anos. Foi melhor não ter se tornado algo sério. Ele tem uma história mal resolvida, e pessoas com tanta bagagem geralmente machucam ou acabam machucadas.

Aliás, César não pôde vir ao enterro e ainda estou zangada, mesmo sabendo que nem todos conseguem ser liberados do trabalho.

Branca disse que Bernardo queria vir, mas não conseguiu ser dispensado das aulas na universidade, e seu pai achou melhor que ele esperasse o próximo feriado.

— Ainda acho que vocês deviam aceitar o convite do meu filho e passar um tempo fora. O Bernardo ia adorar a companhia de vocês —

tio Túlio insiste, mais tarde, enquanto esperamos o motorista que vem nos buscar.

— Você quer ir, Rô? — pergunto, apesar de eu não querer.

— Não, tio — Rodrigo responde diretamente a ele. — Conversamos com a minha mãe e ela não quer sair de casa agora. Não vai rolar.

— Posso conversar com ela e...

— Não força, pai. — Branca coloca a mão nas costas do pai, tentando interromper o que ela sabe que não vai mudar. — Dê um tempo pra eles. — Apesar da postura decidida, ela fala com tranquilidade. Depois lhe dá um beijo no rosto e diz: — Vou dormir na Clara hoje, tá? Aproveitar que o imbecil do marido dela está viajando e ficar com os meus afilhados.

Clara é a melhor amiga de Branca, mas seria mais bem definida como a "bagagem" do Bernardo. Todo mundo sabe e todo mundo faz que não sabe, desde que ele saiu do país pouco tempo após o casamento da Clara, há dois anos. Ela se casou aos dezenove, porque estava grávida. Sei que nenhuma mulher mais se casa por esse motivo, mas você entenderia, se a conhecesse.

Eu a vi mais cedo, no velório. Clara é tão doce quanto o sorriso de uma criança ao ganhar um sorvete. É provavelmente a pessoa mais amável que qualquer um de nós conhece e, ironicamente, a mais triste, embora finja bem. No meio da ebulição de amor que ela é, há uma tristeza que ninguém consegue apagar e que eu não entendia muito bem até agora.

Clara perdeu a mãe quando tinha seis anos e todos dizem que ela mudou desde então. Eu não me lembro direito porque sou dois anos mais nova, mas saber disso me dá medo. Eu me pego pensando se a partir de agora vou carregar a tristeza para sempre comigo, como aconteceu com ela. Meu pai e eu conversamos muito ao longo desses dez meses, e Clara era um assunto recorrente. "Não permita que a morte seja maior que a vida", era o que ele repetia toda vez.

Pelo menos neste momento, acho que, sim, a morte é maior que a vida. Parece que o que partiu Clara quando sua mãe se foi está me partindo agora. Triste, não é? Encontrar uma conexão dessas...

Assim que minha mãe entra no carro, eu me despeço das pessoas e a sigo. Rodrigo faz o mesmo. Ele se senta ao meu lado e coloca o braço em meu ombro, me puxando para mais perto. Encosto a cabeça em seu peito e entrelaço meus dedos aos dele. Estendo a mão livre para minha mãe e sinto sua pele fria. Ela não sorri há meses. Desde que meu pai adoeceu. Mesmo quando ele parecia melhorar, ela se mantinha distante, protegida do que o destino lhe reservava. Talvez não tão protegida quanto pensava. Ela funga e seca uma lágrima que rola pelo rosto claro, que contrasta com os cabelos castanhos, presos em um coque baixo. Eu lhe lanço outro olhar. Ela não retribui — está olhando para a chuva que se intensifica lá fora e pensando nele, no homem que mais amou e que não está mais entre nós, e eu não sei o que dizer, não sei como a consolar. Por mais que eu tente, como posso dizer palavras que não conheço?

E, quando quero me deixar afundar, fechar os olhos e nunca mais abrir, escuto dentro de mim: "Você me fez uma promessa. Quero que viva por mim".

Suspiro enquanto sinto os dedos de meu irmão deslizando pelos meus cabelos.

*Preciso de um tempo, pai. Apenas um tempo...*

# 4
# RAFAEL

*Where were you when I was burned and broken*
*While the days slipped by from my window watching*
*Where were you when I was hurt and I was helpless.*
— Pink Floyd, "Coming Back to Life"*

**DIZEM QUE NÃO** existe nada pior do que enterrar alguém que se ama. Pois bem, existe: enterrar quatro pessoas que se ama, sendo uma delas um garotinho de dez anos.

Quando o último caixão foi baixado, já não restava nada de mim para ser destruído. Fui enterrado aos poucos, com cada um deles.

Meu primo Lucas estava desolado. Apesar de não dizer uma palavra sobre isso, sei que ele se culpa por estar comigo naquela noite e não no carro que levou seus pais, irmão e prima.

Minha mãe está ainda pior do que quando enterramos meu pai.

— Meu bebê... — ela diz quando a abraço.

Ela também enterrou um irmão, uma cunhada e um sobrinho hoje. Se existe um lugar que odeio mais do que hospitais, é o cemitério.

Continuo abraçando minha mãe até que os soluços dela diminuem. Sei o que vem por aí. Conheço dona Rosalia como a palma da minha mão.

— Só tenho você agora, meu filho. Preciso de você vivo.

---

* "Onde você estava quando fui queimado e arrasado/ Enquanto os dias passavam pela minha janela/ Onde você estava quando fui ferido e estava indefeso."

Não respondo. O que posso responder? "Só tem um problema, mãe: há anos que estou morto"? Não. Se solto uma dessa agora, perco minha mãe também, e ela precisa, mais do que qualquer coisa, acreditar que posso ficar bem.

Quando tudo termina, minha tia vem chamá-la para ir para casa. Desde que meu pai se foi, minha mãe se mudou com minha irmã para o interior. Eu não quis ir. Sei que ela espera que eu vá agora, mas não posso. Não posso encarar uma casa sem eles. Não depois de tudo. Então, quando dou um beijo em seu rosto e a coloco dentro do carro, digo:

— Vou pra lá no fim de semana. Consegui folga no trabalho por uns dias, aí conversamos, certo?

Ela apenas balança a cabeça, e meu coração se parte. Entro no carro e a abraço outra vez.

— Consegue segurar até lá, mãe? Só até o fim de semana.

— Não se preocupe, meu anjo. — Ela toca meu rosto devagar e fecho os olhos. Queria ainda ser seu pequeno anjo. O moleque travesso que pulava muros e depois corria para não ter que passar mercúrio nos joelhos ralados.

— Eu me preocupo, mãe. — Afundo a cabeça em seu ombro, sem segurar o choro. Ela é a única que já me viu chorando assim.

Quero ceder e ir morar com ela. Quero ser o garoto perfeito que ela espera que eu seja, mas sei que estou longe disso, então me despeço, coloco o capacete, subo na moto e me afasto o mais rápido que posso daquele lugar. Se eu tiver que voltar ali outra vez, que seja para não sair mais.

# 5
# *Viviane*

> *You don't know me*
> *You don't even care... oh yeah*
> *She said, you don't know me*
> *You don't wear my chains...*
> — Augustana, "Boston"\*

*Um dia após* o outro. Um dia após o outro. Um dia após o outro.

É assim que a vida segue, enquanto você sofre, ri, chora, ama, perde. Ela não para.

Algo que aprendi ao longo desse último mês é que o tempo não é médico, ele é ilusionista. Nós não nos curamos conforme a vida passa, só nos iludimos achando que vai chegar aquele dia em que tudo será mais fácil. Então continuamos à procura do momento em que ficaremos bem, tendo a sensação de que estamos melhorando, quando na verdade só seguimos vivendo.

O tempo é capaz de desfocar as nossas dores e nos distrair com a vida que segue, mas a dor nunca some por completo. Nós a colocamos em um arquivo do coração e evitamos mexer nela.

É o que penso balançando meu pé para lá e para cá, como um pêndulo, enquanto a terapeuta do grupo de apoio a pessoas que perderam alguém tenta fazer um garoto novo falar.

---

\* "Você não me conhece/ Você nem sequer se importa... oh yeah/ Ela disse, você não me conhece/ Você não usa minhas correntes..."

Meu avô nos obriga a vir às reuniões toda terça-feira à tarde. Nós, os netos, porque minha mãe segue em uma rotina particular, que envolve ficar a maior parte do tempo no quarto.

O garoto novo estava conversando com Rodrigo na hora do intervalo, enquanto eu falava com César ao telefone. Meu irmão tem um instinto acolhedor e não consegue ver pessoas sozinhas sem se aproximar.

César vem nos buscar mais tarde, já que Rodrigo caiu com a moto na semana passada e ela está no mecânico. Como ele não se machucou, não foi difícil esconder o fato de minha mãe. Afinal, ela está tão alheia que, mesmo que visse a moto toda estourada, não perceberia.

Sei que ela ouviu minha discussão com meu irmão, mas infelizmente nem isso foi capaz de fazê-la reagir. Quase morri quando o vi chegar em casa com a roupa rasgada. Ele prometeu ter mais cuidado, e eu prometi não contar nada ao vovô, pelo menos naquele momento.

Volto a atenção para o garoto moreno de cabelos cacheados e levemente compridos à minha frente.

— Prefiro não falar hoje.

A pior frase que ele poderia escolher em uma terapia.

— Por que não fala um pouco sobre você? Qualquer coisa — a terapeuta insiste, e vejo meu irmão lançar um olhar incentivador ao garoto, como se ele mesmo falasse muito por aqui.

O jovem hesita, mexe na manga da camiseta comprida, dá de ombros e repete:

— Qualquer coisa?

— Sim.

— Só estou aqui porque me obrigaram. — Ele não diz isso com raiva, mas de forma tão espontânea que me rouba um sorriso. É o primeiro que confessa o que todos nós pensamos. Ninguém quer estar aqui, porque comparecer implica ter perdido alguém.

— Pode dizer outra coisa?

— Não. Hoje não. Era uma coisa só e já fiz a minha parte. — Ele balança as mãos, encerrando a questão.

A terapeuta sorri. Esses sorrisos benevolentes fazem parte do que odeio na terapia. Não precisamos de pena.

Uma hora depois, somos liberados e saio para ligar para o César, enquanto Rodrigo se aproxima do garoto novo e tira um videogame portátil do bolso. Não vejo meu irmão se empolgar tanto com um amigo desde que Bernardo foi embora. Fico feliz por vê-lo rir de coisas bobas outra vez.

Enquanto procuro sinal de celular, chuto uma pedrinha com a ponta do meu All Star preto de estrelinhas brancas, que eu mesma customizei, e ajeito minha saia xadrez de preguinhas, na altura das coxas. Ela tem três tons: rosa, chumbo e preto. Está calor hoje, então minha blusinha preta, sem mangas, completa um visual que Rodrigo insistiu em chamar de Avril Lavigne, só porque acrescentei meias pretas até os joelhos.

Jogo o cabelo para trás e penso que talvez eu esteja meio Avril mesmo, já que fiz mechas rosas. Algo que sei que minha mãe odiaria, se pudesse prestar atenção. Confesso que gosto de me vestir como Avril, às vezes, menos quando ela usa roupa de menino.

Finalmente consigo falar com César. Desligo o celular e abaixo para arrumar as meias. Quando me levanto, me dou conta de que estou sendo observada.

Um rapaz está encostado em uma moto Kawasaki Ninja. Reconheço a marca porque Rodrigo ganhou uma quando fez dezesseis anos. E eu fiquei zangada com meu pai durante meses, por ele não me deixar andar, e ainda mais quando, no ano seguinte, a moto foi trocada por uma Ducati Monster vermelha. Aos vinte, seria a vez da Harley Davidson, mas meu pai não viveu para isso. Balanço a cabeça, triste por ter ficado magoada com algo tão idiota.

A fumaça do cigarro chama minha atenção no segundo em que dou um espirro.

Não consigo evitar lançar um olhar irritado ao motoqueiro fumante. Meu pai morreu por causa de um câncer de pulmão sem nunca ter fumado um cigarro sequer.

— Você devia jogar isso fora — não resisto e digo em voz alta.

Não é a primeira vez que tenho essa atitude. Desde que meu pai ficou doente, há uma longa lista de pessoas com quem discuti por causa de cigarro. Há uma semana, joguei fora o maço do nosso motorista e ameacei mandá-lo embora se ele não parasse com esse vício horrível. Sei que não tenho o direito de despedir alguém por causa disso, mas foi para o bem dele.

Estou prestes a virar as costas para avisar meu irmão que César vai chegar logo quando o estranho fala comigo e uma sensação esquisita de familiaridade me toma. Eu o conheço?

— Por quê? — ele pergunta, e descubro que sua voz é grave e ligeiramente rouca, mas não é familiar.

— Porque as pessoas morrem disso — sai espontaneamente.

— As pessoas morrem de muitas formas — ele responde e dá uma longa tragada.

Algo nele me faz querer discutir, provocar briga. Ou talvez seja só mais uma fase do luto. Ferir para se defender. Ele fumar e estar vivo, meu pai não fumar e morrer de câncer no pulmão me revolta. É irracional.

— E por que facilitar? Você devia ler o que está escrito aí no maço e ficar longe disso. — Aponto para ele. — Tem que ser muito idiota para se matar aos poucos.

— Você devia descontar suas frustrações na terapia, não em mim, Avril. — Seu tom é repleto de zombaria.

— Meu nome não é Avril. — Pronto. Odeio minha roupa. — Como você sabe que faço terapia? — Olho para os lados para ver se tem mais gente por perto, mas não consigo me afastar.

Ele dá uma gargalhada e se ajeita sobre a moto.

— Não vou te sequestrar ou algo assim, loira. Relaxa. Não é o seu dia de sorte.

Algo no jeito dele me dá arrepios. Não é medo, mas não aprecio a sensação. Ele tem um modo diferente de falar. Começa as frases em um tom e vai diminuindo até terminar bem baixo. Sua última sentença foi quase um sussurro.

Mais uma vez, estou prestes a virar as costas, mas paro quando ele leva o cigarro outra vez aos lábios. As tatuagens nos dedos são a resposta que procuro. É o rapaz que vi no dia em que meu pai morreu. Vejo que o desenho apenas começa ali e sobe pelo braço direito até se perder dentro da camiseta preta lisa que ele veste. Não sei identificar o que é e também não pergunto.

Espirro outra vez.

— Saúde. Quem sabe se não usasse saias tão curtas não se resfriaria tanto? — ele diz, e abro a boca, chocada, enquanto ele simplesmente sorri com uma sobrancelha levantada. — Você que começou. Conhece aquela frase: "Quem diz o que quer..."?

Fecho a expressão. É uma das citações de meu pai, e esse cara não tem o direito de dizer algo que ele diria.

Novamente um espirro.

— Seu pai aprova que você se vista assim? — ele provoca, mas dessa vez foi longe demais. Estou furiosa.

— Sou alérgica a essa porcaria, e meu pai não pode aprovar mais nada, porque está morto. — Me surpreende como a raiva sai tão fácil.

Sua expressão irônica desaparece como por mágica, e ele se levanta da moto. Parece não saber se vem até mim ou não. Que não venha ou vai levar um chute!

— Sinto muito — ele diz enquanto apaga o cigarro.

Cruzo os braços e viro o rosto. Não preciso de sua compaixão.

— E aí, que que tá rolando? — uma voz desconhecida pergunta atrás de mim.

É o garoto novo, acompanhado de meu irmão.

— Nada — o estranho e eu respondemos ao mesmo tempo.

— Primo... — o novato diz.

— Vivi, tá tudo bem? — Rodrigo me pergunta ao mesmo tempo em que César estaciona.

— Sim, vamos — respondo sem olhar para trás, e escuto meu irmão dizer que liga mais tarde para o primo do imbecil.

Ótimo. É tudo o que preciso agora. Meu irmão arrumou um novo amigo, e é justamente quem não deveria. Que saudade do Bernardo!

# 6
# RAFAEL

*And I can't find my way*
*God, I need a change*
*Yeah and I'll do anything to just feel better*
*Any little thing to just feel better.*
— Carlos Santana feat. Steven Tyler, "Just Feel Better"*

**AINDA ESTOU ME** xingando quando chego ao trabalho, no começo da noite, depois de deixar Lucas em casa.

Por que fui provocar aquela garota? Em que merda eu estava pensando?

Por trás daquela pose toda, deve ter uma pobre menina rica chorando, e, independente de quem seja, fui um idiota. Que grande imbecil!

Estaciono a moto nos fundos do bar, grato por ser terça-feira e o movimento não ser tão intenso, porque, do jeito que estou nervoso, não conseguiria me concentrar por muito tempo.

Cumprimento dois garçons que cruzam comigo e dou um beijo em Andressa, a hostess, mas estou tão distante que ela percebe.

— Tudo bem, amor?

Se as mulheres soubessem como eu odeio ser chamado de "amor" por qualquer uma, nem começariam.

— Tudo.

---

* "Eu não consigo encontrar o meu caminho/ Deus, eu preciso de uma mudança/ É, e eu vou fazer qualquer coisa só para me sentir melhor/ Qualquer coisinha só para me sentir melhor."

Tem certeza? — Ela desliza os dedos pelas minhas costas, enquanto me abaixo para pegar o saco de vinte quilos de gelo e levá-lo para o bar.

Eu me sinto um pedaço de carne. Mentira, eu gosto. Mesmo tentando ser o cara bom aqui, não vou mentir para ninguém: sou o cara mau.

— Ãrrã... — respondo, enquanto empurro a porta e coloco o saco de gelo sobre a pia. — Preciso conferir se está tudo em ordem antes de abrirmos, gata.

Ela faz beicinho. Mulheres, por favor, não façam isso! A não ser que vocês tenham menos de cinco anos. Aí é bonitinho. Minha priminha faz, e é realmente adorável.

— Temos tempo ainda. — Ela põe a mão no meu peito e se aproxima o suficiente do meu pescoço para tocá-lo com os lábios. — Humm... cheiroso... Se quiser, podemos ir até o estoque e...

— Não dá — digo e, sem resistir, dou uma secada nela. O macacão personalizado do bar é tão colado que não sobra muito para a imaginação. Em qualquer outra hora eu iria com ela até o estoque. Ok, sem hipocrisia. Provavelmente farei isso até o fim da noite. — Mais tarde. Agora estou ocupado.

— Rafa... — Ela insere os dedos no cós da minha calça e usa a outra mão para envolver o gargalo de uma garrafa de Black Label, subindo e descendo, sem desviar os olhos de mim.

Meu Deus!

Meu celular vibra no bolso, me lembrando do que preciso fazer.

— Tenho que atender.

Eu a coloco delicadamente para fora da área do bar e fecho a porta do balcão, para evitar que uma das meninas que trabalham aqui entre e veja que Andressa me deixou em posição de guerra logo cedo.

Daqui até a hora de fechar, este espaço é meu, e minha função é preparar bebidas que mantenham todos felizes, não importa que para muitos o efeito seja momentâneo. Eles pagam, eu preparo. Simples assim. Não precisa ter uma grande conexão entre barman e cliente.

— Tem até o fim da noite ou perde a vez — diz Andressa finalmente e se afasta rebolando.

— Eu nunca perco a vez, garota — respondo e atendo o celular. — É bom ter conseguido o que pedi.

— E alguma vez não consegui? — Lucas pergunta, e percebo que é a primeira vez que ele faz uma brincadeira desde o acidente. — O Rodrigo me passou o MSN dela. Mas, cara, sério, vê aí o que você vai fazer. Eles são legais e... você sabe...

Ele quer dizer que os três estão passando pela mesma situação, mas não consegue. Uma coisa de cada vez.

— Só quero me desculpar, primo. Eu te disse que falei merda.

— Falou. Agora resolve. Mas já vou avisando: se fizer mais merda ainda, tá ferrado comigo. Conversei pra caramba com o Rodrigo hoje, e ele é supergente boa.

— Relaxa.

— Não é uma boa coisa pra me dizer... — Seu tom é preocupado. — Sempre que você diz "relaxa"...

— Dá merda, eu sei. Mas *relaxa*, já deu merda. Não tem como ficar pior.

Eu sei, você sabe, todos sabem. Este é o momento em que eu deveria esquecer essa garota e deixá-la viver seu luto, mas não consigo parar de pensar na minha irmã. E se fosse a minha irmã? E se um filho da puta tivesse falado algo assim para ela?

Viviane pode não aceitar meu pedido para adicioná-la. Aí pronto, pelo menos tentei e fiz a minha parte. Lucas me disse o nome dela depois de me xingar por ferrar tudo com uma garota de quem nem isso eu sabia.

Aproveito que tenho meia hora de intervalo e vou até o escritório, após pedir para o gerente, o Lex, que felizmente é meu melhor amigo. É Alexandre, mas poucas pessoas o chamam assim.

Passo um minuto com o MSN aberto, dizendo a mim mesmo que deveria pedir desculpas pelo Lucas e esquecer o assunto, mas não sou covarde, então envio a solicitação de contato.

Não sei nem se ela está online agora. E se não estiver?

Ajeito a bandana negra personalizada com o nome do bar na cabeça e dou um nó, enquanto espero. Lucas também está online. Meu primo passa muito tempo no computador. Ele foi morar comigo depois que tudo aconteceu, e faço o possível para que ele se sinta bem. Inclusive obrigá-lo a frequentar a terapia, a pedido de minha mãe, apesar de não obedecer ao mesmo pedido que ela estendeu a mim.

Minha mãe está sobrevivendo. Um dia de cada vez. Passei o primeiro fim de semana com ela e conversamos todos os dias, mas me neguei a me mudar. Minha vida é aqui. Quer dizer, tudo aquilo de que preciso para não sentir mais nada está aqui. Não posso partir.

Eu me distraio, olhando pela janela e vendo mais uma lua cheia que nem meu pai nem minha irmã verão, quando o barulho do MSN quase me derruba da cadeira. Desligo a caixa de som ao mesmo tempo em que vejo que Viviane me aceitou.

Abro a janela dela. Ensaiei tanto o que ia dizer que digito rápido:

**Rafael Ferraz diz:**
Oi...

Não era exatamente isso que eu tinha em mente.

**Viviane Villa diz:**
Oi

Ah, ela é do tipo que não facilita.

**Rafael Ferraz diz:**
Tudo bem?

**Viviane Villa diz:**
  Não

Ela devia dar aulas para a Dessa de como não dar mole para um homem. Caramba! Coço a cabeça enquanto penso na próxima frase e vejo que ela está digitando. Isso é bom. Talvez não seja tão difícil quanto eu pensei.

**Viviane Villa diz:**
  O que vc quer?

Mulher difícil da porra.

**Rafael Ferraz diz:**
  Me desculpar

**Viviane Villa diz:**
  Ok. Vamos ver se vc é tão bom em se desculpar quanto em ser um imbecil.

Filha da puta. Tudo bem, eu mereci. Acho que é bom escrever o que quero e acabar logo com isso.

**Rafael Ferraz diz:**
  Me desculpa por ter sido um escroto filho da puta que não se preocupa com os sentimentos dos outros ao falar do seu pai, mesmo sabendo que vc provavelmente tinha perdido alguém quando cruzei com vc naquele dia.
  Me desculpa por descontar minha raiva em vc.
  Me desculpa por não ter me esforçado pra pedir desculpa na hora e provavelmente ter feito vc chorar.

Quando aperto enter, releio, chocado, o que escrevi. De onde saiu isso? Não era nada do que eu pretendia dizer. Sim, eu ia pedir desculpa, mas não assim. Então me convenço de que é por minha irmã, enquanto espero a resposta.

**Viviane Villa diz:**
Eu não choro por idiotas.

Eu devia ficar puto, mas me surpreendo rindo. Essa é a garota mais difícil que já vi na vida.

**Rafael Ferraz diz:**
É justo.

Acho que acabou, que posso dizer "tchau" e esquecer, mas ela começa a digitar, então espero.

**Viviane Villa diz:**
Aceito suas desculpas.

*Yes!* Comemoro como se tivesse ganhado um prêmio. Mas o que foi isso?
Rapidamente abro a porta do escritório para ver se não tem ninguém ali.
Que porcaria de comportamento é esse?

**Rafael Ferraz diz:**
A gente se fala, então...

Eu quase nem uso o MSN. Provavelmente digitei no automático.

**Viviane Villa diz:**
Ok

E fica offline.

Observo a tela por alguns segundos, estranhamente sentindo como se tivesse tomado um toco.

Olho para o relógio — ainda tenho vinte minutos de intervalo.

Fiz a minha parte e me desculpei com a garota. Hora de ir para o estoque.

# 7
# *Viviane*

> *Why can't you shoulder the blame*
> *Coz both my shoulders are heavy*
> *From the weight of us both.*
> — Snow Patrol, "How to Be Dead"*

*Fico offline porque* não sei mais o que dizer. Foi um reflexo.

Rodrigo está parado, olhando para mim como se esperasse um surto a qualquer momento.

— Você tá bem? — ele pergunta se abaixando e virando minha cadeira para ele, para que possa olhar para mim.

— Na medida do possível.

— Qual é o problema? — Ele apoia os braços em meus joelhos.

— Eu queria odiar esse cara — aponto frustrada para o computador. — E você me tirou isso.

— Desculpa.

— Não é sua culpa. — Seguro sua mão, precisando me apoiar em algo. — Acho que nem dele, né?

— Acho que não. A barra dele é ainda mais pesada que a nossa.

— É... — respondo, enquanto me lembro do que aconteceu alguns minutos atrás.

Rodrigo entrou no meu quarto com cara de quem aprontou alguma coisa. Pensei que fosse me pedir para cobrir a dele enquanto saía sem

---

* "Por que você não pode aguentar a culpa?/ Pois meus ombros estão pesados/ Com o peso de nós dois."

minha mãe perceber, o que seria bem fácil, mas ele apenas me estendeu um papel com um e-mail anotado.

— O que é isso? — perguntei, lendo e relendo, sem reconhecer o nome.

— Esse cara vai te adicionar no MSN. Quero que você aceite.

— Por quê? É algum amigo seu? Eu tenho namorado, Rô.

Não seria a primeira vez que ele tentava me arrumar outro. Quando Bernardo insistiu que queria deixar o país, Rodrigo fez de tudo para ficarmos juntos.

— Vivi, eu disse pra você dar pro cara? Só aceita.

— Por quê?

— Ah, é um cara que perdeu a irmã no dia que o nosso pai morreu. Perdeu a irmã, o primo e os tios em um acidente de carro. — Ele andava pelo quarto enquanto falava, sem olhar muito para mim.

— Nossa... Coitado... — Quando percebi, estava apertando o papel contra o peito.

— É. E o pai dele morreu faz alguns anos em um assalto.

— Meu Deus! — Apertei o papel com mais força, como se isso pudesse confortar quem quer que fosse o tal Rafael.

— É. — Meu irmão se sentou ao meu lado na cama.

— Tem mais alguma coisa que você queira me dizer sobre ele? Por que devo adicionar? Ainda não entendi — perguntei, quando o pedido para adicionar chegou e ouvi o barulho vindo da caixa de som.

— Mais uma coisinha de nada — ele aproximou os dedos, mas percebi por sua expressão que não poderia ser nada de mais.

— O quê?

— É o motoqueiro, primo do Lucas — ele falou bem rápido, como quem conta uma travessura de infância.

Minha primeira reação foi rasgar o papel em mil pedaços.

— Não vou adicionar esse cara! — afirmei, jogando os papéis para longe, mas já estava tocada. Rodrigo contou nessa ordem de propósito. Era uma armadilha.

— Você não vai adicionar. Ele adicionou. Só aceita. Não custa. — Meu irmão colocou a mão no meu ombro. — Ele quer pedir desculpas,

Vi... Aceita, por favor. Por mim. É o tipo de idiotice que eu faria, você sabe. Bati o maior papo com o primo dele. Eles são maneiros. São boas pessoas que perderam quem amavam, como a gente.

— Tá... — respondi, sem saída, e fui para o computador.

Aceitei e, por mais que eu ainda quisesse brigar com ele, não conseguia mais.

Passei a tarde inteira odiando esse cara. Passei a tarde inteira querendo que ele sofresse pelo menos um pouquinho do que estou sofrendo por perder meu pai, e aí descubro que ele provavelmente já sofre. Há muito mais tempo, e talvez de forma pior. E, quase que automaticamente, minha raiva se esvai. Por isso saí do MSN — porque com a raiva eu sei lidar, mas não sei o que fazer com a compaixão que sinto por Rafael.

Rodrigo me dá um beijo na testa e sai do quarto, me olhando da porta e dizendo antes de fechar:

— Valeu por falar com o cara, Vivi. Fica bem, tá?

— Estou bem — minto, porque sou tonta, já que Rodrigo me conhece como ninguém.

Fico sozinha e me deito na cama.

É assustador como podemos potencializar e pensar que a nossa dor é a maior do mundo. Ela pode realmente ser a maior para nós, mas não é a única. Em qualquer lugar, existem pessoas sofrendo por perder alguém agora.

Agora.

E agora...

A todo segundo alguém morre. A todo segundo alguém perde um ente querido. A todo segundo alguém se parte. A todo segundo. Ninguém é poupado, nem mesmo o motoqueiro irritante de quem você queria ter raiva, porque se revoltar é melhor que não sentir nada, e você está morrendo de medo de atingir o nível de sua mãe e simplesmente não enxergar mais nada ao redor.

Telefono para César. Preciso ouvir a voz dele. Preciso sentir algum conforto nele. Preciso que ele me faça acreditar que tudo vai ficar bem outra vez. Preciso de tantas coisas e, depois de quarenta e oito minutos de conversa, sinto que não consegui nenhuma delas.

Coloco os fones de ouvido e ligo o som, no volume mais alto que posso aguentar. Ouço uma única música repetidas vezes. Aquela que expressa tudo o que aperta meu peito desde que meu pai se foi e que hoje me afeta ainda mais.

*I miss you*
*I miss you so bad*
*I don't forget you*
*Oh! It's so sad.*

*I hope you can hear me*
*I remember it clearly.*

*The day you slipped away*
*Was the day I found*
*It won't be the same.**

"Slipped Away", da Avril Lavigne. Passo pelo menos uma hora ouvindo sem parar, tentando não pensar em nada e pensando em tudo.

E, nessa uma hora, aproximadamente seis mil cento e vinte pessoas morreram. Isso se não aconteceu um atentado terrorista. Tem uma pesquisa da ONU que comprova esses dados. São coisas assim que você se pergunta quando perde alguém.

Eu me encolho debaixo do edredom, me sentindo muito pequena, mas sei que não estou sozinha. Milhares de pessoas sentem exatamente o mesmo em muitos lugares por aí. Até mesmo ele... Talvez, para ele, seja ainda pior.

---

* "Sinto sua falta/ Eu sinto tanto a sua falta/ Eu não esqueço você/ Ah! É tão triste.// Espero que você possa me ouvir/ Eu me lembro claramente.// O dia em que você partiu/ Foi o dia em que eu percebi/ Que nada mais será igual."

# 8
# RAFAEL

*All my life I've been searching for something*
*Something never comes, never leads to nothing*
*Nothing satisfies, but I'm getting close.*
— Foo Fighters, "All My Life"*

**FAZ UM MÊS** e uma semana que saio de casa e volto para encontrar Lucas sentado no sofá, assistindo a qualquer programa de televisão. Como em uma porra de um looping eterno de autopiedade.

Não sei o que dizer a ele, porque odiava qualquer frase bonitinha sobre a morte quando meu pai morreu e sigo odiando. Não tem o que dizer. As pessoas se iludem pensando que, se disserem algo certo, vão proporcionar algum conforto. Eis uma verdade sobre o luto: não existe conforto.

Por não saber o que dizer, cedi quando minha mãe pediu que o convencesse a fazer terapia, porém sem esperar resultados.

É por isso que, ao abrir a porta de casa, às quatro da manhã, e tentar colocar o capacete sobre a mesinha estrategicamente posicionada ao lado da porta para esse fim, me surpreendo com o lugar já ocupado. Tem um capacete ali, que vale mais do que algumas motos de amigos meus, mas não tenho tempo de pensar nisso, porque ouço a gargalhada de Lucas.

---

* "Durante toda a minha vida procurei algo/ Algo nunca chega, nunca leva a nada/ Nada me satisfaz, mas estou chegando perto."

— Perdeu, playboy — ele diz, em meio a acessos de riso.

Alguém ri com ele. Não reconheço a voz. Movo um pouco o corpo e avisto pés sobre a mesinha de centro, cervejas abertas e fios. De onde saíram aqueles fios?

— O que está acontecendo? — pergunto, me aproximando dos dois.

— Oi, primo. Lembra do Rodrigo?

Eu lembro. É o garoto que perdeu o pai. Não tem como não perder um pouco da antipatia imediata que sinto quando acrescento isso à frase. Deve ter uma convenção em algum lugar que faz com que nós, os órfãos, nos identifiquemos rapidamente.

Apesar disso, não gosto da zona de guerra que se tornou minha sala. E empurro os pés dele para o chão.

Desde que me mudei para cá, quando tudo aconteceu, adquiri o costume de querer tudo na mais perfeita ordem. Não, não é TOC, é costume. Quero manter em ordem aquilo que posso controlar.

— E aí, cara? — o garoto estende a mão com um sorriso acolhedor.

O tipo de pessoa que quebra qualquer muro de resistência, mas não hoje.

— E aí? — devolvo, lançando um olhar inquiridor a Lucas, que vira o controle do videogame. Desde quando temos um xBox? — De quem é isso?

— É meu. — Lucas sorri de orelha a orelha.

Por quanto tempo fiquei fora?

— Como assim, seu?

A família de Lucas vivia numa situação financeira bastante difícil. A casa era alugada, e o carro deu perda total no acidente.

— O Rodrigo me levou pra comprar. Assim a gente pode jogar, em vez de só falar de jogos. Depois que eu comprar minha própria moto, vou poder ir até a casa dele. É meio longe daqui para ir de ônibus.

E é mesmo. Pelo que Lucas me disse, seu novo amigo mora nos Jardins, simplesmente um dos bairros mais caros da cidade de São Paulo, no ponto mais nobre possível.

— Já recebeu o dinheiro do seguro?

Estou preparado para matar meu primo se ele gastou o pouco dinheiro que tinha com algo tão estúpido.

— Foi um presente. — Rodrigo se levanta e olha diretamente para mim

Provavelmente ele tem a mesma idade do Lucas, uns dezoito, mas é mais alto, da minha altura.

— Você deu um videogame novo pra um cara que mal conhece?

— É. — Ele me surpreende cruzando os braços e me encarando.

É impressão minha ou esse moleque está me enfrentando?

— Então pegue seu presente e vá pra casa. São quatro da manhã e quero dormir. Sua mãe deve estar preocupada.

Faço uma prece em pensamento para ele ter uma mãe em casa, ou vou ter batido o recorde de falar merda para essa família.

— Caramba! São quatro horas? — Ele confere o relógio. — Preciso ir mesmo, Lucas. — E se vira para o meu primo, me ignorando. Não posso dizer que ele não seja destemido. — Amanhã a gente se fala. Boa noite aí, cara — diz para mim e caminha até a porta.

— O videogame — digo, enquanto Lucas olha de um para o outro sem se meter. Prudente, pelo menos.

— É presente. Já disse. Fica aí. — Ele pega o capacete.

— E você lá tem dinheiro para ficar comprando presentes assim para pessoas que mal conhece? — Nem sei por que pergunto.

— Na verdade, tenho sim — ele diz com tranquilidade, me desafiando a falar algo.

— Típico.

— Cara, para com isso — Lucas intercede. — É só um videogame e posso pagar depois.

— Não vai pagar nada — o garoto e eu falamos ao mesmo tempo.

Nós nos encaramos mais uma vez. Percebo o mesmo arzinho autoritário que existe na irmã dele; deve ser algo de criação. Ao mesmo tempo, tem algo nele que faz com que eu queira automaticamente ceder. Talvez por não ouvir Lucas gargalhar daquele jeito há muito tempo.

— Amanhã eu volto, Lucas. Você não vai jogar o videogame pela janela ou algo assim, né? — Rodrigo pergunta para mim, já com a mão na porta.

— Pareço irracional?

Ele dá de ombros. Rio e passo a mão pelos cabelos, enquanto ele me lança um sorrisinho besta. Um acordo silencioso. De alguma forma que não compreendo, ele sabe que vou deixá-lo ficar, assim como o videogame. É isso, ou ele sabe que voltaria mesmo que eu não deixasse.

# 9
# Viviane

*Cause perfect didn't feel so perfect*
*Trying to fit a square into a circle*
*Was no life*
*I defy.*
— Hilary Duff, "Come Clean"*

**Eram por volta** das oito da noite quando Rodrigo saiu e me avisou que não tinha hora para voltar. Fui até o quarto da minha mãe, que já dormia. Tentei assistir à televisão, mas, como nada me prendeu, agora estou esperando César passar para me buscar. Preciso sair um pouco. Os empregados já estão dormindo, e a casa parece ainda maior no silêncio da noite.

Às quinze para as onze, passo pelo segurança no portão, que me lança um olhar de "essa casa virou uma zona". Ele tem razão, o que posso fazer?

Vovô ainda tenta pôr ordem, vovó passou alguns dias conosco, mas não é nos pressionando que as coisas vão voltar a ser o que eram; quer dizer, elas simplesmente não vão voltar.

Estou vestindo preto dos pés à cabeça, com direito a gola alta e um gorrinho que dá um toque delicado a tanta escuridão. Sou eclética em meu modo de vestir — posso ir do gótico a princesa da Disney em dois

---

* "Porque o perfeito não me pareceu tão perfeito/ Tentar encaixar um quadrado dentro de um círculo/ Não era vida/ Eu desafio."

segundos. Provavelmente foi isso que me levou a cursar moda na faculdade, embora eu não veja mais sentido nisso e esteja pensando em trancar por um semestre, pelo menos.

Meus cabelos estão lisos, inclusive os tingi de castanho-escuro há dois dias, próximo à cor original. Eu não me arrependo de ter tirado o loiro, porque minha razão era justamente querer me olhar no espelho e não me ver *Avril*.

Às vezes me pego pensando no motoqueiro. Achei que ia passar quando mudasse a cor. É difícil não pensar, já que Rodrigo passa mais tempo com Lucas do que em casa.

César estaciona o Audi A3 prata e desce para me dar um beijo rápido nos lábios. Ele é uma antítese para meus pensamentos atuais. A calça social bem passada e a camisa listrada de mangas compridas da Lacoste são o oposto da calça jeans rasgada e da camiseta preta justas que insistem em surgir em minha mente cada vez que fecho os olhos.

Ele abre a porta do carro, espera que eu entre e a fecha. Sempre o mesmo ritual. Não existe ninguém mais educado que ele. Namoramos desde que eu estava no segundo ano do ensino médio. Ele é primo do Maurício, marido da Clara. Aliás, foi através dele que ela o conheceu. Tem vinte e três anos e já está estagiando na área de contabilidade de uma multinacional, por isso não pôde ir ao enterro, fato que ainda não perdoei completamente.

Meu pai o adorava; meu avô, se pudesse, o adotaria. Ele é o típico garoto brilhante e inteligente. Mesmo sendo novo, sugeriu muitos investimentos rentáveis à minha família. Por ele, nos casaríamos amanhã, assim como Maurício e Clara, mas não me vejo casada tão cedo. Gosto dele, gosto muito, só não sei se estou pronta para um passo tão grande. E não sei explicar direito, mas nós nos distanciamos durante o tratamento de meu pai.

Às vezes eu converso mais com Bernardo, que está em outro continente, do que com César. Aliás, fiz algo que talvez não devesse ontem. Liguei para Bernardo e disse que não gosto das novas amizades do Rodrigo. O que posso fazer? Não gosto mesmo. Meu irmão tem voltado de madrugada para casa e muitas vezes cheirando a bebida. Não que ele fosse um exemplo de comportamento quando meu pai estava vivo, mas está ultrapassando todos os limites. Tentei conversar com minha mãe e o máximo que consegui foi que ela espera que essa fase passe um dia. Já foi muito ela ter falado.

Meu namorado entra no carro e liga o rádio antes de partir. Como sempre, na Antena 1. Seguro um resmungo. Não que eu não goste dessa rádio, mas ela só toca música antiga e me sinto com cinquenta anos, sem contar que era a preferida do meu pai. Então, qualquer intenção de tentar me distrair se perde.

— O que deu em você para me ligar tão tarde?

— Senti sua falta.

Não é completamente verdade, mas não vou contar sobre Rodrigo para César. Ele contaria ao meu avô e ainda diria que foi com a melhor das intenções.

— Bom saber. — Ele dá um meio-sorriso enquanto dirige, e observo os cabelos loiros perfeitamente penteados. Se um fio ali sair do lugar, é provável que César arrume imediatamente. Ele é todo certinho.

Então me pego pensando que gostaria de bagunçar alguns fios, só para ver como ficam, e, sem poder me conter, faço isso.

— Já experimentou deixar os cabelos assim? — pergunto, mas sua mão arrumando o que baguncei me dá a resposta antes mesmo que ele diga.

— Não. Vamos deixar as experimentações para você. É coisa de adolescente. — Ele lança um olhar rápido para as minhas roupas. — Prefiro ser sempre o mesmo.

— Isso é chato. — Cruzo os braços e levanto o queixo, agindo exatamente como a quem odiei ser comparada: uma adolescente.

Viro para o lado ao mesmo tempo em que um motoqueiro passa a toda velocidade. Droga!

— Motoqueiros... — César bufa. — Tem algo mais inconveniente?

— Não, não tem — respondo no automático, sem saber o que ele vê de tão inconveniente em um motoqueiro, mas aí me lembro do óbvio.

*41*

— O Rodrigo também anda de moto. — Minha irritação é evidente na voz.

— Um costume que vai passar com o tempo. Também é coisa de adolescente.

— Você só é cinco anos mais velho, César.

— E cinco anos dão muita maturidade. Sei que foi isso que chamou sua atenção. Minha maturidade e minha capacidade de cuidar de você.

— Posso cuidar de mim sozinha.

— Ih... Se está de mau humor, por que quis sair?

*Porque eu não estava?*, penso, mas não digo, afinal quem fez o convite fui eu.

— Deve ser TPM.

— Deve mesmo. — Ele dá uma risadinha, enquanto embica o carro para entrar no motel. — Vou te acalmar já, já.

Homens... Se a gente falar toda semana que qualquer motivo de irritação é TPM, eles acreditam. Não é possível que não saibam contar!

# 10
# RAFAEL

> *Come as you are, as you were*
> *As I want you to be*
> *As a friend, as a friend, as an old enemy*
> *Take your time, hurry up*
> *Choice is yours, don't be late.*
> — Nirvana, "Come as You Are"*

**A ROTINA DE** dar de cara com Rodrigo Villa ao chegar em casa tem se repetido pelo menos dia sim, dia não. Decido que vou dar apenas mais uns dias para meu primo e depois exigir que ele arrume um emprego. Que mundo é esse em que, com vinte e três anos, de repente virei babá?

Outro dia disse aos moleques que, se quisessem ficar aqui, pelo menos deviam manter o apartamento em ordem. Aí chego e encontro tudo impecavelmente limpo. Elogio e eis o que ouço:

— Posso pedir para a faxineira vir toda semana, se você quiser — Rodrigo oferece do sofá, enquanto olha fixamente para a televisão.

Esse garoto pensa que dinheiro compra tudo na vida. É uma péssima companhia para Lucas.

— Não quero que você gaste seu dinheiro aqui. Quero é que não faça bagunça.

---

* "Venha como você é, como você era/ Como eu quero que você seja/ Como um amigo, como um amigo, como um antigo inimigo/ Leve o tempo que precisar, se apresse/ A escolha é sua, não se atrase."

— Vixe, Rafa — Lucas finge uma careta de desespero. — Então nem abre a geladeira.

Abro.

— Que merda é essa?

Nunca vi tanta opção de comida diferente. Não tem um espaço vago, e é provável que algo estrague.

— Ué, se eu como, eu compro comida — Rodrigo responde, apertando os botões do controle como se sua vida dependesse disso.

— Não quero seu dinheiro.

— Não lembro de ter perguntado.

— Moleque... — Arranco o fio da televisão da tomada. Ainda mando aqui.

— Ah, cara, eu não tinha salvado ainda... — Rodrigo resmunga.

— Meu, a gente estava nessa fase há horas — Lucas endossa.

— A questão é exatamente essa. Vocês dois estão desocupados demais. Acabou a palhaçada.

Olho para os dois, que incrivelmente se calam, como se esperassem por isso, como se quisessem que alguém lhes dissesse o que fazer. Aperto a testa. Não é bem o que eu queria para mim, mas cansei de achar argumentos a cada vez que a vida me ferra.

Sento na mesinha de centro, de frente para os dois perdidos, refletindo sobre o que diria a mim mesmo quatro anos atrás, quando perdi meu pai, larguei tudo e fui morar sozinho. Branco... Não sei o que eu diria. Se soubesse, não seria eu. Então começo pelo básico.

— Por que você passa tanto tempo aqui? — pergunto para Rodrigo, e ele responde com uma facilidade incrível.

— Minha mãe passa os dias trancada no quarto e eu não sei o que dizer. Minha irmã fala do meu pai o tempo todo e eu não sei o que dizer. Meus amigos querem saber o que estou sentindo, querem me ajudar de alguma forma. Não sei como lidar com essa situação, então eu venho porque o Lucas não faz perguntas. Ele sabe. Ele não vai me julgar se eu rir. Parece que às vezes, se eu rio, é como se eu estivesse matando meu pai outra vez. Mas eu não quero sofrer pra sempre. Não tô a fim de me afundar como a minha mãe nem de falar o tempo inteiro como a minha irmã. Só quero ser normal de novo. — Ele puxa o fôlego quando termina, como se tivesse permitido que uma avalanche saísse.

Lucas coloca a mão no braço do amigo, sem dizer uma palavra, e percebo o óbvio: os dois são melhores que terapia um para o outro. Rodrigo e Lucas são iguais. São o ombro um do outro. O ombro que eu não tive. Talvez isso possa evitar que meu primo tome o mesmo rumo que eu.

Quero dizer a Rodrigo que ele não devia deixar a mãe e a irmã sozinhas, mas como posso ser tão hipócrita? Foi exatamente o que eu fiz.

— Se quiser ficar, vai ter que parar de colocar dinheiro na minha casa — ergo a mão com o dedo em riste.

— Se eu como, eu pago — ele balança a cabeça, negando-se a aceitar. — Você tem que parar de achar que dinheiro é pecado. Já vi sua moto. Não é barata. Sua casa não é exatamente uma maloca, né? Você gastou dinheiro.

— Dinheiro que ganhei com o meu trabalho, não porque o meu pai... — É quase um reflexo. — Desculpa. — Coloco a mão sem jeito em seu joelho, querendo que ele perceba que foi um lapso e não veja o que existe por trás disso.

— Você está me julgando — Rodrigo dispara, mas contém a indignação. Ele sabe muito bem como me sinto. — Você acha que eu sou como o garoto que causou o acidente.

Meu Deus. Esse moleque fala tudo que lhe vem à cabeça.

— Ele não é, Rafa — Lucas diz, antes que eu possa ter alguma reação. — Ele é playboyzinho e cheio da grana, sim. Não tem a mínima noção de quanto vale um videogame ou que o capacete dele poderia pagar vários meses da prestação do apartamento, mas é um cara legal. E é meu melhor amigo.

Os dois se olham e dão um soquinho com as mãos. Se eu fosse mole, choraria. Eles são o reflexo torto um do outro. Um filho da elite paulistana e um garoto da periferia, mas são irmãos. Nem que eu quisesse poderia mudar isso.

Rodrigo e Lucas vão superar porque se encontraram em meio à tragédia. Têm mais sorte que o resto de nós.

Chego em casa e nenhum dos moleques está. Liguei antes e avisei que se mandassem porque queria privacidade.

Agora, após transar com uma mulher que conheci no bar e me deu mole a noite inteira, escuto um solo de bateria em minha mente e canto uma melodia qualquer. Basicamente o que acontece após toda transa. Estou deitado na cama e acaricio um dos seios dela, que está muito satisfeita. De nada.

Este momento não vai durar. Sou excelente no antes e no durante, mas meio frio no depois. Não me conecto. O que não me impede de começar tudo outra vez e criar um novo antes, um novo durante, e assim por diante.

Meus olhos passeiam pela parede cinza do quarto até pararem, como sempre, sobre ela. A única garota que passa a noite neste quarto. Minha Les Paul da Epiphone, preta. Minha guitarra. O último presente que meu pai me deu, de onde nunca mais saiu nenhum acorde depois que ele morreu. A dona do quarto...

A breve melancolia é sinal de que preciso levantar. A garota na cama ainda tenta segurar meu braço.

— Já volto. — Saio andando, ciente de que ela admira minha bunda.

Vou para o banho. Deixo a água cair pelos cabelos, alongo o pescoço e, enquanto ensaboo o corpo, cruzo o olhar com o espelho. Os músculos foram adquiridos durante anos treinando jiu-jítsu. A tatuagem de carpa longa e negra começa na mão, um pouco antes do punho, e sobe pelo braço, como fogo procurando caminho para se expandir, em meio às águas turbulentas e também negras que a envolvem. Termina no ombro, mas as barbatanas ainda sobem pelo meu pescoço. Pequenos sinais em cada um dos dedos da mão direita, como espirros de água, completam as marcas que eternizei em meu corpo e que denunciam a fase em que a vida tratou de me levar para rumos que eu não esperava ou queria. A carpa está apontada para cima, mostrando que ainda não cheguei aonde eu quero, mas sigo em frente mesmo não sabendo o que isso vai me trazer. E a cor preta simboliza a vitória após uma época de mudanças difíceis. Não consegui nenhuma vitória, praticamente só perdi, mas olhar para a tatuagem todos os dias me faz lembrar que ainda não desisti.

Algumas lendas dizem que o esforço e a perseverança das carpas ao passar por situações adversas e sobreviver são recompensados no final, e então elas se transformam em dragões. A beleza dessa metáfora foi o que me atraiu para essa tatuagem.

Estou divagando sobre isso quando o telefone toca, e o som distante me faz querer matar Lucas por não deixar o aparelho sem fio sempre na base. Saio pingando pelo apartamento, e da sala posso ver a mulher de quem não lembro mais o nome se espreguiçar feito uma gata em minha cama. Hesito entre atender e partir para o segundo round, mas tem alguém muito insistente do outro lado, então cedo.

— Alô.

Silêncio.

— Alô.

Mais silêncio. Decido desligar e, um segundo antes de apertar o botão, escuto:

— Alô...

É ela. A garota.

— Pois não?

É, sou desses que não facilitam também.

— Boa noite... Eu sei que é tarde...

Não, gata, é de madrugada.

— Meu irmão, o Rodrigo, está por aí? Ele não atende o celular e estou preocupada.

— Não tá.

— Você sabe se ele está com o seu primo?

— Acho que sim. Eles não estavam aqui quando cheguei, e o Lucas comentou algo sobre uma festa na casa do Gigante. O Rodrigo deve ter ido junto.

— E onde é essa casa do Gigante?

Passo a ela o endereço e só depois percebo que posso ter feito merda.

— Obrigada.

Sei que é só desligar e voltar para a cama, mas tenho que perguntar:

— Você não está pensando em ir até lá, né? Já, já ele chega aí.

Uma garota dos Jardins não deve ir para aquela área, especialmente de madrugada.

— Estou, sim. Obrigada.

Desligar na minha cara já está virando mania.

Vou para o quarto e a... É... não vou lembrar o nome. Ela estica as pernas e puxa meu corpo. Eu a beijo. Penso. Beijo outra vez. Penso de novo. Mas que merda!

— Gata, hora de ir embora. Preciso sair. — Já estou colocando as calças quando digo isso, sem chance de argumentações.

Então, mais uma vez, que mundo é esse em que de repente virei babá?

# 11
# *Viviane*

> *It's been a hard day's night*
> *And I've been workin' like a dog*
> *It's been a hard day's night*
> *I should be sleepin' like a log.*
> — The Beatles, "A Hard Day's Night"*

*São três horas* da manhã e estou rolando na cama. Durmo em cama de casal desde os quinze anos, mas hoje ela parece gigantesca. Acendo o abajur, que ilumina parcialmente o quarto. Olho para a escrivaninha e decido ligar o computador.

Enquanto ele inicia, vou até o quarto do Rodrigo, que ainda não chegou. Sento um pouco na cama dele, apoiando as mãos no colchão. Como a vida pôde mudar tanto a ponto de eu ser a pessoa que passa a noite acordada enquanto ele não chega?

Volto para o meu quarto e sento na frente do computador. Pelo horário, poucas pessoas estão online.

Eu me distraio procurando novidades sobre *Smallville*. Adoro a série, mas estou atrasada com os capítulos.

Sou surpreendida pelo barulho do MSN e uma janela que abre. Corro para ver, pode ser meu irmão. É Bernardo. Conversamos por alguns minutos. Peço para ele voltar, ele me pede para ir e depois diz que vai

---
* "Está sendo uma noite de um dia difícil/ E eu estive trabalhando como um cachorro/ Está sendo uma noite de um dia difícil/ Eu deveria estar dormindo como um tronco."

resolver tudo com Rodrigo e fazê-lo parar de se comportar como se fosse sozinho no mundo. Ele é assim, sempre acha que pode resolver tudo.

Quando ele fica offline, sei que não posso esperar até que ele converse com meu irmão. Vou resolver isso já.

Rodrigo deixou o telefone da casa do Lucas, já que passa a maior parte do tempo lá. Pego o papel e minha obstinação morre. Como é que vou ligar para alguém a essa hora?

Seguro o telefone sem fio, como se ele fosse me dar alguma ideia. O que eu faço?

Quando Rodrigo e eu éramos pequenos e não sabíamos se devíamos fazer algo, tínhamos uma brincadeira. Se a hora marcada no relógio fosse par, fazíamos; se fosse ímpar, deixávamos pra lá. Muito bem. São 4h02.

Como o motorista só trabalha de madrugada se agendarmos, chamo um táxi. Não sem antes avisar ao segurança de casa para me ligar caso Rodrigo chegue. E, confesso, eu o subornei para não contar nada ao meu avô. Não sei a que ponto estamos realmente por nossa conta e quanto vovô está nos espionando. Conhecendo-o como conheço, acho que esse distanciamento é um teste.

Não presto atenção em quanto tempo leva para chegar à tal festa. Estou distraída com o ambiente, e a mudança é notável.

Não sou nenhuma menina ingênua que vive em uma bolha. Sei muito bem da miséria e da decadência que habitam muitas partes da cidade, apesar de ter nascido onde nasci. Meu pai sempre fez questão de que Rodrigo e eu nos envolvêssemos nas causas sociais que ele apoiava.

Meu avô é um espanhol que chegou ao Brasil apenas com minha avó, dois filhos pequenos e uns poucos trocados. Para ele, era fundamental que conhecêssemos a vida daqueles que não têm os mesmos benefícios que nós. Meu pai pensava da mesma maneira, mas era mais maleável.

Quando chegamos à casa, antes que eu peça para o motorista esperar, ele avisa:

— Não posso ficar parado aqui. Tem muito assalto nessa área, mas posso voltar se você me ligar.

Ótimo. Vou ter que me virar. Penso seriamente em telefonar para César, mas ele não atendeu quando liguei, às duas da manhã. Quando ele dorme, desaba.

Desço do táxi com a bolsinha prateada pendurada no braço e a aperto contra o corpo quando um carro passa correndo por mim. Tão próximo que sinto que, se a saia do meu vestido não fosse tão justa, eu teria ficado sem ela. Eu já havia separado a roupa que ia usar no dia seguinte para almoçar com minhas amigas, então, na pressa, optei por essa mesma. Pensando bem, acho que não foi uma boa escolha. Estou usando um vestido preto de mangas três quartos, com os últimos dois palmos listrados de branco — palmos, aliás, que não passam das minhas coxas. Quando estava saindo apanhei meu celular na mesinha e, como a boina vermelha estava ali, peguei também. Olho para os meus pés — certamente o tênis Lacoste branco que César me deu foi uma péssima ideia...

Olho em volta, para a rua completamente escura, e sei que essa é a pior roupa que eu poderia estar usando. E que é bem feito para mim se eu tiver que voltar descalça para casa.

Há muitos carros estacionados e ouço barulho de vozes, além de uma batida musical em algum lugar dentro da casa.

Toco a campainha e espero.

Nada.

Toco outra vez e fico apertando o botão, sem me importar com quantas vezes ouvi que isso é falta de educação.

Nada.

Tento o óbvio: empurro o portão de ferro. Ele se abre com um rangido e coloco a cabeça para dentro.

Entre entrar e aguardar, decido entrar e fecho o portão atrás de mim.

Há um longo e estreito corredor. Quanto mais ando, mais ouço o barulho da festa. Adiante, finalmente posso ver as pessoas.

"Tropa de elite", do Tihuana, toca bem alto. Tem muita fumaça e bebida para todo lado. Garrafas vazias caídas e pessoas se beijando. Não, pessoas transando em um canto da parede. Onde é que meu irmão se meteu? Por Deus, que ele não tenha se metido em ninguém. O pensamento provavelmente explode em forma de cara de nojo. Estou fazendo o possível para não encostar em nenhum lugar. Nunca se sabe que parede foi usada.

Quando as pessoas começam a me notar, me lançam olhares estranhos, como se eu fosse um bichinho perdido, e cutucam umas as outras, apontando para mim. Talvez por eu estar sozinha. Fico chocada quando vejo uma colega da faculdade. Como ela chegou aqui?

Diferentemente do que eu pensava, há muitas garotas como eu. E garotos também. Como este lugar virou point?

A pergunta encontra a resposta quando uma das garotas passa a mão no nariz e estou perto o bastante para ver o saquinho de pó em sua mão. Drogas. Ah, meu Deus, cadê meu irmão?

Tentei perguntar sobre Rodrigo à menina da faculdade, mas ela me ignorou, e o fato se repetiu três vezes com outras garotas.

Estou quase decidida a sair e ligar para César, ou até para meu avô, quando sinto um puxão no braço.

— Ei, delícia! — Um cara me derruba no colo e simplesmente apalpa meu seio.

Não levo nem um segundo para me levantar, mas trombo com outro rapaz que passava.

— Opa! Calma... — aquele que puxou meu braço diz, tentando se aproximar outra vez.

Não dá para correr, não dá para fazer nada que o impeça de me segurar, então me lembro das palavras de meu pai quando fiz dezoito anos e comecei a sair para baladas com as minhas amigas: "Pequena, preste atenção. Vou lhe dar o conselho que meu pai deu à minha irmã na sua idade. Se um dia você estiver numa situação com um homem que você não quiser, mas não tiver como fugir, não se desespere. Ele provavelmente vai ser mais forte. Deixe ele pensar que está ganhando, que pode te dominar, que você é uma presa fácil. E então, quando ele pensar que você não vai mais reagir, agarre ele entre as pernas e aperte até não conseguir mais fazer força. Depois corra. Corra e não olhe para trás. Aí me chame que eu mato o sujeito".

Mesmo completamente assustada, porque sei que meu pai não vai aparecer para matar o sujeito depois, é exatamente o que faço. E, enquanto aquele desconhecido cai no chão, corro em disparada em direção ao corredor, mas outra parte do plano de meu pai falha, porque, na fuga, trombo com algo muito forte e sinto meu corpo cair.

# 12
# RAFAEL

*As beautiful as fire against the evening sky*
*You fuel the lost desire — I no longer wanna die.*
— Seether, "Take Me Away"*

**NUNCA EM TODA** a minha vida — bem louca, assumo — vi uma garota nocautear um cara daquele jeito. Quando entrei, demorei poucos minutos para localizar Viviane. Ela se destacava de todos ao redor. E não pense que falo da roupa ou do estilo. Enquanto todos estavam à vontade, a garota torcia o nariz de forma quase ofensiva. Eu estava pronto para chamar seu nome no momento em que percebi o clima tenso, e, quando balancei a cabeça achando que teria de bancar o herói da donzela indefesa, ela simplesmente esmagou as bolas do cara. Ela *esmagou* as bolas do cara. ESMAGOU AS BOLAS DO CARA!

O pensamento que se repete feito um eco atrasa minha reação, e só desperto quando a vejo correr em minha direção. Não que ela tenha me visto — pela trombada que a gente dá, tenho certeza que não.

Eu a pego antes que caia, mas ela está tão assustada que dou um passo para trás.

— Calma, sou eu. Tá tudo bem — digo, ao ver que ela está pronta para me atacar.

---

* "Tão bela quanto fogo contra o céu noturno/ Você alimenta o desejo perdido — eu não quero mais morrer."

Instintivamente, coloco a mão entre nós e protejo a zona que poderia correr riscos ao perceber que seus olhos estão arregalados. Quero ajudá-la, mas não estou a fim de danificar meu equipamento.

— Rafael? — ela pergunta, confusa.

O brilho de reconhecimento é seguido pelo alívio em seu olhar. Dou um meio-sorriso. Taí algo que eu não esperava — nem o alívio nem o sorriso.

— Sim. — Seguro seus ombros, mas a mantenho longe do meu corpo. — Posso me aproximar ou vou acabar no chão como aquele cara? — Duvido que ela me pegasse desprevenido, mas brinco para aliviar a tensão, e ela dá um soluço misturado com risada. Ela está à beira de um ataque de nervos.

— Pode.

Eu a abraço, por dois motivos. Primeiro: sei que é o que ela precisa. Ela está em estado de choque. Segundo: esta é a minha área. Conheço muitos caras que estão na festa. E aqui funciona assim: ou você marca a garota como sua, ou alguém vai catar.

O cara caído se levanta, e dois de seus amigos já estão vindo até mim.

— Fica aí! — falo alto, apontando para ele com uma mão e envolvendo Viviane com o braço livre. Ela não faz objeção.

Alguém desliga o som. Tem uma coisa que as pessoas curtem mais do que música numa festa: uma boa briga.

— Mermão, essa mina precisa de um corretivo.

— Fica na sua! Cadê o Gigante? — pergunto pelo dono da casa, enquanto um círculo de pessoas se junta à nossa volta.

Merda! Um dos caras caminha decidido até nós. Coloco Viviane atrás de mim, fecho o punho e acerto a cara dele, que desaba com o nariz estourado.

Não dá tempo nem de pensar. O outro cara me ataca. Sou mais rápido — pego o braço dele, torço e, usando o peso de seu corpo, o jogo no chão. Pelo barulho e pela posição, sei que no mínimo desloquei seu ombro.

Ouço um tiro e Viviane dá um pulo, seguido de um grito. Em um instante, seguro sua mão.

— Acabou a putaria! — berra o cara mais alto e maluco que já conheci, enquanto balança um revólver para cima e para baixo. Assim que me vê, ele abre os braços e sorri. — Barman, parceiro! Tinha que ser você o puto pra agitar essa porra. Tava mole isso aqui.

Qualquer ameaça de confusão termina. Ninguém que conhece o cara ousaria continuar, a menos que quisesse ser desovado como indigente em algum lugar.

— E aí, cara? — cumprimento sem soltar Viviane, chamando a atenção dele.

Gigante coloca o revólver na cintura, sem tirar os olhos da garota. Ele é um negro forte, e o modo como parece querer Viviane me incomoda. Também, como não querer com essa maldita saia curta? Nunca pensei que teria um problema com ele, mas me preparo para o pior.

— Sua mina?

— É — respondo, agradecendo ao gato que comeu a língua de Viviane. Ela só olha ao redor, enquanto aperta a minha mão.

— Porra! As melhores sempre são suas.

— Nah! Perdi uma linda pra você uma vez. Duas, na verdade. — Sou certeiro, e ele dá uma gargalhada.

— Irmão, aquela mulata e aquela ruiva...

Acompanho a risada e percebo que o choque de Viviane está passando, porque ela revira os olhos, com cara de menosprezo. Felizmente Gigante não percebe.

— Vim buscar meu primo. Viu o moleque por aqui? — pergunto, querendo resolver a situação e ir embora.

— O Lucas apareceu com um moleque novo que não quis experimentar nada além de álcool.

Viviane suspira de alívio e não consigo conter um sorriso. Ela realmente não conhece nada do que o mundo oferece.

— Estão aí ainda? — pergunto.

— Não, saíram com duas garotas. Não sei pra onde foram. O moleque novo é divertido. Careta demais ainda, mas divertido. Fala pro Lucas trazer ele mais vezes.

— Nem ferrando... — Viviane murmura baixinho, perto do meu ouvido.

A música recomeça, e "Te levar", do Charlie Brown Jr., preenche o ambiente. É a minha deixa para cair fora.

— Beleza. Vou indo.

Quero sair logo daqui.

— Já? Não quer nem ficar e dar um tiro ou dois?

Viviane arregala os olhos para mim e tenta soltar a mão, provavelmente pensando no tipo do cara que a salvou. Não permito que ela se solte e me movo de forma que seu corpo fique bloqueado. É melhor que não a vejam reagindo assim a mim, ou o disfarce já era.

— Hoje não — respondo sem me virar e continuo seguindo para fora da casa, mas ainda escuto Gigante gritando atrás de mim.

— Não vai deixar essa aí te mudar, hein?

Rio enquanto caminho e berro a resposta:

— Nunca!

— E pega ela de jeito! Com força! Mostra quem manda! — ele segue gritando.

Estou gargalhando. Ela me dá um murro no braço, visivelmente ofendida, e anda batendo o pé apressada à minha frente, mas não paro de gargalhar.

# 13
## Viviane

> *A guy like you should wear a warning*
> *It's dangerous, I'm falling.*
> — Britney Spears, "Toxic"*

*Todo o medo* que senti está explodindo em forma de adrenalina. Que raiva!

Cadê meu irmão? Como ele pôde se enfiar num lugar desses?

Bato o portão com força assim que saio. Pouco depois ele se abre de novo, e, de canto de olho, vejo Rafael saindo. Ele está vestindo uma calça jeans justa, e me xingo porque, mesmo em um dos momentos mais tensos da minha vida, não pude deixar de reparar em seu corpo. A camiseta branca debaixo da jaqueta de couro preta lhe dá um ar de Clark Kent sob efeito de kryptonita vermelha, e eu amo essa versão rebelde do Super-Homem.

O que está acontecendo comigo? Ele nem faz o meu tipo. Rafael é um bad boy de quinta categoria, e eu gosto dos certinhos, como César.

Quem eu quero enganar? Acabei de admitir que tenho uma queda pelo Clark rebelde.

Telefono sem parar para o meu irmão. Nada. Ligo para o segurança de casa. Nada. Rodrigo não voltou. Ligo para o César, para que venha me buscar. Nada. Não posso ligar para o vovô. Ele me mataria.

---

* "Um cara como você deveria ter um aviso/ É perigoso, estou me apaixonando."

Não sei o que fazer. Vim procurar meu irmão, e só Deus sabe onde ele se meteu.

Rafael ainda está rindo quando passa por mim e sobe na moto. Sem saída, ligo para o taxista.

— O que você está fazendo? — Rafael pega meu celular e o desliga quando me ouve dando o endereço. Nem percebi que ele tinha descido da moto.

— Pedindo carona.

— Eu sou sua carona. Ou prefere ficar esperando um táxi? Os caras podem ter se acalmado porque o Gigante mandou, mas nada impede de eles saírem e te verem aqui. — Ele devolve o aparelho. — A escolha é sua, mas eu vou embora. — E sobe na moto outra vez.

Sou teimosa, então retomo a ligação, mas acabo desistindo quando descubro que o motorista vai demorar pelo menos meia hora para chegar.

Estou olhando para baixo, batendo a ponta do tênis no chão, apertando as mãos, como uma garotinha sem saída, irritada comigo mesma por ter me metido nesta situação. Levanto os olhos e ele está parado na moto, com um sorriso vitorioso e o capacete estendido para que eu o pegue.

Nossos olhares se enfrentam. Ele é tudo o que eu não quero agora e vice-versa. Mesmo assim, há exatos quarenta dias, por mais que nossos caminhos sejam diferentes, temos nos esbarrado nos cruzamentos.

Vou até ele e pego o capacete.

— Não posso andar de moto. Estou de saia — aponto para minhas pernas, constatando o óbvio. — É melhor esperar o táxi.

— Sei que está de saia. Percebi na hora em que olhei para você e não encontrei o visual da Avril. Por que mudou? Eu gostava.

— Por isso mesmo.

Se ele sorrir mais, seu rosto vai rasgar. Ele está zombando de mim. Que imbecil!

Ah, droga! Por que tenho a mania de dizer a última palavra sem pensar? Agora ele pensa que tem muita importância para mim. Nem foi por isso que mudei o visual, foi para não me lembrar desse idiota. Droga. Pelo menos isso eu só pensei, não disse.

— Me diz, menina, por que você só usa saia? É algum plano pra me seduzir? Porque, se for, tá dando certo — ele diz e, diferente de mim, não está nem aí em assumir.

— Eu... — *Pensa numa boa resposta, pensa numa boa resposta.* — Eu gosto das minhas pernas. — Dã! Não creio que eu disse isso.

Ele não para de me olhar, dá uma longa e demorada secada em mim.

— É, eu também.

Maldito! Ele ainda me provoca.

Olho para o capacete enquanto penso no que fazer. Rafael tira a jaqueta de couro e me entrega.

— Ponha isso.

— Por quê?

— Porque o vestido é tão curto que a jaqueta vai cobrir mais.

Hesito, então ele desce de novo da moto. Acho que ele faz esse movimento de subir e descer de propósito, porque a calça marca suas coxas e sua bunda ainda mais.

— E você vai congelar quando ganharmos velocidade. Eu corro... — A última palavra é apenas um sussurro provocante.

Rafael pega o capacete, coloca-o sobre a moto, olha em meus olhos, bem dentro dos meus olhos, segura minha mão e me estende a jaqueta. Fico parada, olhando para ele, respirando rápido — ou talvez nem esteja respirando.

— Se quiser, posso te vestir. Não é o que eu normalmente faço com garotas. Tirar é mais a minha praia.

Pego a jaqueta de supetão. Ele sorri. Ganhou outra vez. Parece que, mesmo quando pretendo irritá-lo, acabo fazendo o que ele queria.

— Você vai ficar sem jaqueta e sem capacete? — indago, preocupada, afinal ele está aqui por minha causa. Pelo menos é o que eu acho, apesar de não ter perguntado.

— Vou.

— Ficar sem capacete é perigoso, e você vai congelar sem blusa. Não foi o que você disse?

— Vou correr o risco quanto ao capacete, e você vai compensar a falta da jaqueta.

Ele monta na moto outra vez e dá dois tapinhas no assento, para que eu suba.

— Do que você está falando? — pergunto ao subir e deslizar as mãos em sua cintura, ajeitando meu corpo ao dele.

— Assim. Desse jeito. Só não tire as mãos daí — ele diz enquanto dá partida na moto.

Sinto uma rouquidão mais intensa no tom da última frase, e, por mais que eu queira me afastar, tudo o que faço é apertar mais forte.

# 14
# RAFAEL

> *Trust I seek and I find in you*
> *Every day for us something new*
> *Open mind for a different view*
> *And nothing else matters.*
> — Metallica, "Nothing Else Matters"*

**ENQUANTO VIVIANE ABRAÇA** minha cintura, bato os olhos no retrovisor da moto e me surpreendo por estar com um sorriso bobo nos lábios.

Tem algo nela. Algo que não entendo. Por mais que a gente saiba pouco a respeito um do outro, me sinto à vontade de uma forma incomum.

Por trás daquele tom zombeteiro, do nariz empinado e do desejo de ter sempre a última palavra, existe uma garota que mexe comigo.

Eu a sinto ajeitar as mãos na minha cintura, e cada músculo do meu abdômen se retesa, como se eu fosse um garoto bobo que nunca tivesse sido tocado.

Preciso de autocontrole sobre-humano para não parar no primeiro motel e transar com Viviane. Talvez, se eu fizer isso, essa fixação irracional passe.

Estar aqui, nesta noite, com ela na garupa, é a maior prova de que não estou batendo bem.

---

* "Confiança eu procuro e encontro em você/ Cada dia para nós é algo novo/ Mente aberta para uma visão diferente/ E nada mais importa."

Ela não é problema meu e, ainda assim, não consigo não me importar. E nem posso mais dizer que é por me lembrar minha irmã, pois estarei mentindo. É por querer mesmo, por querer sentir Viviane. Senti-la sob mim na cama, sobre mim, debaixo do chuveiro.. Ah, meu Deus... Não estou regulando bem. Essa garota tem "problema" tatuado na testa.

Quando já estou há uns dez minutos pilotando, paro a moto de repente. O corpo dela é impulsionado contra o meu e quase esqueço por que parei.

— Preciso do seu endereço. — Sei que é nos Jardins, porque Lucas me disse, mas prefiro omitir essa parte.

Ela fala normalmente, mas sinto como um sussurro em meu ouvido. Retomo o caminho, ciente de que tenho duas escolhas: me afastar de vez ou pegar essa menina de jeito.

Paro a moto e Viviane desce na frente da casa dela. Eu achava que ela era rica, mas, pela altura dos muros e pela guarita que se acende logo em seguida, começo a pensar se não tem um castelo lá dentro.

Ela tira o capacete, me entrega, se vira para o segurança que abriu a janela e faz um sinal com a mão. Imediatamente a janela se fecha outra vez.

Tanta ostentação me faz lembrar das razões para ficar longe, mas aí ela diz:

— Obrigada por estar lá. — E me desmonta. — Não sei o que eu faria se você não tivesse chegado. — É um custo tão grande para ela assumir isso que contenho um sorriso. — Eu poderia derrubar mais um ou dois, mas do jeito que você fez, acho que não — ela brinca e ajeita a boina no cabelo, que está um pouco bagunçado, deixando-a sexy de um jeito que ela nem imagina.

— Às ordens — respondo, ligando a moto outra vez.

— Você está bem? — A pergunta me confunde, então ela completa: — Você brigou. Eu estava tão nervosa que não vi tudo. Você se machucou?

— Não apanhei. Só bati.

— Você parecia saber o que estava fazendo.

— E sabia mesmo. Luto jiu-jítsu há muitos anos.

— Que estranho — ela diz, franzindo a testa e virando para o lado para me olhar direito. — Você não tem aquelas orelhas horríveis de lutador.

Ergo a cabeça com uma gargalhada. Viviane e Rodrigo falam tudo que pensam.

— Eu me cuido. Uso protetor de orelha e dreno a lesão, se acontecer. Mas é raro, porque não costumo me machucar. — Estou me gabando mesmo, mas é verdade.

— Ok, Super-Homem — ela zomba, sorrindo.

— O Super-Homem é muito certinho pra mim. Não rola — balanço a cabeça como se tivesse me ofendido, porém também sorrio. — Mas, se jogar uma kryptonita vermelha, aí a coisa fica boa.

Por algum motivo que não imagino, ela fica vermelha. Muito vermelha e bastante sem jeito, então mudo de assunto.

— Ah! A moto do seu irmão estava na garagem do meu prédio quando eu saí, então não precisa se preocupar que tenha acontecido alguma coisa com ele no caminho. Ele deve ter ido de táxi. Vocês gostam disso. — Não resisto à provocação.

— Eu não estava preocupada com isso. O Rodrigo não dirige se sabe que vai beber. Ele nunca arriscaria se machucar ou machucar alguém — ela diz e aperta os lábios, provavelmente se lembrando do que aconteceu com a minha família. É oficial. Somos bombas explosivas um para o outro. Que facilidade para dizer a coisa errada! — Sinto muito — ela completa.

— Tudo bem. É bom saber que o moleque é responsável. E por que você foi de táxi hoje? — quero saber, enquanto enfio a mão no bolso da calça para pegar um cigarro.

— Não sei dirigir. Quando cheguei na idade de aprender, meu pai ficou doente e... — ela desvia o olhar e desisto de fumar.

— Sinto muito.

Parece tão comum sentir muito entre nós.

— Obrigada. Espero que o meu irmão chegue logo. Se ele chegar na sua casa primeiro, você pede para ele me ligar, por favor?

— Claro.

— Vou entrar. Obrigada mais uma vez — ela diz, mas não dá um passo.

— Vou indo — digo, mas não me movo.

Viviane está olhando para o lado e vira o rosto devagar, cruzando o olhar com o meu. Expectativa. Tem um metro de distância entre nós e posso ver refletida nela a mesma expectativa que se agita em mim.

Eu devia correr com a moto e ir embora. Colocar uma distância segura entre nós, mas não consigo. Estou preso a este bendito momento, esperando por uma ação dela. Nunca esperei pela ação de uma mulher. Nunca.

Uma porta imaginária se abriu entre nós. Não sabemos como começou ou quem a abriu. Simplesmente está escancarada e cabe a nós lidar com isso. Ou fechamos ou entramos. Não há meio-termo.

— E a jaqueta? — ela pergunta, e posso vê-la hesitar entre ir e vir.

Viviane aperta minha jaqueta em volta do corpo. Estou lá e estou aqui, a um passo. Ela sabe.

— Me devolve na próxima — arrisco. Está nas mãos dela agora.

Ela fecha os olhos por dois segundos. Está pensando. Está pesando. Está decidindo quanto quer arriscar.

— Ok... — ela diz e anda rapidamente em direção ao portão, sem olhar para trás. Fico olhando até que ela entre.

É... Parece que não vou me afastar.

# 15
## Viviane

*This is a way that I'm learning to breathe*
*I'm learning to crawl*
*I'm finding that you and you alone can break my fall.*
— Switchfoot, "Learning to Breathe"*

*Quando cruzo o* portão, corro para a casa e, assim que fecho a porta da sala, me encosto nela, sem ar. O que estou fazendo?

Eu devia estar só preocupada com o meu irmão, não com o coração disparado por alguém de quem sei tão pouco. Nem conversar direito nós conversamos. Meu Deus!

Nem sei como cheguei até o quarto. Tiro o tênis e sento de pernas cruzadas na cama, olhando para a cortina branca, como se uma resposta pudesse sair dali.

Penso em César e no que estou sentindo. Preciso conversar com ele. Acertar as coisas ou ir cada um para o seu lado. Meu pai odiaria isso, mas ele não está mais aqui.

Eu me deito na cama, e o cheiro da jaqueta de Rafael me faz perceber que ainda a estou vestindo. Abraço meu corpo, e, ao virar o rosto, a gola cai sobre meu queixo. Couro e perfume se misturam. Ainda me surpreendo ao lembrar como Rafael é perfumado. Um cheiro que ainda está comigo e, por mais que eu queira, não consigo tirar a jaqueta. Talvez isso mostre que eu não quero coisa nenhuma.

---

* "Este é o jeito que eu estou aprendendo a respirar/ Aprendendo a engatinhar/ Estou descobrindo que você e só você pode interromper minha queda."

Levanto rapidamente e apago a luz. Não sei se vou conseguir dormir até meu irmão chegar, mas quero ficar no escuro. Deito de novo, pensando que deveria colocar o pijama de uma vez, quando o telefone toca.

Estranho, porque não é o som do meu aparelho. Começo a procurar até perceber que o toque vem da jaqueta. Tem um celular em um dos bolsos. Fico sem saber se atendo ou não. E se for o primo de Rafael? E se ele estiver com problemas? E se o meu irmão estiver com problemas?

— Alô — atendo em voz baixa.

— Oi, morena. Parece que alguém ficou com o meu celular — Rafael responde tão baixo quanto eu, como se soubesse que estamos brincando com fogo.

— Nossa... Eu devia ter te devolvido a jaqueta — digo, mas um frio na barriga me diz que fiz bem em ficar com ela.

— É quase dia já. Quando dormir, vou capotar. Vou acordar perto da hora de trabalhar, então só vou ter tempo de pegar depois de amanhã. Pode ser?

— Pode. Ou então, quando o meu irmão aparecer, posso pedir para ele te levar. — Eu me arrependo da sugestão assim que a faço. A jaqueta e o celular são minha única certeza de contato.

— Não — ele diz, e ouço sua respiração profunda. — Prefiro buscar.

— Ok. Depois de amanhã, então.

— Depois de amanhã.

Silêncio. Estou deitada na cama, olhando para o teto, pensando se ele está deitado ou sentado e em como sou tonta por me importar.

— Vai conseguir dormir? — ele pergunta.

— Antes do meu irmão chegar? Duvido.

— Você sabe que não precisa se preocupar tanto com ele, não é?

— Saber eu sei...

— Mas não consegue evitar.

— É... — Aperto a colcha sob mim.

Mais silêncio. Acho que ele está se preparando para se despedir, mas diz:

— Quando o meu pai morreu, quatro anos atrás, as pessoas achavam que eu ia saber lidar bem com a situação, porque eu sempre fui um cara divertido e pra cima, mas eu sumi por uns tempos. Deixei minha mãe e minha irmã, e não foi porque eu não amava ou não me importava com elas. Eu só precisava de espaço, precisava entender o que estava acontecendo e precisava tentar diminuir a dor.

— E você conseguiu diminuir a dor? — Quando percebo, estou abraçando a jaqueta, como se isso pudesse lhe transmitir algum conforto.

Sei que ele não esperava essa pergunta. Provavelmente quis que eu entendesse os sumiços do Rodrigo, mas a tristeza de suas palavras me tocou.

— Não.

Quero dizer que sinto muito, que gostaria de poder ajudá-lo, mas isso não seria possível. Então, como ele se abriu, me abro também:

— Quando o meu pai morreu, eu quis fugir. — Encaro os adesivos de estrelas no teto, que ainda conservam um pouco do brilho pelo tempo que as luzes ficaram acesas. — Mas prometi a ele que viveria como ele me ensinou, buscando sempre a felicidade. — Suspiro. — Acho que estou mentindo pro meu pai. Não consigo ser o que ele esperava de mim.

— Estou longe de ser o que o meu pai esperava. Não dá para viver de acordo com as expectativas dos nossos pais, somos pessoas diferentes. A verdade que ninguém diz é que a gente muda com a morte, porque é o único jeito de sobreviver a ela.

— E se eu não quiser mudar? E se estiver com medo?

As estrelas vão se apagando e me sinto assim também, ao me lembrar de quando as colei com meu pai, aos sete anos. Sei que nunca terei coragem de tirá-las dali.

— Se você está com medo, é porque já está mudando. Mudar assusta. Você sabe que não é mais a garota que corria sempre para junto do seu pai. Você sabe que não pode ser essa garota, mesmo que queira. Então se tornar outra pessoa às vezes é melhor que querer algo que nunca mais vai acontecer.

Estou chorando. Ninguém nunca falou tão abertamente sobre a morte comigo, nem mesmo a terapeuta. Acho que ele pode me ouvir, porque solucei. Não consigo segurar. Ele está quieto, apenas ouvindo.

Durante muito tempo, chorar é tudo o que faço, enquanto Rafael está do outro lado da linha. Sem me julgar, sem dizer palavras que não podem curar ou mentir sobre um futuro sem dor. Ele fica ali, em silêncio, e mesmo assim sinto que não existe ninguém que me compreenda como ele. E, ao som de sua respiração, aos pouquinhos vou recuperando o controle.

# 16
# RAFAEL

*When you came in the air went out*
*And every shadow filled up with doubt*
*I don't know who you think you are*
*But before the night is through*
*I wanna do bad things with you.*
— Jace Everett, "Bad Things"*

**HOJE É DIA** de show no bar. Em resumo: uma loucura. Assim que estaciono a moto, vejo Lex passando a mão pelos cabelos escuros e falando agitadamente ao telefone.

— Como assim, não vem? Tenho uma reserva de aniversário para cem pessoas. Fora o público normal do bar. Não tem como não ter banda!

Estou passando quando ele me faz sinal para parar e desliga o telefone.

— Cara, ferrou. Tem festa e não tem banda. Não dá! — Ele coloca as mãos na cintura, pensativo. — Me dá uma luz.

— Consegue arrumar um barman?

— Do seu nível, não. Tá com ideia, né?

— Ãrrã. Arruma um sem ser do meu nível mesmo. Os outros caras dão conta do bar e a gente cuida do show. Já tocamos aqui várias vezes. Tudo bem que preparados, mas a gente dá um jeito. Chamamos

---

* "Quando você entrou o ar foi embora/ E toda sombra se encheu de dúvida/ Eu não sei quem você pensa que é/ Mas antes que a noite acabe/ Eu quero fazer coisas malvadas com você."

aqueles seus dois amigos que têm ensaiado com a gente e pronto. Dá pra montar uma boa setlist. No intervalo assumo o bar, e aí a performance é outra, mas todo mundo vai sair feliz.

Enquanto falo, Lex balança a cabeça, empolgado.

— Cara, o que seria de mim sem você?

— Tem dias que me faço a mesma pergunta. — Estou rindo, mas ele entendeu o sentido. Lex é meu melhor amigo e sempre está lá por mim, mesmo se eu quiser só ficar quieto. Acho que é quem mais me conhece. — Aliás, já sabe, né?

— Claro que sei. Seu extra hoje é em dobro.

Faço um sinal positivo com as mãos enquanto corro para o estoque. Se vou trabalhar em dobro, preciso deixar tudo preparado para nada sair errado.

Estou anotando tudo que precisa ser levado para o bar quando Andressa surge na porta do estoque e a fecha atrás de si.

— Oi, querido.

Outra coisa que adoro, ser chamado de "querido".

— Oi — respondo, sem olhar para ela.

— Hum... Tá se fazendo de difícil hoje?

O bom de trabalhar em bar é que tem uma grande rotatividade de hostess. Raramente elas ficam por muito tempo. Andressa está demorando demais para partir.

— Dessa, não leva a mal não, mas hoje não vai rolar. Vou tocar e... — Marco o que preciso na lista presa a uma prancheta.

— Em dia de show, você só transa depois de tocar. O bar inteiro sabe disso. — De canto de olho, posso vê-la brincando com o zíper do macacão. Subindo e descendo. Que fixação por subir e descer tem essa mulher!

— O pessoal fala demais, não é? Tenho certeza que já te falaram outras coisas.

Ela sabe demais sobre mim, graças aos boatos (provavelmente verdadeiros) que correm soltos pelo bar. Acho que é hora de acabar com a brincadeira entre nós.

— Que você não repete transa. Que pelo menos não é comum.

— Yep! Sem repetições. — Lanço um olhar rápido e posso ver a indignação dela ao sair e bater a porta.

Sei como isso soa, como se eu não prestasse. Bem... Eu nunca disse que prestava, certo? Tenho quase certeza de ter dito o contrário.

Quando faltam quinze minutos para o bar abrir, Lucas chega com Rodrigo. Vi meu primo rapidamente e acabei com a raça dele antes de sair de casa. Pela cara de seu camarada, ele está sabendo bem o que rolou.

Passei boa parte da noite conversando com Viviane. Após a crise de choro, quando ela se acalmou, conversamos sobre o passado, antes de a morte nos atingir. Não fizemos grandes reflexões, não comparamos com o presente, só falamos sobre uma época em que tudo parecia mais fácil.

— Não quero nem saber onde vocês estavam ontem — digo, apoiando as mãos no balcão do bar para me aproximar mais dos dois moleques. — Vocês não podem sumir desse jeito. Não quero nem saber. Vocês não vão mais sair sem celular ou sem deixar o telefone do lugar. E principalmente, quando disserem para onde vão, é bom que estejam lá mesmo, caso eu precise buscar vocês, como ontem. Vocês podem ir até para o inferno, mas, se eu ligar para o capeta e ele me disser que vocês não estão lá, vão ficar automaticamente de *castigo*. — A palavra sai facilmente da minha boca, mesmo que meu cérebro me diga que isso é absurdo. Os dois têm dezoito anos. Não são mais crianças, mas, ao mesmo tempo, são apenas crianças.

Lucas está boquiaberto, e Rodrigo, obviamente, me enfrenta:

— Você não pode me deixar de castigo. Você sabe disso, não sabe?

— Paga pra ver! — Cruzo os braços e fecho a cara. Quero ver me desafiar. Sei que me comportei da mesma forma com a minha família e pareço um sem-noção por agir assim agora, mas ontem algo se partiu em mim ao ver Viviane aflita por não saber onde seu irmão estava. Além disso, sei que meus tios gostariam que eu cuidasse de Lucas. — Entenderam ou não?

Mesmo inconformado, Lucas balança a cabeça, concordando. Rodrigo aperta os lábios, querendo bater de frente, mas acaba cedendo:

— Ok.

É impossível não lembrar dela. Deve ser a pessoa que mais diz "ok" que eu conheço.

— Ótimo. E sempre diga pra sua irmã onde você está — dou o último recado para Rodrigo e jogo uma camiseta do uniforme para Lucas. — Você vai trabalhar no bar hoje.

Ele não reclama. Já fez alguns bicos aqui e sabe que precisa ganhar dinheiro.

— Vou ter que trabalhar também? — Rodrigo pergunta, levantando uma sobrancelha. Não sei se ele acha isso bom ou ruim.

— Você quer? — pergunto, passando pela portinhola. — Só se for por prazer, porque o que vai ganhar só faz cosquinha na sua mesada.

Ele balança a cabeça, cogitando.

— Dá pra pegar mulher? — Sorri.

— Toda noite.

— Então me dá uma camiseta.

Dou risada. Com esse garoto não dá para ficar sério por muito tempo.

Deixo Lucas explicar para o seu amigo como as coisas funcionam no bar e vou para o palco passar o som. Assim que subo, Lex está me olhando, surpreso.

— Arrumou filhos de repente? — Ele dá uma risadinha enquanto toca alguns acordes na guitarra. — Gostei de ver a prensa que deu naqueles dois.

— Cala a boca, Lex — respondo, mas não estou zangado. Estou maluco talvez, me metendo onde não devo. Qualquer coisa assim, menos zangado.

Duas horas depois, a banda segue agitando a casa. Quase colocamos tudo abaixo, literalmente. O público está empolgado, canta, dança e pede mais.

Lex avisa a todos que aquela vai ser a última música da noite e, para encerrar, vamos atender a um pedido especial do aniversariante.

Tocar mexe com a minha adrenalina. As batidas da música invadem meu sangue e, de repente, nada mais importa. É como se a bateria fosse uma extensão minha.

No meio da música, quando estou no ritmo alucinado de "Drain You", do Nirvana, vejo um par de pernas inconfundível, e dessa vez elas vêm adornadas por uma saia vermelha. Preciso dizer que é curta? Essa garota quer acabar comigo.

# 17
# Viviane

*It's my life*
*It's now or never*
*I ain't gonna live forever*
*I just want to live while I'm alive.*
— Bon Jovi, "It's My Life"*

**Acordo sem saber** direito como dormi. A jaqueta é a resposta de que preciso.

Eu me sento na cama e a abraço devagar, tirando-a em seguida e me dando conta da razão de estar com ela. Corro para o quarto do Rodrigo e ele está lá, capotado de atravessado na cama, sem camisa, mas ainda de calça jeans e tênis.

O quarto cheira a bebida, e o relógio do quarto marca 11h17. E daí que é ímpar e estou na dúvida? Ele vai ver só uma coisa.

Saio de lá e passo por Joana, uma das mulheres que cuidam da casa. Ela está passando pano na sala e me olha assustada.

— Posso pegar o balde? — digo de supetão.

— Bom dia, menina. — Ela coloca uma mão na cintura e me repreende. — Vocês esqueceram como tratar os outros, é? Seu irmão passou por mim como um furacão mais cedo.

— Bom dia. Desculpa.

---

* "É a minha vida/ É agora ou nunca/ Eu não vou viver para sempre/ Eu só quero viver enquanto estou vivo."

Ela está na família desde antes de eu nascer e tem razão em estranhar nosso comportamento. Tudo era muito mais fácil antes.

— Posso usar, por favor?

— Não te vejo pegar num balde desde que você tinha dois anos e meio e usou um para colocar seu irmão dentro.

Não consigo conter o sorriso, pelo que estou prestes a fazer. É irônico.

— Preciso usar... — Não quero dizer para quê. Se tem alguém que mima Rodrigo mais que qualquer pessoa nesta casa, é Joana. Isso porque ela não sabe que ele já traçou as duas filhas dela.

— Pode usar, mas nada de bagunça porque tô ficando velha e cansada. — Ela está exagerando, até coloca a mão na testa, depois ri para mim, balançando as mãos. — Vai, vai. Sua mãe tá mesmo precisando de um chacoalhão. Tô querendo fazer isso há dias.

Eu a olho, espantada. Não tem nada a ver com a minha mãe.

Em menos de trinta segundos estou no quarto de Rodrigo, segurando um balde vazio na mão, enquanto ele levanta assustado e completamente molhado.

— Isso é por você sumir sem me avisar, e isso — dou um tapão nas costas dele — é... por sumir sem me avisar por tanto tempo!

Os dois motivos são um só, mas estou tão nervosa que nem raciocino.

— Você é louca, Viviane! Vou quebrar a sua cara! — ele grita, ameaça, passa as mãos no próprio rosto, mas sei que não teria coragem de me bater. — Posso ir pra onde eu quiser e você não tem nada a ver com isso! As únicas pessoas que deviam se importar não podem fazer mais nada, porque um tá morto e a outra tá trancada naquele quarto, cagando pro que acontece aqui fora.

— Cala a boca! Cala essa boca! — grito, jogando o balde vazio nele.

— Tô falando alguma mentira? Já tô puto com tudo isso!

— Cala a boca! — Tampo os ouvidos.

— Viviane, você ficar me mandando calar a boca não muda os fatos. O pai morreu e levou a mãe junto. — Ele aponta para o quarto dela.

— Não acredito que você disse isso! — Eu o empurro com força, mas Rodrigo é maior que eu e nem se mexe.

— Sério, tô cansado. Não dá mais pra mim. Só quero ser normal de novo. Você tá em negação. — Ele começa a andar, e não sei se é para que eu não bata mais nele ou para que ele não me dê um chacoalhão ou algo assim. — Você tenta aceitar que a mãe tá mal, que é normal, fica justificando essa loucura. E fica falando nele o tempo todo. *O tempo todo!* É por isso que eu sumo, não aguento mais essa casa. Tá uma merda isso aqui.

— Mas é a sua casa! Você acha que eu aguento? Por que eu tenho que aguentar? Por que sou sempre eu que tenho que aguentar? — grito e o faço olhar para mim.

— Porque você quer — ele diz, como se fosse uma coisa muito óbvia, mas não é. Não é porque eu quero.

— Alguém tem que ser a adulta aqui. — Cruzo os braços, na defensiva.

— Sim, a nossa mãe. Não você. Assim como não era você quem tinha que acompanhar o pai em cada uma das sessões de quimioterapia e consultas médicas. Era ela! Você assumiu o lugar dela. E ela entrou nesse buraco sem fundo. E essa droga não vai acabar nunca!

Acho absurdo que ele diga isso de nossa mãe e o xingo. Ele me xinga de volta. Gritamos até não poder mais. Há tempos eu não brigava com ele dessa forma. Acho que desde que eu tinha nove anos e ele cortou o meu cabelo enquanto eu dormia.

— O que está acontecendo aqui?

Estamos tão focados em gritar um com o outro que é um choque quando vemos nossa mãe parada na porta do quarto. Ela é apenas a sombra do que já foi. A camisola de cetim debaixo do roupão parece que virou seu uniforme. Há semanas ela não usa outra coisa. As olheiras chegam quase até o meio do rosto, e os cabelos parecem mais ralos. É como se apenas o reflexo da mulher de antes da doença de meu pai vivesse entre nós.

Olho para ela e vejo uma versão fantasmagórica de mim mesma, porque somos muito parecidas. Os mesmos cabelos escuros. Eu me vejo mudando a cor outra vez. Não quero ser morena, não quero ter o mesmo fim dela. Só queria fechar os olhos e ter meu pai de volta. Queria que tudo voltasse ao normal.

— Nada — dizemos ao mesmo tempo. A resposta-padrão para quando brigamos.

— Então tudo bem... Diminuam a gritaria que eu estou com dor de cabeça — ela diz e simplesmente vira as costas, nos deixando boquiabertos.

Antes, ela nunca acreditou que não fosse realmente nada e nos repreendia como qualquer mãe.

Estou olhando para a coleção de estatuetas na prateleira do meu irmão, porque se olhar para ele vou chorar. Minha mãe simplesmente nos ignorou. Nada vai mudar ou voltar a ser o que era. Sou uma idiota por pensar assim.

— Ah, vem cá — Rodrigo diz antes de me dar um abraço.

Eu o abraço de volta, pensando se um dia seremos uma família normal outra vez. Estou ficando toda molhada, já que derrubei um balde de água em cima dele, mas não importa.

— Desculpa pelo balde — digo baixinho e o abraço bem forte. — Fiquei brava porque... — É tão difícil dizer. — Você é tudo de normal que me resta. Se eu te perder, perco tudo.

— Desculpa por sumir. Foi errado não me preocupar com você. É que não tá fácil ficar aqui — ele diz, ao mesmo tempo em que passa a mão pelas minhas costas.

— É, eu sei. Será que vai ser fácil um dia?

— Não sei. Agora eu só queria sarar dessa ressaca. — Ele aperta a própria cabeça, mudando de assunto. Rodrigo é prático demais para debater algo que não tem solução.

— Hum... Você sabe o que eu vou dizer, né? — Cruzo os braços e levanto o queixo.

— Ãrrã...

— Bem feito! — falamos ao mesmo tempo.

Chego atrasada ao restaurante onde marquei o almoço com minhas amigas. A roupa que eu pretendia usar teve de ser deixada de lado, então escolhi um vestido branco sem mangas, ajustado no busto e soltinho a partir dele. Em vez do par de tênis, calcei uma Melissa transparente fosca com um lacinho rosa na ponta.

Branca, Fernanda e Mila já estão à minha espera. É a primeira vez que as vejo depois do funeral do meu pai. Tenho saído pouco de casa. Nada tem feito sentido. Eu as cumprimento e me sento.

— A Clara não pôde vir porque os gêmeos estão com virose — Branca avisa. — Por que você escureceu o cabelo? — ela pergunta, já mudando de assunto. Eu sabia que viria dela.

— Ah, porque... — Droga! Por que não pensei em uma resposta antes? — Cansei do loiro — minto, mas não sei se ela acredita, pelo jeito como estreita os olhos.

— Loiro é vida! — Branca balança as madeixas loiras, e Mila, também de cabelos claros, concorda. — E as loiras são mais charmosas.

— Há controvérsias! — minha prima Fernanda diz.

Obviamente seus cabelos são castanhos, como os meus estão agora.

Todas rimos e percebo que elas olham para mim, querendo saber se é certo rir ou não. Rodrigo tem razão. Essa situação é realmente desconfortável.

— Como você está, Vivi? — Fernanda pergunta.

Meu pai era irmão da mãe dela, e Fernanda sentiu bastante a perda.

— Indo.

Não existe outra resposta. Vou indo.

— E o pivete do seu irmão? — Branca pergunta, querendo quebrar o gelo ao incluir Rodrigo na conversa. Nós quatro sabemos que ele já teve uma quedinha por ela há uns dois anos e às vezes ainda baqueia.

— Saindo mais do que nunca. Não para em casa.

— Saindo com quem? — O tom de curiosidade de Mila me faz olhar para ela. Ela é apaixonada pelo meu irmão desde o ano passado, quando eles ficaram em uma festa.

— Com um novo amigo — digo e conto para elas como conhecemos Lucas, omitindo o primo dele, não sei por quê. Fiz o mesmo com Rodrigo mais cedo, e nem sequer contei que saí para procurá-lo ontem.

Enquanto falo, Branca me lança olhares inquisidores, como se quisesse mais e, principalmente, soubesse que tenho mais. Ela está sempre um passo à frente, talvez por ser dois anos e alguns meses mais velha que eu, além de parecer saber muito mais da vida. Se bem que Clara e Fernanda também têm vinte e um. Acho que Branca é mais perspicaz mesmo, como se sempre descobrisse o que não quero dizer.

— Agora conta tudo sobre o motoqueiro! — ela explode assim que o garçom se afasta depois de deixar nossos pedidos.

— Meu Deus! Como você sabe? — Quase caio da cadeira, mas sei que não vai dar para negar.

— Acho que o termo certo é motociclista, hein? — diz Mila, minha amiga desde o jardim de infância, e sei que ela quer me dar tempo para raciocinar, porque trocamos um olhar.

— Hum... Motociclista não é sexy como motoqueiro — Branca rebate, fazendo careta. — Nunca peguei um motoqueiro... — ela suspira. — Agora conta, Vivi! Vai! Você sabe como eu sei. O Bernardo me ligou.

— Mas eu contei pra ele hoje, pouco antes de vir pra cá. — Contei aonde fui e que Rafael me ajudou, só isso. Não que dormi agarrada com a jaqueta dele e que sinto um frio na barriga quando penso nele.

— E ele me ligou cinco minutos depois, ué! Meu irmão ficou preocupado e pediu pra eu ficar de olho. Ãrrã! Vou ficar de olho, sim. Vou ficar de olho no cara se você deixar passar!

— Eu tenho namorado, Branca — murmuro e bebo um gole de suco, tentando desesperadamente ganhar tempo.

— Que não vai durar muito, pelo que eu soube — ela diz e eu engasgo.

Fernanda dá tapinhas nas minhas costas. Não consigo respirar.

— Tapinha nas costas não resolve — Mila, que cursa medicina desde o ano passado, diz. — Acho que posso tentar a manobra de Heimlich.

— Estou bem... — Tusso mais algumas vezes.

Tenho vontade de matar o Bernardo.

— Vivi — Branca segura minha mão —, só tem uma razão para você ter contado para o meu irmão sobre esse cara, e não para uma de nós.

— Que razão? — Aperto a toalha de mesa, como se isso pudesse me socorrer, porque sei que lá vem bomba.

— Você quer que o Bernardo te convença a não fazer o que você está querendo loucamente. Você quer o *motoqueiro*! — Branca dá um sorriso triunfante, frisando a última palavra e sabendo que leu a verdade em mim.

— Acho que você está perdendo tempo cursando direito. Psicologia cairia como uma luva para você.

— Então você confessa! — Ela ergue os dois braços comemorando, enquanto Mila e Fernanda riem.

— Esquece o que eu disse. Você quer ser advogada e fazer perguntas difíceis para as pessoas. — Sorrio e cubro o rosto com as mãos. Pega em flagrante.

— Nossa, Vivi. Você realmente tá mexida... — Mila toca minha testa. — Sua temperatura até subiu.

— Eu disse, eu disse! — Branca canta vitória.

— O que você pretende fazer? — Fernanda questiona, com um pouco de preocupação no olhar.

Boa pergunta. O que eu pretendo fazer?

Três horas mais tarde, quando coloco os pés em casa, recebo uma ligação da vovó. Como todos os dias, ela quer saber se estamos bem e se não vamos passar lá para ficar um pouco com ela. Meu coração se aperta e prometo ir em breve.

Quando chego ao meu quarto, Rodrigo aparece.

— Tô saindo, Vi.

Tem um sentimento de culpa em seu olhar, o que ele não merece, afinal só tem dezoito anos e tudo o que quer é seguir em frente. Depois da conversa com as meninas hoje, me pego pensando se não é isso que eu deveria fazer. Talvez seguir em frente seja a resposta.

— Ok.

— Tá brava? — Ele entra e senta na minha cama.

— Não. É bom sair e se distrair. Pode ir, Rô. — Passo a mão em seus cabelos. Talvez seja por isso que minha mãe se esconde. Ele é tão meu pai.

— Quer ir comigo?

— Não. Quero ficar aqui, caso a mamãe precise.

Ele bufa, mas tenta disfarçar.

— E depois que ela dormir? Como se ela fizesse outra coisa... — ele murmura a última parte.

— Depois que ela dormir de vez, eu vejo, tá?

— Tudo bem. A gente se fala mais tarde.

Assim que meu irmão sai, pego o telefone e ligo para César, pedindo que venha à minha casa.

Já é noite quando ele chega trazendo flores, e meu peito aperta.

— Pra você... — Ele beija meus lábios e por pouco não me afasto. Isso é tão errado.

— Obrigada.

Pego as flores e seguro a mão dele, caminhando pelo gramado ao lado da garagem até a área da piscina.

A noite está agradável e eu queria me sentir assim por dentro. Queria não ter mudado, como estou mudando, e não desejar alguém tão diferente de mim.

César e eu namoramos há três anos. Antes dele, só namorei um garoto por poucos meses. César tirou minha virgindade. E quer se casar comigo. Ele é tão certo, tão seguro. Então por que não consigo parar de pensar em terminar com ele?

Sei que pegar carona com uma pessoa praticamente estranha não é motivo, mas talvez dormir abraçada com a jaqueta dela seja. Se eu continuar tendo encontros furtivos com Rafael, sei onde isso vai dar. Não que vá nos levar a algo mais, é só uma atração idiota que vai passar na primeira vez, tenho certeza. Ainda assim, essa primeira vez seria uma traição, e eu não traio.

— O que aconteceu? — ele questiona, parando sob um dos postes de luz na área da piscina.

Ele nem imagina.

Há meses tentei terminar, e ele simplesmente ignorou cada uma de minhas investidas, achando que era fruto da doença de meu pai. César vive em um mundo encantado onde é impossível alguém terminar com ele, já que ele é tão perfeito.

— César, não sei bem como começar... Nós já tivemos uma conversa parecida alguns meses atrás. — A mão dele aperta levemente a minha. Ele sente minha tensão. — Você tem razão quando diz que eu me isolei. Infelizmente acho que o laço que a gente tinha foi se quebrando aos poucos e...

— Você não vai falar de dar um tempo de novo, vai? — ele me corta, surpreso.

Eu sabia.

— Não, acho que terminar seria melhor — digo de uma vez, porque, quanto mais isso se estender, pior será.

Ele abre a boca, depois fecha. Parece que está pensando no que dizer.

— Acho que isso é resultado do que você está vivendo, mas vai passar. — Ele aperta minhas mãos.

— Não, não vai passar. — Dou um passo para trás ao perceber que a luz do quarto da minha mãe se acendeu, porém logo em seguida se apaga. A esperança de que ela reaja surge, mas é sempre isto: apenas uma fagulha de luz seguida de muita escuridão.

— Talvez você devesse fazer uma terapia individual também. A perda do seu pai te mudou. Você está assim desde que ele ficou doente. Se distanciando do mundo. Se não se cuidar, vai acabar como a sua mãe — ele fala andando em círculos, começando a demonstrar impaciência.

Por mais que eu saiba que ele quer o meu bem, esse comentário me irrita muito.

— A terapia em grupo já basta. — Meu tom de voz é baixo. As flores ainda estão na minha mão, e as coloco sobre a mesinha perto da churrasqueira. — O melhor para nós dois agora é cada um ir pro seu lado.

— Seu pai queria que a gente se casasse.

Não entendo se é uma queixa ou uma acusação, mas a nova menção a meu pai é suficiente para acabar com a conversa.

— Eu não sou meu pai nem minha mãe — me surpreendo dizendo.

— Sei que não, mas você vai decepcionar a memória do seu pai? — ele pergunta, e sinto como se tivesse me dado um tapa. — Ou pior, vai magoar ainda mais a sua mãe?

Toco os lábios, sem acreditar que ele disse isso. É claro que não quero nenhuma das duas coisas. Mas o que posso fazer? Ser a garota completamente certinha só porque meu pai almejava isso para mim, ou porque minha mãe almejaria isso para mim, se estivesse bem? É justo que eu seja outra pessoa por vontade deles?

César percebe que a insegurança me toma e pega minhas mãos, tentando me beijar. A conversa com Rafael explode entre nós. "Não dá para viver de acordo com as expectativas dos nossos pais, somos pessoas diferentes."

— Não posso viver de acordo com as expectativas dos meus pais... — repito, mais para mim que para César.

— Claro que pode. Os pais sempre querem o melhor para nós. — Ele tenta me beijar outra vez.

— Não — eu o empurro, me afastando. — Você não enxerga, não é? Não enxerga o que a morte fez comigo? Eu não quero viver com esse peso. Não quero ser eles. Preciso ser eu mesma. Só vou sobreviver a isso se for eu mesma. — Sinto as lágrimas queimarem, mas seguro o choro. — É melhor você ir agora, César.

— Eu vou, porque quero que você reflita. Não vou desistir de você assim, Viviane.

Volto para dentro de casa e só percebo que esqueci as flores quando chego ao meu quarto e vejo a jaqueta de Rafael acomodada na cama. Eu me sento e a toco. Uma sensação de culpa me invade por me sentir assim, ao mesmo tempo em que estou certa de que o melhor a fazer nessa situação era mesmo terminar com César.

Meu celular vibra com uma mensagem de Rodrigo:

> Tô no bar q o Rafa, primo do Lucas, trabalha.
> Vou trabalhar aqui hoje.
> Não ria, é sério.

Meu coração dispara, e estou prestes a responder quando chega outra mensagem com o endereço e um acréscimo:

> Avisando pra não tomar outro banho gelado logo cedo amanhã.

O que eu faço?

Quero ligar para uma das meninas, mas Fê vai sair com o namorado, Mila precisa estudar para uma prova, então só sobra Branca. Ir até lá com Branca seria como jogar combustível altamente inflamável na fogueira.

Deito na cama e olho para o teto, para as estrelinhas brilhantes.

Meu pai dizia que, quando o coração quer uma coisa e a mente quer outra, devemos pesar o que é mais importante para nós: a razão ou a emoção. E, se não conseguirmos chegar a uma conclusão satisfatória, o coração é o melhor caminho. A mente não vai esquecer, mas o coração é capaz de superar, caso tudo dê errado.

Pego o celular, refletindo por trinta segundos sobre o que significaria ir até lá. Depois, vejo que pensar não vai me levar a lugar nenhum e ligo para Branca.

Não quero demonstrar que me preocupo em estar ali, então visto uma saia curta vermelha, godê e de cintura alta, e uma blusinha simples de mangas três quartos com listras horizontais brancas e pretas. Opto por um sapato Mary Jane preto, alto, mas nem tanto. Eu me olho no espelho do closet e fico satisfeita. Estou normal, diria que simples. Nada exagerado e que demonstre que estou ansiosa.

É o que penso até entrar no carro de Branca e ouvi-la dizer, enquanto revira os olhos:

— Você está parecendo uma menininha inocente. Quero só ver a cara do motoqueiro. É realmente estranho imaginar a cena, e é isso que faz tudo ainda mais lindo!

Ao chegarmos, eu me surpreendo. O bar tem um visual rústico e ao mesmo tempo moderno, como se cada detalhe fosse pensado para causar uma sensação de conforto, atraindo todos para o lugar. E é maior do que eu pensava.

Não vejo Rodrigo e sigo pedindo licença para as pessoas. Tem uma banda no palco, e não demora muito para que eu note Rafael tocando.

Sinto como se as baquetas acertassem meu coração, em vez dos pratos da bateria. Acho que deixo escapar alguma reação, porque Branca me pergunta:

— É ele? — É quase um sussurro. Coisa da Branca; todo mundo que a conhece, quando a vê falando assim, sabe que ela está aprontando algo.

— É... — Minha voz sai tremida.

Meu corpo todo está tremendo. Ou talvez seja a vibração da bateria que chega até os meus ossos, fazendo o meu sangue esquentar.

— Nossa, Vivi. Esse cara... Ele tem algo que... nossa! Eu não sei exatamente a palavra, mas... uau. Seja lá o que for, ele é o cara! — Branca fica procurando a expressão certa, mas já não presto atenção.

Decido sair dali e procurar meu irmão, mas Rafael me vê e não consigo me mover. Ele me olha de cima a baixo, cada detalhe do corpo, e para na saia, dando um meio-sorriso convencido. Sei que ele gostou da minha roupa, algo completamente contraditório. Quando ele sobe o olhar devagar, sinto como se me despisse ali mesmo, no meio de todas aquelas pessoas. E o pior? Eu quero ser despida.

— E, ó, esse cara quer você — Branca diz, me trazendo de volta à realidade.

Rafael continua me secando sem desviar o olhar. Sem se importar com mais nada. Sinto como se estivesse sozinha com ele. Estou perdida.

# 18
# RAFAEL

*É tão certo quanto o calor do fogo*
*É tão certo quanto o calor do fogo*
*Eu já não tenho escolha*
*Partícipo do seu jogo, eu participo.*
— Capital Inicial, "Fogo"

**CONTENHO O SORRISO** ao ver que Viviane me descobriu em cima do palco. Continuo seguindo meu ritmo e tocando "Drain You" enquanto testo quanto ela resiste sem desviar o olhar. Ela me surpreende e não desvia, nem mesmo quando a outra garota diz algo. Gosto disso. Algo nos atrai um para o outro, e ela quer tanto quanto eu. É arriscado, mas ainda assim irresistível. Ela dá um sorriso tímido quando percebe que a roupa mexeu comigo. Acho que não esperava. É irônico um visual assim me seduzir, mas, com essa garota, sinto que seria seduzido até se ela vestisse um saco de papel. Não é a roupa, é como ela usa.

Um pensamento bobo passa por mim: *E se eu tentar resistir?* Não que consiga, mas e se eu segurar um pouco mais, dando uma chance para ela?

Para mim, o "deixar acontecer" é meio óbvio — vai acontecer. Quero essa garota e, pelo jeito como ela mordeu o lábio agora, ela também me quer.

O que me deteria, se eu pensasse a respeito, é que sou um perigo para ela. Sou um perigo para qualquer uma. Mas, como falei, quem disse que eu penso nisso?

Não sou o tipo de cara que faz drama: "Não sou bom pra você. Se afaste. Sou perigoso".

Sou mais do tipo: "Não sou bom pra você, sou perigoso, mas o sexo é do caralho!"

Nah. Dizer que não sou bom e sou perigoso pra quê? Porra, tá na minha cara. Compra quem quer.

Viviane já tem idade para saber o risco que corre e pode muito bem dizer que não quer. Se ela levantar uma barreira, mulher é o que não falta, mas, pelo jeito que ela me olha, está tão perto do abismo quanto eu. O abismo um do outro.

A música acaba e Lex olha para mim, querendo saber se encerramos, porque, mesmo tendo avisado que aquela seria a última, o público quer mais.

Sorrio para ele e dou de ombros. Se é para tocar, que seja.

Antes que ele possa pensar, começo "She", do Green Day. Se existe alguém tão rápido quanto eu para música, é o Lex. Então ele e os outros me seguem, e o público aprova.

Pobre público inocente, não é para você que eu toco. É para ela.

Na primeira parte, continuo olhando para Viviane, querendo dizer que é um desafio.

Na segunda parte, reforço tudo, só que agora canto baixinho. O microfone nem está perto de mim, é apenas um recado. Quero que ela veja.

*She*
*She's figured out*
*All her doubts were someone else's point of view*
*Waking up this time*
*To smash the silence with the brick of self-control.*

*Are you locked up in a world*
*That's been planned out for you*
*Are you feeling like a social tool without a use*

*Scream at me until my ears bleed*
*I'm taking heed just for you.*\*

Quando repito a última frase, ela dá um meio-sorriso e eu ganho a noite. Ela sabe muito bem que sou um perigo e nem liga. É uma garota prestes a sair da zona de conforto e se arriscar. Quero pra ontem!

Encerramos e, mesmo com mais pedidos, por hoje é só. Ainda tenho um período no bar, e Lex precisa retomar sua função na gerência. Trabalhamos juntos há três anos. A melhor parte é que o dono é amigo do Lex e quase não aparece por aqui.

Entrego as baquetas para um dos caras da banda e desço do palco. Viviane não está mais à vista, mas vejo Rodrigo falando com a loira que estava com ela. Peituda, mas não tem bunda. É... Fiz uma avaliação rigorosa.

Quando me aproximo, escuto:

— Eu já disse e repito: você é moleque demais pra mim, Rodrigo. Sai fora. — Ela se afasta, sem se importar que acaba de nocauteá-lo. Acho que devia ficar claro que só eu posso chamá-lo de moleque.

Entro no bar. Lucas e seu aprendiz fizeram uma bagunça moderada, mas pelo menos deram conta da situação com mais dois caras. Não sou o único barman daqui, mas tenho mais tempo de casa e sou responsável por todos os outros. Também sou o único performático e preciso estar pronto daqui a pouco. Então organizo tudo e vejo se temos o material necessário para trabalhar até o fim da noite.

Rodrigo entra logo em seguida. Dou uma olhada no ambiente e encontro o que queria: uma ruivinha sentada a uma mesa com as amigas. Eu a conheço de outros carnavais. Eu a chamo e apoio os braços no balcão para que possa falar com ela sem que os outros escutem. Ela ri e concorda, depois volta para a mesa.

---

\* "Ela/ Ela percebeu que/ Todas as suas dúvidas eram o ponto de vista de outra pessoa/ Acordando dessa vez/ Para quebrar o silêncio com o tijolo do autocontrole.// Você está trancada num mundo/ Que foi planejado para você?/ Você está se sentindo como uma ferramenta social sem utilidade?/ Grite comigo até meus ouvidos sangrarem/ Estou dando atenção só para você."

— Moleque, vem cá — chamo Rodrigo, que curiosamente está arrumando a bagunça. Duvidei que fosse trabalhar de verdade, mas não é que ele está se esforçando?

— Que foi? Se for pelo Red Label que eu quebrei, vou pagar — ele diz bem baixinho.

— Você quebrou um Red Label?! — pergunto em voz alta, jogando o pano nos ombros.

— Ah, fui testar aquele lance de girar a garrafa e quebrei durante o show de vocês, mas vou pagar.

— Relaxa.

"Relaxa." A palavra que uso para acalmar as pessoas quando tudo vai dar errado. Dou risada, não tem como evitar.

— Tá bom.

Coloco algumas garrafas de vodca na parte central do balcão.

— Não é disso que eu quero falar. Tá vendo aquela ruiva? — aponto com a cabeça.

— Vi... — Ele dá um sorrisinho. Quer resolver o problema de um cara, aponte uma ruiva. — Que que tem?

— É sua. — Dou dois tapinhas em suas costas. — Por hoje, não pra sempre — brinco, enquanto ela pisca da mesa para ele.

— Você arrumou isso? — Ele coça o queixo. — Além de barman e músico, também é...

Dou um tapa na cabeça dele antes que me chame de cafetão ou algo assim.

— Não, moleque. Ela tá de olho em você desde que chegou. Só arrumei as coisas. — Coloco os copos na parte baixa do balcão, porque vou precisar usar depois. — É uma amiga **minha**.

— Amiga, sei.

— É amiga, sim. — Recolho os copos sujos e levo para a pia.

— Já pegou? — ele pergunta, vindo atrás de mim, como um filhote.

— Já peguei todas as minhas amigas. — Dou de ombros.

— É oficial: quando eu crescer quero ser você.

Dou uma gargalhada.

— Posso te ensinar uma coisinha ou outra. Aí vai a primeira: nunca, em hipótese alguma, babe por uma mulher como você estava babando por aquela loira. — Coloco a mão em seu ombro. Quero que ele confie em mim, depois me surpreendo por me importar.

— Ah, a Branca é irmã do meu amigo. Tá nem aí pra mim. — Ele balança a cabeça, visivelmente chateado.

— Muda essa cara ou vai perder a ruiva. — Aponto para a mesa que minha amiga divide com outras pessoas.

— Mesmo se eu não babar, ela não tá nem aí pra mim. Me acha moleque.

— Você *é* moleque.

— Meu! — Ele cruza os braços, revoltado, parecendo a irmã.

— Você é. Mas aí é que está o segredo: você vai ser homem um dia. A maravilha do mundo é que ele dá voltas — giro a mão para ilustrar. — Faça o que estou dizendo e daqui a, sei lá, dez anos a gente tem essa conversa outra vez.

— Tá bom. Me fala o que tenho que fazer. Além de pegar a ruiva, porque isso já estava nos meus planos. — Ele dá um sorrisinho besta.

— Essa Branca... Nada de tentar pegar, dar em cima ou fazer essa cara de quem vai morrer. Você tem cara de quem pega mulher direto.

— Até pego, mas a Branca... — ele suspira.

Tão inocente...

— Nada de "mas a Branca". Ela é assunto proibido até você ter uns vinte e um. É, acho que nessa idade já dá pra arriscar com ela sem tomar toco. Saquei a dela logo que vi. É do tipo que escolhe, e você precisa estar preparado pra enfrentar uma dessas. Ela tem que querer você primeiro. Aí é sua pra sempre, mesmo que negue.

Paro de falar, porque Lex passa fazendo sinal para mim. As luzes começam a piscar, o público grita e me preparo. É hora do show.

— Fica ali com o Lucas, moleque. Preciso de espaço. Só os outros dois caras vão ficar no bar, mas é mais para uma eventualidade, porque agora dificilmente alguém pede bebida.

— Ué, por quê?

— Espera pra ver — digo bem a tempo de perceber que Viviane deixou minha jaqueta ali, então a visto, já me preparando para o show.

Não tenho tempo de procurar por ela agora, mas espero que ela possa ver o que virá a seguir.

O local fica à meia-luz. O foco é o bar. Minha área. Meu domínio. Todas as atenções se voltam para mim. Em todas as caixas de som, um barulho de avião é seguido pelo toque de um celular. Pego meu aparelho e finjo atender. Uma voz fala comigo como se eu estivesse numa missão impossível, em que nem a Lara Croft — aquela do videogame, interpretada no cinema pela gostosa da Angelina Jolie — pode me ajudar. Deixo o celular de lado.

Massageio o pescoço, como se estivesse prestes a correr um risco de verdade. "Elevation", do U2, começa a tocar. Começo a dançar devagar, sem mover os pés. Uma garota dá um gritinho histérico. Típico.

Pego duas garrafas de vodca e mostro para o público, que nem pisca de tanta expectativa. Então jogo as garrafas para o alto, fazendo-as rodopiar e agarrando-as em seguida. Jogo apenas uma, mas giro o corpo antes de pegá-la. Agora a lanço por trás de mim e, com a mesma habilidade, a seguro outra vez.

Sigo girando e girando, aumentando o grau de dificuldade, assim como o envolvimento de quem assiste.

Bato as duas garrafas no balcão para começar a melhor parte, e é bem aí que vejo Viviane.

# 19
## *Viviane*

> *Listen to your heart*
> *When he's calling for you*
> *Listen to your heart*
> *There's nothing else you can do.*
> — Roxette, "Listen to Your Heart"*

***Tive que sair*** do bar, porque meu telefone estava tocando sem parar. César contou para o meu avô que terminamos, e é claro que meu avô me ligou para dizer que fui precipitada e pedir que eu passe no escritório dele amanhã para almoçarmos juntos e repensarmos minha atitude. Assim mesmo, "repensarmos", como se eu não fosse capaz de decidir sozinha.

Quando finalmente desligo o celular e entro, mal posso acreditar no que vejo. Rafael está no bar, girando garrafas para todos os lados, com o olhar mais sensual que já vi na vida. Ele se mover assim, ao som de "Elevation", devia ser pecado, eu penso, tocando minha blusa, tomada por um calor repentino.

Rafael joga a garrafa, pega, joga, gira, deixa quicar no braço e pega de novo. Tudo isso numa velocidade surpreendente e... *dançando!*

Ele não para de se mover, como se fosse uma máquina de sedução. Ah, meu Deus! Três garrafas. Ele está fazendo malabarismo com três garrafas. Quatro garrafas! Como é possível?

---
* "Ouça o seu coração/ Quando ele chama por você/ Ouça seu coração/ Não há mais nada que você possa fazer."

Todos aplaudem, eufóricos. Vejo meu irmão de longe, e seu olhar brilha. Ele certamente tem um novo ídolo.

Rafael interrompe o malabarismo. Penso que acabou, mas ele recomeça a dançar enquanto tira a jaqueta devagar, passando a mão no abdômen. Olho ao redor só para constatar o que já estava ouvindo: as mulheres estão histéricas.

Cruzo novamente o olhar com o dele. Ele me encara e atira a jaqueta para mim. Eu a agarro, entre chocada e deliciada com os olhares femininos recriminadores que recebo. Não consigo evitar e inspiro, sentindo o perfume que marca a peça de roupa. Ele sorri de forma lasciva e recomeça.

Agora ele pega duas coqueteleiras e duas garrafas, fazendo com que se encaixem no ar. É maravilhoso ver como ele tem pleno controle da situação. Ele retoma as quatro garrafas e a dificuldade agora é maior: enquanto uma gira no ar, ele para outra na palma da mão, depois joga duas por entre as pernas. Tenho certeza de que estou boquiaberta.

Rafael recoloca as garrafas no balcão e dança esfregando as mãos uma na outra, como se estivesse preparando um grande ato. Ele bate palmas e não sei o que faz, mas duas garrafas começam a pegar fogo, enquanto o barman mais sexy do mundo arruma copinhos, um atrás do outro, sobre o balcão.

Quando ele reinicia o malabarismo com as garrafas em chamas, levo a mão ao peito. Em um último rodopio, ele para e enche cada um dos copinhos, deixando-os em chamas também. Para finalizar, bebe um, fazendo com que todos gritem alucinadamente.

E então seu olhar cruza com o meu, e sou eu que queimo. Como resistir a esse homem? As mulheres querem ser dele, os caras querem ser como ele.

— Meu Deus! — Branca exclama ao meu lado. — Vivi, diz agora que você vai pegar esse cara. Diz agora! Porque, sério, se você não pegar, eu pego. Puta que pariu! É sexy feito o capeta. — Ela se abana sem parar.

— Eu sei.

— Todas sabem, gata! Agora me diz. Responde. Você quer: sim ou não?

— Sim — respondo e o vejo deixar o balcão, sendo cumprimentado por qualquer um que cruze seu caminho enquanto tenta escapar, sem parar de me olhar e cada vez mais perto de mim.

# 20
# RAFAEL

> *Complicated*
> *X-rated*
> *I want you bad*
> *I mean it*
> *I need it*
> *I want you bad.*
> — The Offspring, "Want You Bad"*

**SEMPRE QUE TERMINO** uma performance, as pessoas querem falar comigo. Normalmente, nessa hora consigo até fechar eventos para os meus dias de folga. Coisas assim me rendem um bom dinheiro extra, mas agora tudo o que quero é me livrar dessas pessoas e chegar até Viviane.

Ela está parada mais para o canto do salão, com a amiga ao lado, e não deixa de olhar para mim. Ela poderia fingir que não me nota ou agir como uma dessas meninas afetadas, mas não faz isso. Não existe jogo entre nós. Apenas duas pessoas que não se dão ao trabalho de negar o óbvio: queremos um ao outro.

Sei o que quero fazer, mas sei que Lex me mataria se beijasse alguém na boca dentro do bar. Já basta o que eu apronto no estoque. Então, quando me aproximo, toco sua cintura e beijo seu rosto, o mais próximo dos lábios que posso chegar sem quebrar nenhuma regra. Viviane

---

* "Complicada/ Censurada/ Eu te quero malvada/ Falo sério/ Eu preciso/ Eu te quero malvada."

não se afasta nem me empurra, mas, no susto, põe uma mão no meu peito.

Ficamos assim alguns segundos, e posso dizer que é o momento mais eletrizante que já vivi. Que diabos tinha naquela vodca?

O pensamento me faz olhar para o bar. Os outros já reassumiram suas posições e preciso voltar.

— O dever me chama. — Eu a solto devagar, deslizando a mão por sua cintura.

— Ok.

Rio baixo. O som sai rouco e a razão me faz sorrir. Cara, como eu quero essa garota.

— Fica até a hora de fechar? — as palavras escapam. Acho que nem raciocino, só sinto.

— Fico — ela responde e tira a mão do meu peito, parecendo espantada por ainda a manter ali.

— Ótimo.

Não vou negar, estou comendo essa garota com o olhar. Meu desejo é levá-la para o estoque neste minuto, mas, ao mesmo tempo, tem alguma coisa que me faz querer apreciar essa atração. Dar um passo de cada vez, todos na direção dela.

— Sua jaqueta — ela diz com um sorrisinho tímido.

*Meu Deus!*

Eu a seguro e meus dedos encostam nos seus, antes que ela solte. Se eu a puxasse, ela viria.

— Talvez seja melhor ficar com você. Aposto que ela tá curtindo esse vai e vem. Certeza que ela gostou de dormir na sua casa — digo sem interromper o contato de nossos dedos.

— Não sei. Eu a amassei um pouquinho quando dormi com ela. — Eu a vejo corar ao dizer isso, como se esse tipo de confissão não fosse característico dela.

— Puta merda! — Passo a mão pelos cabelos devagar. — Minha jaqueta dormiu melhor que eu.

Ela ri, umedece os lábios e olha para o lado. Uma sequência que acaba comigo. Depois fica séria e arregala um pouco os olhos, como se tivesse se lembrado de algo. Acho que ela finalmente se deu conta de que a amiga evaporou quando percebeu o clima. Aquela ali pode ser uma destruidora de moleques, mas ninguém pode dizer que não é esperta.

Viviane volta a atenção para sua mão segurando a jaqueta e os meus dedos sobre os dela. Estamos bem próximos, nossas mãos na altura da cintura, sem intenção de interromper o contato. São apenas dedos se tocando e já estou louco.

Ela levanta os olhos para mim, lentamente, e sei que está checando meu abdômen. Muito bem. Isso me dá licença para checar seus peitos — como se eu precisasse de autorização. A blusa dela é fechada e não consigo ver como quero, mas, pelo que pude analisar agora e antes, ela tem belos peitos.

Nossos olhares se cruzam outra vez, e tudo o que penso é em vê-la sem roupa. Ela suspira e acho que pensa o mesmo sobre mim. Ah, e eu tenho que trabalhar...

— Preciso ir — digo, mas não me movo. — Aparece lá daqui a pouco que preparo algo especial pra você.

— Apareço, sim.

Sinto como se o jogo tivesse virado. Ela se arrisca comigo e eu espero. Nunca esperei por ninguém e ainda assim me ouço dizendo:

— Vou esperar.

Então solto seus dedos e deixo minha jaqueta com ela.

# 21
# *Viviane*

> *Kiss me beneath the milky twilight*
> *Lead me out on the moonlit floor.*
> — Sixpence None the Richer, "Kiss Me"*

*Quando Rafael me* solta, levo a mão ao rosto. Estou quente, tanto a ponta dos dedos quanto o rosto. O que foi esse momento?

Procuro Branca e a encontro ao celular. Ela desliga assim que me vê.

— E aí, pegou? — me pergunta.

— Ele teve que voltar pro trabalho. — Ela me fuzila com o olhar antes que eu complete: — Mas me perguntou se eu ficaria até fechar e eu disse que sim.

— Ahhh! — Branca dá um gritinho e me abraça. — Se prepara, gata, porque esse aí vai te estragar pra todos os outros. É muita... Que droga, ainda não sei a palavra. Estava agorinha falando com a Clara no celular pra ver se ela me ajuda nesse tormento. Enquanto eu não souber definir esse homem, não vou sossegar. Aliás, ele tem irmãos? De preferência, gêmeo univitelino! — Dou risada e ela continua: — Tô falando sério!

— Não. Só um primo, da idade do Rô. — Aponto para Lucas, que passa por nós.

— Ah, não. Tô fora de pivete. — Branca faz uma careta.

---
* "Me beije sob a Via Láctea/ Me leve para fora, no solo enluarado."

— Ai, Branca, não gosto quando você fala assim do meu irmão. — Cruzo os braços. Eu posso xingar Rodrigo, mas não aceito que outras pessoas façam o mesmo. — Você sabe como ele se sente.

— Vivi, não começa! Eu te xinguei quando você dispensou o meu irmão? Não, né? Então cala a boca. Seu irmão é bonito, mas é moleque.

— Eu tinha quinze anos, e são situações diferentes. Bom, o Rô vai crescer e você vai querer. Só tô dizendo — provoco, enquanto ela bate três vezes na mesa.

— Mudo meu nome pra, sei lá, Josefina se um dia eu pegar o moleque ali. — Ela vira o rosto para olhar para ele no bar. — Se bem que ele tá bem sexy como barman. Acho que é culpa do seu homem. É tão gostoso que saiu contagiando todo mundo. Retiro esse negócio de mudar o nome, só por precaução.

Meu telefone toca outra vez. Está muito barulho ali e procuro um lugar mais calmo. Tem um corredor que dá para uma saída nos fundos. Saio sob o olhar de um dos seguranças. Nossa, como está frio! Que virada de tempo maluca.

— Alô.

— Posso saber onde você está?

— Oi, César. Saí com a Branca.

— Mas já? — Seu tom é repleto de indignação.

— Sim, já. O que você quer? — Passo a mão livre pelo braço, morrendo de frio. Percebo que ainda estou segurando a jaqueta.

— Falei com o seu avô.

— Eu sei — respondo, fazendo contorcionismo para vestir a jaqueta e ao mesmo tempo falar com César.

— Ele ficou bem decepcionado.

— Eu sei. — Tropeço e trombo com a parede, mas finalmente estou vestida.

— Você vai falar com ele amanhã, né?

— Vou sim. Quero deixar minha decisão bem clara. — Minha voz é envolvida pelo perfume de Rafael.

— Não vai voltar atrás? — Eu o ouço bufar.

— Não.

— Seu avô vai colocar juízo na sua cabeça. Tenho certeza.

— César, por favor... — Não sei o que dizer. Não quero magoá-lo, mas como posso ficar calada? — A gente não vai voltar. Preciso de um tempo pra mim e pra descobrir o que eu quero.

— A gente conversa amanhã, depois que você falar com o seu avô. — Ele desliga na minha cara.

Coloco a mão na testa. Que nervoso! Não quero entrar me sentindo assim. Encosto na parede e coloco as mãos nos bolsos. Então encontro algo que não estava ali antes. Pego e tiro do bolso, ao mesmo tempo em que a porta dos fundos se abre outra vez, mas nem olho.

— Mas o que...

— Então você encontrou.

Dou um pulo quando ouço a voz de Rafael atrás de mim. Ele está carregando um saco grande, cheio de garrafas. Ele o coloca sobre a lixeira e vem na minha direção.

— O que é isso? — Estendo o rolinho, que parece um cigarro, mas é diferente. Até acho que sei, mas prefiro que ele diga. — Espera. Você colocou pra eu encontrar?

— Sim. Sou o que sou, não tenho vergonha disso. — Ele está a alguns passos de mim. — É um baseado.

— Então você é esse tipo de cara — concluo, jogando o baseado fora.

— Sou pior que esse tipo de cara. — Ele apoia a mão na parede, com o braço esticado. Nunca prestei atenção em sua tatuagem tão de perto. Não tem muito espaço entre nós agora.

— Pior quanto?

— Se quiser, vai ter que descobrir. Por sua conta e risco. — A voz dele demonstra autoconfiança, mas há um medo discreto em seus olhos, mergulhados nos meus.

— Você já matou alguém? — pergunto baixo e olho em volta. O segurança sumiu de vista. Estamos sozinhos.

— Não. *Ainda* — ele me provoca.

— Você vende drogas?

— Não. Nem vou vender. — Ele é taxativo. Como em tudo o que diz, sinto verdade.

— Certo...

Quero me afastar. Quero correr para longe, mas meus pés estão grudados no chão. Ele não parece um drogado, não parece um dependente. É tão saudável. Talvez ele só queira me assustar, e seu maior problema seja apenas um baseado ou outro.

— Você vai embora? — Rafael pergunta, um pouco tenso.

— Não — respondo sem me mover, porque, se eu der um passo, me choco com ele.

— Quer tomar aquela bebida e conversar?

Silêncio. Estou refletindo. Ele está ali parado, olhando para mim. Esperando.

Está nas minhas mãos virar as costas e ir embora ou ficar. Ninguém pode me obrigar a entrar e conversar com Rafael. E ambos sabemos que, se eu entrar, a coisa vai muito além de uma conversa. Estarei aceitando todos os riscos.

Talvez se meu pai ainda fosse vivo, eu corresse para casa e conversasse com ele sobre o bad boy que está despertando sensações malucas em mim. Mas meu pai se foi e, como Rafael me disse, ainda que eu quisesse, não poderia ser mais aquela menina. Então, apenas digo:

— Quero.

Ele ouve e não diz nada. Continua olhando para mim, como se de repente eu fosse a única pessoa do mundo.

— Preciso fazer uma coisa antes de entrar — ele diz, e engulo em seco. — Se quiser fugir de mim sem olhar pra trás, vou entender.

— E o que acontece se eu não quiser fugir?

A verdade é esta: não vou fugir. Ele tem seus problemas, eu tenho os meus, e nos encontramos no meio. Ali, naquele mar sem fim que nos aflige, com todas as nossas dores, frustrações e revoltas. Tudo o que queremos é nos sentir vivos outra vez.

Ele coloca o outro braço na parede atrás de mim. Estou entre seus braços, e seu rosto está a poucos centímetros do meu. Ele me encara, desviando o olhar dos meus olhos para a minha boca, me fazendo estremecer por antecipação. Ele passa a língua entre os lábios. Eu o sinto se aproximar, como se uma corrente elétrica o atraísse para mim. Minha respiração se acelera e não fecho os olhos até o último segundo. Naquele momento intoxicante em que ele toca meus lábios com os dele.

Rafael começa devagar, como se tivesse medo de me partir ao meio ou apenas para me provocar. Subo uma das mãos por sua camiseta até chegar ao pescoço, meus dedos tocando as pontas de seus cabelos. Acho que é o incentivo de que ele precisa, porque envolve minha cintura, me puxando para ele.

Quando sua língua toca a minha, agarro sua camiseta. Estamos tão grudados que sinto cada músculo de seu abdômen e seu peito contra mim. Tão forte, tão firme e tão intenso. Ele tem gosto de coisa proibida, álcool e perigo.

Quando ele aprofunda o beijo, me pressionando contra a parede, sinto meu desejo explodir, assim como o dele, que parece não ter mais controle.

Ele me puxa mais e eu vou. Sinto que irei eternamente.

# 22
# RAFAEL

*All I ever wanted*
*All I ever needed*
*Is here in my arms.*
— Depeche Mode, "Enjoy the Silence"*

**SOUBE QUE ESTAVA** perdido no exato momento em que Viviane não correu para longe de mim. E, quando a olhei e ela não desviou o olhar, decidi que era hora de fazer o que nós dois queríamos.

Quando a beijo tento ser suave, não quero assustá-la. Já basta ter deixado o baseado para ela encontrar. Mas qualquer tentativa de calma se perde ao sentir os dedos dela passando pelo meu abdômen. Preciso me controlar para não levantar sua saia e terminar com isso de uma vez.

Ela puxa meu pescoço e, em êxtase, desacredito que exista tanta paixão assim nela. Ao mesmo tempo em que vejo que era óbvio. Eu nunca ficaria desse jeito por uma patricinha qualquer, tinha que ser uma capaz de incendiar meu mundo.

Envolvo sua cintura e a aperto contra mim. Ela me aperta mais. Que garota!

Não vejo mais nada. Não ouço mais nada. Tudo o que quero é ela, e por trás da menina doce e atrevida tem alguém em ebulição. Sei que, se eu a convidar para ir para o estoque agora, ela vai, mas isso está tão bom que quero que dure mais.

---

* "Tudo o que eu sempre quis/ Tudo o que eu sempre precisei/ Está aqui em meus braços."

Mordo seu lábio, depois o sugo devagar e ouço seu gemido baixinho. Eu faria qualquer coisa que ela me pedisse agora.

Quando ela toca minha cintura e brinca, deslizando os dedos ali, eu a beijo com força, me surpreendendo com quanto estou envolvido. Ela não se afasta e isso me provoca mais.

Não resisto e toco a base de seu seio. Penso por um segundo se vou levar um tapa na cara, mas é pior. Digo, melhor. Ela acomoda dois dedos no cós da minha calça e enlouqueço. Não tem como esconder minha ereção, sei que ela sente, sei que ela gosta. Caralho! Caralho! **CARALHO!**

A porta se abre, mas ela não percebe. Continua retribuindo cada toque. Protejo seu corpo com o meu para que não a vejam e escuto uma voz atrás de mim:

— O Lex tá chamando! O garoto novo quebrou outra garrafa e disse que paga cinco se a gente deixar ele trabalhar aqui outro dia. Só pode ser pirado. Vem resolver. — E a porta se fecha outra vez.

Viviane prende o ar, assustada. Encosto a testa na dela, e ela volta a respirar. A mesma busca feroz por oxigênio que enfrento.

Meu peito sobe e desce e mal posso acreditar em tudo o que sinto. Ela me olha, corada, e tudo o que consigo pensar é em ter a garota na minha cama.

— Ele viu a gente? — ela pergunta, num suspiro.

Ver Viviane sem ar por minha causa é demais para mim. Eu a beijo outra vez e ela não me nega nada. Pouco importa se nos viram ou não. Nossa entrega dura poucos segundos, porque a porta se abre outra vez.

— Ô, Don Juan, o Lex disse que na próxima vem te buscar. E tá tapando a garota por quê? Tu nunca ligou de esconder mina antes... — Há um estrondo quando ele fecha a porta.

Continuo protegendo seu corpo da visão dos outros. Não sei exatamente por quê. Só quero poupá-la do rótulo de ser mais uma da minha lista. Embora tudo o que eu queira seja que ela pertença à minha lista. Não, ao topo da lista.

— Preciso entrar. — Toco seu rosto devagar.

— Tudo bem. — Viviane balança a cabeça, tão desnorteada quanto eu.

— Na verdade, é melhor você entrar primeiro. — Dou um sorriso safado e olho para baixo.

Ela fica vermelha, mas não vira o rosto.

— Vou entrar então. — Ela não me solta.

— Isso. — Eu não a solto.

Demoramos mais alguns segundos assim, até que ela se move, caminhando até a porta devagar e virando no último momento para me olhar. Encosto na parede, completamente rendido quando ela sorri antes de entrar.

Olho para o céu, tentando entender o que se passou. Só de lembrar, o arrepio volta. Sim, eu senti um frio na barriga. Peraí, *eu* senti um frio na barriga? Sim, sr. Rafael Ferraz, *você* sentiu um frio na barriga. PUTA QUE PARIU!

# 23
# Viviane

> *So tell me when you're gonna let me in*
> *I'm getting tired*
> *And I need somewhere to begin.*
> — Keane, "Somewhere Only We Know"*

**Assim que entro** no bar, procuro o banheiro. No espelho, estão as provas do que fizemos lá fora. Meu rosto ainda está corado, meus lábios vermelhos, e tem marcas da barba dele em todo o meu pescoço.

Sinto um arrepio gigantesco ao lembrar de cada toque e aonde teríamos chegado se não tivéssemos sido interrompidos.

Nunca na vida senti tanta vontade de ser de outra pessoa como agora.

César, apesar de seu jeito certinho, era bom de cama e nos dávamos muito bem nesse quesito, mas hoje ansiei tanto por mais que estou assustada. A mera pegada de Rafael em um simples beijo — que de simples não teve nada — me matou. Imagine continuar... Não, para. Ou seria *não para*?

Meu Deus! Preciso me controlar ou não sei o que vai acontecer.

Duas mulheres entram rindo no banheiro e é meu sinal para sair. Do lado de fora, percebo que está tocando "I Could Die for You", do Red Hot Chili Peppers. Ouço muito porque Rodrigo adora e ainda não aprendeu que existe fone de ouvido, mas essa nunca foi minha banda favorita.

---

* "Então me fale quando você vai me deixar entrar/ Estou ficando cansado/ E preciso de algum lugar para começar."

Porém pelo menos essa música tem tudo para se tornar inesquecível. Enquanto caminho para o bar, Rafael me vê abrindo passagem entre as pessoas. Ele prepara uma bebida para alguém, mas está tão concentrado em mim que não sei como não derruba tudo. E não derruba mesmo.

Eu me sento em uma banqueta alta, encostada no bar, e fico ali, enquanto ele termina a bebida e troca olhares comigo.

Eu me concentro na música, mas é pior. Parece que hoje o universo conspira.

*Come again and tell me*
*Where you wanna go*
*What it means to me*
*To be with you alone*
*Close the door and*
*No one has to know*
*How we are.*\*

Rafael entrega a bebida ao garçom, que vai levá-la até o cliente, e foca a atenção em mim durante esse trecho da música. Está claro. Se eu quiser, teremos a sequência do que aconteceu lá fora — ninguém precisa saber ou se envolver.

Como ele mesmo disse, o perigo é evidente. Ele é alguém de quem se deve fugir, mas eu não quero e não vou me censurar por desejar ficar com ele. Nunca quis nada como quero isso.

Meu celular começa a tocar de novo. Vejo que é César e desligo o aparelho.

— Algum problema? — ele pergunta, colocando uma bebida colorida na minha frente. São tantas cores se misturando que não imagino como ele pode ter feito isso. — Eu disse que ia preparar algo especial para você.

Bebo um gole e me surpreendo. É uma delícia. Algo cítrico e doce ao mesmo tempo.

---

\* "Venha de novo e me diga/ Aonde você quer ir/ O que significa para mim/ Estar sozinho com você/ Feche a porta e/ Ninguém precisa saber/ Como estamos."

— Obrigada. Nunca tomei algo assim. — E ignoro a pergunta que ele fez ao me entregar a bebida.

— Não vai tomar muito — ele diz, pegando outro pedido e já começando a preparar.

— Por quê?

— O doce esconde o álcool. Se beber muito, vai acabar fazendo striptease na mesa de sinuca — ele aponta para a mesa no outro canto do salão. — Pensando bem, acho que vou te dar mais alguns quando o bar fechar. — Seu olhar é tão safado que preciso me esforçar para não desviar o meu.

Meu irmão surge de repente, e Rafael se concentra em jogar gelo picado dentro uma coqueteleira.

— Ei, Vivi! Seu namorado me ligou — Rodrigo diz, e Rafael acrescenta morangos ao que está fazendo, ao mesmo tempo em que me lança um olhar de canto de olho. — Tava meio puto, dizendo que você desligou o celular. Queria saber onde você estava. E eu falei.

— O quê? — Quase caio da banqueta.

— Eita, garota, me deixa terminar! — Ele dá um sorrisinho besta, e eu sei que planejou minha reação desde o início. — Eu falei que você estava dormindo, de pijama cor-de-rosa, agarrada a um bichinho de pelúcia, como um anjinho. O básico de todas as noites.

Rafael dá uma gargalhada, mas nem se vira para olhar para nós.

Quero xingar meu irmão e não posso, porque ele me salvou de um belo inconveniente. César não sossegaria se descobrisse onde estou.

— O Lex disse que por hoje chega pra mim, Rafa. Que eu até posso voltar outro dia, se você deixar e me treinar antes. Eu queria... — Meu irmão faz sua melhor cara de cachorrinho sem dono. — Não precisa ser todo dia, mas o clima é legal. — Ele para um pouco, parecendo pensar. — É, todo dia não. Só de vez em quando.

— Tá. Eu te chamo de vez em quando para um extra, mas a prioridade é do Lucas.

— Aí, meu, eu te disse que o Rafa só tem cara de mau. Por dentro ele é um ursinho fofinho — Lucas diz, fingindo que vai apertar as bochechas de Rafael.

Agora sou eu quem ri. Parece que Rodrigo e Lucas adoram nos envergonhar.

— Saiam os dois daqui! Vão! — Rafael começa a enrolar um pano molhado e os dois saem.

É a primeira vez que vejo Lucas e Rodrigo juntos fora da terapia, e é incrível como cada um é quase uma extensão do outro. Ver meu irmão sorrindo assim, tão feliz, me faz bem.

Os dois sentam a uma mesa e Rodrigo começa a fazer pedidos. Esse é o meu irmão — provavelmente vai gastar muito mais do que ganhou trabalhando no bar.

Rafael segue atendendo os clientes, sem me perguntar nada, mas sinto vontade de explicar.

— O César não é mais meu namorado.

Ele abre a geladeira, pega duas garrafas de Stella Artois, entrega para o garçom e diz para mim, de um jeito completamente displicente:

— Não seria a primeira garota de outro cara que eu pego.

Finalmente ele para e acho que analisa o efeito das palavras em mim.

Não sei se ele esperava por isso, mas minha reação é a pior possível. Coloco a jaqueta dele no balcão, me levanto e vou andando em direção à saída sem dizer uma palavra.

Como não sei exatamente onde Branca está, pego o celular para ligar para ela quando consigo sair. Antes que a ligação se complete, Rafael segura meu braço. Olho zangada para ele.

— Me deixa em paz! — Puxo o braço com força.

— Não vem bancar a menina mimada pra cima de mim. — Ele segura meu braço outra vez.

— Se você não me soltar, vou chamar meu irmão. — Assim que a frase sai, vejo quanto é idiota, mas já foi. Parece que sou realmente uma menina mimada.

— E ele vai fazer o quê? Jogar notas de cem reais em mim?

— Idiota! — Tento bater nele com o braço livre, mas ele me segura.

— Não faz mais isso. — Seu tom é baixo e sério, e sua expressão é nervosa

— Me solta — digo baixo também.

— Você ficou brava com o que eu disse — ele afirma o óbvio sem me soltar. — Por quê?

— Porque eu não sou esse tipo de garota. — Tento puxar o braço, mas é impossível me soltar.

— E que tipo de garota você é? Tô tentando te entender, mas tô meio perdido. Eu sabia que você não era só uma patricinha, mas não imaginava que tivesse tanta coisa dentro de você. Eu te provoco o tempo todo e só agora você reagiu assim. Por quê?

Não sei o que dizer. Não sei o que me ofendeu mais: ele pegar garotas com namorado ou pegar tantas garotas, enquanto meu único cara foi o César. O que estou sentindo é tão irracional. Acho que é ciúme.

— Não somos o tipo um do outro. Por que ainda estamos conversando? — Nem sei a razão de perguntar isso. Tanto faz se ele é meu tipo ou não. O que interessa é que eu o quero.

— Porque não conseguimos evitar? — ele diz com um meio-sorriso e uma tentativa de resposta perdida em uma pergunta.

— Por quê?

— Não sei, garota. Não tenho essa resposta. Queria ter, mas não tenho. — Ele solta meu braço e toca meu rosto.

Rafael vai me beijar de novo, está a um passo de fazer isso, e não pretendo oferecer resistência.

# 24
# RAFAEL

> *Eu vou fazer de tudo que eu puder*
> *Eu vou roubar essa mulher pra mim.*
> — Charlie Brown Jr., "Proibida pra mim"

— **QUE QUE** tá acontecendo aqui? — Lex sai correndo de dentro do bar e pergunta de supetão. Sua expressão se confunde quando me vê segurando Viviane. — Andressa, cadê a briga que você falou? — ele questiona nossa hostess fura-olho, filha duma puta.

Andressa está ao lado dele, com uma sobrancelha levantada para mim.

— Puta que pariu! Ele ia pegar ela agora! Mas que merda! — a amiga loura de Viviane reclama. Dessa vez nem eu percebi que tínhamos companhia.

— Vixe, peraí, seu primo tá pegando a minha irmã, Lucas? — Agora é Rodrigo que sai do bar. — Não sei se gosto disso não.

— Não sei de nada. Não vi nada. Não falo nada — Lucas diz, enquanto faz sinal de positivo com as duas mãos para mim.

De repente parece que estamos num hospício. Percebo que ainda estou com a mão no rosto de Viviane e a tiro devagar. Ela não se afasta.

— Toda a tensão da briga... Nossa! Ia ser explosivo e eu ia ver, né? Quem é você e por que atrapalhou? — Branca fuzila Lex com o olhar.

— O gerente — ele responde, cruzando os braços, sem se intimidar.

— Você não era o vocalista da banda? — Ela estreita os olhos e o analisa, depois dá um sorriso, já sem se importar com a cena que estava espiando.

Viviane está calada, mas contém um sorriso quando olha para a amiga. Ela sabe de algo que eu não sei.

— Vocalista, guitarrista e gerente. — Lex relaxa quando percebe que o tom dela se amenizou e que não tem briga para separar. — E arranho na bateria.

— Moto e tatuagens? — Branca checa o cara dos pés à cabeça.

Essa loira é perigosa! Não acredito no que estou vendo. Ela está dando em cima do cara bem no meio da confusão!

— Sim. — Lex dá de ombros, mas sorri. Ele já sabe o que está acontecendo. Todo mundo já sacou. A amiga da Viviane quer meu amigo.

— Hum... Pode me falar mais sobre isso? Lá no bar, de preferência. Você também já foi barman, tenho certeza. — Ela pisca descaradamente para Viviane, que coloca a mão na testa.

Lex olha para mim, depois para ela, e me diz:

— Eu cubro a sua no bar e você tá livre pra resolver seu lance. Mas, cara, você me deve uma.

— Se você conseguir a garota, não te devo nada — grito enquanto eles se afastam.

— Me deve uma do mesmo jeito — ele grita de volta, entrando outra vez no bar.

A plateia se afasta, menos Andressa, que continua parada, com as mãos para trás, nos olhando.

— Perdeu alguma coisa? — pergunto, querendo tocar Viviane, mas com medo de que ela se afaste.

— Na verdade, sim. — Seu tom é mordaz.

Entendo o que ela quer dizer e devolvo no mesmo nível.

— Ninguém perde o que nunca teve. Vaza.

Ela vira as costas para retomar sua posição. Sei que isso não vai acabar aqui, mas pelo menos ganho tempo.

— Então, cara, eu até entrei pra pensar melhor... — É hoje! Ouço a voz de Rodrigo atrás de mim e, quando o vejo, meu primo está ao lado dele, sem saber o que dizer. — Mas não vai rolar não.

— O que não vai rolar? — Olho para os céus, bufando.

— Você pegando a minha irmã. Eu sei das suas histórias. — Rodrigo se aproxima mais de nós, e eu encaro Lucas, irritado, que pede desculpas com o olhar. Cagueta miserável! — A Vivi não vai ser só mais uma na sua lista. Pode continuar pegando suas minas aí, mas não a minha irmã.

— Eu não posso pegar como? Assim? — E dou um beijo rápido em Viviane, que se afasta, entre chocada e surpresa.

Ela me dá um tapa no peito, e é o suficiente para o irmão dela achar que é um galo de briga e me empurrar.

— Mas que merda! — Rodrigo grita, alterado.

Não reajo. Não vou bater nele por fazer o que qualquer cara que se preze faria: impedir que eu fique com sua irmã.

— Rodrigo, chega! — Viviane toca seu braço e o faz virar para ela. — Eu sei me virar. Ele é um cara legal.

Eu me surpreendo com a defesa, é claro. Já fui chamado de muitas coisas. "Cara legal" é novidade.

— Eu sei que é — o irmão dela responde, e me surpreendo ainda mais. — Só que não é pra você, né? Você sempre gostou dos certinhos. E o César?

— Terminamos.

— Ah, que merda, a porra é séria — ele solta.

— Olha, acho que não é bom você andar com o Lucas. Desde quando você fala assim? Ou será culpa do primo dele? — Ela coloca as mãos na cintura e ele dá de ombros, com sua já conhecida cara de inocente. Não sei se sou um bom exemplo para esse moleque. Essa coisa não vai prestar.

— Tem certeza que sabe se virar? Você não acha que vai dar merda? Porque é tão claro que vai dar. Não é, Lucas? — Rodrigo envolve o outro moleque na conversa.

Nós três olhamos para ele ao mesmo tempo.

— Ei, me inclua fora dessa. — Meu primo filho duma égua sobe no muro e não toma partido.

— Não! — Rodrigo e eu respondemos juntos.

— Acho que... — ele começa, pensando na melhor resposta — estatisticamente... — mexe as mãos, visivelmente enrolando — tem tudo pra dar errado. É aquela paradinha de Romeu e Julieta, sabe? E o Rafa me disse pra relaxar. É sina. Não tem como não dar merda... — Ele enrola para dizer cada palavra enquanto levanta as mãos, como se me pedisse desculpas. — Mas cada um sabe o que faz, né? — acrescenta rápido, quando o fuzilo com o olhar.

— Exato — Viviane diz e se volta outra vez para o irmão. — Rô, está tudo bem, tá? A gente só está se conhecendo. Nada de mais. Sem motivo para você arriscar quebrar um nariz tão lindo assim em uma briga — ela toca o nariz dele com carinho e automaticamente me lembro da minha irmã. Entendo o que Rodrigo sente. Ele está certo. — E, se der errado, não preciso que você me defenda. Ainda me lembro de cada um dos conselhos do pai.

Rodrigo dá uma risadinha e sei que ele se lembrou do conselho "esmaga as bolas", que Viviane me contou quando esqueci meu celular na jaqueta, na noite em que procuramos por Rodrigo e Lucas. Já vi pessoalmente e prefiro ficar fora dessa.

Não sei mais o que fazer para tirar esse moleque daqui, quando a doce ruiva cujo nome desconheço aparece. E, não, a gente não precisa saber o nome de todas as nossas amigas. É só chamar a ruiva de Ruiva, a morena de Morena, a loira de Loira, e assim por diante.

— Ai, caramba. O que escolho agora: a honra da minha irmã ou a ruiva? A ruiva ou a honra da minha irmã? — Rodrigo finge estar em um grande dilema. Esse moleque é mais safo que eu.

— Eu cuido da minha honra — Viviane toca o próprio peito. Um bom lugar para deixar a honra, hein? — E você cuida da ruiva, certo?

— Ok. Mas vou querer saber cada passo dessa parada aí — Rodrigo aponta para nós dois e finalmente, GRAÇAS A DEUS, todos entram.

— Onde estávamos? — pergunto para Viviane, que está um pouco pensativa, analisando a situação.

— Você acha que é o fato de sermos opostos que nos atrai? — ela pergunta do nada, como se deixasse escapar um pensamento. Parece que realmente quer entender o que se passa. Essa garota pensa demais. Nem estávamos nessa parte. Pelo que me lembro, eu roubei um beijo dela.

— Não. Nós não somos opostos, somos iguais. Podemos ser de classes sociais diferentes, mas somos iguais, e é isso o que nos atrai. A gente se vê por trás da fachada — aponto de mim para ela.

— Como você pode saber que somos iguais? A gente mal se conhece.

— Não é verdade. Eu nunca falei sobre o meu pai com nenhuma outra garota, e acho que você me disse coisas que também nunca contou a ninguém quando falou do seu pai. Talvez as palavras não sejam "somos iguais", mas "temos dores iguais".

Ela desvia o olhar e sei que isso é um "sim".

— Acho que estou maluca. TPM adiantada ou algo assim. Normalmente não sou tão confusa. É melhor ir embora.

Tocar no assunto "TPM" é realmente vontade de mudar o rumo da conversa, mas não sou tão fácil assim.

— Não acho que sejam hormônios, é algo seu, algo que você esconde. Você quer se encontrar, quer se aceitar, e vê em mim uma chance, justamente por...

— Termos dores iguais — ela completa me analisando, depois sorri. É um sorriso triste, como o que vejo muitas vezes no espelho, depois percebo um pouquinho de felicidade ali. Algo que eu disse a acertou em cheio. — Não sabia que você era do tipo idiota fofinho.

— Não sou fofinho. Idiota, às vezes, não consigo evitar. Ainda acho que mulher na TPM foi coisa do capeta pra compensar todas as delícias que só uma boa garota tem. Ou uma garota má, no caso. — Eu me arrisco e dou um passo para perto dela, segurando seu braço outra vez, mas devagar. Ela poderia tirar se quisesse.

— Sou uma garota má? — Ela levanta o queixo, me provocando. Adoro quando fica assim.

— A pior de todas. — Pior de um jeito maravilhoso.

— Talvez eu seja mesmo.

— Talvez, não. Você é.

— É... Talvez. — Como é teimosa. — Acho que vou embora — ela diz outra vez, mudando o rumo da conversa bruscamente.

— Tem certeza?

— Sim — balança a cabeça, decidida.

— De vez? — Tiro uma mecha de cabelo de seu rosto e coloco atrás da orelha.

— Que que você acha?

— Que não.

— Então... — Sua respiração se agita, mas ela está se segurando.

— Eu sabia.

— Idiota. — Ela me dá um tapa fraco no braço e se afasta.

— Opa! Melhor parar com isso antes que "idiota" vire um apelido carinhoso — digo enquanto ela pega o celular. — Pra quem vai ligar?

— Para o táxi. Não quero estragar a noite da Branca.

— Ah, para. Já vimos esse filme. Eu te levo.

# 25
# Viviane

> *I know I can be afraid*
> *But I'm alive*
> *And I hope that you trust this heart*
> *Behind my tired eyes.*
> — Dido, "I'm No Angel"*

**É, mais uma** noite, Rafael diminui a velocidade para estacionar em frente à minha casa.

— Pode parar ali, por favor? — aponto para um lugar perto do muro, bem embaixo da guarita.

Desço, tiro o capacete e entrego a ele. Rafael tira o dele, já que no bar tinha um sobressalente. Ele coloca ambos em cima da moto e se aproxima de mim, quando encosto no muro.

— Então, o namorado rodou... — Ele para a meu lado e olha para frente, como eu.

— É. — Minhas mãos estão para trás, encostadas no muro gelado, esperando que o frio mantenha meu corpo calmo.

— Alguma razão específica?

Suspiro e as palavras escapam, como bolhas de sabão seguindo o rumo do vento.

— Meu pai dizia que, quando descobrimos que estamos apaixonados, o coração fica tão assustado que pula um batimento, como se es-

---

* "Eu sei que posso estar assustada/ Mas estou viva/ E espero que você acredite nesse coração/ Atrás de meus olhos cansados."

tivesse se preparando para todas as variações de velocidade que vai ter que enfrentar a partir daí. É o que ele chamava de "batidas perdidas do coração". Segundo ele, o coração nunca recupera o ritmo correto até se encontrar no peito de outra pessoa.

Não nos olhamos enquanto eu falo. Faço uma pausa, depois continuo:

— Eu fui apaixonada pelo César. A gente namorou por três anos e foi muito bom por um tempo, mas nunca senti meu coração pular um batimento. Nunca perdi uma batida. Quando meu pai morreu, tanta coisa foi acontecendo, e me apeguei a cada uma das nossas conversas. Agora eu quero isso. Quero perder uma batida. Você já sentiu algo assim?

— Nah! Só se perdi uma batida da bateria sem perceber ou errei no preparo de alguma bebida, o que é pouco provável.

Nós rimos e Rafael se vira para mim, ainda encostado no muro. Faço o mesmo em direção a ele. Sua expressão fica séria, antes de começar a falar:

— Meu pai acreditava que existe apenas uma pessoa certa para cada um de nós. Eu não sei. É uma visão romântica e arriscada. Mas talvez nossos pais tenham razão, sei lá. Vai ver que é por isso que a minha mãe nunca mais encontrou outra pessoa pra amar.

— E é por isso que a minha deixou de viver... — É impossível não desviar o olhar, mas volto os olhos para ele quando o sinto segurando minha mão. — Se o coração só recupera o ritmo no peito da outra pessoa, o coração da minha mãe vai viver para sempre fora do compasso. — Uma lágrima escorre e, antes que eu possa enxugar, sinto sua mão em meu rosto.

— Eu penso muito nisso. Perdi meu pai, meus tios, minha irmã, mas minha mãe perdeu todos e o homem por quem se apaixonou. Perdeu o homem que seu coração escolheu amar. Não escolhemos amar nossa família. Amamos e pronto. É uma extensão de nós. Um amor que nasce e morre com a gente. Mas um parceiro... Aquela pessoa que vai viver com você até o fim, é diferente. É muita coisa pensar em quanto você tem que amar alguém pra tomar essa decisão e depois ter isso arrancado de você.

— Você tem razão — digo, enquanto nossos dedos se acariciam.

— Normalmente eu tenho, mas do que você está falando? — Ele se aproxima mais.

— Nossas dores, elas são iguais. — Toco seu peito. — Eu sinto o que você sente, e você sente o que eu sinto. As pessoas veem a morte e a aceitam de formas distintas, mas nós sentimos isso do mesmo jeito. Dói igual. — Minha mão está parada sobre seu coração. Eu o sinto bater sob meus dedos, sinto cada sofrimento que existe dentro dele. — Por mais incrível e maluco que possa parecer o que vou dizer agora, eu tenho sorte, porque neste mundo imenso, em meio a toda essa minha dor, eu te encontrei. Poderia ser muito pior sem você.

— E eu encontrei você. — Sua mão desliza pelo meu rosto até parar na altura dos lábios. Rafael olha para cima, para a guarita, depois volta a me fitar. Olho para o relógio e o encaro de volta. Nós dois sabemos que o limite está aí, estamos bem em cima da linha. Prestes a cruzá-la e a tornar isso aqui algo mais sério que pegação nos fundos de um bar. — Queria muito te beijar agora.

— Eu também, mas se fizer isso é capaz de um alarme soar e agentes secretos pularem em cima da gente.

Ouço seu riso rouco, ele quer muito mesmo me beijar agora. Tanto quanto eu quero ser beijada.

— O segurança? — ele quer saber enquanto me puxa, devagar, mais para perto.

— Ãrrã. Se meu avô souber de você, tudo vai se complicar. Não sei como ele não sabe ainda. — Paro no limite que acho seguro, embora já não saiba se é possível esconder o que fazemos.

— E não tem nenhum ponto cego nas câmeras? — ele olha ao redor.

— Tem um, mas se formos pra lá, garanto que não vai demorar trinta segundos para um dos seguranças sair e vir checar. Meu irmão já contou.

— Tem mais de um segurança? Quem vocês são? Os Kennedy?

— A agência de publicidade da minha família é a mais conhecida de São Paulo. E meu avô é um grande investidor, completamente bitolado com segurança. Não sei como ainda não instalou chips na gente. Vai ver que já instalou.

— Puta que pariu! Provavelmente vou ser caçado até a morte se te machucar, né?

— Provavelmente. — Sorrio e ele balança a cabeça para mim, me comendo outra vez com os olhos.

— Gosto de correr riscos. Esse ponto cego, onde é? — A brincadeira acaba, e a forma como ele diminui a voz indica que está disposto a tudo para me beijar.

— Trinta segundos — repito o que sei que será o tempo até os seguranças perceberem que nos afastamos e saírem de casa. Rodrigo já passou por isso inúmeras vezes. Eu não, porque César é certinho demais para correr riscos.

— Então vamos fazer esses trinta segundos valerem a pena.

— Ok — digo, sentindo a respiração se acelerar. — Atrás da árvore — mostro a ele.

— Aquela a... o quê? Cinco passos daqui? — Ele já começa a andar, de costas para mim e eu o sigo, devagar.

— Ãrrã. Por isso não importa muito que seja um ponto cego. Eles podem ver se alguém for até lá.

— Mas não sabem o que acontece lá atrás. — Ele inclina a cabeça e uma mecha de cabelo cai em sua testa. Tão sexy.

— É. E precisam de um tempo para descer as escadas, abrir a porta e...

— Os benditos trinta segundos — ele diz e some atrás da árvore. Mais um passo e também estarei oculta.

Nem sei por que estamos nos escondendo. A essa hora já ficou claro o que vamos fazer. Vou ter que me entender com meu avô depois, mas pouco me importa. Quero esses trinta segundos.

Rafael me puxa pela cintura e toco seu peito. Ele enfia a língua entre meus lábios, e eu puxo seu pescoço, querendo-o mais perto. Ele sobe as mãos pela minha cintura até esbarrarem na curva dos meus seios e aumenta a pressão. Desço a mão por suas costas e surpreendo até a mim quando acaricio sua bunda. Ouço seu gemido ao inserir os dedos no cós da calça e tocar sua pele por baixo da cueca. Estamos em pleno desespero. Eu o sinto descer a mão até minha coxa e levantar minha saia, mas aí... bem aí...

— Dona Viviane, está tudo bem? — ouço a voz de Henrique, o segurança.

Estou com as costas contra a árvore e Rafael está com os dedos presos na minha calcinha. Na penumbra, com a testa colada à minha, ambos lutamos para respirar do jeito mais normal possível.

— Estou indo — grito e inclino a cabeça para espiar. Só não caio porque Rafael me segura. — Pode entrar que eu vou em seguida. Só um minuto.

— A senhora sabe que é perigoso ficar aí a essa hora. Vou ter que pôr isso no relatório para o seu Fernando — ele ainda diz, referindo-se ao meu avô, mas o som se afasta e o portão se fecha em seguida.

Rafael me dá mais um beijo rápido e acaricio seu rosto, sentindo sua barba sob a minha palma.

— Minha vontade agora era te colocar nessa moto e fugir com você pra sempre — ele diz baixinho. Tão rouco que quase o impeço de falar e subo na moto de uma vez. — Mas, gata, nunca me senti assim e quero que essa expectativa continue. Nem quero ver o que vai acontecer quando eu finalmente transar com você. Não, quero sim. Porra, quero muito ver! Mas quero sentir tudo, então vou dizer algo que já disse muitas vezes e nunca cumpri... — Ele passa a mão pelos cabelos, desestabilizado. — Te ligo amanhã.

Rafael se afasta e sobe na moto. Eu o sigo de perto, mas nos separamos quando caminho em direção ao portão. Paro com a mão na maçaneta. Meus batimentos estão acelerados. Ele prende um capacete à moto e coloca o outro. Levanta o visor e nos olhamos por vários segundos em silêncio. Mal posso controlar o que sinto, e é aí que, surpreendentemente, acontece: meu coração perde uma batida.

# 26
# RAFAEL

*I was just a lad, nearly twenty two*
*Neither good nor bad, just a kid like you*
*And now I'm lost, too late to pray*
*Lord I paid a cost, on the lost highway.*
— Jeff Buckley, "Lost Highway"*

**CHEGO EM CASA** e tiro a jaqueta. No fim, ficou comigo. O perfume de Viviane está misturado ao meu, não sei mais o que é meu ou dela. É como se nossos perfumes tivessem transado por nós.

Viro o trinco da porta. Acho que Lucas não vai chegar tão cedo, mas quero um pouco de privacidade. Meu primeiro pensamento é ir para o banho, depois mudo. Logo quando tenho a intenção de ligar para a garota no dia seguinte, me lembro do óbvio: não tenho o número. Foi para o meu celular que liguei da última vez.

Só tem um jeito de conseguir.

— Lucas, quero o telefone da Viviane. Arranca desse moleque aí — digo quando meu primo atende.

— Primo! Boa vida essa, hein! — ele zomba. Está bêbado.

— Tá no bar ainda? Quem vai te trazer? — Incrível como agora esse lado desperta em mim. É como ter um filho sem fazer a parte boa.

— "Vou de táxiiii, cê sabeeeee..." — Afasto o telefone do ouvido porque o puto resolveu cantar a música da Angélica.

---

* "Eu era só um moço, com quase vinte e dois anos/ Nem bom nem mau, apenas uma criança como você/ E agora estou perdido, é muito tarde para rezar/ Senhor, eu paguei o preço, na estrada perdida."

— O Lex tá aí? — pergunto quando parece que ele terminou de cantar. — Passa pra ele.

Não demora muito e Lex atende.

— E aí, pegou?

Filho da puta! Eu sabia que seria a primeira pergunta que me faria. Lex é educado demais para perguntar: "E aí, comeu?" E, sei lá, pela primeira vez acho que a pergunta não se encaixaria com a garota. Eu, por outro lado, poderia ter me encaixado. Aff... Tudo o que tiver de analogia vou usar até comer... Não, até transar. É, transar é melhor. Pelo menos não é fazer amor. Aí seria apelação para mim. Transar é mais que suficiente.

— E aí, pegou? — Lex repete.

— Nah. Quer dizer, sim, mas não finalizei. — Sento no sofá.

— Ai, cara. Você sabe o que dizem, sempre tem uma primeira vez — ele diz assim, como se fosse a coisa mais natural do mundo.

Coloco a mão no rosto e balanço a cabeça antes de responder.

— Meu equipamento continua funcionando muito bem. Ela quis ir pra casa e eu levei.

— Sem tentar levar pra um motel?

— Sem tentar. — Coloco os pés sobre a mesa, porque a casa é minha e eu posso.

— E pra que me ligou? Ficou carente? Precisa de atenção? Apoio? Quer que eu cante uma música pra você dormir? — Ele se mata de rir do outro lado.

— Porque quero o telefone dela.

— Cara... — a surpresa marca seu tom de voz.

— É...

— Cara!

— É! Consegue o número com o irmão dela aí, vai? Fico te devendo uma.

— Duas.

— E você, pegou? — Reclino a cabeça para trás, me acomodando melhor.

— Yeap! E vou sair com ela quando o bar fechar.
— Cara...
— Pois é.
Ficamos mudos, cada um pensando na sua noite. Eu, pelo menos, estou. Lex e eu não somos do tipo amigos que conversam muito pelo telefone. Normalmente tem algumas cervejas entre nós.
— O telefone — repito.
— Ah, tá bom. Só espero que não chova canivete.
— Não prometo.
Silêncio. Ele vai e volta com o número. Antes de me despedir, acrescento:
— Vê se meu primo vai sair daí com alguém.
— Vai. Tá com a loira, amiga da ruiva.
Dou risada. Lucas pode ser quieto às vezes, mas está longe de ser devagar.
— Coloca todos num táxi, falou? Não quero o Lucas em um carro com algum motorista bêbado. Nem o Rodrigo.
— Vou colocar, Rafa. Tá tranquilo. Aproveita o banho gelado aí.
— Filho da...
Nem completo, porque ele desliga rindo.

Tiro a roupa no quarto, lembrando o que fiz essa noite. Nada. Quase nada. E, ainda assim, tudo. Consigo imaginar Viviane na minha cama. Penso no que vou fazer com ela. Pego uma toalha limpa e vou para o banheiro levando as roupas sujas. Ligo o chuveiro e continuo pensando nela.
Saio do banho e enrolo uma toalha na cintura. Ainda estou pingando quando pego o telefone e deito na cama. São quatro da manhã. Então, se ela não atender logo, vou desligar. Dois toques.
— Alô — a voz dela.
— Oi, Viviane. É o Rafa.
— Oi, Rafa.

É a primeira vez que ela me chama pelo apelido. Quando é que começei a prestar atenção em detalhes assim?

— Te acordei?

— Não, estou esperando o Rodrigo. — Sua voz parece cansada.

— Ah, ele vai demorar — respondo, ajeitando o travesseiro.

— Eu sei. Vou esperar até o sono me vencer.

— Sei que eu disse que ia ligar amanhã, mas quando cheguei em casa vi que já tinha passado da meia-noite. — Esse sou eu, inventando desculpas para ligar para uma garota e chocado comigo mesmo.

— Já tinha passado da meia-noite quando você disse que ia me ligar — ela faz graça.

— Então desligo e ligo de novo depois de amanhã? — provoco, terminando em um sussurro.

— Hum... Acho que não precisa.

Dou uma risada preguiçosa. Sei que não a engano.

— Deu tudo certo com o segurança?

— Deu. Não falei com eles quando entrei, mas sei que o meu avô vai receber o tal relatório.

— Te arrumei problemas. — Estou preocupado. De verdade.

— Não mais que os que já tenho. Meu avô quer me ver amanhã, meu ex-namorado falou com ele.

— *Peraí*. Sua vida é tão controlada assim?

— Meu pai nunca foi do tipo controlador. Sempre foi muito aberto. Tanto que o Rodrigo não sabe o que quer fazer da vida e meu pai dizia que o tempo mostraria a ele, sem pressão. Já meu avô... Desde que meu pai ficou doente, ele começou a se impor mais. Não que ele seja mau, não é nem de longe. E não me controla também. Só gosta de tentar.

— O namorado ligou de novo?

Segunda vez que pergunto do namorado. Segunda vez que espero a resposta com um pouco de apreensão.

— Depois que liguei o celular, não. Ele dorme cedo. Amanhã resolvo isso.

Silêncio. Sou péssimo com telefone, mas quero muito dizer a coisa certa, mesmo que eu não faça ideia do que seja.

— Vivi... — É a primeira vez que a chamo pelo apelido. É oficial. Virei um idiota. — Quer sair comigo na minha folga?

— Quero.

Sorrio por ela não ter enrolado para responder nem perguntado o dia ou qualquer coisa do tipo.

— Minha folga é domingo.

— Então vai ser domingo.

— Ok — imito seu tom.

Ela ri. Gosto do som e isso provoca um sorriso em mim.

— Daqui a três dias. — Falo isso porque, se eu não falar, é capaz de Viviane não saber que domingo é três dias depois da quinta. Queria saber quando foi que me tornei o cara que diz coisas óbvias.

— Sim. — É quase um suspiro. Uma pequena fagulha na palha. Sinto meu peito se encher de um sentimento estranho.

Penso no que dizer em seguida e minha campainha começa a tocar sem parar.

— Você tem visita. — Agora é ela que parece apreensiva.

— Deve ser o Lucas. Passei o trinco na porta. Vou lá. A gente se fala.

— Ok.

— Boa noite. — Eita! De onde saiu essa formalidade em mim?

— Boa noite. — Ela desliga.

Nem esquento, não é a primeira vez que fico no vácuo com ela.

Largo o telefone e vou para a sala. Ajeito a toalha no caminho, viro o trinco, abro a porta, pronto para xingar o Lucas por não tirar o dedo da campainha, e topo com Andressa usando um casaco fechado. Não precisa ser muito esperto para saber que ela está sem nada por baixo.

*Ah, merda!*

Ela abre o casaco.

Me distraio.

Ela entra.

Tô ferrado.

Ou não.

Posso mandar a garota embora, posso fechar a porta.

Andressa só esteve aqui uma vez, mas age como se estivesse em casa. Vai até a cozinha, volta com dois copos, para, olha para mim com uma garrafa de Johnnie Walker Double Black e levanta uma sobrancelha.

Continuo parado com a mão na porta aberta. Ela coloca os copos na mesinha em frente ao sofá e deixa cair o casaco, ficando pelada na minha frente. Ela está pelada na minha frente. Puta merda, ela está pelada na minha frente!

Ela serve a bebida e me estende o copo. Fecho a porta e pego, sem saber o que é pior: resistir a uma dose de Johnnie Walker ou a uma mulher nua se oferecendo.

Bebo sem dizer nada, qualquer pergunta seria óbvia. Melhor acabar com isso de uma vez.

— Se fechou a porta é porque ela não está aqui — Andressa diz, sentando no braço do sofá e abrindo as pernas para mim. Se eu sobreviver, exijo ser santificado. — E se não está aqui é porque você não deixou ela dormir, como não deixa nenhuma garota. Ela é só mais uma.

— Ela não é só mais uma. — As palavras me escapam entre um gole e outro. Tento me convencer de que o Johnnie Walker é o culpado, mas sei que é tarde demais.

— Então cadê ela? — Andressa se levanta, irritada. Sei que está surpresa por eu não ter tido uma ereção ainda, e honestamente até eu estou preocupado. Viviane amaldiçoou meu pau.

— Não é da sua conta. — Termino meu copo e encho outro. Álcool e eu... Parceiros de longa data. — Deixei você entrar pra encerrar isso de vez. — É mentira, deixei porque me distraí com seus peitos siliconados, mas quero mesmo encerrar. — Você me conhece. Qualquer uma que passa por aquele bar me conhece. Não tenho compromisso com ninguém. Não vai rolar, se é isso que você tá querendo.

— E por que você parecia tão preocupado com aquela garota? Só porque ela se faz de difícil?

— Ela não se faz de difícil e eu não estava preocupado. — Ou estava? Será que demonstrei tanto assim? É o que me pergunto quando um sorriso surge em meus lábios ao pensar em Viviane.

— Você gosta dela! — A acusação se perde na surpresa.

— Não é da sua conta — repito e jogo o casaco para ela. — Veste essa porra logo. Não vai rolar.

Andressa me olha com fúria enquanto se veste.

— Você é um idiota. É só olhar pra patricinha pra saber que não vai durar. Ela jamais perderia tempo com um cara como você!

Eu já estava esperando por essa. Andressa não sabe perder.

— Não minto sobre quem eu sou pra ninguém. — Sento no sofá e coloco o copo na mesa de centro, ao lado da garrafa, tentado a tomar outra dose.

— Mas omite, tenho certeza. Ela sabe tudo sobre você? — O veneno transborda.

Encho o copo, mas ainda não bebo.

— Vai saber. — Não olho para ela, meu foco agora é a garrafa. Essa conversa mexe comigo mais do que eu gostaria.

— Ela sabe quanto você bebe? Sabe que é um alcoólatra? — Ela pega a garrafa.

— Deixa essa porra aí! — digo em voz alta, e ela só sorri.

— Você é patético. É só saber chegar. Bastou mostrar a garrafa que se entregou como um cachorrinho.

— Cala a boca — murmuro, bebendo mais um gole do maravilhoso líquido encorpado que me entorpece.

Ela gargalha.

— Sabe o que é o melhor de tudo? O álcool é só a ponta do iceberg quando se trata de você. E uma riquinha como ela vai sair correndo para o colo do papai quando descobrir o monstro aí dentro.

— O pai dela tá morto — respondo, sentindo o efeito dormente do álcool. É bom estar em casa.

Andressa faz biquinho e finge que está com dó. Sei o que vem por aí.

— Que lindo! Então a dor uniu os órfãos... Quero só ver quanto tempo vai durar. Sou capaz de apostar que não passa da sua primeira crise, que... — Ela levanta o meu queixo, querendo que eu olhe para ela. — Olha que maravilha! A crise está vindo.

Afasto a mão dela da minha cara.

— Cai fora daqui!

Ela pega a bolsa, mas ainda tem algo a dizer.

— Sabe o que vai acontecer? Você vai ficar com ela, porque, afinal, é de você que estamos falando. Mas e depois? Você vai cansar disso em cinco minutos. Ou ela vai descobrir o seu lado sombrio, e aí, querido, eu vou estar bem aqui.

Andressa finalmente sai, mas o derrotado sou eu. Não consegui resistir a Viviane. Fomos nos aproximando cada vez mais, mas ela não tem noção exata de quem eu sou. Eu me deixei levar, porque foi impossível evitar, e agora, quando ela souber da verdade, não vai ter nem o colo do pai para correr.

Eu me levanto e tranco a porta. Pego a garrafa, caminho até o quarto e tranco a porta também. Destranco a gaveta do criado-mudo, um cuidado que tomei quando Lucas veio para cá. Dou um sorriso triste ao pensar nisso. Sou um péssimo exemplo, em tantos aspectos.

É um caminho automático, sem paradas, sem interrupções.

Deixo a toalha cair, pego o saquinho de pó, estico uma carreira sobre a cômoda com meu cartão de crédito, mecanicamente. Uma fileira branca que sinaliza meu socorro. Aí chega o momento. Aquele momento breve que antecede a merda e você tem um flash de sanidade. Um lado seu diz: "Não usa", e o outro se abaixa e aspira a cocaína. Você perde. Você ganha. Você morre um pouco mais.

Sento na cama e me jogo para trás, nu em todos os sentidos, olhando para o teto, que vai se perder em poucos minutos.

Sinto vergonha de mim por mais uma vez não conseguir me impedir de me destruir. Bebo deitado, o álcool escorre sobre mim, sobre a cama, sobre a minha vergonha.

A dor dura pouco, o prazer falso e ilusório me toma como um orgasmo prolongado.

Nada mais me prende. Nada.

E, no último segundo, antes de me entregar à extrema euforia, vejo o rosto de Viviane se perder em rodopios de adrenalina.

# 27
# Viviane

> *I know I don't know you*
> *But I want you so bad*
> *Everyone has a secret locked*
> *But can they keep it?*
> *Oh, no, they can't.*
> — Maroon 5, "Secret"\*

**Estou na recepção** da agência de publicidade da minha família, aguardando meu avô terminar uma reunião. Uso uma saia preta de pregas, apenas dois dedos acima do joelho, e uma baby look vermelha com um coração amarelo no centro, por dois motivos. A saia porque é comprida o suficiente para que ele aprove, e a baby look porque tem as cores da Espanha. Quer ver vovô feliz? Lembre-o de sua terra natal. Na verdade são três motivos: o All Star vermelho foi presente da vovó.

A recepcionista diz que posso entrar, e assim que ele coloca os olhos em mim seu sorriso surge. Ele capta a mensagem que quero passar e também sabe que fiz de propósito.

— *Cariño*, sabe que fico triste quando preciso ligar para que você venha aqui. — Ele me abraça e a razão de eu fugir está aí. Seu cheiro, sua postura e seu tom de voz são iguais aos de meu pai, apesar de serem pessoas diferentes, tanto em personalidade quanto em aparência.

---

\* "Eu sei que não te conheço/ Mas te quero tanto/ Todo mundo tem um segredo guardado/ Mas conseguem mantê-lo?/ Ah, não, eles não conseguem."

Tem também a presença de um forte sotaque espanhol. — Sua avó também está com saudades. Você e seu irmão não podem se isolar assim. Aliás, não gostei nada do seu irmão cancelar o almoço. Ele disse que passa em casa depois, mas fiquei decepcionado.

— É uma fase complicada. — Eu o observo se sentar outra vez e apontar para a cadeira vaga de frente para a sua. — A gente não ia almoçar?

— Vamos, sim. Só estou esperando uma pessoa.

Eu me sento, ajeito a saia, passo os olhos pela mesa perfeitamente organizada e vejo a foto de minha família, que antes ficava na mesa do meu pai.

— Como está sua mãe? — ele pergunta, entrelaçando os dedos e descansando as mãos sobre o colo.

— Daquele jeito... — O que dizer?

— Ainda acho que devíamos mandá-la para uma clínica. Assim ela receberia todo apoio possível. — Ele se inclina mais para perto de mim, tentando segurar minha mão sobre a mesa.

— Ela não aceitaria. — Eu me afasto. Ninguém vai internar minha mãe.

— Podemos fazer isso sem a autorização dela. — Ele quer me convencer.

— Não. — Fico ereta na cadeira, na defensiva.

— Hoje é um dia especialmente difícil para a sua mãe.

Expresso confusão ao olhar para ele. Não sei do que está falando.

— É o dia em que ela e o seu pai se conheceram.

Eu não fazia ideia. Meu vô tem uma memória surpreendente.

— Ela estava a mesma quando saí. — Não que isso seja bom. — Vou voltar para casa depois do almoço e passar o resto do dia por perto.

— Soube que você tem saído bastante... — ele comenta, aproveitando o tema.

Vovô é muito bom em jogar o tema certo na hora certa, preparando a pessoa para tocar no assunto que ele quer.

— Na verdade, passei o último mês praticamente todo em casa.

— Exceto pelos últimos dois dias. — Ele pega algumas folhas de papel. — O relatório de entrada e saída da casa mostra horários preocupantes.

— Vovô, você sabe que é errado controlar nossos horários. Meu pai nunca fez isso. Não somos mais crianças. — Meu tom é brando e cuidadoso. Se eu despertar sua curiosidade, será pior.

— Vocês sempre serão minhas crianças. E já perdi uma esse ano, não quero perder outra. — Ele se refere, claro, a meu pai, tocando bem no ponto fraco.

Ai, Deus. Está para nascer homem mais esperto que esse.

Encaro seus olhos azuis por trás dos óculos de leitura enquanto ele os ajeita. Os cabelos cinzentos lhe dão um ar austero que poucos têm coragem de enfrentar.

— A gente se cuida bem.

— Ah, sim. Chegando completamente alcoolizado de manhã, como o seu irmão, ou na garupa de uma moto de madrugada, como você — ele diz tranquilo, como se me oferecesse um algodão-doce quando eu era mais nova.

Ai, droga! Ele quer me pegar.

— Um amigo me deu carona. Você sabe que eu não sei dirigir.

— Certo... E suponho que o cartão com limite nas alturas que você tem não dava para pagar o táxi.

Ele me pegou. Não posso dizer que estava em um local em que seria perigoso esperar um táxi ou ele arranca meu couro. E dizer que quis voltar com Rafael da segunda vez seria ainda pior.

— É só um amigo. — Estou tão aflita que quero apertar as mãos, mas, se eu fizer isso, o ninja/agente secreto/superprotetor do meu avô vai perceber que estou mentindo.

— Não quero a minha neta montada na moto de amigos. Muito menos de madrugada.

— Mas o Rodrigo coloca as netas dos outros na moto dele o tempo todo.

— Que os outros avôs se manifestem, então — ele abre as mãos, como se não tivesse nada a ver com elas.

Cruzo os braços. O próximo passo é levantar o queixo para ele, mas ainda tenho amor à vida e me contenho.

— Só tenho que me preocupar, já que você terminou com o César também.

— Eu não amo mais o César, vovô.

— Tudo bem. É justo. Se não ama, não tem que ficar junto. Mas precisa sair com alguém tão oposto? — Não respondo. — Minha querida, acredite, eu sei como funcionam garotos assim. Como é que vocês dizem nos dias de hoje? Bad boy! — Ele dá uma risada, que de cômica não tem nada. — Você está falando com o pai de todos eles. A quem acha que seu irmão puxou? Não foi ao jeito tranquilo do seu pai. — Reviro os olhos. — Viviane Lorena Villa!

Pronto, meu nome completo. Logo mais ele vai querer me deixar de castigo. Vai ficar querendo. Gostaria que a vovó estivesse presente. Ela já o teria contido. Ou meu pai... Meu pai resolveria tudo. Ele diria que não adianta querer segurar um jovem, que se aprende vivendo e que às vezes não dá para dizer que alguém vai bater a cabeça, quando a natureza da pessoa é ter vontade de arriscar.

— Desculpa, vô. Sei que você se preocupa, mas estou tomando cuidado e também estou acompanhando o Rodrigo. Ele não chegou bêbado hoje, só chegou de manhã. É normal. Não é porque eu nunca fiz isso antes que não possa acontecer agora.

— Não, não pode. Vocês são crianças e precisam de rédeas. — Ele apoia as duas mãos na mesa.

— Sei que você se preocupa com a gente e agradeço por isso, mas dizer que somos crianças não funciona mais. A vida pouco se importou se éramos ou não crianças quando levou o nosso pai, e continua não se importando em nos deixar sem mãe. Somos adultos, vô. Fomos forçados a ser.

Enquanto falo, ele apenas me observa atentamente. Quando acho que vai dizer algo, a porta se abre e eu olho para trás.

— Tio Túlio! — digo enquanto abraço meu padrinho.

Algo que poucas pessoas sabem é que meu pai cursou dois anos de direito antes de mudar para publicidade, e foi lá que conheceu Túlio Albuquerque, que se tornaria seu melhor amigo, pai da Branca e do Bernardo e meu padrinho.

— Boa tarde, Túlio — vovô o cumprimenta, já em pé. — Vamos almoçar. Preciso que me ajude a colocar algum juízo na cabeça da minha neta.

Então, vovô tem um plano. Eu sabia!

Durante o almoço, a conversa flui mais tranquila. É um pouco difícil para tio Túlio me dizer o que fazer, quando ele é pai da Branca e todo mundo sabe a liberdade que ela tem. Podemos dizer o mesmo de Bernardo, que, aos dezesseis anos, simplesmente deixou o país e foi morar com o tio na Inglaterra.

Por tio Túlio, sei que eu teria mais liberdade. Ele me aconselharia muito, mas me deixaria viver. Já o vovô... Este quer me prender em uma torre, com o detalhe machista de que Rodrigo pode fazer o que quiser com as netas dos outros.

Quando eles já estavam tomando café e eu mexia no celular para ver se tinha alguma mensagem, vovô soltou o que estava guardando:

— Então, *cariño*, o que você perdeu no ponto cego ontem de madrugada e por que o seu amigo a ajudou a procurar?

Meu Deus! Sinto como se o restaurante estivesse em um vácuo e eu não conseguisse respirar.

Tio Túlio olha de mim para o meu avô. Ele sabe. É claro que sabe.

— Fernando, você está constrangendo a Viviane. É desnecessário. — Ele coloca a xícara de café vazia sobre a mesa.

— Oras, só quero saber. Tenho que zelar pelas pessoas que amo.

— Tem, mas não assim. — Tio Túlio toca meu ombro e afasta meus cabelos, algo que meu pai sempre fazia. — Vivi, estamos preocupados. É a nossa obrigação. O Bernardo também está. — Bernardo devia ser preso por fofocar. — Não queremos que você se machuque.

— Eu não estou fazendo nada de mais, tio. É só um amigo. — Eu sei que não é totalmente verdade, mas o que nós somos? — Ele entende o que eu sinto. — Se pudesse, meu avô soltaria fogo pelos olhos. — Estamos nos conhecendo.

— Eu sei. Só tome cuidado. E, se vocês saírem desse "nos conhecendo" — ele faz um sinal de aspas com as mãos —, quero que marque um almoço para que eu possa conhecer o rapaz. Não do mesmo jeito que você, é claro.

Muito amor por tio Túlio, que conseguiu fazer um momento horrível explodir em risadas.

Meia hora depois, eu me despeço dos dois. Meu avô ainda está contrariado, mas não há nada que possa fazer. Estou me afastando quando o escuto dizer a tio Túlio:

— Você é mole demais. Hora de acionar o plano B, Túlio.

Lanço um olhar irritado para os seguranças quando entro em casa. Na sala, Rodrigo está deitado no sofá, me esperando.

— E aí, como foi? — ele pergunta.

— Passei no interrogatório, por enquanto, mas só porque o tio Túlio estava lá. — Eu me sento a seu lado, mas logo me levanto. — Rô, você viu a mãe hoje? O vô disse que hoje é aniversário do dia em que ela conheceu o pai e estou preocupada.

— Passei pelo quarto dela mais cedo. Tudo fechado.

Sinto um calafrio.

— Vou lá ver como ela está. — Eu me levanto e subo a escada rapidamente, com Rodrigo atrás de mim.

A porta está fechada, como sempre, e batemos algumas vezes, sem resposta. Giro a maçaneta devagar. Escuridão e silêncio. A luz do corredor penetra no quarto como fantasmas em trevas.

Eu me aproximo da cama lentamente, piso em algo duro, quase caio e seguro em meu irmão.

Minha mãe está deitada na cama; toco seu braço e a chamo baixinho. Ela não responde. Troco um olhar com Rodrigo e encosto a ponta dos dedos no rosto dela. Tão gelada...

— Rô, acende a luz! — digo e me sento ao lado da minha mãe, já chacoalhando seus ombros, precisando que ela fale comigo. Mais silêncio.

A luz revela uma verdade assustadora: vários frascos de comprimidos caídos no chão. Desesperada, eu me ajoelho e os pego. Estão vazios.

Olho para Rodrigo, estendendo um deles. Ele me olha boquiaberto, entendendo, mas não querendo entender. Eu me viro para a cama outra vez e vejo o braço da minha mãe caído para o lado.

Dou um pulo e toco sua pele fria e extremamente pálida. Seu rosto tão bonito não é mais do que um espectro do que já foi um dia. Minha mãe... Cubro a boca, implorando a Deus que não me deixe entrar em choque.

— Chama uma ambulância, Rodrigo! Agora!

Meu irmão pega o telefone correndo e o derruba no chão, assustado. A bateria vai parar do lado oposto do quarto. Ele corre à procura de outro aparelho.

Continuo tentando acordar minha mãe. Tento infinitas vezes, as lágrimas turvando minha visão. Não, de novo não. Não posso perder outra pessoa. Minha mãe não pode nos deixar também.

Eu imploro, choro, grito, mas ela não abre os olhos.

# 28
# RAFAEL

> *How I wish*
> *How I wish you were here*
> *We're just two lost souls*
> *Swimming in a fish bowl.*
> — Pink Floyd, "Wish You Were Here"*

**UM BARULHO ENSURDECEDOR** me acorda. Como se milhares de sinos estivessem tocando juntos. Eu me levanto devagar e empurro a garrafa para o lado com mais força do que desejava. Ela se choca contra o chão e se quebra.

O barulho não para. Não para. Não para.

Eu me levanto em um pulo, sentindo a cabeça doer e um gosto horrível na boca. Então vou rápido até a porta e piso em um caco. O vidro corta minha pele. Uma lembrança da dor que o seu conteúdo ajudou a levar para longe na madrugada.

O relógio mostra onze horas da manhã. É cedo.

O telefone — agora sei que é daí que vem o som — não para. Levanto o pé, arranco o caco e caminho pingando sangue até o aparelho.

— Alô.

— Filho, desculpa te acordar. Sei que você trabalha à noite.

Minha mãe. Toda a culpa que preciso agora.

---

* "Como eu queria/ Como eu queria que você estivesse aqui/ Somos apenas duas almas perdidas/ Nadando em um aquário."

— Não tem problema, mãe. Tá tudo bem?

Meus olhos ardem com a luz e pisco várias vezes para me acostumar. Lucas está dormindo como uma rocha no sofá. Preciso comprar um sofá-cama.

— Está sim, anjo, não se preocupe. É uma boa notícia. Sabe o Tico, que trabalha no posto de gasolina perto do seu trabalho, filho da Maria, minha amiga?

— Sei. — Se minha mãe ligou para falar da vida alheia, eu me jogo pela janela.

— Ele disse que tem uma vaga de dia lá pro Lucas. Que quer conversar com você primeiro, que precisa de um favor. Só não me disse o que era.

Eu sei o que o Tico quer, e ele tem que ser muito filho da puta para usar minha mãe para me pedir droga.

— Vou lá falar com ele, mãe, mas tô tentando arrumar algo fixo pro Lucas no bar.

— Ah, filho, eu prefiro que ele trabalhe de dia.

— E eu prefiro que ele trabalhe perto de mim.

Nem a pau que ele vai ficar com o Tico. Não sou uma boa influência, mas o Tico é conhecido em todos os pontos de drogas e isso não é nada bom.

— Você pode, pelo menos, ir falar com ele?

Meus motivos são diferentes dos dela, mas eu vou, sim.

— Daqui a pouco eu saio. Vou só tomar um banho. — E beber mais para não aumentar a ressaca.

— E quando vem me ver?

— Em breve, mãe, em breve.

Uma hora depois, estaciono a moto no posto. Tico está conversando com um colega de trabalho e para quando me vê.

— E aí, Rafa, quanto tempo...

Eu o pego pela camisa e o encosto na parede.

— O que aconteceu quando você me pediu pó da última vez?

— Eita! Calma! — ele ergue as mãos, assustado.

— O que aconteceu?

— Você não quis me dar. Ficou regulando.

— Não sou traficante, Tico! Porra! Te conheço desde moleque. Nunca que vou te dar droga.

— Mas você usa.

Eu o encaro tão violentamente que ele retira o que disse.

— Tá bom, tá bom. Foi vacilo meu.

— Depois você vai dizer pra minha mãe que se enganou e que a vaga já foi preenchida. Nem a pau que o meu primo vai trabalhar com você.

— Beleza, eu digo. — Ele não para de balançar a cabeça.

Eu o solto como se nada tivesse acontecido e começamos a falar de outros assuntos. Ele me apresenta para seu colega de trabalho e diz que não foi dessa vez. Eu entendo e quero descer a porrada nele por fazer propaganda de que eu ia trazer alguma coisa, mas relevo. É só mais um moleque perdido.

— Aproveita que tô aqui e abastece a moto pra mim — digo, bebendo um copo de água, sentindo meu corpo pedir mais líquido a cada segundo.

Depois de pagar, subo na moto, dou partida e estou quase saindo quando uma Ducati nova para perto de mim. Minha admiração pela moto se perde ao ver o motorista tirar o capacete. É o moleque que apostou um racha na avenida e causou a morte de quatro pessoas da minha família.

Nem penso. Desço da moto, tiro o capacete e dou um murro na cara dele. Ele desmonta no chão. O outro frentista tenta se meter e Tico o segura. Ele sabe que, se estou batendo, é porque o cara merece.

— Lembra de mim? — pergunto quando ele tenta se levantar, com o nariz quebrado, jorrando sangue e empapando a camisa de marca.

— Pode levar a moto — ele estende as chaves.

— Não é um assalto, seu filho da puta! — E lhe dou um chute no estômago.

Mal posso acreditar que ele não se lembra de mim. Como quatro vidas podem significar tão pouco a ponto de ele não ter meu rosto gravado na mente? Não é a primeira vez que ele apanha de mim.

Ele se levanta, cambaleando, e tenta me bater. Desvio e o acerto de novo. O sangue respinga na minha camiseta. Pouco me importa. Bato sem parar, até que ele cai outra vez. Subo em cima, disposto a matar o cara. Não consigo parar. Posso acabar preso, e ele nunca vai ser condenado pelo que fez. Isso me revolta ainda mais.

Algumas pessoas passam e observam, mas Tico trata de tirar todo mundo dali. Ele me conhece. Sabe o que pode acontecer.

O moleque está caído, sem forças para tentar me acertar, e só penso em vê-lo morto. Se ele morrer minha dor vai passar? Se ele morrer minha família terá sido vingada?

Meu celular vibra no bolso. Ignoro, mas ele não para. Sei que, se eu bater a cabeça desse garoto no chão, vou matá-lo. E estou a um passo disso quando escuto Viviane perguntar em minhas lembranças: *Você já matou alguém?*

Paro. Minha respiração está acelerada.

O moleque está caído.

O celular não para de tocar.

Estou perdido.

Estou morto.

Atendo.

Respiro.

É ela.

— Rafa, minha mãe está no hospital. Ela tentou se matar. Não sabem se ela vai sobreviver. Vem pra cá, por favor. Vem pra cá.

Ela diz o nome do hospital e continua falando, mas não respondo. Desligo.

Olho para o garoto caído, para minhas mãos cobertas com o sangue dele.

Preciso escolher entre arrebentar o cara que matou minha família — e talvez chegar a um limite que nunca ultrapassei — ou ir confortar

Viviane. Parte de mim quer mandar tudo à merda e acabar com esse cara, não importa quanto tempo eu passe na cadeia por isso, mas outra parte sabe que, se eu ficar preso, Viviane vai ficar sozinha. Então não tenho dúvida: escolho ela.

# 29
# Viviane

> *Catch me as I fall*
> *Say you're here and it's all over now.*
> — Evanescence, "Whisper"*

**Minha mãe foi** levada para dentro do pronto-socorro há meia hora. É pouco tempo, eu sei, mas é desesperador. Não consigo ficar parada. Sinto que, se eu não andar de um lado para o outro, vou desmoronar. Se me movimento, parece que faço algo, apesar de não fazer nada. Estou enlouquecendo.

Olho para o celular outra vez. Nenhuma ligação de Rafael. Não sei nem se ele me ouviu quando liguei.

Estou à beira de um ataque de nervos. Rodrigo me abraça de repente.

— Calma, Vivi. Calma. Você é tudo o que eu tenho. Se acalma, porque, se eu perder você, vou pirar. Fica comigo e não surta.

Eu o abraço de volta, encosto a cabeça em seu peito e choro. Sabemos que temos nossos avós, tios e primos, mas nossa família — nós dois, o papai e a mamãe — sempre foi tão apegada que cada perda deixa um buraco imenso.

Deixo escapar um soluço desesperado. Queria entender quando minha vida se tornou essa sucessão de catástrofes. Devia ter um aviso prévio: "Prepare-se, a partir de hoje tudo vai desmoronar". Uma hora eu estava no shopping escolhendo roupas novas e no minuto seguinte es-

---
* "Me pegue enquanto eu caio/ Diga que você está aqui e que está tudo acabado agora."

tava acompanhando meu pai na quimioterapia, assinando os papéis no hospital, escolhendo seu caixão. Não quero ter de fazer isso por minha mãe. Não tenho mais forças para isso.

Meu irmão massageia minhas costas e diz:

— Vai ficar tudo bem.

— Você acha? — fungo ao perguntar.

— Só posso me apegar a isso. Vai ficar tudo bem.

— É o que o pai diria.

— É o que *eu* estou dizendo agora.

Sei o que ele quer dizer. Nosso pai se foi, mas ele está aqui. Ele não vai me deixar.

— *Niños!* — ouvimos vovô e nos viramos para ele, correndo para seus braços exatamente como ele nos chamou: "crianças".

Ele nos abraça. Cada um perdido e envolto por um braço, desejando o colo do homem de quem tanto queremos fugir às vezes.

— Vovô, ela estava tão gelada — conto, ainda muito assustada.

— E não respondia — Rodrigo acrescenta, e percebo que também chora.

— Vai ficar tudo bem — vovô diz, e nos entreolhamos.

Vovô ensinou ao papai, que nos ensinou. Somos pontas soltas cujo centro se foi para sempre.

— Quero falar com o médico. Vocês sabem quem é o responsável?

— Não — respondo, olhando à nossa volta. — Ninguém nos diz nada.

— Vou descobrir — vovô diz e eu acredito. É claro que ele vai. — Fiquem aqui, já volto com notícias. Sua avó deve chegar logo. A Fernanda passou para buscá-la, já que vim direto da agência — ele informa, se encaminhando para a porta por onde os médicos levaram minha mãe.

— Você não pode entrar aí. O acesso é restrito — Rodrigo avisa, apontando para a placa.

— Tem alguém aqui para nos dar respostas? — vovô pergunta, mostrando a sala de espera ocupada apenas por pessoas angustiadas aguardando notícias. — Então, vou atrás delas.

*144*

— Não vão te deixar entrar — digo só para ver meu avô levantar a sobrancelha, com a mesma expressão que fazemos quando ele nos proíbe de algo.

— Volto logo com informações da sua mãe ou não me chamo Fernando Villa Sanchez Del Toro — ele responde orgulhoso. Só o vovô mesmo para manter a altivez até em momentos assim.

Rodrigo segura minha mão e ficamos olhando para as portas, que balançam com a passagem do vovô.

Quando meu avô retorna, minutos depois, acompanhado de dois seguranças, vovó acabou de chegar com Fernanda. Minha avó está com uma aparência tão triste que sinto culpa. Uma culpa que nem sequer me pertence. Desde que meu pai se foi, às vezes sinto como se tivesse a obrigação de cumprir seu papel, e ele sempre fazia com que todos se sentissem bem. Eu queria ter as palavras certas, queria saber como agir, mas, acima de tudo, queria que meu pai ainda estivesse vivo.

— O senhor está proibido de cruzar esta porta — um dos seguranças diz.

— Então, trate de dar respostas à família dos pacientes e não nos faça ter de buscá-las — vovô responde, ajeitando o paletó, e depois os ignora, virando-se para nós. — Sua mãe está fora de perigo, mas ainda em tratamento. — Levo as mãos ao peito, aliviada. — Uma enfermeira vem nos trazer notícias assim que possível. Não deve demorar muito. Ou eu entro de novo — ele encara o segurança.

Estou sufocando dentro do hospital e saio acompanhada de Fernanda. Ligo para minha avó materna, que mora no Rio de Janeiro. Meu tio atende e mais uma vez tenho que dar uma notícia triste. Odeio esses momentos. Peço para ele chamar minha avó e conto. Eu me sinto um lixo por dizer a ela que sua filha "acidentalmente" tomou medicamentos demais. Não tenho coragem de dizer que minha mãe quis isso e que não estava bem o suficiente nem para nos deixar uma carta. Ela se apagaria como uma lâmpada queimada. De repente, sem aviso e nos deixando mergulhados na escuridão.

Estamos na frente do hospital. Carros estacionam bruscamente, pessoas entram apressadas. Odeio essa movimentação. É como reviver o câncer do meu pai. E é pior pensar que não tenho mais a esperança de que ele sobreviva.

Quando desligo, Fernanda me abraça e conto a ela como foi encontrar minha mãe daquele jeito. Não sei por que repito tanto isso, mas é impossível evitar.

— Sinto muito que vocês tenham que passar por isso, Vivi. — Ela enrola uma mecha dos cabelos castanhos nos dedos.

Eu me foco nela um pouco, querendo esquecer de mim. Minha prima está diferente, só não sei exatamente o que é. Às vezes acho que ela me esconde algo. Não que seja ruim, ela só parece não saber como dizer. Sempre fomos como irmãs, por isso a sensação me incomoda. Quero falar com ela quando tudo isso passar. Eu a ouço falar de minha mãe outra vez e volto para o drama atual.

— Ver minha mãe assim tão triste, a ponto de tentar tirar a própria vida, me machuca demais. E se não tivéssemos chegado naquela hora?

— Mas chegaram. — Ela aperta minha mão e pisca os olhos cor de mel rapidamente. Tão carinhosa.

— Viviane! — eu me viro quando ouço a voz de César, que me abraça e depois se afasta. — Como está sua mãe?

— Ainda não temos notícias concretas.

— Espero que ela fique bem. Seu avô me ligou e disse que você poderia precisar de mim. — Seu tom é esperançoso e isso me incomoda. Como se ele achasse que pode se aproveitar da minha fragilidade para tentar reatar o namoro.

— Estou bem. Obrigada por ter vindo.

Fernanda tenta fingir que não presta atenção em nós, mas às vezes troca olhares comigo, querendo saber se deve se afastar ou não. Não deve.

César segura minha mão e tenta me puxar para seus braços. Não vou. Não quero passar a mensagem errada.

— Não é hora de fazer birra, Vivi — ele diz, e entreabro os lábios, chocada.

— Não é birra. — E me afasto para o lado.

— Já pensou que nosso término pode agravar ainda mais o estado da sua mãe?

Quando foi que nos tornamos pessoas tão diferentes? Eu o amava, sei disso. Será que a morte vem com um pó mágico que nos faz enxergar as pessoas como elas realmente são? A pessoa que eu sou hoje jamais namoraria alguém como ele.

Viro as costas para César e caminho para dentro do hospital, com minha prima ao lado. Escuto quando ele me chama, mas não paro. Estou explodindo de raiva. Como ele pode usar esse momento? Como pode ser tão egoísta?

— Viviane!

Paro. Meu coração estremece. Eu me viro e vejo Rafael parado um metro atrás de César, com o capacete na mão. Os dois são opostos. O jeans rasgado, a tatuagem e os cabelos úmidos e despenteados de Rafael se sobrepõem à roupa engomada e aos cabelos perfeitamente penteados de César. A paixão e a intensidade de Rafael se chocam com o jeito comedido e controlado de César. O novo e o velho que se antagonizam. O certo e o errado que se digladiam sem dar uma palavra sequer. Passionalidade contra racionalidade. Coração versus razão.

Não preciso pensar duas vezes — o coração vence e corro até Rafael. Só paro quando me choco contra seu peito e sinto seu braço livre me envolver.

Há um brilho estranho em seu olhar, mas não consigo identificar o que é.

— Você veio — murmuro, sentindo o perfume de sabonete nele.

— Claro que vim.

— Foi tão desesperador. Achei que minha mãe ia morrer.

— Foi horrível, eu sei — ele diz, e sei que sabe de verdade, só não sei como. Seu pai. Tem algo a ver com seu pai.

— Obrigada por estar aqui.

— Eu que agradeço. Você me salvou hoje.

Rafael afrouxa o braço e me afasto para olhar melhor para ele. Parece cansado, muito cansado. Toco seu rosto devagar. Ele pisca, se concentrando em mim. Existe dor em seu olhar, tanta dor.

— Você está bem? — pergunto, apreensiva.

Rafael beija meus lábios com delicadeza. Um beijo fugaz e singelo, enquanto coloca uma mecha de cabelo atrás da minha orelha. Um gesto doce e breve, que me diz muito mais do que o fogo que nos consumiu quando nos beijamos nas outras vezes. É uma mensagem cifrada, como uma música composta exclusivamente para mim.

— Agora estou. — Ele me puxa para seu peito outra vez, afundando o nariz em meus cabelos, inspirando profundamente. — Agora estou — ele repete e beija minha testa. Sei que é apenas uma tentativa de se convencer. — Agora estou.

# 30
# RAFAEL

*I wanted you to know*
*That I love the way you laugh*
*I wanna hold you high*
*And steal your pain away.*
— Seether feat. Amy Lee, "Broken"*

**PASSO EM CASA** para tomar um banho rápido. Não quero assustar Viviane com essa quantidade de sangue em mim. Quando saio do banheiro, enrolado na toalha, Lucas entra e vê minhas roupas manchadas.

Ignoro sua reação e vou para o quarto, mas, antes que eu feche a porta, ele a empurra.

— Que porra é essa? — questiona, segurando minha camiseta branca manchada. Depois franze a testa, e vejo sua preocupação. — Tá machucado?

— Não.

Lucas corre os olhos pelo quarto à procura de pistas. Não vai encontrar nada. Limpei tudo antes de sair. Ele estreita os olhos, como uma águia, e me encara.

— O que você fez?

— Moleque... — É um aviso.

— Moleque uma merda! Você usou de novo?

---

* "Eu queria que você soubesse/ Que adoro o jeito como você ri/ Eu quero te abraçar forte/ E levar sua dor para longe."

— Lucas, sai daqui — seguro a porta aberta.

— Porra, Rafa! Porra! Quer se matar?

— Preciso me trocar. A mãe da Vivi tá no hospital. — Péssima escolha de palavras.

— E você sabe por quê? Eu sei. O Rodrigo me ligou. Overdose, mano! Overdose! Overdose! — ele repete sem parar, e percebo que está convivendo demais comigo. — É isso que quer pra você? Que um dia eu faça uma ligação desesperada pra alguém? É isso? — ele empurra meu peito, e preciso segurar a toalha antes que caia. Visto uma boxer preta e sento na cama, enquanto Lucas segue emputecido. — O Rodrigo me disse que a Viviane tá desmoronando lá, que ligou pro meu primo filho da puta e ele atendeu o telefone, mas não respondeu. O que você tá fazendo, cara?

— Vou pra lá agora — tento me defender, abrindo o guarda-roupa e pegando uma camiseta azul.

— Rafa, pensa no que você está fazendo, por favor.

Não sei o que é, se ele percebe que brigar não adianta ou se simplesmente explode, mas meu primo senta no chão encostado à parede e começa a chorar. Primeira crise de choro depois que perdeu a família. Estava demorando.

Visto a camiseta e me ajoelho perto dele, tocando suas costas. Ver meu primo assim me machuca. Sua cabeça está apoiada nas pernas, e ele não consegue se controlar. Não sei o que fazer. Lucas é o único da família que sabe o que eu vivo. Minha irmã, Priscila, sabia. Mais ninguém. Minha mãe não quer enxergar o óbvio, e, honestamente, eu até entendo.

Ver o Lucas desabando assim, por minha causa, é como um murro no estômago. Estou magoando quem já foi destroçado pela vida e isso me incomoda demais. Suas costas sobem e descem enquanto ele, apenas um menino, tenta me alertar.

Antes eu era sozinho, e o que eu fazia refletia apenas em mim. Pouco me importava se eu morresse e fosse encontrado dias depois. Mas, de uma hora para outra, ele apareceu e por ser tão calado às vezes nem me dou conta de como o afeto. Agora, se eu morrer, é ele quem vai me encontrar. O choque me abala e enxugo uma lágrima.

A coisa mudou de figura. Não estou rumando sozinho para o precipício, estou levando outras pessoas comigo. Não sou diferente do garoto que matou minha família. Posso me tornar um assassino como ele. Por tabela, é verdade, mas ainda assim vai ser minha culpa.

— Lucas, tá tudo bem. Vou ficar bem. Relaxa... — A palavra me escapa, assim como outro soluço escapa dele.

— Não diz "relaxa", pelo amor de Deus. — Ele levanta o rosto molhado para mim. — Rafa, eu perdi tudo. Meu irmão, meu pai, minha mãe e minha melhor amiga. Você sabe que a Priscila era a pessoa que mais me conhecia no mundo. E eu perdi ela. Poxa, Rafa, meu irmão era uma criança. Ele não pôde viver e eu não tenho mais nada nessa vida. Só tenho você... — Ele me encara. — Não, não tenho nada.

— Não diz isso. Ainda estou aqui. — Toco seu ombro e ele me empurra.

— É, mas por quanto tempo? Você precisa parar o que está fazendo.

— Não é que eu não queira, você sabe.

— Então precisa querer com mais força. Pensa nela. Pensa no que vai fazer com a Viviane. Ela sente algo forte por você. Dá pra ver só pelo jeito como ela te olha. Você pode querer se destruir, eu entendo sua dor como ninguém, cara. Eu vivo isso! Todos os dias. Mas não é esse o caminho. Se matar não traz ninguém de volta. Como ela vai ficar? E a sua mãe? E eu? Você precisa parar.

— Preciso. — Eu me levanto e visto a calça jeans, como se não tivesse dito nada de mais, mas sei o que eu disse. Sei o que significa.

Lucas limpa o rosto, surpreso. Nunca assumi antes, mas sei o que estive perto de fazer hoje e sei o que me barrou. Sei que assumir não muda a dificuldade do processo de reabilitação. E se eu tentasse não por mim, mas por aqueles que se importam comigo e precisam de mim?

Depois de tudo o que passei, perdi meus motivos para seguir em frente. E se o motivo cruzou comigo justamente em um dos piores dias da minha vida, vestindo um casaco cor-de-rosa e uma saia curta? E se o motivo for ela?

Deixo a moto em um estacionamento perto do hospital. Preciso dessa pequena caminhada para colocar os pensamentos em ordem. Lucas aguarda o comprovante e eu corro. É, corro! Achei que conseguiria andar devagar e refletir sobre uma saída segura para tudo isso, mas não consigo. Preciso ver Viviane.

Só paro quando a avisto quase entrando no hospital e grito seu nome. Ela se joga nos meus braços como se fosse a coisa mais certa possível e percebo que estou em casa.

Ainda não sei como me permiti ter uma ligação tão forte assim com ela. O que sei é que ela precisa de mim, e precisa de mim vivo.

— Quem é esse cara? — um mauricinho metido a besta pergunta atrás de nós.

Viviane se vira para ele e me olha, sem saber como nos apresentar. Então esse é o ex-namorado. Toco sua mão e ela entrelaça os dedos nos meus.

— Rafael — respondo, dando um passo à frente. Ela não consegue definir o que somos. Nenhum de nós consegue. Sei que estou me impondo para ele e não estou nem aí se ele não gosta. — E você é o ex.

— Então ele é a causa — o mauricinho continua.

— César, não é hora disso — Viviane avisa.

— E aí, Viviane? — Lucas aparece e a abraça. — Como está sua mãe? E seu irmão?

— Ela ainda está em tratamento, mas vai ficar bem — Viviane responde, enquanto meu primo a solta. — O Rodrigo está lá...

O moleque sai do hospital e ela interrompe a fala.

— O vô tá chamando. Daqui a pouco vamos poder ver a mãe, Vivi — Rodrigo diz e nos vê. — Eita, climão!

Tem uma garota olhando para mim e para Viviane com um sorriso meigo no rosto, como se visse algo mágico, tipo unicórnios saltando um arco-íris ou sei lá o quê. Já me olharam de muitas formas, mas nunca como se eu fosse um príncipe em um cavalo branco.

— Essa é minha prima, Fernanda — Viviane nos apresenta.

O ex continua emburrado, murmurando coisas sobre falar com o avô etc. Homem que não se garante é foda.

Depois Vivi entra no hospital sem soltar minha mão. Minha camiseta azul é de mangas curtas, e a tatuagem está bem visível por todo o braço. Ela se vira para mim me lançando um sorriso tranquilo. Sei que seu avô está lá dentro e ela simplesmente não liga. Não está nem aí para o que vão pensar. Isso me faz querê-la ainda mais.

E então eu o vejo. O avô está com as mãos nos bolsos da calça e, quando nos vê, cruza os braços.

Não é preciso dizer quem ele é. O olhar de raio laser na minha direção é como um sinalizador.

Eu esperava algo como um coronel do exército, mas ele está mais para Sean Connery em *James Bond*, porém com a aparência mais velha, como em *Lancelot, o primeiro cavaleiro*, e uma sobriedade marcante, como em *Encontrando Forrester*. Muito bem, me descobriram. Adoro esse cara. O Sean Connery, não o tio que quer minha cabeça.

Conforme nos aproximamos, pelo jeito que ele me olha, tenho certeza de uma coisa: esse homem não está nem aí se tem ou não licença para me matar.

Ele também passaria fácil por uma versão de Don Corleone em *O poderoso chefão*. Se eu não fosse quem sou, correria bem rápido.

— Primeira vez que esse olhar do vô não é pra mim — Ródrigo sussurra às nossas costas.

O avô caminha em nossa direção. Viviane aperta minha mão. Acaricio a dela. Ele abre a boca e um médico se aproxima, desviando sua atenção.

— Como está minha mãe? — Viviane pergunta antes de todos.

O médico olha para ela por um segundo. Depois sorri, transmitindo tranquilidade. Ele tem uma aparência calma, como se fosse capaz de dar qualquer notícia sem se alterar.

— Ela está estável. Sou o dr. Matheus, fui eu que atendi sua mãe. — Ele lança um olhar divertido para o avô que eu não compreendo. — Também fui eu que tirei seu avô da sala de emergência antes que ele tomasse a seringa da minha mão e aplicasse o medicamento. — É, saquei bem a do avô. — Administramos alguns medicamentos para limpar o organismo e ela já pode receber visitas, mas está sonolenta e confusa, então não se assustem.

As pessoas começam a falar ao mesmo tempo, depois se contêm, quando o médico levanta uma sobrancelha.

— Posso ir? — Viviane pergunta, ansiosa.

— Só dois de cada vez e por pouco tempo. Preciso que saibam que sua mãe está presa à cama. — Viviane solta um gemido baixo e o médico aperta os lábios, percebendo a situação. — Quando voltou a si, ela demonstrou raiva e provou que pode ser um risco para si mesma. Precisamos conversar sobre o tratamento adequado, mas faremos isso depois. Logo ela terá que ser sedada outra vez para descansar, então vocês podem ir vê-la agora.

Viviane solta minha mão e se afasta com Rodrigo, seguindo o médico. O avô abre a boca para me dizer algo, mas a prima o segura pelo braço.

— Não é hora, vô, por favor.

Ergo uma sobrancelha, esperando, mas ele me dá as costas, praguejando em espanhol.

— Diz pra ela que estou lá fora — aviso Lucas e me viro para sair.

— Vai embora? — o avô não resiste.

— Vô! — a prima o repreende.

Paro, olho em seus olhos, me encosto na parede e, sem hesitar, digo:

— Quer saber, vou esperar aqui mesmo.

# 31
# Viviane

> *Beautiful girl*
> *May the weight of the world resign*
> *You will get better.*
> — William Fitzsimmons, "Beautiful Girl"*

**Se eu achava** que encontrar minha mãe inconsciente era o pior, encontrá-la amarrada quase acaba comigo.

Eu me aproximo da cama devagar. Tem medicação injetada em seus braços. As gotas descem devagar, e sinto como se o quarto tivesse um eco de desespero tão grande que me faz ouvir cada uma delas pingando e descendo até encontrar o ponto de contato com o corpo de minha mãe.

Aparelhos fazem bipes cadenciados. Olho para eles e só vejo números que não compreendo, os quais indicam que ela ainda está entre nós.

As gazes dão apoio às amarras que a prendem na cama. Toco o tecido devagar, como se pudesse rasgá-lo. Meu olhar anda a passos lentos, apavorado com o que vai encontrar quando chegar ao rosto.

Ela geme baixinho e não consigo mais evitar. Aperto uma mão na outra ao ver que é possível ficar ainda mais pálida do que ela estava quando a encontrei. Seus olhos estão muito fundos. É como ver meu pai indo embora mais uma vez.

Quando ela nos vê, tenta se mexer e percebe que está presa.

— Me soltem — ela mostra as mãos.

---

* "Garota bonita/ Que o peso do mundo ceda/ Você vai ficar bem."

Dou um passo para obedecer.

— Não, Vivi — Rodrigo me impede.

— Se não me soltarem, quando meus filhos chegarem, eles vão me soltar. — Sua voz é pausada e meio grogue.

— Somos nós, mãe. — Toco seu rosto, sem conter as lágrimas.

— Não, não são. Eles me soltariam.

Ela não nos reconhece. Sinto o chão sumir debaixo dos meus pés. Nossa mãe não sabe quem somos.

— Você vai melhorar, vai ficar bem. Só fica calma — Rodrigo fala enquanto ela se agita, tentando se soltar.

— Quero sair, quero sair! Meu marido vai me soltar. Ele vai... — ela choraminga enquanto a enfermeira lhe aplica uma injeção. Depois se acalma e para, olhando para o teto.

— É melhor vocês saírem agora — a enfermeira diz gentilmente.

Então saímos. Não sei como consigo andar. Não sei o que pensar. É como se minha mãe tivesse se perdido.

Quando passamos pela porta, a enfermeira avisa que as visitas estão suspensas por enquanto, mas que, em algumas horas, minha mãe vai ser transferida para um quarto em uma unidade semi-intensiva e vai poder ter um de nós sempre com ela.

Meu avô toca meu ombro e me abraça. Fico ali por um tempo, depois vou me afastando e paro nos braços de Rafael. Ele não diz nada. Não promete o que não pode cumprir, apenas me envolve e acaricia minhas costas.

Rodrigo se senta, também desolado. Eu me sinto dividida entre consolar meu irmão e ser consolada. Branca coloca a mão nas costas dele e o acaricia devagar. Tio Túlio também está ali. Devem ter chegado enquanto estávamos lá dentro.

Meu avô está visivelmente contrariado e balança a cabeça em minha direção, enquanto César fala algo que não posso ouvir e tio Túlio balança as mãos, como se pedisse calma.

Dr. Matheus retorna. Começa a falar com meu avô e me aproximo, assim como Rodrigo.

— Recomendo que ela seja internada assim que tiver alta do hospital — ouço o final do que ele diz.

— Como assim? — pergunto, confusa.

O médico inspira e expira profundamente e olha bem dentro dos meus olhos, como se isso pudesse ajudá-lo a se conectar comigo. Não funciona. Reconheço todos os sinais após os dez meses em que praticamente morei aqui. Esse olhar indica que ele vai me dizer algo ruim, muito ruim.

— Sua mãe é uma paciente com tendência suicida. Ela vai passar pelo psiquiatra do hospital assim que estiver consciente e pronta para isso, mas o fato é esse. Ela se viciou nos antidepressivos e, na primeira oportunidade, pode atentar contra a própria vida outra vez. Aconselho a contenção. Ela precisa de tratamento contínuo.

— O que você quer dizer? Internar minha mãe numa clínica, é isso? Prender ela lá? — Minha voz soa estridente, pela lembrança da visita que tivemos há pouco. — Não concordo. Ela não quer isso. Vai ficar pior.

— *Cariño*, ouça o médico — meu avô me adverte.

— Posso cuidar dela. Posso ficar com ela vinte e quatro horas por dia, se necessário.

— Eu ajudo — Rodrigo diz.

— Não aconselho — dr. Matheus balança a cabeça. — Ela precisa de pessoas treinadas. Um segundo de distração pode ser fatal.

— Então não vou me distrair — insisto, irritada.

— As pessoas se distraem, Vivi... — Rafael se intromete, surpreendendo todos nós. Então se aproxima devagar. — Quanto tempo de internação? — pergunta para o médico.

— Ela precisa passar por um especialista, mas creio que em torno de três semanas.

Rafael toca meu rosto e levanta meu queixo, sem se importar com ninguém à nossa volta.

— Três semanas, Vivi. Três semanas e sua mãe volta pra você. Três semanas e ela finalmente vai começar a viver depois da morte do seu pai. — Ele me acaricia com ternura. Sinto que posso chorar de novo a qualquer momento. — Ela não vai conseguir sozinha. Ouça o médico.

Pisco para segurar as lágrimas e olho para Rodrigo, numa comunicação muda para saber o que ele pensa. Meu irmão assente para mim. Não é o tipo de decisão que gostaríamos de tomar.

— Tudo bem... — digo, sem muita convicção. Tudo o que quero é que ela volte a ser como antes.

Levanto a cabeça para o meu avô e o vejo lançar um olhar de admiração para Rafael, logo substituído por outro olhar, claramente preconceituoso.

— Seu namorado sabe o que diz. — Dr. Matheus aprova a conclusão a que chegamos e não sei o que dizer. Não quero dizer que Rafael e eu não namoramos, mas também não quero passar a impressão errada.

Meu avô se esforça para não ter uma síncope. Rafael me abraça outra vez, e a frase do médico fica para trás. Isso não importa agora.

# 32
# RAFAEL

*Though I know I'll never lose affection*
*For people and things that went before*
*I know I'll often stop and think about them*
*In my life I'll love you more.*
— The Beatles, "In My Life"*

**UMA HORA DEPOIS,** a mãe de Viviane é transferida para um quarto particular, mas permanece sedada, e vai continuar assim por um tempo, conforme recomendações médicas. Parte da família vai embora, já que não há nada a fazer e apenas dois podem ficar no quarto. O avô está possesso, mas o padrinho o leva embora, meio que na marra. Sei que uma conversa entre nós dois não vai demorar.

Rodrigo e Viviane decidiram se revezar para ficar com a mãe, caso ela acorde e precise deles. Vou ficar aqui até a hora de ir trabalhar, depois a prima vai ficar com Vivi no meu lugar. Por mim, eu continuaria aqui, mas já saí ontem e Lex não pode cobrir a minha toda hora.

Pela primeira vez ficamos sozinhos no quarto. Estou sentado em um sofá e ela ao meu lado, com a cabeça deitada em meu peito, em silêncio. Acarício seus cabelos e sinto que poderia ficar assim por muito tempo. Fico procurando o momento em que tudo mudou e ela se tornou tão importante, o mesmo momento em que a intimidade simplesmente explodiu entre nós.

---

* "Embora eu saiba que nunca vou perder o afeto/ Por pessoas e coisas que vieram antes/ Eu sei que com frequência vou parar e pensar nelas/ Em minha vida eu vou amar mais você."

Uma enfermeira entra, mexe na medicação e sai, fechando a porta. Viviane se afasta um pouco para poder me olhar, como se lembrasse algo de repente.

— Como eu te salvei? Por que você disse isso quando chegou? — Ela se ajeita no sofá e arruma a saia, a mais comprida que a vi usando, e ainda assim acima do joelho.

O pensamento me causa um sorriso, que passa quando encaro seus olhos. Ela está preocupada, e me arrependo do que disse mais cedo. Não que ela não tenha de fato me salvado.

— Vivi, vamos deixar essa conversa pra depois?

Não vou mentir para ela. Não vou. Ela tem todo o direito de se afastar quando souber a verdade. Prefiro contar tudo, mas não agora, com sua mãe dopada na cama.

— Me conta. — Ela segura minha mão. — Seja o que for, eu preciso saber.

Não sei por onde começar, então recorro à música.

— Você conhece Johnny Cash?

— Não.

— E Justin Timberlake? — pergunto para fazer graça.

— Esse eu conheço. Adorava ele com a Britney — ela responde, achando que é sério.

Dou risada. O que posso fazer? Ela consegue ser adorável até falando de algo fora da minha realidade.

— Era brincadeira.

— Idiota — ela me dá um tapa de leve, mas não está brava.

— Johnny Cash foi um cantor e compositor americano que fez muito sucesso nos anos 60. Antes disso, ele tinha um irmão, que morreu em um acidente. Cash nunca se perdoou por não estar lá, por não ter impedido, e nunca mais foi o mesmo. Apesar de todo o sucesso, ele se envolveu com álcool... — Falo baixo, olhando para Viviane. Cada palavra é pensada. Sei que ela percebe a relação, porque se senta mais ereta, um pouco incomodada. — E com drogas. Cada vez que ele tentava melhorar, algo acontecia. Sempre perdia quem amava em acidentes que acabavam com ele, e então ele afundava mais e mais. Aí, um dia, ele conheceu June Carter. E se apaixonou. Não conseguiu resistir, como se fosse impossível não se apaixonar. Era uma ligação forte, sabe? — Eu me mexo no sofá e toco seu rosto. — Acho que ele perdeu aquela batida que seu pai dizia, e o coração dele se encontrou no peito dela. — Viviane dá um sorriso triste. — Ele queria melhorar, mas nunca era forte o bastante e tinha recaídas, muitas. June e seus amigos nunca desistiram dele. Arriscaram tudo pra trazer ele de volta à razão e o libertar de toda dor que ele sentia. Não foi fácil, ele quase morreu várias vezes, mas um dia, depois de muitos anos de luta e sofrimento, June finalmente conseguiu salvar Johnny Cash.

Viviane morde o lábio inferior, abalada. Posso vê-la hesitar. Está morrendo de medo de perguntar. Eu já lhe dei essa chance uma vez com o baseado, disse que era pior, e ela deixou passar. Não dá mais para deixar passar.

— É uma metáfora? — Seus lábios tremem. Ela sabe que é.

— Quando eu tinha dezenove anos, meu pai tinha uma tapeçaria. Eu estudava administração. — Percebo o espanto nela. — Um dia, eu não tive aula e resolvi fazer uma surpresa para a Priscila, minha irmã, e a busquei na escola. Ela tinha treze anos na época. Fomos para a tapeçaria do meu pai. Eu queria mostrar para ele minhas notas, queria que ele se sentisse orgulhoso. Queria surpreender meu pai, como no dia que ele me deu minha guitarra e me disse que eu podia tocar, cantar e fazer administração, que não era maluquice querer tudo. — Eu me sinto fragilizado ao contar minha história. Não gosto da sensação, mas continuo. — Quando eu e minha irmã chegamos, estranhei porque não vi meu pai. A Priscila correu antes que eu pudesse dizer qualquer coisa. Entrei apressado e vi minha irmã parada, em estado de choque, olhando para os bandidos que tinham rendido meu pai. No susto, eles atiraram nele e fugiram. E eu não fiz nada além de ficar na frente da minha irmã, protegendo ela com o meu corpo.

— Isso já é muito, Rafa. — Viviane está chorando. — Você pode ter salvado a vida dela.

— Por mais quatro anos... — Dói pensar que minha irmã viveu tão pouco. — Eu já lutava na época e nunca me perdoei por não ter reagido. Os bandidos fugiram e meu pai morreu antes da ambulância chegar. Ele só ficava repetindo quanto amava a gente e que tudo ia ficar bem. Só que não ficou.

Emocionada, Viviane coloca as mãos nos lábios, segurando um soluço.

— Não foi sua culpa. Não foi.

— Larguei a faculdade depois que ele morreu, nunca mais toquei minha guitarra, que foi o último presente que ele me deu, e me entreguei. Não fui forte o bastante. A dor era tão grande que não resisti. Não foi tudo de uma vez. As coisas foram acontecendo aos poucos, como uma reação em cadeia que me levava cada vez mais para o fundo.

— Como Johnny Cash.

— É. Às vezes eu fico limpo por um tempo. — Engulo em seco. Nunca me abri assim. As pessoas que sabem é porque me viram drogado, mas, tirando com o Lucas e o Lex, não é um assunto que eu aceite abordar. — Não totalmente sem, mas usando menos. Eu já tentei parar, mas não de verdade.

— Você nunca quis parar?

— Nunca. Até agora.

— Por que agora? — Sei que ela sabe, mas quer ouvir de mim.

Estamos muito próximos. Seguro sua nuca e a beijo. Um beijo molhado de lágrimas. Viviane toca meu rosto e não me afasta. Encosto a testa na dela, abro os olhos e a espero fazer o mesmo para dizer:

— Se eu fosse o tipo de cara que tem esperanças, diria que você é minha última.

— Quando eu encontrei minha mãe hoje, pensei que fosse morrer com ela. — Viviane olha para a cama, constatando que a situação de sua mãe continua a mesma. — A dor rasgou meu peito e me atravessou. Pensei que ia perder todas as esperanças de viver. — E volta a olhar para mim. — Não sei o que atraiu a gente um para o outro. Só sei que é tranquilo estar com você. É como se fosse o lugar mais seguro onde eu pudesse estar. Não dá pra entender, dá? — Ela franze a testa, sem compreender como isso é possível. Sinto o mesmo. — Você acha que pode sair dessa? — ela sussurra, amedrontada.

— Não sei, mas nunca quis tanto descobrir.

Estou apavorado. Não existem mais segredos, e, ao contrário de Viviane, eu sei exatamente tudo o que vem pela frente. Quero deixar ainda mais claro e conto o que fiz pela manhã e como ela me salvou ao me ligar. Foi quando me dei conta de que era ela. Minha June.

— Eu faria o mesmo pela minha família — ela responde rápido.

— Não imagino você batendo em alguém até quase matar.

— É porque ninguém feriu minha família. — Seu tom é tão sério que quase acredito que ela seria capaz de matar por quem ama. — Fico feliz por ter te impedido, Rafa, mas a reação não é tão horrível assim. Aquele cara tirou parte de você e nunca vai ser condenado. É natural se revoltar.

— Agora que você sabe de tudo, não vai correr? — murmuro, e ela se ajeita no sofá, deitando a cabeça no meu peito outra vez. — Eu entenderia.

— Por que eu correria? — Ela passa os dedos pela minha tatuagem, talvez pensando em quando a fiz e o que significa. Ela é tão inocente.

— Não sei — respondo, apesar de ter mil razões para dar.

— Não vou mentir e dizer que isso não me assusta, Rafa. Nunca imaginei passar por isso, mas também nunca pensei que meu pai morreria nem que minha mãe tentaria se matar. A vida é uma loucura. Ela faz o que quer com a gente. Meu pai dizia que, quando sentimos que alguma coisa é certa, devemos seguir em frente. Eu sinto que ficar com você é o certo. O que sentimos... Não sei... É confuso, bom, confortável, doce e, o mais importante, é impossível evitar.

— Eu não consigo ficar longe de você, mas ficaria, se você me pedisse. — É a declaração mais estranha que já dei. Quando me tornei esse cara que abre mão do que quer?

— Não vou pedir. O que tiver que ser, será. Você teve suas perdas. Eu tive as minhas. De certa forma, se a gente não tivesse passado por isso, não teria se conhecido. Tem que sair algo bom disso.

— Minhas perdas me levaram a um caminho que pode não ter volta.

— E as minhas me levaram até você.

— E se eu for um caminho sem volta? — Estremeço. É incrível como ela me alcança por baixo da superfície.

— Eu construo uma via e crio um retorno. — Ela se vira outra vez. Trocamos um olhar intenso. — E a gente descobre como voltar. Juntos.

— Você faz tudo parecer fácil. Mas não é. Você precisa saber, não vai ser fácil. Vai ser qualquer coisa menos fácil. — Quero tanto que Viviane tenha sua chance de ser feliz.

— Sei que é horrível seu pai ter dito que ficaria tudo bem e depois ter morrido. Meu pai me disse o mesmo e também morreu. Você já pensou que, talvez, o que nossos pais quiseram dizer é que ficaria tudo bem com a gente, mesmo que eles partissem?

— Você tá vendo pelo melhor lado.

— Minha vida desmorona mais a cada dia. Se eu não me apegar ao melhor lado, não tenho mais nada. No momento, a esperança de que pode dar certo é tudo o que tenho.

Suspiro enquanto beijo seus cabelos. Queria ter a fé de Viviane.

— Vou ficar aqui, Rafa. Bem aqui. — Ela se ajoelha no sofá e me abraça. Estamos mais próximos do que todas as outras vezes em que estivemos juntos. E isso é assustador, porque é como se nos aproximássemos mais a cada toque. — Aconteça o que acontecer, temos um ao outro, ok?

— Ok. — Nunca duas letras fizeram tanto sentido.

# 33
# Viviane

*If I give up on you I give up on me*
*If we fight what's true, will we ever be.*
— The Calling, "Stigmatized"*

**Fecho a porta** depois que Rafael sai. Fernanda deve chegar em breve.

Vou a passos lentos até a cama de minha mãe e acaricio seus cabelos. Ela continua dormindo, mas cortaram os sedativos. Espero que acorde logo. Deitada assim, ela é uma triste versão da Bela Adormecida esperando por um príncipe que nunca virá.

Caminho até a janela e lá embaixo vejo Rafael saindo do hospital com o capacete na mão. Meus dedos tocam o vidro frio, que logo fica marcado por minha respiração.

Rafael se afasta cada vez mais até sumir de vista. Eu me viro para minha mãe. Lanço um olhar para a janela. Seguro sua mão fria. Penso se ela vai ficar bem. Penso se Rafael vai ficar bem. Quero soltar suas amarras. Preciso soltar as amarras que prendem os dois.

Mesmo vindo de mundos tão diferentes, minha mãe e Rafael são iguais. Ambos desesperados para mandar a dor para longe, sem perceber a dor que estão causando às pessoas à sua volta.

Meu pai costumava dizer que só sabemos o tamanho de nossa força quando passamos por uma dificuldade. Tenho medo do que vou des-

---

* "Se eu desistir de você, desisto de mim/ Se lutarmos contra a verdade, ficaremos juntos um dia?"

cobrir até tudo isso terminar, mas não quero abandonar nenhum deles. Sempre fiz qualquer coisa por minha mãe, e não conseguiria me afastar de Rafael.

Duas batidas na porta e Fernanda entra, trazendo um milk shake para mim.

— Como você está? — Ela me dá um abraço forte demais para alguém que parece tão frágil.

— Tentando ser forte. — Bebo um gole do milk shake.

— Lembra que o seu pai dizia que, se a gente tentar com muita vontade, não tem como não conseguir? — ela pergunta, apertando o pingente de cristal de seu colar, presente de meu pai quando ela fez quinze anos.

— Lembro sim. — Dou um sorriso triste.

O pai de Fernanda se separou de minha tia quando ela e seus dois irmãos eram crianças. Depois disso, eles nunca mais se aproximaram. É por isso que a opinião de meu pai e de meu avô sempre foi muito importante para ela.

— Sua mãe está fora de perigo? — ela indaga de repente, estreitando os olhos. Sinal claro de que quer verificar se está tudo bem para poder me perguntar outra coisa.

— Está. Tem um caminho complicado pela frente, mas está.

Nós nos sentamos no sofá e ela me examina. Aperta os lábios pensando nas palavras certas, até que não se aguenta:

— Você tá namorando o barman tatuado? — Seus olhos brilham.

— Essa é uma pergunta que eu não sei responder. A palavra *namoro* nunca surgiu. — Passo a mão por minha roupa enquanto falo, percebendo que amassou bastante ao longo do dia.

— Mas vocês estão juntos?

— Sim. — Um sorriso escapa quando confirmo.

— Ai, caramba! O vovô vai morrer! — Fernanda diz e logo percebe que escolheu mal as palavras, ao lembrar que minha mãe está bem ali, apagada. — Desculpa.

— Tudo bem. Ele vai morrer mesmo. Mas não de um jeito horrível... — Refiro-me à morte de verdade. — Pensando bem, vai ser sim de um jeito horrível. Ele vai ter um treco.

— Isso é ótimo. — Ela suspira de alívio e se joga para trás, me surpreendendo.

— Como é que é? Você quer que o nosso avô morra e depois me mate? Assim, nessa ordem mesmo? Porque é a cara dele vir com uma lição de moral. Ele pode, os homens da família podem, nós não. Somos donzelas indefesas a ser protegidas. — Balanço as mãos, imitando o jeito do vovô de falar.

— Vivi, você sabe que eu te amo demais, mas o vovô precisa de uma distração.

O segredo. Ela está me escondendo algo. Eu sabia!

— O que você não me contou? — Sou eu que a examino dessa vez.

— Estou namorando há pouco tempo, você sabe, apesar de amar meu namorado loucamente.

— Sim. Mas o Augusto é engenheiro. — Reviro os olhos. — E o vovô adora ele.

— Adora, mas vai odiar quando souber que, depois de três meses de namoro — ela faz uma pausa dramática que me tira o fôlego —, eu engravidei.

— Ah, meu Deus! — Instintivamente toco sua barriga. — O vovô vai te matar!

— Não, não vai, porque ele vai estar ocupado matando o seu barman! — Ela ri, como se tivesse encontrado a saída perfeita.

— Tonta! Ele é esperto o bastante para matar todos nós! Duas vezes!

Estamos sorrindo, abraçadas. No meio dessas perdas todas, por mais que o vovô surte e venha com mais um de seus sermões machistas, um bebê é um recomeço, e não existe nada mais lindo que recomeços.

Rodrigo abre a porta do quarto devagar, às seis da manhã. Estou enrolada em uma manta e Fernanda em outra. Minha prima está cochilando, após passar a noite toda conversando comigo sobre nossos dilemas, todas as possíveis reações do nosso avô e a esperança de que tudo possa se resolver.

— Trouxe pão de queijo e roupas pra você — meu irmão me estende um pacote e coloca a mochila no braço do sofá. Ele pega uma cadeira no canto do quarto e coloca na minha frente, depois de dar um beijo na testa de nossa mãe. — Ela passou a noite bem?

— Passou. Ela resmungou algumas vezes. Pensei que fosse acordar, mas acho que era só um pesadelo. Por que você veio tão cedo? Não combinamos às oito?

— Não dava pra dormir. Fico esperando tocar uma musiquinha de terror a qualquer momento. Tá horrível. Acho que você não vai conseguir ficar em casa. Sabe do Rafa?

— Ele deve chegar logo — respondo, sem entender o que meu irmão quer saber e preocupada por não ter recebido nenhuma mensagem durante a noite.

— Ele se meteu numa briga ontem cedo.

— Eu sei.

— O cara não o reconheceu, mas ferrou tudo porque o Rafa já tinha socado ele uma vez. Como o pai do cara é bem relacionado, não foi difícil chegar no Rafa de novo. — Sua voz é pausada, como se pensasse bem no que pode ou não me contar.

— Rô, me conta, o que aconteceu? — Sinto-me muito gelada de repente.

— Ele foi preso — meu irmão responde e solto um gemido assustado, que acorda Fernanda. — Calma. Ele não vai ficar lá. Eu estava no bar na hora. Sei que eu devia estar dormindo, mas o Lucas me pediu pra ir. Acho que ele já estava esperando algo assim. Foi o cara que causou o acidente e, meu, o Rafa tem razão em ter batido nele.

— Eu sei. O que você fez?

— O mesmo que faço quando estou encrencado e não quero, e agora não posso, ligar pro pai. — Ele dá de ombros.

— Ligou para o tio Túlio.

Fernanda nos observa sem entender, mas continua calada.

— Liguei, mas só ligar não ia adiantar. O tio Túlio pode ser bom, mas não tinha como tirar o Rafa de lá sem um álibi.

— E aí?

— Aí... — Rodrigo desvia o olhar e isso me apavora. — Eu disse que, quando encontramos a mãe daquele jeito, você ligou pro Rafa e ele veio pra cá. Aquela hora — ele engole em seco, acho que se lembrando do pavor que sentiu — foi antes da pancadaria. E não tem como estar em dois lugares ao mesmo tempo, né?

— Mas eu liguei bem depois, e ele nem veio na hora...

— Tô sabendo. Só escuta — ele levanta as mãos, pedindo que eu não o interrompa. — O Lucas me disse que, quando eles pararam no estacionamento, o Rafa saiu correndo pra te ver, ainda de capacete. Ninguém lá viu o rosto dele, não teriam visto nem que prestassem atenção. O Rafa estava de camiseta e só pegou a moto bem depois, de jaqueta. Você sabe como são esses caras de estacionamento. Tão nem aí.

— O César viu quando o Rafael chegou — Fernanda diz o que está explodindo na minha cabeça.

— Não. O César viu o Rafa voltando de algum lugar, uma lanchonete, sei lá. Ele não tem como saber de onde ele estava vindo. Ninguém tem. Só a gente sabe.

Olho para Fernanda. Não quero pedir, mas estou à beira do desespero.

— Eu confirmo a história.

— A questão nem é essa, não vão perguntar. O tio Túlio vai tirar o Rafa de lá daqui a pouco e pronto. Cabou essa merda. — Ele coloca as mãos nos meus ombros, tentando me tranquilizar. — Talvez já tenha tirado.

— E o cara que apanhou? Ele não viu o Rafael?

— Olha, pelo que me contaram do estado dele, ele não teve tempo de ver muita coisa, e os dois frentistas também disseram que não foi o Rafa. O que estamos fazendo é errado, mas a justiça falhou com ele, Vi. Não posso deixar o cara se lascar, enquanto o filho da puta que causou tudo é protegido pelo pai rico. Então usei as mesmas artimanhas contra o sistema. Se eles jogam sujo, eu também jogo. — Não consigo conter um tremor ao ver meu irmão tão envolvido nisso. — Vivi, eu odeio mentir pro tio Túlio e acho que no fundo ele sabe a verdade, mas eu teria batido no cara do mesmo jeito e não ficaria preso. Você sabe por quê, né? O vô resolveria a situação em dois tempos. O Rafa não pode se dar mal só por não ter nascido numa família rica. Ele já tá ferrado. Se ficar preso, não vai sair dessa nunca. A chance do Rafa está aqui fora. — Ele sabe muito mais do que está dizendo.

— Você provavelmente salvou a vida dele.

— Não. Eu só impedi que ele ficasse preso. Salvar a vida dele vem agora, e, meu, conversei muito com o Lucas nessa madrugada. O Rafa tá à beira do caos. O Lucas tá apavorado, mas acha que você pode ajudar, Vivi. Você pode?

Conto a Rodrigo toda a história que Rafael partilhou comigo. Sei que é algo íntimo que deveria manter em segredo, mas, depois do que o meu irmão fez por ele esta noite, não tem como esconder essa história. Quando termino, Fernanda deixa escapar um suspiro e diz:

— Ela está apaixonada. Os dois estão. Eles são como a Bela e a Fera, só que ele é uma fera nada feia. — Ela segura minha mão, tentando me mostrar que está comigo.

Estou gelada e aflita. Conheço muito bem minha família, e qualquer um que ouvisse essa história diria "Pula fora, é encrenca", menos Fernanda, porque ela sempre teve essa personalidade sonhadora. Não sei o que vai acontecer quando Mila souber. E nem quero pensar no que Bernardo vai dizer.

— Não é muito rápido pra você se apaixonar?

A pergunta de Rodrigo é a mesma que martela minha cabeça, perdida em muitas outras. É muito rápido? É muito cedo? É muito arriscado? Podemos mesmo medir um tempo para nos apaixonar?

A resposta parece tão simples, mas não consigo dizer sem usar outra pergunta.

— Você não criou um laço assim com o Lucas?

— É, mas não tô apaixonado. — Ele faz um sinal ao lado da cabeça como se eu estivesse maluca.

— Você entendeu.

— É, entendi. A merda da conexão da morte. É como uma ligação invisível do inferno. A gente tá conectado pela dor, e é mais fácil ficar junto. Cara, é como se ver o outro sofrendo entrasse em conflito com o que a gente sente, e querer ver o outro bem fosse maior do que querer enfrentar a própria dor. — Rodrigo se recosta na cadeira e se espreguiça, como se o que acabou de dizer fosse uma conclusão óbvia.

— Deve ser assustador e ao mesmo tempo muito seguro se ligar a alguém de forma irreversível porque as dores se completam, como se fizessem parte uma da outra — Fernanda divaga, juntando as mãos e entrelaçando os dedos. — É como se estivesse escrito que seria assim.

— Isso foi tão maduro. Da Fê eu já esperava, agora me surpreendi com você, Rô.

— Ué, eu sou maduro! Só tô guardando esse lado pra quando ficar mais velho. Agora é hora de ser moleque — ele imita o jeito do Rafael de falar e me faz sorrir. — Vivi, eu gosto do Rafa, de verdade. Ele é um cara bem legal por trás daquela pose toda. Sem contar que tô aprendendo técnicas infalíveis com ele. — Ele tenta aliviar o clima. — Digo que são infalíveis porque vejo que o puto aplicou tudo direitinho em você.

— Rô, eu quero ajudar o Rafael. Não posso desistir dele. Abandonar ele agora seria como desistir de mim.

— Você vai ajudar. — Ele segura minha mão. — E eu tô aqui pro que precisar. É claro que vai dar merda, mas isso já é rotina pra mim. Sempre toquei fogo no mundo, e vai ser um prazer ter minha irmãzinha comigo. Bora enlouquecer a família Villa e salvar o cara que poderia muito bem ser um de nós, se a gente não tivesse um ao outro.

Abro a boca para agradecer e ouço um gemido mais alto vindo da cama. Nós nos levantamos correndo e nossa mãe abre os olhos, mergulhada em confusão. Ela tenta mexer os braços, e o choque que se espalha por sua face me faz querer dar um passo atrás, mas Rodrigo me segura.

— Crianças, o que está acontecendo? — Sua voz é baixa, um pouco rouca, pelo tempo que ficou dormindo.

Rodrigo e eu nos entreolhamos. Como contar a nossa mãe que impedimos que ela encontrasse a paz que procurava?

— Você não se lembra, tia? — Fernanda fala por nós, do outro lado da cama.

Minha mãe aperta os olhos e balança a cabeça vagarosamente. Um pouco de cor invade seu rosto quando nos encara outra vez. Acho que ela cora de vergonha.

— Podem me soltar? Estou com sede. — Ela desvia o olhar. É o máximo que vamos conseguir.

— Vou chamar a enfermeira — Fernanda diz, saindo do quarto. Ela sabe que poderia apertar um botão e a questão estaria resolvida, mas o clima no quarto assusta qualquer um.

Forço meu corpo a se mexer e encho um copo com a água sobre a mesinha ao lado da cama, depois ofereço a ela, que bebe alguns goles devagar.

Quero gritar, quero chacoalhar minha mãe e perguntar se ela só desejava dormir por mais tempo ou se pretendia mesmo nos deixar, mas a resposta é tão óbvia que tenho medo de ouvir.

A enfermeira entra e dois médicos surgem logo depois. Não reconheço nenhum dos dois. Esta é outra verdade sobre hospitais: quanto mais tempo você passa ali, mais percebe que é difícil encontrar os mesmos plantonistas.

Os três estão focados em minha mãe. Enquanto a enfermeira aplica mais medicação, os médicos a examinam e fazem perguntas. São muitas perguntas. Um deles deve ser psiquiatra.

Minha mãe parece não se importar comigo e com Rodrigo; é como se não significássemos mais nada.

— A senhora vai ficar bem, se quiser ficar — o médico mais velho diz, anotando algo no prontuário. — Como eu disse, a clínica para onde queremos transferi-la é uma das melhores do estado, e a senhora terá todo o acompanhamento de que precisa. Será mais tranquilo se for espontaneamente.

Aperto a mão de Rodrigo. Uma longa discussão vem por aí. Ela jamais vai aceitar ficar presa e vigiada vinte e quatro horas por dia.

— Pra mim tanto faz. Quando eu vou? — minha mãe pronuncia as palavras e nos surpreende.

Rodrigo e eu nos entreolhamos mais uma vez, sem entender. A resposta está bem ali, em seus olhos perdidos. Ela desistiu de viver, então tanto faz ficar em casa, em seu quarto escuro, ou em uma clínica.

Seja lá quem for essa mulher, não tem mais nada nela que eu reconheça.

Sem poder lidar mais um segundo com isso, saio do quarto. Preciso respirar. Preciso me segurar em alguém. Mais do que tudo, preciso de Rafael. Quero saber se ele está bem e quero que ele me ajude a ficar bem também.

E, quando fecho a porta e olho para frente, Rafael está ali, encostado na parede, com as mãos no bolso da jaqueta, olhando fixamente para mim.

# 34
# RAFAEL

> *This place needs me here to start*
> *This place is the beat of my heart.*
> — R.E.M., "Oh My Heart"*

**CHEGO ALGEMADO À** delegacia. Segundo o policial me disse, o filho da puta que matou minha família se lembra da tatuagem e não do rosto. O que não diz muito, mas ele é um riquinho filhinho de promotor e eu sou só um cara qualquer.

Encosto a cabeça na parede da cela e só consigo pensar em Viviane. Se eu tivesse me segurado, se não tivesse espancado aquele cara, se não tivesse bebido tanto e me drogado na madrugada passada, nós teríamos uma chance. Agora acabou.

Como ela vai reagir quando souber? O que minha mãe vai pensar? O que vai ser do Lucas?

Perguntas. Tantas perguntas e só respostas que me perturbam. Ainda assim, penso em cada uma delas durante as próximas horas. Vou perdendo a noção do tempo conforme ele se esvai pelo ralo, aonde vou chegar em breve.

Passo as mãos no rosto e abro os olhos. Tem um homem parado na frente da cela, olhando seriamente para mim. É ele. O padrinho de Viviane que vi de longe hoje no hospital.

---

* "Este lugar precisa de mim aqui para começar/ Este lugar é a batida do meu coração."

— Vamos. Solte-o — ele diz para o policial que me encara com raiva.
— Venha, Rafael. / Seu tom é duro, diferente do jeito simpático que observei à tarde.

O guarda não entende por que estou sendo solto, e nem eu sei.

Eu me levanto, saio da cela, o padrinho coloca a mão em meu ombro e me guia para fora. Assino a papelada, pego meus documentos e o celular e pronto. Não tenho a mínima noção do que está acontecendo. Ele me acompanha e deixamos a delegacia. Assim, sem mais nem menos. Que porra está acontecendo aqui?

— Tudo foi resolvido e retiraram a queixa — ele me encara enquanto pronuncia cada palavra. — Você tinha um álibi, e o garoto agredido não conseguiu fazer uma descrição clara. Para a polícia, você é inocente. Para mim, teve muita sorte.

Ele recomeça a andar e para perto de um carro. Desliga o alarme, que destrava as portas, e aponta para o outro lado.

— Entra aí — ordena. Sim, ele está mandando mesmo. Na maior.

Não costumo aceitar ordens, mas levo em consideração que estou solto e que ele é o responsável.

Entro sem dizer nada, encosto a cabeça no banco e respiro fundo. Quando o mundo virou de ponta-cabeça e agora sou eu o cara que escapa da polícia por ser bem relacionado?

— Você sabe que eu sou padrinho da Viviane?
— Sei.
— Sabe que ela é como uma filha para mim, assim como o irmão dela?
— Sei.
— Sabe que sei atirar? — Troco um olhar com ele, sem saber o que é certo dizer, mas não demonstro medo, até porque não estou sentindo.
— Vou ser sincero. Por mim, isso acabaria aqui. Você iria para um lado, ela iria para o outro. Por mim, eu colocaria a Viviane e o Rodrigo em um avião para Londres amanhã mesmo, para pôr uma distância segura entre vocês.

— E estaria certo. — Pela cara dele, minha resposta quebrou suas pernas.

— Você gosta da minha afilhada tanto assim?

Não respondo de imediato. Gosto tanto que nem sei se conseguiria falar.

— Acho que é mais do que só gostar.

— Acha?

— Tenho certeza. — É uma certeza que me aquece e assusta, na mesma proporção.

— Você já conheceu a Branca, minha filha?

— Já.

— Se ela me dissesse que estava apaixonada por você, provavelmente eu ficaria careca de preocupação, entretanto essa é a Branca. Sempre se metendo em encrenca. Ela aprende assim. Já a Viviane... O pai dela e eu nunca cogitamos que ela pudesse passar pelo que está passando agora com você. O que aliás eu ainda não sei ao certo o que é, mas desaprovo. Não por você ser quem é. Não vejo problema nenhum em ser tatuado ou baixista.

— Guitarrista e baterista — corrijo.

— Guitarrista e baterista — ele repete, levantando uma sobrancelha, como se o que eu disse não mudasse nada. Pois muda, tio. Muda sim. — O problema não é quem você é, mas no que está envolvido. Sabe quem foi seu álibi?

— Quem? — Quero saber desde que ele tocou no assunto. Imagino que seja o Lucas ou talvez o Lex.

— O Rodrigo.

— O quê? — Seria impossível estar mais surpreso.

— É, ele mentiu. Nem por um segundo comprei a história. Não sou um dos melhores advogados de São Paulo à toa. Ele mentiu e envolveu a Viviane. Sei que, se eu ligar para ela, ela vai confirmar a história de que você esteve no hospital o tempo todo. Até a Branca, que nem estava lá, confirmaria. Se bobear, até o Bernardo, lá de Londres, diria qualquer coisa pra acobertar você, só por causa da Viviane e do Rodrigo. Só pra tentar aliviar a dor de quem já perdeu demais. Sabe o que isso significa?

— Sei. — Infelizmente, saber não muda o que sinto.

— Você vai se afastar dos dois?

— Posso impedir o Rodrigo de ir na minha casa, mas não vou mentir, não consigo me afastar da Viviane. Eu disse pra ela hoje que só me afasto se ela pedir.

— Pode me garantir que não vai envolver os dois nos seus problemas?

Depois de tudo o que conversei com Vivi hoje, a resposta é clara.

— Não. Não dá pra ter meio Rafael. Os problemas vêm comigo. Bagagem.

— Pode me garantir pelo menos que vai zelar por eles, que não vai permitir que entrem no seu mundo? Conheço a sua história. O Fernando puxou sua ficha. É, puxou. Ele vai ser bem menos tolerante do que eu. Sei que você perdeu familiares de uma forma que nem imagino perder. Entendo que tenha se irritado contra o sistema por não ver o garoto atrás das grades. Contudo, agora o sistema está quite com você. Você não merecia sair hoje, e está saindo porque a Viviane e o Rodrigo conseguem enxergar algo bom em você a ponto de se arriscarem. Por mais que eu queira te manter afastado, a vida já mostrou para aqueles dois que é implacável. Eles aprenderam a ser adultos, e, se qualquer um de nós, os verdadeiros adultos da história, pressionar, eles vão explodir e simplesmente nos ignorar. Não devia ser assim, eles deviam ser crianças protegidas pelos pais, mas o pai deles, o Pedro, não está mais aqui, assim como o seu. Quando perdi meu pai, eu tinha mais de quarenta anos e chorei por dias. — Sua voz fica embargada. — A vida toda passa pela cabeça nessa hora. São coisas bobas a que nos apegamos quando perdemos alguém. — Assinto. Estou emocionado também. — Mas antes de partir ele me moldou, me deixou pronto para enfrentar a vida. Vocês perderam isso. A vida bate e vocês reagem sem preparo, às vezes de forma catastrófica. É automático. Eu sinto muito por você não ter mais seu pai, Rafael. E sinto muito que a Viviane e o Rodrigo tenham perdido o deles. Só não posso permitir que você destrua o que sobrou da memória do Pedro. Os filhos eram a preciosidade dele, seu maior orgulho, seu projeto perfeito. Ele foi meu melhor amigo nos últimos vinte e cinco anos, e o mínimo que posso fazer é proteger o que ele deixou.

— Não quero fazer mal a eles. — Passo a mão pelos cabelos, incomodado por não saber se não querer basta e se vou conseguir evitar que eles sofram.

— Então me dê a sua palavra.

— De quê?

— Se perceber que é um risco para eles, você vai se afastar.

— Eu sou um risco — não tenho coragem de olhar para ele —, mas quero deixar de ser.

Sinto seu olhar em mim e me viro para ele. Deixo que me veja como sou. Rafael, o cara que ferrou com quase tudo, mas que quer muito acertar.

— Não posso te prometer nada, porque não sei o que vai acontecer. Tentei me afastar dela, mas tudo o que eu consegui foi me aproximar mais.

— Talvez você se torne pai um dia, Rafael. Aí vai entender que, quando os filhos deixam de ser crianças e começam a percorrer caminhos turbulentos, nossa vida se transforma em um caos diário. Reconheço seu desejo de mudar, mas não sou ingênuo. Vou observar vocês de perto e interceder se achar necessário.

— É justo. Obrigado pelo que você fez antes e por agora.

Ele assente, não diz mais nada e dá partida. Fico calado. Se o avô puxou minha ficha, ele tem meu endereço. Observo a madrugada pela janela, querendo chegar logo ao hospital para encontrar Viviane. Depois de tudo isso, só preciso estar com ela.

Não reflito muito sobre as palavras do padrinho. Se eu fizer isso, vou ser obrigado a me afastar de Viviane. É o certo a fazer, mas não consigo. Ainda sou o cara que faz tudo errado. E como resistir quando o errado é ficar com ela?

Surpreendentemente, Túlio não me deixa em casa. Ele estaciona em frente ao hospital, destrava as portas do carro e diz:

— Vá cuidar da Vivi. — Abro a porta e estou quase saindo quando ouço: — Não me lembro se já falei isso, mas você sabe que eu sei atirar?

— Sei. — Eu contenho um sorriso. Ele é um cara legal, não dá para negar. Talvez se eu tivesse alguém como ele, não estaria nessa merda. — Obrigado outra vez.

Corro para o hospital. Ao me aproximar do quarto, dois médicos e uma enfermeira entram, então paro e me encosto na parede, esperando.

Quando Viviane abre a porta, sua aparência triste invade todo o corredor. Ela me vê, aperta os lábios e corre para mim. Posso me acostumar com abrir os braços e depois fechar, mantendo-a comigo.

— Minha mãe acordou. Ela está bem, segundo os médicos, mas não sei como aquilo pode ser considerado "estar bem" — ela murmura, sem tirar a cabeça do meu peito. Aí acho que se dá conta de onde eu estava, porque se afasta e tira uma mecha de cabelo do meu rosto. — Você está bem?

— Estou. Seu padrinho cuidou de tudo.

A porta do quarto se abre e Rodrigo sai. Parece preocupado. Solto Viviane e me aproximo dele.

— Moleque! — Dou um tapa em sua cabeça e ele me olha assustado, depois o abraço. — Nunca mais se envolva nas minhas coisas. Obrigado, de verdade, mas não quero que arrume problemas.

— Problemas onde, mané? Tava tudo sob controle. Tudo perfeitamente calculado. — Ele passa a mão na cabeça e sorri. — Você tá bem, Vivi? O psiquiatra disse que a mãe pode ser transferida para a clínica à tarde. Ela já está sonolenta outra vez. Quer se despedir antes de ir?

— Não sei se devo ir embora.

— Você vai, sim. Nós combinamos. Vai, dorme um pouco e depois volta. Eu vou ligar para o vô mais tarde e ver se já tá tudo certo com a clínica pra transferência.

Viviane concorda e entra para se despedir da mãe. Sai pouco depois com lágrimas nos olhos e carregando uma mochila. Eu a abraço outra vez.

— Minha tia vem buscar a Fê daqui a pouco. Acho que vou dormir lá. Não quero voltar pra casa.

Depois de tudo o que passamos hoje, não estou pronto para deixar Viviane ir, então, sem pensar muito, digo:

— Quer ir pra minha casa?

— Quero.

Sorrio, porque adoro suas respostas imediatas.

— Avisa seu irmão e vamos. Estou sem moto, então vamos de táxi. Nada muito diferente do que você está acostumada — provoco, tocando seu queixo.

— Idiota — ela murmura. Já estou cansado de resistir e roubo um beijo.

Quando abro a porta do meu apartamento, Lucas, como sempre, está desmaiado no sofá. Não deve acordar tão cedo, considerando que só dormiu quando soube que eu tinha saído da cadeia.

Coloco o dedo nos lábios para que Viviane não faça barulho e a guio até o quarto. Seus olhos percorrem tudo e às vezes se voltam para mim. Acho que ela analisa as semelhanças entre mim e a decoração.

No quarto, a guitarra chama sua atenção imediatamente. Ela estica a mão depois recolhe, hesitando. Então caminha para perto de mim.

— Você está bem?

— Tô sim.

— Na delegacia... Eles machucaram você? — Ela segura a borda da minha camiseta.

— Não. Você ficou assustada quando soube o que tinha acontecido?

— Muito.

— Desculpa. E eu não queria que o seu irmão tivesse envolvido vocês também.

— Era o único jeito. — Uma tristeza passa por seus olhos. Ela se preocupa com Rodrigo e sua intromissão.

— Mesmo assim.

— Rafa, você acha que pode ficar longe de brigas? — Ela envolve minha cintura e deita a cabeça em meu peito.

— Eu não brigo tanto assim. Foram só duas esse ano, e com o mesmo cara.

— Você brigou com aqueles caras na outra noite pra me defender.

— Ah, mas aí não foi minha culpa — sorrio, tocando seu rosto. — Tudo bem, então foram quatro e meia esse ano.

— Você sabe que estamos em fevereiro ainda, né? — Ela se afasta, um pouco zangada. — Não queremos essa proporção, queremos? — ela imita o tom de uma professora de escola, e a imagino de uniforme. Inclino a cabeça e tento, inutilmente, não sorrir para ela. — É sério.

— Eu sei. Sem brigas.

— E, depois que a minha mãe for internada, conversamos sobre o resto.

— Tudo bem

No táxi, ela me disse que queria tomar um banho quando chegasse, então abro o guarda-roupa e pego uma toalha limpa. Mostro onde é o banheiro e a espero na cozinha. Estou preparando dois lanches na sanduicheira quando ouço o chuveiro ser desligado. Sirvo dois copos de refrigerante. Bebo um gole.

Viviane aparece na cozinha e preciso segurar uma gargalhada quando a vejo usando um pijama felpudo rosa e branco, cheio de ursinhos e pôneis coloridos. Ela cruza os braços.

— Vou matar o Rodrigo. Tenho milhões na gaveta. Milhões! — ela diz e, quando me vê rindo, percebe que ter milhões de pijamas só a faz mais patricinha do que estar com esse, então fica mais vermelha. — Minha vó me deu esse pijama. É quentinho.

— Você está bonita — digo, fazendo-a descruzar os braços. — É a primeira menininha por quem me apaixono. — Dou um beijo rápido em seus lábios e vou para o banheiro, pensando no que deixei escapar.

Acho que Viviane se surpreendeu com a confissão tanto quanto eu, porque nem me xingou pelo "menininha". Sei que conversamos abertamente antes de eu ir trabalhar e acabar sendo preso, mas uma metáfora não é o mesmo que dizer assim de forma tão direta. Foi tão impactante que esqueci de comer meu lanche.

Ligo o chuveiro e é impossível não pensar em Viviane nua aqui, poucos minutos atrás. No espelho, vejo meu reflexo, mas é ela que habita meus pensamentos.

Balanço a cabeça, com um sorriso frustrado. Incrivelmente não foi para transar que eu a trouxe até minha casa. Só quero cuidar dela e impedir que fique triste sozinha.

Termino o banho, me seco e me enrolo em uma toalha. Não fiz de propósito. Tenho o costume de me trocar no quarto, mas sinto um calafrio ao imaginar a reação dela. Estou perdido. Perdido! Perdido!

Quando entro no quarto e tranco a porta, Viviane está olhando os livros que tenho em uma prateleira. A maioria é biografia de artistas que admiro, e tem alguns do Stephen King. Ela se vira devagar e arregala os olhos ao me ver de toalha, depois pega um livro aleatório e abre.

Estou mexendo numa gaveta, de costas para Viviane, quando deixo a toalha cair e visto a cueca. Quando me movo, percebo que ela está olhando para mim. Ela suspira.

— Será que eu não devia ter ido dormir na Fê?

— Não. — Tiro a colcha da cama, estendo um cobertor e arrumo os travesseiros. — Você vai dormir aqui, comigo. — Deito na cama e dou dois tapinhas no colchão. — Vem cá.

Viviane demonstra uma hesitação que não conheço. Quase como se não fosse ela.

— Rafa... — Ela se senta a meu lado, e, antes que continue, puxo seu corpo e nos cubro, mantendo-a de costas para mim. Sinto sua tensão. Acho que sei o que está acontecendo.

— Tá tudo bem, Vivi. Tudo bem — sussurro em seu ouvido, enquanto acaricio seu braço.

Não estamos fazendo nada e mesmo assim nunca estive tão envolvido com uma mulher. Ela segura minha mão e a leva até seus lábios, beijando-a de leve.

Te quero muito, Rafa.

Puta merda! Que ela não sinta a minha ereção. Será que consigo falar sem demonstrar o que está acontecendo?

— Também te quero muito, Vivi. Até me assusta. E sei o que você quer me dizer.

— Sabe?

— Sim. Não vai ser hoje.

Ela beija a palma da minha mão agora. Puta que pariu! Puta que pariu! Puta que pariu!

— Com a minha mãe nessa situação, eu não vou conseguir... — Ela vira o corpo para mim. Agora eu vou morrer! — ... estar completamente aqui. E você merece que eu esteja inteira. Ainda mais depois do que você passou. — Ela desliza os dedos pelo meu peito. Quem foi o corno que teve a ideia de dormir só de cueca? Ai, caralho! Estou pagando por todos os corações que parti.

— Eu não vou tentar nada, Vivi. Quando te convidei, já sabia que a gente só ia dormir junto.

— Você já "só dormiu" com alguém antes? — Seu meio-sorriso me encanta.

— Não. E tô quase morrendo aqui, porque o meu pau é um filho da puta miserável que não me respeita. Mas vou sobreviver.

Ela gargalha, a primeira gargalhada que a vejo dar desde que a mãe foi internada. Ganhei o dia, apesar da festa rolando no meio das minhas pernas, que não vai me deixar dormir tão cedo.

Quero desesperadamente beijar Viviane. Pelo menos isso... Ah, Deus, só me dá isso.

— Eu estou usando um pijama de menininha — ela zomba.

— E eu tô com medo do que vai acontecer quando eu te pegar pelada.

Deslizo a mão por sua cintura e a puxo mais para perto. Já era. Ela sente.

— Rafa — ela diz bem baixinho —, você sabe que está me cutucando, né?

— Ah, menina, não provoca!

Ela ri mais, aconchegando-se a mim.

— Desculpa.

— Não.

— Não?

— Acho que depois dessa vou ter que te beijar.

— É justo. Mas você vai conseguir se controlar?

— Gata, já tô descontrolado desde o banho. — Toco sua nuca, encosto os lábios nos dela e murmuro: — Mas eu dou conta do tranco. Por você, dou conta de qualquer coisa.

Sem resistir mais, eu a beijo. O mais profundo que consigo chegar, o mais demorado que minha sanidade permite, o mais intenso que posso aguentar.

Então a solto com delicadeza. Ela se ajeita perto de mim e me abraça, e faço o mesmo.

— Agora dorme, princesa.

— Princesa?

— Tô tentando pensar em você como uma princesa encantada, pra ver se meu pau dorme. Um príncipe saberia se comportar numa situação tensa dessas.

— Está funcionando?

— A Chapeuzinho Vermelho é uma princesa?

— Não, acho que não.

— Então ferrou, porque só penso em te comer.

— O Lobo Mau também não é um príncipe, seu tonto.

Rimos. Apesar de todas as coisas que têm acontecido em nossa vida, tudo o que conseguimos fazer é rir. Ela boceja, relaxada. Seus olhos começam a pesar. Consegui o que queria: cuidar de Viviane.

E agora, enquanto ela ressona baixinho, sou o cara mais feliz do mundo. Sexualmente frustrado e com uma puta dor no saco, mas feliz.

# 35
# Viviane

> *What if I fall and hurt myself*
> *Would you know how to fix me?*
> *What if I went and lost myself*
> *Would you know where to find me?*
> *If I forgot who I am*
> *Would you, please, remind me?*
> *Oh, 'cause without you things go hazy.*
> — William Fitzsimmons feat. Rosi Golan, "Hazy"*

**Ouço batidas ao** longe e abro os olhos devagar. Estou tão grudada em Rafael que não consigo imaginar como ele resistiu a noite inteira. Pelo sol que bate na janela, estamos no meio da tarde. Tento me mexer, mas seu braço me prende. Ele desperta e sorri para mim, mexendo a mão enquanto meu coração dispara loucamente.

— Rafa, sua mão está dentro da minha calça. — Estou sem jeito e ao mesmo tempo excitada. Hora mais imprópria, impossível.

— Ai, caralho! — Ele tira a mão rapidamente e aperta o cobertor. — Puta que pariu, caralho! — Sua voz está ainda mais rouca, e ele ri. Está na cara que teve outra ereção. Realmente tem sido uma prova de fogo.

---

* "E se eu cair e me machucar/ Você saberia como me consertar?/ E se eu saísse e me perdesse/ Você saberia onde me encontrar?/ Se eu esquecesse quem sou/ Você poderia, por favor, me lembrar?/ Ah, porque sem você as coisas ficam nebulosas."

Minha mãe vem logo em meus pensamentos e me levanto, destranco a porta e saio para me arrumar no banheiro. Passo por Lucas, que arregala os olhos e segura um sorriso, surpreso por me ver.

— O Rodrigo pediu pra te avisar que seu avô tá indo pro hospital. Sua mãe vai ser transferida daqui a duas horas.

Se ele sabia que eu estava aqui, por que a risadinha? Ah, o pijama.

— Obrigada, Lucas. Vou me arrumar rápido e chamar um táxi.

— Táxi pra quê? Eu voltei com a moto do Rafa ontem. Ele te leva. Né, Rafa? — ele grita para que o primo escute.

O que se prova desnecessário, já que Rafa aparece na sala segurando uma camiseta na altura do quadril. É inútil. Se posso ver o volume, Lucas também pode.

— Ah, foda-se! — Rafael joga a camiseta de volta para o quarto. — Levo sim. — Só preciso de um banho gelado ou não rola subir na moto. — Vai logo pro banheiro, gata. Tô na contagem regressiva pra chegar a um ponto em que não respondo mais por mim.

Fecho a porta do banheiro, bem a tempo de ouvir Lucas dizendo:

— Cara, nunca pensei. Nunca pensei!

— Cala a boca, moleque! — Rafa responde e eu rio, enquanto me arrumo para ver minha mãe.

Meu sorriso desvanece um pouco. Fecho os olhos e respiro fundo. Queria entender por que às vezes, mesmo tendo a mente aberta e cheia de esperança, é tão difícil dar risada sem que outros problemas venham e a levem embora.

Outra surpresinha de Rodrigo é que não tinha saia na mochila, só uma calça jeans. Então entro no hospital usando calça pela primeira vez em meses e uma blusa de frio azul-marinho com capuz da Hollister. Se minha mãe já me olhava de um jeito estranho, agora é que não vai me reconhecer mesmo. Nem está tão frio — o dia foi relativamente quente, mas menos do que deveria para o verão.

Rafael já checou minha bunda duas vezes, pelo menos que eu tenha visto

— Você fica bem de calça — ele diz, enquanto espera o comprovante do estacionamento. — Muito bem. Não que fique mal de saia. Sei lá, você fica bem até de pijama felpudo.

— Não sou muito fã de calças.

— Nunca usa?

— Às vezes, no inverno, porque sou obrigada. Às vezes. Saias são mais... sabe? — pergunto em vez de completar.

— Ah, sei sim. — Seu tom de voz é tão baixo que me arrepia.

Quando caminhamos para o hospital, novamente o medo me aflige. Estou odiando essa montanha-russa de emoções. Rafael estende a mão para mim, me puxa para ele e me envolve pelos ombros.

— Ela vai ficar bem, Vivi. Tá longe de ser um caso irreversível. Fica tranquila. O pior já passou.

Como o tempo esfriou um pouco, ele também está vestindo um moletom com capuz. A ironia é que, nele, o caimento é supersexy. Sua mão descansa sobre meu ombro de forma natural, como se ali fosse o seu lugar. É como se a gente se conhecesse há muito tempo. É assim, como se tivesse de ser. Vestidos assim, não destoamos tanto fisicamente, mas gosto do nosso contraste, gosto de sermos diferentes e nos querermos desse jeito maluco.

Infelizmente, meu sentimento não é o mesmo de meu avô, que caminha em nossa direção com o dedo em riste logo que nos vê.

— Onde você estava, mocinha? — ele pergunta.

Rodrigo vem correndo atrás dele, temendo pelo que pode acontecer. Eu me preocupo porque não sei quanto ele sabe sobre a última madrugada.

— Dormindo. — Sei que é a pior resposta que posso dar, mas preciso ganhar tempo.

— Onde? — Ele não se abala.

Rodrigo está bem próximo e balança a cabeça atrás do vovô. Acho que quer dizer que tio Túlio não contou nada. Espero que seja isso.

— Na casa do Rafael.

— *Cojones!* — ele drapraqueja em espanhol. Dou um passo atrás. Vovô só chega a esse nível quando está à beira de explodir. Ele considera falta de respeito falar em sua língua nativa com pessoas que não a entendem.

— Sua mãe internada e você por aí, com o namorado mais impróprio possível? Estou decepcionado. Nunca pensei que você me decepcionaria assim.

Rafael solta meu ombro, desliza a mão pelas minhas costas e segura minha mão.

— Não precisa se estressar — ele se intromete. — A Viviane precisava de um lugar onde se sentisse confortável, e esse lugar era comigo.

Meu avô empalidece, depois enrubesce. Sua respiração está pesada.

— Vô, quero ver minha mãe — digo e tento andar, mas ele está bloqueando o caminho. Rafael também não faz questão de se mover.

Não é possível que esses dois vão disputar quem é o macho alfa no meio do corredor.

— Exijo que você se afaste da minha neta. — Então vai ser no modo espanhol mesmo, delicado como um rinoceronte disparando pela mata. — Já deve ter conseguido o que queria.

— Vô! — Rodrigo e eu dizemos juntos.

— Limite, vô, sabe? Um ponto que não deve ser ultrapassado, entendeu? Você passou. Se controla aí — Rodrigo tenta interceder, mas meu avô está de braços cruzados, encarando Rafael.

O olhar dos dois está conectado, e cada um contém a fúria a seu modo. Rodrigo e eu também nos entreolhamos. Não adianta falar nada. É entre os dois.

— A Viviane não é um objeto que eu uso e depois dispenso — Rafael diz, e não tem como não deixar escapar um sorriso, porque sei que dispensar era o que ele fazia até a gente se conhecer. — Se ela me quiser, é aqui que eu vou ficar.

Meu avô estreita apenas um dos olhos. Sinal de que se impressionou com o que Rafael disse, mas todos sabemos que não vai ser assim tão fácil.

— Você sabe que não é bom para ela — vovô confronta.

— Posso ser bom, por ela — Rafael rebate.

— Sou contra.

— Ela já é bem grandinha.

— Viviane vai honrar a família.

— Chega! — digo, pondo fim na discussão, ainda que não seja definitivo. — Quero ver minha mãe.

Solto a mão de Rafael, para que perceba que vou com ou sem ele, mas ele me segura outra vez e me segue.

À porta do quarto, não sei o que fazer. A minha mãe... A minha mãe de antes piraria se visse Rafael. E ela está doente.

— Vou ficar aqui fora — ele diz, sem que eu precise me decidir.

Entro. Vovô e Rodrigo vêm logo atrás de mim.

— A gente só estava esperando você chegar, Vivi — Rodrigo diz, quando me aproximo de minha mãe e lhe dou um beijo no rosto. — Acabei de assinar a transferência.

— Oi, mãe. Como está se sentindo? — A única diferença que vejo é que ela está menos pálida.

— Se ela estivesse se sentindo bem, não estaria internada, Viviane. — Meu avô odeia perguntas óbvias. Aí juntou o fato de estar zangado comigo e me deu essa.

Ignoro, e minha mãe só assente. Antigamente, ela brigaria com vovô, que agora tem lágrimas nos olhos. Não sei se causei isso ou se ele está decepcionado pela falta de reação de minha mãe. Vovô tem muitas expectativas e se decepciona bastante.

O clima fica estranho. Nem Rodrigo consegue aliviar a tensão.

A porta se abre de repente. É um dos médicos.

— Hora de ir.

Eu me surpreendo quando chegamos à clínica. É tudo menos um lugar triste e sem vida. Tem verde por todos os lados. Animais e muita cor.

Seguro o braço de Rodrigo, já que Rafael não nos acompanhou, porque precisava trabalhar. Meu irmão e eu nos amparamos mutuamente. Amamos vovô e gostaríamos muito de nos abrir com ele sobre tudo, mas ele é de outra época. Não sei se é capaz de perceber que podemos e devemos escolher nossos próprios caminhos.

Vovô caminha sozinho ao lado do funcionário que nos apresenta o lugar. Minha avó ficou muito nervosa ontem e sua pressão subiu, então ela está em casa. Liguei para ela enquanto vínhamos para cá. Quer falar comigo pessoalmente. Já sei o assunto e não tenho certeza se quero ouvir mais uma recriminação.

Levaram minha mãe no momento em que entramos. O funcionário avisa que vai nos mostrar o quarto dela para que a gente possa se despedir.

Ela já está deitada na cama grande. Fico mais aliviada ao ver que o quarto reflete o exterior da clínica. Minha mãe não vai ficar em uma prisão. O lugar é bem parecido com os spas que frequentávamos quando papai era vivo. Sei que pensar assim é querer camuflar o que realmente está acontecendo. Segundo os médicos, ela vai ficar aqui um mês — uma semana a mais do que esperávamos. Só vai poder receber visitas uma vez por semana, e apenas depois que completar dez dias de internação.

Não gosto disso. Não gosto nada disso, mas uma paz envolve esse lugar. Algo que não sei explicar. Acredito que ela vai sair dessa e voltar a ser nossa mãe.

Não tem muito o que dizer, já que ela age como se não estivéssemos por perto. Os médicos nos garantiram que com o tratamento ela vai melhorar, então é nisso que me apego.

Se eu esperar um mês, ela vai voltar para mim.

A clínica fica no interior de São Paulo, e, à medida que caminhamos até o carro, percebo que vou ter que enfrentar duas horas na estrada com vovô. Ele veio calado, provavelmente preocupado com a internação da minha mãe. Não sei como vai ser agora que ela já está instalada.

Eu me sento no banco de trás e olho para o céu estrelado, então escuto:

— Não quero que você veja mais aquele delinquente. — Meu vô dá partida no carro e na conversa.

— Vô, por favor, para de falar do Rafael assim. Ele não é delinquente — defendo-o, cruzando os braços. Essa viagem promete.

Rodrigo me lança um olhar do banco da frente e tenta ajudar:

— Ele é um cara legal, vô. Com muitas perdas, como a gente. Não é bacana você falar sem saber.

Sei o suficiente. Ele é má influência, e vocês não vão mais vê-lo.

— Como é que é? — Minha voz sai até estridente. Rodrigo nem se altera, porque faz o que quer desde que tinha uns dois anos.

— É isso mesmo que ouviram.

— Desculpa, vô, mas não é da sua conta com quem a gente anda — Rodrigo fala firme, o que me faz lembrar de nosso pai. — Não vai rolar repressão a essa altura.

— Está vendo? — vovô diz tranquilamente. — Você nunca me tratou assim, Rodrigo. Mesmo quando apronta, e não é pouco, você nunca me respondeu assim antes.

— Porque você nunca tratou a minha irmã assim. Sério, vô, não vou admitir. Nosso pai se foi. O homem da casa agora sou eu, não você. Crianças ou não, quem encontrou a nossa mãe desmaiada por overdose fomos nós dois. Quem tem que lidar com isso somos nós. Não dá pra ser adultos como a vida obrigou a gente a ser e crianças só quando você quer.

— Eu já disse isso pra ele, Rô. Mas ele simplesmente não me escuta!

A paisagem passa por nós e tudo o que importa é a guerra que se instaurou no carro. Sei que não tem como terminar essa conversa sem ninguém se machucar. O vovô não vai ceder. Ele inspira ruidosamente e recomeça:

— Vocês dois podem se rebelar como as crianças que são, mas a palavra final é minha. Vocês têm apenas dezoito anos.

— Vou fazer dezenove daqui a uma semana. Nenhum de nós é criança — retruco.

— Nem um ano de idade separa vocês dois. Duas crianças — ele zomba.

Eu o interrompo:

— Vou ver o Rafael com ou sem o seu consentimento.

Vovô fica tão zangado que o carro derrapa na curva. Está garoando e a pista está molhada.

— Chega! — Sua voz é estrondosa como um trovão. — Em casa a gente conversa. Não vou arriscar a vida de vocês e não consigo me controlar com os dois se comportando assim.

Seguimos sem dar mais um pio. Minha respiração está acelerada e minhas mãos tremendo. Sei o que meu avô vai decidir e não vou aceitar. Mando um SMS para Rodrigo:

> Se eu for embora, como vc fica? Não quero te deixar sozinho

A resposta chega rápido.

> Vou p tio Túlio. Relaxa q me viro. N vou ficar sozinho

> Vai ser hoje. Logo que chegarmos. Se prepara. Carro, não moto

— Parem com isso — vovô ordena, conhecendo nosso velho costume. Então ficamos calados até chegar em casa.

Os seguranças abrem a porta da garagem e desço correndo, decidida, enquanto o ouço me chamar.

— Viviane, essa aventura termina aqui! Você está proibida de ver esse garoto. — Paro no começo da escada e me viro para ele. — Tentei conversar e você não me escutou. Se não for por bem, vai ser por mal. Se ousar me desobedecer, vou cortar a mesada que o seu pai sempre te deu e bloquear todos os seus cartões. Não vou pagar nem a faculdade. A família deve vir em primeiro lugar sempre. Se optar por esse rapaz, você vai ficar sem nós.

Não posso dizer que estou em choque, porque já esperava.

— Você vai me obrigar a escolher?

— Não tem o que escolher. Família sempre.

Penso em minha mãe. Ela poderia resolver tudo isso se estivesse aqui. Acho que também sentiria medo de me deixar com Rafael, mas pelo menos daria uma chance a ele.

— Minha mãe vai voltar daqui a um mês.

— Sim, mas quem vai controlar o dinheiro ainda serei eu. Ainda mais com os problemas que ela vem tendo.

— Ela não vai admitir isso. Nem o tio Túlio.

— Isso é o que veremos. Por enquanto é isso. Você fica sem ver esse rapaz enquanto sua mãe estiver longe. Até lá, ele já vai ter arrumado outra menininha rica pra ocupar o tempo dele e esquecido você.

É o que basta. Corro para o quarto e tranco a porta. Ele não vem atrás de mim. Entendeu errado. Acha que me chocou e que vou desistir de Rafael.

Pego uma mala em cima do armário e começo a colocar as roupas. Sei que não vão ser suficientes, mas são o máximo que posso levar agora. Fecho a mala. Mando um SMS para Rodrigo dizendo que vou sair nos próximos minutos.

Esfriou mais hoje, então pego um casaco quentinho e jogo por cima do que estou vestindo. Quando vou ajeitar a roupa, enfio a mão no bolso do moletom e sinto um papel. Pego e abro. É uma carta de Rafael.

Fico pensando quando ele a colocou no meu bolso e sei o momento — foi quando nos beijamos rapidamente atrás de uma das colunas do hospital, antes que ele fosse embora para trabalhar. Reconheço o logotipo do hospital. Ele deve ter conseguido papel na recepção e escrito enquanto eu estava no quarto da minha mãe.

*Vivi,*

*Não sou muito bom nisso de escrever. Sou bom em compor músicas, mas não sei quanto tempo tenho para tentar.*

*Escrevo porque quero que tenha algo meu. Algo pessoal. Além de nós mesmos, temos pouco um do outro. Então aqui vão minhas palavras:*

Sou um cara quebrado, Vin. O mais quebrado que você já conheceu, o mais quebrado que vai conhecer.

Vamos encontrar muitos problemas pela frente se você decidir ficar comigo, e quem vai sofrer as maiores perdas vai ser você. Eu só tenho a ganhar, mas você não.

Não pense que vou bancar o príncipe encantado do cavalo branco e desistir da garota só porque não sou bom o suficiente. Não vou e não sou. Sou o puto do cavalo negro, como naquela música do Pearl Jam, "Hold On".

Quero melhorar. Quero como nunca quis, e é por você.

As cartas estão na mesa.

Não vou pressionar. Se vier, te quero inteira. Venha como é, com seus pijamas felpudos, blusinhas rosa, saias curtas e músicas ruins (haha!). Gata, por você escuto até Britney. Morrendo, mas escuto.

Você sabe onde me encontrar. Vou estar esperando.

Porra! Acho que vou estar sempre te esperando.

"Through the storm we reach the shore
You gave it all but I want more
And I'm waiting for you." *

*Rafa,*
*O cara durão que se apaixonou pela menininha*

Já estou contendo as lágrimas quando leio o trecho da música "With or Without You", do U2. Com ou sem você. Não tenho dúvida.

— Com você, Rafa. Sempre com você — murmuro, destrancando a porta, depois de deixar meus cartões e talões de cheque bem à vista, sobre a escrivaninha.

---

\* "Através da tempestade alcançamos a costa/ Você ofereceu tudo, mas eu quero mais/ E eu estou esperando por você."

Não vejo meu avô em lugar nenhum, nem seu carro.

— Ele foi embora, acredita? — Rodrigo passa por mim com uma mochila e pega minha mala. — Simplesmente foi embora, achando que a gente ia obedecer.

— Será que ele vai aguentar quando descobrir? — Por mais que ele seja irracional, eu o amo e não quero que tenha um infarto.

— Vai sim. — Rodrigo destrava as portas do carro e eu entro. — Ele é durão. Vai ficar puto e realmente cancelar o dinheiro, mas vai sobreviver.

Lucas abre a porta já com uma mochila nas costas e me dá um beijo no rosto.

Rodrigo e eu fizemos uma parada para jantar. Com o dinheiro dele, aliás. Não sei se vovô vai cancelar os cartões dele também. Espero que não. Não quero prejudicar mais ainda meu irmão.

— Aonde você vai, Lucas? — pergunto.

— Vou passar a noite no Lex. Vou ficar com o Rodrigo por aí até o bar fechar — ele responde sorrindo. — Não falei pro Rafa que você vinha. Vai ser legal ele chegar e te ver, né?

— Ah, Lucas, aqui é a sua casa, não a minha. Não quero que você saia. Ainda nem sei como as coisas vão ficar — insisto, me sentindo mal.

— Relaxa. Vocês vão ter que me aturar morando aqui. Só vou ficar fora uns dois dias, depois eu volto. — Ele faz que vai sair, então volta e me dá um abraço.

— Ei, cara, olha a mão boba aí! — Rodrigo brinca atrás dele.

— Vai à merda! Quando eu cheguei aqui, o Rafa falou que o que era dele era meu — ele provoca, apesar de não estar com a mão em nenhum lugar além das minhas costas. — Vivi... Posso te chamar de Vivi? — ele pergunta sorrindo, e eu assinto. Lucas é encantador. — Acho que vai dar muito certo, sabia? Acho que você pode salvar o meu primo. Tô tão feliz!

Eles saem e tranco a porta, um pouco apreensiva. E se eu não conseguir salvar o Rafa? As esperanças de todos estão em mim. Não quero me desesperar, então afasto o pensamento.

Faltam umas duas horas para o Rafa chegar. Levo minha mala para o quarto dele e coloco ao lado da mochila que deixei ali à tarde. Um medo irracional me toma. Será que eu não deveria ter falado com ele antes? Uma coisa é ficarmos juntos, outra é eu chegar aqui de mala. Bem, posso ir para o tio Túlio. Não preciso ficar aqui definitivamente. Vou conversar com o Rafael sobre as alternativas.

Abro a mala e tiro meu babydoll. É, lembrei de pegar um no meio de toda a confusão. Sei que não era necessário, mas abri a gaveta de pijamas e lá estava ele. Presente da Branca, que tem uma noção de sensualidade bem diferente da vovó.

Respondo os SMSs das minhas amigas sem contar o que fiz. Prefiro falar com elas depois.

Vou para o banho. Estou tão ansiosa que meu estômago parece dar cambalhotas. Lavo os cabelos e seco com secador. Visto o babydoll supersexy e congelo. Meu Deus, como está frio!

De jeito nenhum vou colocar o pijama felpudo. Depois de dormir comigo sem tentar nada, Rafael merece me ver assim.

Dou alguns pulinhos pelo quarto. Ai, não vai dar. Que frio! Acho que meu avô invocou o El Niño só de pirraça. É verão, não deveria estar tão frio, meu Deus.

Para não trocar de roupa, deito na cama e me cubro. Apoio a cabeça no travesseiro do Rafa e seu perfume me envolve.

A temperatura começa a subir e já não sinto tanto frio. Bocejo.

Só preciso esperar mais um pouco e ele vai chegar.

Só mais um pouco...

# 36
# RAFAEL

*In this time, are we loving*
*Or do we sit here wondering*
*Why this world isn't turning around*
*It's now or never.*

— Three Days Grace, "Now or Never"*

**SAIO DO ELEVADOR** e bocejo. Estou cansado e preocupado.

Viviane não me ligou nem mandou mensagem depois que foi levar a mãe para a clínica. Como eu disse na carta, não vou procurá-la. Está nas mãos dela agora. Vou sofrer feito o diabo, mas vou entender se ela quiser respeitar a vontade do avô. Uma merda que vou entender, vou ficar puto, mas meu orgulho vai me fazer ficar quieto.

Talvez quando a mãe melhorar ela me ligue. Ou posso burlar minhas regras e eu mesmo ligar? Onde foi parar o tal do orgulho? Ah, sou um idiota apaixonado, oficialmente.

Destranco a porta do apartamento. Tudo escuro. Acendo a luz do corredor para ver se Lucas está dormindo, mas nada. Cadê aquele moleque?

Deixo o capacete na mesinha e vou para o quarto. A porta está entreaberta e a luz acesa. Vou matar o Lucas por sair e deixar a luz acesa outra vez. Ou será que ele está no meu quarto, mexendo no que não deve?

---

* "Desta vez, vamos nos amar/ Ou vamos ficar aqui pensando/ Por que este mundo não está girando?/ É agora ou nunca."

Abro a porta devagar e a vejo toda encolhida na cama. Os cabelos castanhos estão esparramados no meu travesseiro. Tem uma mala lilás bem grande no canto. O sorriso mais idiota possível surge em meus lábios, enquanto me movo devagar para não acordá-la.

Dou a volta na cama, me agacho e apoio os braços perto dela. Sua respiração está tranquila, ela dorme como um bebê.

Passo as mãos no rosto, tentando conter a alegria. Ela veio! Ela veio! Ela veio! Caralho, estou parecendo criança.

Entrelaço os dedos e aproximo as mãos de meus lábios. Uma risada baixinha me escapa e ela se mexe, mas não acorda.

Eu poderia passar o resto da vida só observando Viviane dormir. Tudo bem, talvez não tanto tempo, porque pretendo fazer outras coisas, mas vê-la assim tão tranquila na minha cama faz com que meu peito se encha de um sentimento ainda mais forte do que eu pensava. Cada gesto, sorriso ou frase dela desperta uma música em mim, e isso tem que ser um bom sinal.

Quando não posso mais resistir, acaricio seu rosto. Ela geme baixinho e abre os olhos. Eu poderia morrer só pelo modo como ela me olha.

— Oi... — Viviane diz baixinho.

— Oi, linda.

Ela sorri. Não, é agora que eu poderia morrer.

— Acho que eu dormi.

— É o que parece. — Mexo em seus cabelos.

— Eu saí de casa, Rafa.

Dá para perceber que ela está aflita com isso.

— Minha culpa?

— Não. Minha escolha. — Viviane tira uma das mãos de sob a coberta e segura a minha. Ela está quente e convidativa. Estou encantado e mexido.

— O que aconteceu? — Sento na beira da cama.

— Meu avô disse que, se eu te visse outra vez, ele cortaria a mesada que meu pai depositava na minha conta todo mês. — Ela fica envergonhada. — Ele me fez escolher entre tudo o que estou acostumada e você, crente de que eu escolheria a vida que eu tinha. — Olho para ela, sem coragem de dizer nada. — E eu escolhi você.

Não sei explicar o que sinto. O que existe entre nós é forte, mas ela desistir da vida que tinha é... o mesmo que eu desistir daquilo com que estou acostumado — do meu vício, no caso. Ela fez um sacrifício por mim, como estou disposto a fazer por ela. Nas duas situações, não dá para ter ideia do resultado. É imprevisível.

Viviane se ajeita na cama, apoiando-se no cotovelo para falar comigo, e o cobertor escorrega por seus peitos, cobertos por um fino babydoll vermelho rendado que não cobre porra nenhuma.

— Puta que pariu! Cadê o pijama felpudo? — Passo as mãos pelos cabelos. Hoje não vai rolar a parada de só abraçar.

— Está na mala. Achei que você merecia esse... — Ela cora um pouco e não vou falar o que acontece na minha calça. A essa altura está todo mundo ligado. — Ah, sobre a mala, precisamos conversar.

Já estou tirando a jaqueta e jogando sobre a cadeira no canto do quarto. Tranco a porta e deixo o ambiente à meia-luz.

— Conversar o quê? — Tiro a calça, a camiseta e as meias. À velocidade da luz. — Posso entrar aí? Tá frio aqui fora.

— Eu vim direto pra cá porque nem pensei na hora, mas não quero atrapalhar. Posso ficar no tio Túlio.

Entro debaixo da coberta. O calor de Viviane já se espalhou pela cama.

— Nah! E quem vai esquentar minha cama toda noite?

Ela ri enquanto a puxo pela cintura, mantendo-a bem próxima de mim.

— Você me quer aqui só pra esquentar sua cama? — ela provoca, enquanto subo a mão, quase tocando seu seio.

— Entre outras coisas. Você fica aqui comigo. Só vai embora se quiser.

— Quero ficar.

— E babydoll vermelho pra um cara que ontem te disse que era o Lobo Mau... — digo diminuindo o tom, enquanto ela encaixa uma perna entre as minhas.

Estamos tão próximos que já estou explodindo em expectativa. Hoje pego essa menina de jeito.

— Você tem suas metáforas, eu tenho as minhas. — Seus dedos caminham pelo meu peito.

— Ah, garota...

Puxo seu rosto e a beijo com tesão. A delicadeza foi parar na casa do caralho. Viviane se entrega na mesma proporção. Quando nossos lábios se afastam por um segundo, é ela que volta a me beijar. Sua língua em minha boca arrepia todos os pelos da minha nuca. Faz um calor da porra debaixo desse cobertor e eu o jogo para os pés da cama. Ela ri, sentindo o mesmo que eu.

Eu a deito de costas num movimento rápido e vou para cima dela, sem interromper o beijo. Não tenho pressa, mas preciso deixá-la nua. E daí que o babydoll é minúsculo e não cobre porra nenhuma? Quero mais.

Mantenho a mão em sua nuca e envolvo um dos seios com a outra. Ela arqueia o corpo, pedindo mais.

— Calma, garota. Vou te dar mais. Você não tem noção... — Quando minha mão livre a toca no meio das pernas, tenho uma surpresa. — Você tá sem calcinha... — murmuro, encostando a testa na dela.

— Ops! — Ela morde o lábio e se faz de inocente.

Tiro a cueca o mais rápido que posso.

— Empatamos.

— Na verdade, não — ela brinca com a alça do babydoll e dá um gritinho quando eu a levanto, arranco a peça e jogo longe.

Viviane se deita novamente, rindo. Estou de joelhos bem no meio de suas pernas. No lugar em que quero estar desde que ela me respondeu torto, no primeiro dia da terapia do Lucas.

Suas pernas estão dobradas enquanto ela ri, até nossos olhos se encontrarem. Um longo e silencioso olhar que diz mais que qualquer frase gritada.

Coloco as mãos sobre seus joelhos e Viviane abaixa as pernas devagar, ao mesmo tempo em que umedece os lábios. Desço em direção a ela, me apoiando em um dos braços, enquanto o outro desliza devagar por sua barriga até minha mão voltar para onde estava no momento da surpresa. Sem interromper o olhar, enfio dois dedos dentro dela, que fecha os olhos, envolvida. Morro. Ela já corresponde assim e ainda nem comecei.

Continuo a acariciando e, quando ela abre os olhos, vejo o brilho de prazer. Ela toca meu peito e me empurra para o lado. Eu me permito ir, porque essa garota mexe comigo e me desafia de várias maneiras Um olhar rápido para a menininha de cabelos loiros que vi no dia mais turbulento da nossa vida jamais me prepararia para esse momento.

Viviane me beija outra vez e quase me mata de tesão quando segura meu pau. Mordisco seu ombro, seu pescoço e acho que exagerei no chupão e vai ficar roxo, mas ela não me solta. Muito pelo contrário — aumenta a pressão dos dedos e sobe e desce. Se é assim, vou fazê-la delirar também e volto a tocá-la entre as pernas. Um carinho vagaroso. Pura provocação. Não quero que ela goze ainda. Quero adiar ao máximo.

Sei muito bem como enlouquecer uma mulher na cama. Nunca deixei nenhuma sair insatisfeita, mas, com Viviane, é como se cada sensação fosse nova. Algo tão tóxico quanto o que uso em meus dias ruins, só que nesse caso é bom. É muito bom. Seu toque é como um bálsamo para cada ferida que ainda sangra. Porque esse sou eu — não o cara das cicatrizes, mas o maldito com feridas abertas.

Seus lábios fogem dos meus e descem pelo meu rosto, correndo suavemente pela minha barba. Sinto seus dentes arranharem meu pescoço e ela se vinga, me dando um chupão que vai ficar roxo. Viviane me olha sorrindo, com uma sobrancelha levantada, mostrando que sabe exatamente o que fez. Pilantra!

Mais uma vez, rolo nossos corpos e fico sobre ela. Se é para provocar, vamos lá.

Viviane tenta me tocar e seguro seus punhos.

— Quieta! Agora vou te chupar até você explodir. — Estreito os olhos ao vê-la umedecer os lábios. — Nah, até quase explodir... Tô guardando uma coisa pra você.

Se provocar é uma arte, sou o mestre de todos os artistas. Começo pelo pescoço, cada área sensível da pele clara de Viviane. Da forma mais lenta possível, chego a seus peitos. Abocanho um deles enquanto minha mão envolve o outro. Brinco no limite entre a dor e o prazer enquanto Viviane crava as unhas nas minhas costas e sinto meu pau crescer mais, querendo estar dentro dela. Ele bate em suas coxas e esbarra entre suas pernas tantas vezes que sou obrigado a respirar fundo para me controlar.

Continuo descendo, e ela arqueia o corpo. Minha cabeça está entre suas pernas. Ainda não é a cabeça que quero lá dentro, mas essa vai nos render bons momentos.

Viviane prende a respiração e solta devagar quando minha língua toca seu ponto mais sensível. Rápida, certeira, e é só o início. Deslizo a boca para o lado e sinto seu perfume. Meu coração dispara como se eu fosse um moleque. Caralho, acho que sou mesmo um moleque nesse lance de pegar uma mulher por quem tenho sentimentos.

Passo a língua por dentro e por fora daqueles lábios, diferentes dos que beijei há pouco, mas tão suculentos quanto, sem tocar onde Viviane mais quer, até que ela estremece e geme baixinho. Faço movimentos circulares, suavemente. Pra que ser bom, se posso ser extraordinário?

Viviane agarra meus cabelos, seu corpo implora pelo orgasmo, mas sou mau e aprendi desde cedo que para fazer bem feito tem que mandar a pressa à merda.

Finalmente me entrego ao lugar mais esperado e movo a língua formando um oito, lentamente e sem parar. Viviane pressiona minha cabeça, quase enlouquecendo. Ela geme mais alto. Não consigo pensar em nada melhor que isso.

Enfio os dedos outra vez. Sem me afastar, eu os movimento com cuidado, aumentando o prazer que ela sente e que passa de sua pele para o meu corpo.

Aumento a pressão e a velocidade, e ela se engancha em meus cabelos com mais força. Vem pra mim, garota, vem pra mim. É o que penso segundos antes de Viviane gozar deliciosamente em minha boca. Caralho, ela treme, e tremo com ela. Puta que pariu, como isso é possível se eu nem meti ainda?

— Rafa, vou morrer... — Viviane geme baixinho e me deito ao seu lado, puxando-a para o meu peito enquanto ela se acalma.

— Ainda não, gata. Ainda não. — Toco sua cintura com a ponta dos dedos e ela se arrepia inteira. Todo seu corpo está sensível.

A gente se beija mais. Estou me controlando o máximo que posso. É o fim. Pronto. Ou meto agora ou quem morre sou eu.

Eu me levanto na cama e abro a gaveta de camisinhas. Tem dúzias ali e Viviane percebe.

— Puto! — ela diz e solto uma risada.

— Olha a boca, menina! — digo enquanto ela ri comigo. Fico de joelhos outra vez entre suas pernas. — Quero você, e quero assim, de joelhos!

Pego seu quadril, ajeito um travesseiro sob ele e a puxo para mim. Ergo suas pernas e a faço apoiar os calcanhares em meus ombros. Sem esperar mais, enfio meu pau dentro dela, devagar. Porra! Puta merda! Gemo, é impossível segurar.

Pela expressão de surpresa e prazer de Viviane, percebo que nunca a pegaram dessa forma. Caralho! Caralho! Caralho!

Minhas mãos estão firmes em seu quadril e a partir daqui eu comando o ritmo. A cada estocada, uma nova sensação. Como se eu nunca tivesse transado com uma mulher. E sinto mesmo como se nunca tivesse feito algo assim. Os minutos se passam e nossos olhares não se desgrudam conforme eu aumento a pressão e a força, até ela demonstrar estar consumida por um tesão tão forte quanto o meu.

Viviane está à beira da loucura, como eu. É intenso, urgente e novo.

— Só vou quando você for outra vez — digo, segurando forte seu quadril. Minhas marcas vão ficar ali.

Eu me movo rápido e profundamente e a sinto estremecer com violência, ao mesmo tempo em que me deixo gozar. Gozo como se milhões de acordes explodissem em minha mente. Gozo como um solo de guitarra perfeito, que ecoa em meus ouvidos. Gozo como se, pela primeira vez, fizesse amor com uma mulher. Meu coração dispara, capota, me choca. O recado é claro.

— Então é real... — murmuro com a voz rouca, me jogando ao lado dela e a puxando o mais perto possível de mim.

— O quê? — ela pergunta baixinho, encostando a cabeça em meu peito.

— Acho que perdi a tal batida. Não, perdi várias. Perdi todas. Não sou mais nada se seu coração não estiver aqui, batendo comigo. — As palavras me escapam e sei que nunca disse nada parecido antes.

— Meu coração vai ficar exatamente aqui. — Ela se vira e beija meus lábios.

— Na minha cama? — Não resisto à provocação e dou um sorriso safado.

— De preferência — ela responde sorrindo.

Essa é a minha garota.

# 37
## *Viviane*

> *Let's put our two hearts back together*
> *And we'll leave the broken pieces on the floor*
> *Make love with me baby*
> *Till we ain't strangers anymore*
> *We're not strangers anymore.*
> — Bon Jovi feat. Leann Rimes, "Till We Ain't Strangers Anymore"*

*Ouço Rafael ligar* o chuveiro enquanto ando pelo quarto enrolada na coberta. Foi só ele sair de perto para o frio me pegar outra vez. Quando penso no que fizemos e em tudo o que temos compartilhado, sinto que não existe outro lugar para estar além de aqui, com ele.

Olho ao redor casualmente, prestando um pouco mais de atenção.

Tudo é tão perfeitamente organizado. Bem diferente de como eu imaginava o quarto de um homem. César e Rodrigo são organizados, ou melhor, seus quartos são, mas outras pessoas os arrumam, então não conta.

A parede acima da cabeceira da cama é exclusiva para a guitarra pendurada e dois quadros, um de cada lado. Eu me aproximo para observá-los melhor. Quase toco o instrumento, mas desisto no último segundo. É o elo com o pai dele. Algo assim não pode ser tocado sem permissão.

Os quadros são fotografias de Johnny Cash. Eu não saberia dizer quem é se não estivesse escrito. Um deles é apenas uma imagem de Cash

---

* "Vamos reunir nosso coração/ E deixar os pedaços quebrados no chão/ Faça amor comigo, baby/ Até não sermos mais estranhos/ Não somos mais estranhos."

segurando um violão e mostrando o dedo do meio. Tão Rafa que é difícil não sorrir.

No outro, há uma imagem do cantor olhando para baixo, com fogo em volta e uma frase: "I hurt myself today to see if I still feel. I focus on the pain, the only thing that's real".*

Quanta dor Rafael deve sentir para manter algo assim no próprio quarto? Até que ponto posso acreditar que serei suficiente para aliviar essa dor?

— É um trecho de "Hurt". É uma música linda. Triste, mas linda. — Estou tão perdida em pensamentos que a voz de Rafael me assusta. Ele está vestindo uma boxer preta, seus cabelos estão molhados e algumas gotas escorrem pelo corpo. — É a minha preferida, mas ironicamente não é dele. É um cover que ele gravou há dois anos. O Lex me deu esse quadro faz uns seis meses, quando consegui ficar limpo pela primeira vez. Não falei dessa parte no hospital porque não queria te dar falsas esperanças. Eu não quis realmente ficar limpo da outra vez. Fiz porque achei que podia tentar, e o Lex quis me lembrar que, se o Johnny conseguiu, eu também conseguiria. — Ele desvia o olhar, suspira, depois me encara. — Mas não durou muito.

— Quando você voltou a usar?

— Na noite do acidente e algumas vezes depois — ele diz enquanto mexe em um aparelho de som, e percebo que é uma vitrola antiga. Ele coloca um disco de vinil. Não via um fazia anos. — Eu não lido bem com perdas.

— Ninguém lida.

— É, mas poucos chegam ao limite. — Meus olhos se enchem de lágrimas ao pensar em minha mãe e no limite que ela quase cruzou, como Rafael aos poucos vem tentando. — Essa música é quase um reflexo meu. Foi quando ouvi que tentei largar as drogas, por isso o Lex me deu o quadro. Tem um outro trecho... — A canção começa a tocar e ouço Johnny Cash pela primeira vez. Sua voz é grave, triste, como se

---
* "Hoje eu me machuco para ver se ainda sinto. Eu me concentro na dor, a única coisa real."

a dor fosse um peso grande demais para ser carregado. *Um reflexo meu.* As palavras de Rafael reverberam em meus ouvidos. — Quando meus tios, meu primo e principalmente minha irmã morreram, eu só pensava nisso. — Ele começa a cantar baixinho: — *The needle tears a hole, the old familiar sting. Try to kill it all away but I remember everything. What have I become, my sweetest friend? Everyone I know goes away in the end.* — Estou chorando; ele me puxa para perto e encosto o rosto em seu peito ainda úmido. Ele não pergunta se entendi, apenas continua: — A agulha abre um buraco, a velha picada familiar. Tento apagar tudo, mas me lembro de todas as coisas. O que eu me tornei, minha mais doce amiga? Todos que eu conheço vão embora no final — ele traduz o que eu já sabia. E na voz dele, tão grave e baixa, dói ainda mais.

— Eu não vou embora — é só o que digo, abraçando-o pela cintura, deixando o cobertor escorregar pelo meu corpo até o chão.

— Te contei isso pra mostrar que já tentei ficar longe. Nunca cheguei à agulha, porque sei que seria o fim da linha pra mim, o caminho sem volta. Mas o resto... Procurei uma vez pra esquecer e descobri uma felicidade química que dura pouco, mas, enquanto existe, me faz sentir menos ferido.

— Como você começou? Como chegou até as drogas?

— Através de um amigo. Normalmente é assim. Um amigo ou um conhecido de um amigo, e assim vai. Eu estava numa festa com o Gigante e...

— Então ele não é seu amigo. — Eu o solto e dou um passo atrás. Quero que ele veja meu rosto e saiba que estou zangada.

— Pensei em não te contar tudo, porque imaginei essa reação. Não é tão simples, Vivi. Ele é meu amigo sim. Já provou isso. — Ele me puxa de novo. — E, se serve de consolo, quando parei, ele tentou me convencer a não voltar, mesmo estando envolvido com isso.

— Quanto ele está envolvido? — Eu me reteso. Tento ficar confortável, mas não dá. Já estou querendo matar esse cara.

— O primo dele vende — ele responde e inspira pesadamente. Não digo nada. Não conseguiria dizer nada além de "Para de ver esse cara agora mesmo!", e não sei se ele me escutaria. — Já vi gente começar e parar. Gente que tem sorte, porque o corpo não se apaixona pela droga. Já vi gente começar e morrer. São tantos casos. É simplista demais marginalizar e pronto. O grande segredo das drogas é que o prazer que sentimos é fabricado, mas viciante. Ele substitui a felicidade que somos incapazes de sentir. — Ele acaricia meus cabelos e o abraço mais forte, querendo que saiba que pode se apoiar em mim. — Dá pra substituir por um tempo por uma felicidade real, como ter você nos meus braços. O que rolou entre a gente... Nossa! — Rafael me beija por alguns segundos. — O que temos é tão forte e parece tão seguro que supre qualquer felicidade irreal, mas não sou ingênuo e você também não pode ser. Vai chegar a hora, e vai ser antes do que a gente imagina, em que meu corpo vai querer acertar as contas. Vai querer o que estou negando a ele, e a coisa vai ficar feia.

— Eu sei.

— Não, você não sabe, mas vai saber. E quero deixar claro que não precisa ficar quando eu explodir.

— Não vou embora.

Posso não confessar a ele, mas sei que não sou nenhuma Mulher Maravilha que vai curá-lo instantaneamente. Não sou tão ingênua. Sei também que ele deveria ser internado, como a minha mãe, mas que jamais aceitaria isso, por ser caro, por não querer ficar preso. Estou apavorada, porém não vou dizer isso a ele. Porque, do mesmo modo como meu pai precisou que eu cuidasse da família durante a quimioterapia e depois que ele se foi, Rafael precisa de mim agora. Precisa que eu seja forte e não uma menina assustada. Então, eu vou ficar. Não pode ser mais assustador do que encontrar minha mãe inconsciente. Não tem como ser. É, não pode. Não vai ser pior.

— Quando eu surtar, você pode ir embora. Não tem problema se for. Quero que saiba disso, tá? — Ele beija meus cabelos com tanto carinho que me esforço para imaginá-lo surtando e não consigo. Não dá para conceber. — E saiba que eu sinto muito orgulho de você. Eu vejo vocês, o Lucas, o Rodrigo e você, e fico pensando em como conseguem viver com a dor sem tentar nada desse tipo. O Lex também. Ele perdeu o pai há alguns anos e nunca se voltou para as drogas. Eu queria ser forte assim.

— Quer saber o segredo?
— Seria bom.
— Nós temos você.
— Ah, para.
— É sério, Rafa. Eu não sei se chegaria a usar drogas. Acho que não, mas não posso ter certeza. Olha o que aconteceu com a minha mãe... E ela sempre foi tão a favor da vida. Não posso falar pelos outros, mas sei que eu estava à beira do desespero quando você apareceu e me deixou bem. Dói menos com você.
— Ótimo. Sou como uma dose de pó. — Ele ri, tentando fazer piada e dissolvendo toda a tensão do momento. É como se suas palavras fossem o vento levando a nuvem negra para longe.
— Você é muito melhor, Rafa. E acho que vicia mais também. — Entro no clima, porque percebo que é o que ele precisa, mesmo estando com o coração partido por saber quanto ele sofre.
— Quer ouvir outra música? — Ele desliga o som, e Johnny Cash fica em silêncio por enquanto.
— Posso escolher?
— Pode, mas cuidado. Meu pau é sensível e quero usar de novo já, já.
— Ah, engraçadinho! Pois eu tenho uma carta que diz que você ouviria até Britney por mim.
— É... Hum... *Pera*... Tem certeza que fui eu que escrevi essa carta? Porque não me lembro de nada. — Coloco as mãos na cintura e finjo estar brava. — Não pode ser Pink, pelo menos? — ele tenta negociar.
— Não! — provoco. — Mas não vou escolher nada agora. Vou deixar você escolher. Vamos ver se é tão bom quanto diz.
— Bom, antes de saber que eu ia chegar e te encontrar na minha cama, eu preparei uma playlist no meu intervalo. — Ele sorri ao pegar um CD na mochila, levemente envergonhado por demonstrar quanto queria essa noite. — Não deu tempo de colocar muita coisa, mas tá aí.

Pego, viro a caixinha e leio os títulos:

*"Lay Lady Lay", Bob Dylan*
*"You Shook Me All Night Long", AC/DC*
*"Blood Sugar Sex Magik", Red Hot Chili Peppers*
*"Let's Spend the Night Together", The Rolling Stones*
*"Suck My Kiss", Red Hot Chili Peppers*
*"Crash Into Me", Dave Matthews Band*

— Senhor Rafael Ferraz, não conheço muito essas músicas, mas todas elas querem dizer que você já estava preparado para me pegar, né?

— Tô sempre preparado, gata. Agora mesmo. — Sua mão desliza até a minha cintura. — Você falou em te pegar e pronto, meu saco já tá doendo. Você vai ter que me ajudar nessa.

— Idiota... — a palavra escapa enquanto dou risada.

— Mas olha aqui, "Crash Into Me" é bonita. Diz que você veio ao meu encontro e eu ao seu, e que dentro do seu coração eu vou bater novamente, doce como uma bala para a alma. Que eu estou perdido por você. — Ele não desvia os olhos dos meus e me surpreendo ao vê-lo corar.

— Não sabia que você era tímido. — Acaricio seu rosto tão lindo.

— Não sou. Só nunca disse algo assim pra nenhuma garota. Antigamente era só "Tira a roupa agora" antes e "Hasta la vista, baby" depois. — Dou um tapa nele, rindo. — Agora eu mudei. Quero que você tire a roupa, mas não quero que vá embora depois. Eu também ia incluir "I Don't Want to Miss a Thing", do Aerosmith, mas não deu tempo.

— Essa eu conheço!

— Claro. Viu o filme, né?

— Ãrrã.

— Alguém precisa te ensinar a não ouvir música boa só em filme. Quando cheguei e te vi deitada na minha cama, essa música passou pela minha cabeça. Você faz essas coisas comigo. Pensa bem, você tirou a minha virgindade. — O idiota gargalha.

— Me engana que eu gosto. Você sabe muito bem o que faz.

— É, eu sei, mas é verdade. Você tirou a virgindade do meu coração. — Ele levanta uma sobrancelha e me lança um sorrisinho besta. — Você me faz ser esse cara que diz coisas melosas. Elas escapam da minha boca, e eu fico pensando: *Quando foi que eu comi algodão-doce?* Garota, você me quebrou, mas acho que de um jeito bom. Com certeza de um jeito bom. Sexo sempre teve a ver com música pra mim, como praticamente todo o resto. Com as outras, eu ouvia um solo de bateria, que é a minha segunda paixão musical, mas com você... — Ele encosta a testa na minha. — Com você, tudo o que ouvi foi um solo de guitarra. Um solo perfeito. Você é a minha primeira e... — Ele fecha os olhos, como se não quisesse dizer, mas não conseguisse evitar. — Vou ficar muito feliz se for a última.

Ouvir algo assim, sabendo o que significa para ele, me emociona. A capacidade que Rafael tem de sair de algo triste para algo obsceno e depois dizer a frase perfeita é incrível.

Ele coloca o CD no aparelho e aperta play, antes que eu possa dizer qualquer coisa. Às vezes, suas palavras são tão intensas que quem perde o fôlego sou eu.

— E não é qualquer solo, é esse aqui. Uma versão instrumental de "Blood Sugar Sex Magik". Gravei as duas versões no CD. Depois disso, quero ver você não gostar de Red Hot.

— Como você sabe que eu não gosto?

— Tá na sua cara. — Ele coloca as mãos em meus ombros, me arrepiando. — Vivi, quer fazer uma aposta?

— Quero.

— Até a gente parar hoje, você vai assumir que gosta.

— E o que vamos apostar?

— Se eu ganhar, escolho a posição. Se você ganhar, você escolhe.

Levanto a cabeça de tanto rir.

— Resumindo, é sexo de qualquer jeito.

— O resumo é sempre sexo, Vivi. — Ele me beija devagar e estremeço outra vez. — Está com frio?

— Não. — Suspiro.

— Bom — ele murmura com os lábios em meu pescoço, enquanto meus dedos passeiam por seu abdômen definido.

A música envolve o quarto e nos arrebata ainda mais do que antes, o que me choca e excita. Estou vestindo o babydoll outra vez, mas estar agarrada a Rafael eleva a temperatura. Ele sussurra em meu ouvido quanto me quer, e passo as mãos em seus braços até o puxar pelo pescoço para outro beijo.

Sua ereção já ameaça romper a fina peça de roupa que usa, mas, de novo, Rafael não tem pressa. Como é possível? Só Deus sabe. Por mim, já estaríamos na cama. Mas ele não deixa e agradeço por isso, porque sentir Rafael me tocando dessa forma tão sensual é melhor do que tudo o que já vivi antes.

Rafael segura firme o meu quadril e me vira de costas para ele, enquanto beija meus ombros. Quando estamos bem próximos, ele começa a dançar devagar. Acompanhando o solo da guitarra, desce as mãos por meus seios e para o mais próximo possível da calcinha que agora visto. Ele dedilha minha barriga como se eu fosse sua guitarra particular, tocada apenas pelos dedos dele e de nenhum outro. Sei que ele está me marcando e que é algo nosso. Outra mulher nunca esteve em seus braços assim. Meu corpo inteiro se arrepia.

Quando a segunda versão da música começa a tocar, penso que nada pode ser mais sexy, mas estou enganada. A letra mexe comigo como se estivesse se misturando ao meu sangue. Sem perceber, estou no ritmo eletrizante de Rafael.

Ele me vira para ele novamente e, sem perder tempo, me beija enquanto engancha as mãos na minha bunda. Em um impulso, minhas pernas envolvem sua cintura e ele geme em meus lábios. Meu coração dispara com tanta intensidade que o sinto pulsar em todo meu corpo.

Rafael se joga na cama comigo, e, antes que eu me perca outra vez, um último pensamento passa pela minha cabeça: nunca mais vou ouvir Red Hot Chili Peppers da mesma maneira. Perdi a aposta, e perdi em pleno êxtase.

# 38
# RAFAEL

> *I could stay awake just to hear you breathing*
> *Watch you smile while you are sleeping*
> *While you're far away and dreaming*
> *I could spend my life in this sweet surrender*
> *I could stay lost in this moment forever.*
> — Aerosmith, "I Don't Want to Miss a Thing"*

**MELHOR NOITE DA** minha vida! Melhor noite da minha vida! Melhor noite da minha vida! Puta que pariu! Ah, cara, dizer três vezes é pouco.

Depois que a música começou a tocar, não falamos muito e, quando acabou, não demorou para cairmos no sono. Viviane dormiu antes de mim, enquanto eu conversava com ela. Isso me fez rir sozinho.

Ela consegue ser a primeira em tudo. Primeira que deixo dormir aqui, primeira que observo ressonar baixinho, primeira que me faz querer ser alguém melhor. São tantas estreias que perdi as contas.

Anote mais uma: primeira para quem vou preparar o café da manhã.

Eu me levanto e a cubro, sem querer que ela perceba que não estou mais dividindo meu calor com ela.

Perco alguns minutos no banheiro e sigo para a cozinha. Coloco um chiclete na boca ao me dar conta de que não fumo desde que cheguei em casa. Mais uma: primeira que me faz querer parar de fumar.

---

* "Eu poderia ficar acordado só para ouvir você respirar/ Ver você sorrir enquanto está dormindo/ Enquanto está longe e sonhando/ Eu poderia passar a vida nessa doce rendição/ Eu poderia me perder neste momento para sempre."

Nunca fui um fumante compulsivo. Eram um ou dois cigarros por dia — normalmente o primeiro no intervalo do trabalho e o segundo às vezes ao sair — e um baseado de vez em quando, então esse, de todos os meus vícios, é o que menos me preocupa. Nunca fumei em casa. Era uma regra da minha mãe com meu pai, que também fumava (só cigarro, maconha não), e eu mantive. Sou chato pra caralho, acho que isso já ficou claro. A fumaça dá um aspecto sujo e deixa tudo fedendo, e já disse que sou chato pra caralho com a casa, né? Pois é...

Coloco o pó de café e a água na cafeteira e arrumo a mesa. Pego pão, geleia e um monte de tranqueiras que Rodrigo teima em enfiar na minha geladeira. Se ele gosta, provavelmente sua irmã também.

Está praticamente tudo pronto. Abro o armário e me pergunto se deixo ou não uma caixa de cereal colorido na mesa. Aquele moleque é exagerado, cacete!

— Você realmente ama isso — ouço a voz de Viviane, parada na porta da cozinha, olhando para mim e para as seis caixas de cereal.

Ela está vestindo o pijama felpudo, que a obriguei a colocar para dormir. Podia esfriar de madrugada, e eu não queria que ela pegasse um resfriado só para ficar sexy. Se ela vestir um saco de lixo, vai continuar sexy pra caralho.

— Seu irmão e o Lucas amam isso aqui, e acho que tô perdendo o controle da minha própria cozinha.

Viviane ri e corre para o banheiro.

Estou de costas para a porta, desligando a cafeteira, quando suas mãos me envolvem e ela me abraça por trás. Eu me viro e nos beijamos.

— Da próxima vez me chama. Quero ajudar — ela pede quando me solta e se senta.

— Você sabe fazer café? — Não contenho um tom zombeteiro, e ela estreita os olhos.

— Não, mas vou ter que aprender. Saber fazer café é a menor das coisas que preciso mudar.

Ela prepara um sanduíche e coloca na minha frente, então começa a fazer outro.

— Posso fazer minha comida — digo, mas mordo o pão. Não vou rejeitar tanto carinho.

— Eu sei. E eu posso fazer meu café, que provavelmente vai ficar horrível... — Viviane dá de ombros. — O que vamos fazer hoje? Tem que limpar a casa ou algo assim? — Ela se esforça para não torcer o nariz, e eu para não rir.

— Não. Antes eu limpava nas minhas folgas, que são sempre às segundas e um domingo a cada quinze dias. O Lucas tem me ajudado no dia a dia, com a louça, a roupa e as coisas menores, e o moleque do seu irmão arrumou uma mulher pra vir uma vez por semana. No começo eu quis matar ele, depois me acostumei com alguém deixando tudo em ordem e contratei a mulher.

— O Rodrigo é terrível. Não desiste até que façam exatamente o que ele quer.

— E eu não sei? Só que pelo menos tô pagando. Me sinto melhor assim. No fundo, ele fez pra ajudar.

— Ah, ele sempre faz pra ajudar. Pode ser teimoso, mas é sempre pra ajudar. Pouquíssimas vezes vi o meu irmão pensar só nele. Mesmo nessas sumidas que ele tem dado... É como se ele tivesse chegado no limite.

— E chegou.

— Rafa... — Ela parece tão sem jeito que seguro sua mão. — Meu avô vai cortar meu dinheiro. Vou ser mais uma boca para você alimentar. O Lucas não tem nem cama. Estou me sentindo mal, preciso arrumar alguma coisa para fazer.

— Quanto à cama, é relaxo meu. Não é por falta de dinheiro. Vou comprar um sofá-cama confortável, porque cama mesmo não rola. Não cabe em lugar nenhum além do meu quarto, e não vamos dividir o quarto com o meu primo. Quando as coisas se acertarem, a gente muda pra um lugar maior. Quanto ao resto, o que você sabe fazer? — pergunto com sinceridade, sem querer menosprezá-la. Não quero que Viviane se sinta mal.

— Desenhar roupas e montar looks lindos? — Sua voz sai tremida.

— Vivi, você sabe muito mais do que isso. Não que seja pouco. É ótimo pro que você gosta, mas sei que sabe mais. Você é inteligente pra caramba.

A primeira coisa que penso é no bar, claro. Ela ficaria perto de mim e, se tivesse qualquer problema, seria fácil de ajudar. A gente também não trabalharia em horários diferentes. Cogito pedir pro Lex mandar a Andressa embora e colocar a Vivi no lugar. Aí lembro do macacão colado, e nem a pau que ela vai ficar desfilando num bar cheio de machos. Sou superaberto e quero que ela trabalhe, não por precisar que me ajude em nada, mas porque sei que ela vai se sentir bem podendo ajudar. Mas macacão colado já é demais. Não posso quebrar a promessa que fiz de não socar ninguém se ela vestir aquela roupa.

— Sou boa com números, sempre fui — ela me tira do devaneio.

— Então acho que você poderia trabalhar no caixa do bar. O Lex tá procurando alguém já faz um tempinho. Desde que a última caixa saiu, cada dia fica alguém diferente lá, e não dá pra brincar com dinheiro.

— Será que ele me aceitaria sem nenhuma experiência?

— Todo mundo começa de algum jeito.

— Vai ser ótimo.

— Já vou avisando: seu vô vai odiar.

— Vai ser melhor ainda, então.

Depois que arrumamos a cozinha, sentamos para ver um filme. É como se nós dois estivéssemos dando passos inéditos. Ela lavando louça e eu com a cabeça deitada no colo de uma garota, assistindo a uma comédia romântica, enquanto ela me faz cafuné. Fim do mundo. Só que de um jeito bom.

Quando o filme acaba, mudo de canal e outro filme está começando. Ouço Viviane prender o ar, contendo um soluço. Eu me sento assustado e enxugo suas lágrimas.

— O que aconteceu? — pergunto, preocupado.

— *Um sonho de liberdade* era o filme favorito do meu pai. A gente assistia todo dia 1º de janeiro, porque ele dizia que era uma ótima forma de recomeçar. Este ano, assistimos um dia antes de ele morrer. — Ela passa as mãos no rosto, tremendo.

Não sei o que dizer. Eu a trago para o meu peito e deixo que chore. Pego o controle para mudar de canal, mas ela me segura.

— Não, deixa. Quero ver. Só fica assim, abraçado comigo, até acabar. Por favor.

— Não precisava nem pedir — respondo, acariciando seu braço.

Os soluços vão diminuindo e aos poucos ela apenas funga uma vez ou outra. Não consigo deixar de pensar em como Viviane é forte por se expor a tanta dor. Nunca mais consegui tocar a guitarra que meu pai me deu, porque foi meu último elo com ele, e ela está aqui, em meus braços, expondo uma ligação com o dela sem se importar que eu a veja ferida.

— Meu pai sempre dizia que tudo o que é bom nunca morre. É uma frase desse filme, que se provou errada, não é? Ele morreu — é o que ela diz, virando-se para me olhar, quando os créditos começam a subir. Ela sabe que ouvi a frase, mas quis repetir, como se precisasse reafirmar para si mesma. — Eu questionei isso quando soube que o câncer era terminal. Aí ele me disse outra citação desse filme: "Foi má sorte. O azar está por aí. Ele tem de pousar em alguém. Só não esperava que a tempestade durasse tanto". Eu chorei e ele me escreveu uma carta naquele dia. Li tantas vezes que nunca vou esquecer.

*Vivi,*

*Eu vou partir, disso já não temos mais dúvidas. Mas dizer que vou morrer e que você nunca mais vai me ver é exagero. Eu sou você, sou seu irmão, serei seus filhos, seus sobrinhos, sou seus avós. Você vai me ver em toda parte, e eu espero que exista mesmo um céu em algum lugar que me permita ver vocês. Se eu pudesse, não morreria. Como não posso evitar, digo a você que viva. Viva como seu coração quiser. Eu não tenho escolha. Como a chama de uma vela, vou me apagar com o vento. Mas você tem a opção de viver, então não me decepcione fazendo o contrário.*

*Com amor,<br>Papai*

— Ele me escreveu várias cartas ao longo dos últimos meses. Para todos nós, mas essa foi a última. Eu sempre tento pensar em coisas boas e que tudo vai dar certo, mas tenho meus momentos ruins.

— Todo mundo tem. Meu pai não teve tempo de se preparar — digo, com os dedos entrelaçados aos dela. — Quer dizer, ele não sabia que estava indo, mas durante toda a vida a mensagem que ele tentou me passar era a mesma do seu pai. Viver. Era muito importante para ele que minha irmã e eu vivêssemos. — Minha voz fica embargada. — Eu falhei. Minha irmã não pôde nem tentar. É uma merda.

— Nossos pais eram parecidos.

— Talvez fossem amigos se tivessem se conhecido.

— Talvez eles se conheçam. Não sabemos para onde vamos quando chega a hora de partir.

— É, não sabemos.

— Eu sinto culpa. — A voz de Viviane soa como uma confissão.

— Por quê?

— Mesmo sabendo que ele queria que eu vivesse, por um instante fiquei tão feliz que esqueci que meu pai morreu. Isso não é horrível?

— Acredite em mim, é assim que tem que ser. Foi por não conseguir esquecer que eu me envolvi com drogas. Você precisa se permitir esquecer às vezes. Se sentir dor o tempo inteiro, viver se torna um beco sem saída que te deixa presa à morte para sempre, mesmo que seu coração não pare de bater.

— Você acha que consegue esquecer, Rafa?

— Eu esqueci... Ontem. Mesmo quando conversamos sobre as drogas e sobre como eu me sentia. Antes e depois, estando com você, eu esqueci. Não é como se a gente estivesse apagando eles. É um cochilo, sabe? Uma tentativa de viver. — Dou um sorriso triste. — E quando dormi, pela primeira vez em muitos anos, não tive pesadelos.

— Você se sentiu culpado por esquecer?

— De verdade? Pela primeira vez desde que perdi meu pai, eu senti alívio. Pela primeira vez, meu peito não pareceu sufocar e respirar já não era tão difícil. Eu me senti feliz.

— É, eu também. Você acha que vamos conseguir fazer o que eles pediram?

— Viver?

— É.

— Eu quero tentar. — Eu a deito no sofá e me ajeito ao seu lado. Ela se aconchega em meu peito e continuo fazendo carinho em seu rosto. — Por você e com você, quero tentar. Vem comigo? — pergunto sem me mexer. O convite não é para um lugar específico; é para algo muito diferente de tudo que vivemos.

— Você me segura?

— A gente se segura. — Beijo seus lábios devagar. — Nunca vou te soltar.

Viviane apoia a mão na minha cintura. Não existe nem um mínimo espaço sequer entre nós.

— Nunca vou te soltar, Rafa.

— Então vamos ficar bem. — E pela primeira vez, como quase tudo nesses últimos dias, realmente acredito nisso.

# 39
# Viviane

*Enquanto houver você do outro lado*
*Aqui do outro eu consigo me orientar*
*A cena repete, a cena se inverte*
*Enchendo a minha alma daquilo*
*Que outrora eu deixei de acreditar.*
— Teatro Mágico, "O anjo mais velho"

**A campainha toca** e entreabro os olhos devagar. Rafael e eu adormecemos no sofá. Ele ainda está dormindo, mesmo com o som estridente.

Seu braço me prende a ele e minha cabeça está apoiada em seu peito. Tudo o que eu queria era continuar assim, e pretendia ignorar descaradamente a campainha quando escuto a voz de Branca:

— Dá pra parar um pouquinho de se comer e abrir essa merda?

— Ah, Branca, cacete! Pra que eu te trouxe? — É Rodrigo.

— Quer mesmo que eu responda, moleque? — Ela de novo.

— Gente, isso é tão chato... — Meu Deus, é Fernanda!

— Vocês dois são totalmente desnecessários... — Mila intercede.

— O Rafa vai me matar por trazer todo mundo, sim ou claro? — Lucas pergunta.

— Mas que porra... — Rafael abre os olhos, confuso.

— Sei que é horrível acordar assim, mas acho que temos visitas. — Sorrio sem graça ao me levantar do sofá.

Logo após o café da manhã, com a temperatura de São Paulo finalmente voltando ao verão, coloquei um vestidinho amarelo sem mangas e com saia rodada, que levou Rafael a fazer suas brincadeirinhas e tentativas de levantar minha saia muitas vezes. Depois nos acalmamos assistindo aos filmes e finalmente dormimos.

Não cochilamos nem por meia hora. Minha roupa está um pouco amassada, mas não dá tempo de trocar. Se eu não abrir a porta, Branca vai derrubá-la.

Rafael está de cueca e o vejo ir para o quarto, ao mesmo tempo em que giro a chave.

— Finalmente! — Branca diz quando entra, seguida pelo restante do pessoal. Ela carrega uma caixa, e os outros trazem coisas também, malas e caixas. — Seu irmão teve a brilhante ideia de esvaziar seu guarda-roupa antes que seu avô interditasse seu quarto e não deixasse mais a gente entrar.

— A ideia foi boa, Branca. — Fernanda coloca uma mala no chão e me abraça. — O vovô já sabe e está furioso. Nunca pensou que você teria coragem.

— Não sei o que pensar disso tudo ainda, talvez você tenha se precipitado e... — Mila interrompe o fluxo de palavras ao ver Rafael surgir sem camisa, abotoando a calça jeans.

Olho para minha prima e minhas amigas. As três estão boquiabertas.

— Apesar de ser completamente compreensível — Mila finalmente diz.

— Totalmente — Branca concorda.

— Eu disse — Fernanda completa.

Rafael estreita os olhos e passa as mãos pelos cabelos. Sei muito bem que as três não tiram os olhos de cada movimento dele. Se eu fosse um pouquinho mais surtada, o mandaria colocar uma camiseta para cobrir aquele corpo definido e absurdamente sexy.

— A gente trouxe umas coisas da Vivi, Rafa — Lucas explica e as apresentações começam.

Branca e Fernanda já tinham conversado com ele rapidamente em outras ocasiões, mas Mila não, e sei que a essa altura as duas já contaram tudo a respeito dele. Ela o analisa com seus olhos de estudante de medicina, como se quisesse descobrir tudo sobre ele que possa me fazer mal.

— Coloca lá no quarto, Lucas — Rafa diz, pegando uma das caixas. — Vou comprar um sofá-cama pra você durante a semana, e acho que uma cômoda também, né? Não vai caber tudo isso no meu guarda-roupa. — Ele me dá um sorrisinho e eu dou de ombros, entre sem jeito e divertida.

— É, o fato desse cara ser ainda mais sexy do que eu pensava dificulta minha vida e meu raciocínio — Branca me diz —, mas vamos ter que conversar sobre a sua decisão de vir pra cá, Vivi. Eu entendo que você queira ficar com ele e tal, mas não acha precipitado se mudar pra cá? Por que você não fica lá em casa? Meu pai não vai te impedir de ver o Rafa quando quiser. Ele pode ir lá também.

— Sei que o tio Túlio adoraria que eu fizesse isso e com certeza se sentiria mais seguro, mas não. Meu lugar é aqui.

Rafael já está voltando e não posso dizer mais nada.

— Você se importa se sairmos com a Vivi um pouquinho, Rafael? — Mila pergunta e Branca assente, enquanto Fernanda respira fundo, contrariada. Certamente querem me convencer a não ficar.

— Claro que não. Aproveito e passo na casa do Lex. Preciso resolver umas coisas. — Ele me puxa e me dá um beijo rápido, na frente delas. — Tudo bem pra você? — pergunta sem se afastar.

— Sim. Acho que volto à noite.

— Quer que eu te busque?

— Eu te ligo.

Estamos falando baixo, um para o outro, mesmo sabendo que a plateia está atenta.

— Vocês vão querer transar antes de sair? Porque está parecendo e, olha, se eu fosse homem já estaria de pau duro. — Branca, como sempre, faz todos rirem, mesmo quando o comentário poderia gerar a situação contrária.

— Vou me trocar. Já volto. — Corro para o quarto. Quando vou fechar a porta, Rafael já está entrando.

— Cacete! Não era ideia o que eu estava dando. Estamos com pressa! — Branca cantarola a última frase, enquanto Rafael tranca a porta.

— Essa aí é doida, né? — ele pergunta, fazendo um sinal com a mão ao lado da cabeça.

— Completamente, mas me ama e é recíproco — respondo enquanto separo uma saia xadrez azul e branca, uma blusinha cinza sem mangas, uma jaqueta jeans curta e escura, para o caso de o tempo mudar de novo, e uma boina branca. Abro uma caixa qualquer e quase morro de felicidade ao encontrar minha bota preta, que vai até as coxas. Se meu irmão não tivesse tido essa brilhante ideia, não sei como eu ia me virar sem tantas opções de roupas e apenas com meu All Star.

Rafael está encostado na parede, de braços cruzados, só me olhando. Finjo que não presto atenção nele, mas noto até o subir e descer de seu peito enquanto ele respira.

— Pensando em seguir o conselho da sua amiga... — ele diz quando eu tiro o vestido e fico só com a roupa de baixo.

Rio baixinho.

— Não foi um conselho, foi uma ideia.

— Ideia, conselho. Desde que termine em sexo, pra mim tá perfeito. — Como um tigre, ele é tão ágil que, quando dou por mim, está com a mão no fecho do meu sutiã.

— Rafa!

— Vivi... — Ele deposita beijos em minha clavícula. Ah, meu Deus.

— Agora não. A Branca vai começar a gritar em dois segundos.

Como se tivesse me ouvido, Branca me chama. Rafael nem liga e toma meus lábios. Ele me beija intensamente, como se no fundo não quisesse apenas ficar comigo, mas mostrar que é ele quem manda nesta casa, não minhas amigas malucas.

Eu me permito ser beijada, porque não teria forças para afastá-lo. Rodrigo e Branca estão discutindo lá fora, e estranhamente é isso que faz Rafael retroceder.

— Gata, eu vou sofrer o dia inteiro, literalmente. — Sei que ele está falando do volume que força a calça jeans. — Mas vou te deixar ir antes que a sua amiga acabe com o seu irmão. Aliás, ela que me aguarde. Questão de honra fazer essa garota pagar a língua.

— Do que você está falando? — Realmente estou perdida, sem entender.

— Depois eu explico. Vou sair pra você terminar de se trocar. Se eu ficar, já era... — Ele aperta minha bunda e sai.

Sento na cama para recuperar o fôlego e depois me troco. Hora de descobrir o que elas querem.

Vamos ao shopping. No caminho, Branca e Mila tentam me fazer enxergar que é muito arriscado ficar com Rafael agora, no processo de desintoxicação. Fernanda me pede desculpas com o olhar por ter contado, mas eu já imaginava que isso aconteceria, e no fim eu mesma contaria. Preciso das três comigo, principalmente Mila, por seu conhecimento maior de como as drogas agem no corpo.

Ao chegar à praça de alimentação, dou de cara com minha avó Lorena.

— Vovó! — Eu a abraço, sem saber muito o que esperar.

— Então o turrão do seu avô conseguiu fazer você explodir — ela diz quando me solta. Seu perfume de canela ainda me envolve. — Eu sabia que não demoraria muito, depois que meu filho querido se foi. — Ela se refere ao meu pai e deixa escapar um suspiro de tristeza.

Nós nos sentamos e vovó pede a Fernanda e Branca que busquem lanches para nós. Mila está sentada na minha frente.

— Sinto muito por ter saído de casa, vó, mas o vô não me deixou alternativa. Com minha mãe se recuperando e meu mundo caindo, eu precisava... — Quase conto sobre Rafael, mas não sei como ela reagiria, e, ao contrário do vovô, ela está bem frágil ultimamente. — Sair.

— Não sei se *sair* é o nome do que você precisava. — Vovó Lorena pisca seus olhos verdes e vivos para mim. — É o rapaz do hospital, certo? O jovem visivelmente rebelde e tatuado que seu avô quis matar, e que ainda vai matar se não tomarmos cuidado. — Ela segura minha mão.

— É sim. O Rafael. O que a senhora sabe? — resolvo perguntar de uma vez.

— Você sabe como funcionam essa família e nossos amigos, não é mesmo? Todo mundo sabe de tudo, pequena. — Ela sorri e me chama tão carinhosamente, mesmo sendo muito mais baixa que eu. — Rafael perdeu a família, você perdeu seu pai, e vocês encontraram um ao outro.

Branca e Fernanda sentam e comemos, enquanto falamos de assuntos corriqueiros. Vovó tem uma regra básica: não discutir ou falar de assuntos desagradáveis durante as refeições.

Quando terminamos, ela retoma:

— *Cariño*, não posso demorar muito porque obviamente não contei ao seu avô aonde ia, e creio que ele gostaria que eu desse um gelo em você, como ele provavelmente vai fazer. Quando chegar, vou falar com ele. Vim apenas para dizer que, apesar de tudo o que o Fernando disse, você tem sim alternativa. Se quiser voltar para casa e continuar a ver esse rapaz, darei um jeito nisso. Seu avô só está assustado porque se enxerga em Rafael e sabe muito bem tudo o que aprontou quando era jovem. — Isso é novo para mim e não sei o que dizer. — Você conhece uma ou outra história, mas nunca vai saber de tudo o que aconteceu enquanto ainda morávamos na Espanha. Seu avô está longe de ser um santo, apesar do altar que criou para si mesmo. Quer voltar para casa? — ela pergunta, mexendo em meus cabelos.

— Não, vó. Quando minha mãe voltar, vou conversar com ela e decidir o que fazer. Mas até lá vou ficar onde estou.

— Com Rafael.

— Sim.

— Queria poder dizer que você é apenas uma criança. Queria vê-la assim, como seu avô, mas não consigo. Eu vi você cuidando do seu pai nos últimos meses, dando apoio ao seu irmão, confortando e tentando manter sua mãe com saúde. Mais adulta que isso, impossível. Eu tinha dois anos a menos quando me casei com seu avô. Ele tinha a sua idade. Quero conhecer Rafael para ter uma ideia mais concreta, mas apoio sua decisão. — Sorrio e pisco muitas vezes, porque não quero chorar. — E tem mais, meu anjo. Eu não queria dizer isso, mas é preciso. Se der errado, se ele não for tudo o que você pensa, quero que corra para mim, como correria para o seu pai.

Assinto e enxugo uma lágrima. Sei que parece maluquice o que estou fazendo, mas meu coração grita que é certo.

Vovó se despede de nós e me abraça forte, deixando-me com as meninas. Ligo para Rafael dizendo que ele pode me buscar quando estiver livre e continuo conversando com elas por mais um tempo.

— Você contou pro tio Túlio sobre o problema do Rafael com drogas, Branca?

— Claro que não! — Ela me lança um olhar ofendido. — Acho que vai ser muito pesado pra você e que talvez você não dê conta, mas eu nunca contaria pro meu pai. Mesmo que pareça que ele já está ligado.

— Bom, Vivi, tenho medo por você. Já vi muita coisa horrível envolvendo drogas e, estudando medicina, isso me assusta ainda mais... Mas, se você quer tentar, estamos do seu lado. — Mila sorri. Nunca duvidei que ela me ajudaria.

— Isso! — Fernanda se empolga. — Vamos ajudar. Ele é um cara legal, dá pra ver. Se ele quer sair dessa, vamos ajudar e ele vai ficar limpinho.

Até eu, que quero muito salvar Rafael, sei que Fernanda tem esperanças demais, mas não digo nada.

— Avisa pra ele que estamos nessa — Mila informa, como se fosse algo tão simples de resolver. — Não quero nenhum cara revoltado quando eu chegar lá na hora da crise. — Arregalo os olhos, pensando em como contar ao Rafael que minhas amigas sabem tanto sobre sua intimidade. — É isso mesmo, no primeiro sinal você me liga. Você não tem noção do que vai encontrar, mas eu tenho. E vou estar presente.

As outras duas dizem o mesmo, e eu concordo. Não há mais nada que eu possa fazer nessa situação. Vou ter que conversar com Rafael e segurar o tranco se ele ficar bravo.

— Tá bom, agora que já tratamos de assuntos sérios... — Branca diz com seu sorriso tão característico. — Fala do sexo! Puta que pariu, me dá detalhes! Preciso saber do sexo!

# 40
# RAFAEL

*Eu mudaria até o meu nome*
*Eu viveria em greve de fome*
*Desejaria todo dia a mesma mulher.*
— Barão Vermelho, "Por você"

**LEX ESTÁ NA** garagem de casa quando paro a moto. Ele abre e eu estaciono ao lado da dele e de seu carro.

— E aí, cara? Chegou em casa e tinha uma garota linda na sua cama, hein? — ele me provoca enquanto fecha o portão. — Isso que é vida.

— Sabia que você estava metido nisso.

— Não me meti em nada. Passei a noite tranquilo, de boa, depois que o seu primo finalmente parou de falar. Você é que passou a noite metido numa garota. — Rimos ao entrar na casa. — O Lucas tá empolgado. Não vejo o cara assim faz um bom tempo... — Sento no sofá, Lex vai para a cozinha e volta com duas cervejas, colocando-as na mesinha de centro e sentando de frente para mim. — Ele me falou que você quer se limpar de novo, mas vamos por partes, certo? Se cortar tudo ao mesmo tempo, sem se internar, você não vai dar conta. Quer começar por onde?

Lex é prático e me conhece há muito tempo, quando eu nem sonhava em perder meu pai. Ele tinha doze anos quando seus pais se separaram e o pai se mudou para São Paulo, ao lado da minha casa. Como a cidade dele era longe, ele vinha passar quinze dias nas férias de julho e janeiro inteiro. Para convencê-lo a vir, seu pai comprou uma bateria e uma guitarra, que ele queria muito. E foi assim que meu amor pela música começou, quando o filho do vizinho se tornou um dos meus melhores amigos.

Abro a cerveja e bebo um gole. O líquido encorpado e gelado me refresca, e me incomodo por gostar tanto. Não seria um problema se eu não tivesse chegado aonde cheguei.

— O cigarro é o mais fácil — respondo, colocando a cerveja na mesinha.

— É, da outra vez você deu conta. Tem gente que engorda. Você só precisa de sexo à vontade. Acho que essa parte tá resolvida.

— Yeap! Tô até com medo de levar essa garota no bar.

— Ah, cara. Lá vai você para o estoque de novo.

— Nah... Estoque com ela, jamais. Pensei no escritório. — Estamos rindo outra vez, mas logo retomo o assunto que me trouxe até aqui. — Baseado pode ser um problema. Era meu escape pra não pegar tanto na cocaína. Vou parar com a erva, então se prepara.

— Ārrã, é questão de dias pra tudo pegar fogo. Lá vamos nós de novo, então — ele diz e bebe um gole de cerveja, sem hesitar.

Nós dois sabemos como foi difícil da outra vez e a recaída que eu tive depois de alguns meses, após o acidente. Não sei lidar com esse tipo de perda. É sufocante e me consome. Esquecer é o caminho mais simples.

— A Viviane e o Lucas acham que vai ser fácil. Preciso que você se envolva, Lex. Se vou passar por isso, preciso de você lá.

— Vou estar lá. Essa garota é especial. Nunca te vi assim. Quando você fala dela fica mais calmo, parece moleque de novo.

Sorrio me lembrando dos olhos castanhos e brilhantes de Viviane, do jeito que ela me abraça e encosta a cabeça no meu ombro.

— É estranho... Diferente de tudo. Quando a gente se conheceu, achei que era só mais uma dessas garotas mimadas, e mesmo assim ela mexeu comigo. Rolou uma atração muito forte entre a gente. De cara, coloquei na cabeça que ela era brisa e eu furacão. Acabou que somos dois furacões colidindo. O avô cortou o dinheiro dela e fez ela escolher. Agora ela quer trabalhar.

— Ela não pode trabalhar, cara. — Sua voz fica séria de repente.

— Por que não?

— Se você vai tentar parar, ela tem que ficar com você. Lembra que tiramos férias no mesmo mês, e mesmo assim foi um inferno?

— Lembro.

— Você vai ter que adiantar as férias. Se estiver no bar no meio da crise, não vamos conseguir segurar o tranco. Você vai beber e, se beber, pode ser que a gente não consiga te segurar.

— É verdade. — Pego a cerveja e coloco de volta na mesa, sem querer dar mais nenhum gole.

— Bebe — Lex diz, firme. — Não se força. Não é assim. Seu corpo vai pedir as contas de tudo e a gente sabe como é. Não precisa se matar tentando. Você não vai ficar bêbado nem nada. Eu tô aqui. — Tomo mais um gole. — Faz assim: fala pra ela que a gente conversa sobre o emprego depois e vê algo. Por enquanto, você precisa é de uma babá. — Ele ergue a cerveja, sem nem um pingo de incômodo por dizer a verdade. Eu vou precisar mesmo de alguém comigo o tempo inteiro. — E eu vou ver suas férias direito. Não tem nem um ano que você tirou a última, mas podemos arrumar alguém provisório. Eu explico pro André — ele cita seu amigo e dono do bar. Lex namorou a irmã dele há alguns anos, e, quando tudo acabou, a amizade com o ex-cunhado se tornou ainda mais forte. — Vou dizer que você precisa desse tempo por causa do acidente. Ele vai aceitar de boa. Metade do sucesso do bar é por causa das suas performances. Da última vez tivemos uns quinze dias antes de você surtar. É o tempo que preciso pra ajeitar as coisas.

— Você se lembra de tudo.

— De cada detalhe.

— E agora ela vai presenciar tudo. — Olho para longe, sem querer pensar no que vem pela frente.

— Cara, não começa a se cobrar. Eu vi você sair, vi você entrar de novo e tô aqui pra te ver sair mais uma vez. — Ele muda de sofá, senta ao meu lado e coloca a mão no meu ombro. — Segura a onda. Ela vai aguentar.

— Como você sabe?

— Porque eu vou estar lá.

— Você não vai conseguir tirar férias dessa vez. O bar tá crescendo mais a cada dia, e adiantar as minhas já vai ser complicado.

— Não vou tirar. Dá pra fazer tudo junto.

— Não sei.

— Alguma vez eu já te deixei na mão? — Ele me dá dois tapinhas e se ajeita no sofá.

— Nunca.

— Então acabou. Bora te tirar dessa outra vez. — Lex estende a mão para mim e não recolhe enquanto não a aperto. Acordo selado.

— Você sabe que pode não ser pra sempre.

— Sei.

— E não se preocupa?

— Claro que me preocupo, Rafa. Cada vez que você tem uma recaída eu me preocupo, mas você é meu melhor amigo, cara. Quantas vezes você entrar nessa e estiver disposto a sair, eu vou ajudar a te tirar.

— Você pode proteger a Viviane?

— Do jeito que vocês estão envolvidos, não tem como proteger a menina, Rafa.

— É — passo as mãos pelos cabelos.

— Ela vai aguentar.

— Como você sabe?

— Porque eu vi como ela te olha e tô vendo como você fala dela. Se essa garota está com você é porque sente algo forte. Ela deixou a família. Tá nem aí pro que o resto do mundo pensa quando está com você. Meu, nunca te vi querendo ficar com uma garota assim. De uma hora pra outra ela mudou pra sua casa, e você tá aqui todo feliz por ter ela por perto e preocupado com o que ela vai pensar. Rafa, ela já sabe o que esperar. Pode não saber exatamente o que vai passar, mas sabe o que esperar. E ela vai ficar com você. É o que as pessoas fazem quando amam alguém — Lex fala sério, tentando me confortar.

— Ah, que jeito meigo de dizer que me ama. — A brincadeira me escapa e ele chuta de leve meu joelho.

Já estamos rindo e remarcando o ensaio de amanhã. Tenho outros planos.

# 41
# *Viviane*

> *You calm the storms*
> *And you give me rest*
> *You hold me in your hands*
> *You won't let me fall*
> *You steal my heart*
> *And you take my breath away.*
> — Lifehouse, "Everything"*

*Lucas e Rodrigo* estão jogando videogame quando Rafael e eu entramos no apartamento.

— Nem precisa estressar que logo mais vou sair — Lucas diz para Rafael.

— Vai pra onde? O Lex vai sair com uma garota hoje, não vai rolar você ficar lá. Não precisa passar as noites fora, Lucas. A gente dá um jeito aqui — Rafael explica ao trancar a porta.

— Ele vai comigo — Rodrigo se intromete. — Tio Túlio disse pra eu ir pra lá depois, que ele queria conhecer o Lucas e tal.

— Pra quê? — Rafael franze a testa e me olha. Ambos sabemos a razão: meu padrinho quer saber mais sobre ele.

— Não se preocupa, primo. Fico de boa lá hoje e amanhã tô de volta. E com protetor de ouvido, pra não escutar o que vai rolar naquele quarto.

---

\* "Você acalma as tempestades/ E me dá repouso/ Você me segura nas mãos/ E não me deixa cair/ Você rouba meu coração/ E me deixa sem fôlego."

Minhas bochechas queimam e Rafael ri.

— Tudo certo, Vi? — meu irmão me pergunta e me sento ao seu lado, colocando a cabeça em seu ombro e fazendo com que se distraia a ponto de tomar um tiro de Lucas no jogo. — Sua tonta, fez de propósito.

Dou risada. É bom ter meu irmão por perto. A parte ruim de sair de casa é não o ver com tanta frequência. Não sei o que Rafael pensa sobre isso, mas por mim Rodrigo pode passar bastante tempo por aqui. Quando levanto o olhar, vejo a expressão tranquila de Rafael e sei que ele não se importa. Nós quatro nos entrosamos muito bem. Por mais dores que cada um de nós carregue, tudo parece tranquilo quando estamos juntos. É quase como se a dor ficasse do lado de fora.

— Bom, vou fazer o jantar, porque alguém precisa comer. E eu só belisquei o dia todo — Rafael diz, lavando as mãos na pia da cozinha.

— O que vai fazer? Precisa de ajuda? — pergunto, me aproximando.

— Acho que uma lasanha rápida. O Lucas gosta e acho que ele merece um pouco de mimo. Tá dormindo em qualquer lugar só pra deixar a gente sozinho.

Estou espantada com Rafael. Cozinhar e demonstrar tanto carinho pelo primo. São tantas facetas!

Ele coloca o avental e, por um segundinho, tudo o que penso é em levá-lo para o quarto. Acho que meus pensamentos explodem em meus olhos, porque ele me lança um olhar muito safado e diz:

— Depois, gata, depois — e abre a geladeira, colocando os ingredientes na mesa.

— Quero ajudar!

— Claro que quer. — Ele abre a gaveta, pega uma faca, depois tira uma tábua do armário e a coloca na minha frente. — Já picou uma cebola antes?

Não resisto e mostro a língua para ele. A resposta é tão óbvia. Claro que não!

— Esse lance de chorar é mito, né? — Pego a cebola da mão dele e começo a descascar.

— Hum... não. — Ele ri.

— Jura?

— Juro.

Começo a picar, certa de que ele estava mentindo.

— Achei que era só para fazer cena bonitinha em filme e novela. — Meus olhos começam a arder. — Sabe, a mocinha chorar, o mocinho fazer graça e a cena parecer fofinha. — Meu Deus, como queima. Sinto as lágrimas querendo explodir. Termino de picar o mais rápido que posso e dou um passo atrás, como se a cebola pudesse me atacar a qualquer momento e terminar o serviço. — Ai... — Coço os olhos com o dorso das mãos, e Rafael já está ao meu lado com um guardanapo, secando meu rosto.

Então beija minha bochecha devagar.

— Essa cena fofinha? — ele continua enxugando meu rosto.

— É... Mas seria mais fofa se meus olhos não ardessem tanto.

— Já vai passar. — Rafael me dá um beijo na testa e puxa a cadeira. — Agora senta. Depois eu deixo você me ajudar com a louça se quiser. Dou conta de todo o resto. Me fala da saída com as suas amigas. Elas falharam, certo?

Rafael percebeu a intenção de Branca e das outras. Era tão óbvio. Falo sobre minha avó, digo que as meninas estão preocupadas comigo e hesito quando preciso contar o resto. Ele já está refogando a carne quando me lança um olhar e me vê mordendo o lábio, preocupada.

— Elas sabem sobre mim. Tudo. — Ele não está nervoso, nem sinto condenação em sua voz.

— Meus avós não, mas elas sabem.

— Relaxa, Vivi. Seu padrinho me tirou da cadeia. É natural que as pessoas comecem a querer saber mais, e é normal que você conte. Eu não saio anunciando meus problemas pra ninguém, mas tô pouco me fodendo pro que pensam. Você está bem com isso?

— Sim. — Eu me levanto e me aproximo dele. — Só quero te ajudar. Não queria que a sua casa virasse uma bagunça de gente entrando e saindo para verificar se estou bem, mas sei que isso vai acontecer às vezes.

— Vamos combinar uma coisa? Quando aparecer alguém assim de repente, como hoje, você me compensa de algum jeito.

— Eu sabia!

Ele se afasta momentaneamente do fogão, me pressiona contra a parede e me beija.

— Já tenho algo em mente pra hoje — sussurra, depois volta a assumir o posto de cozinheiro.

— O quê? — pergunto, arrepiada.

— Você vai ter que esperar até alimentarmos e dispensarmos os moleques.

A lasanha estava deliciosa. Não sei quantas surpresas ainda me aguardam vindas de Rafael. Ele me deixou ajudar com a louça. Não vou mentir e dizer que amo loucamente fazer serviços domésticos, mas gosto quando é com ele.

Assim que Rodrigo e Lucas saem, Rafael me lança um sorriso safado que me arranca um suspiro. Chega a ser contraditória a maneira como me sinto tímida e sedutora perto dele. Ele desperta meus opostos, sempre.

Estou fingindo prestar atenção na luz da lua que entra pela janela quando ele se encosta em mim por trás e desliza as mãos até minha cintura. Qualquer ansiedade ou temor que tenho sobre ele ficar chateado com minhas amigas e minha família se dissipa entre nossos lábios.

Ele sobe as mãos por baixo da minha blusa e enfia os dedos pela renda do sutiã, enquanto finca os dentes em meu pescoço.

— Estava louco pra fazer isso desde que você saiu. Hum... — Sua língua me deixa eriçada. — Deixei mesmo uma marca em você ontem. Tá bem escura — ele encosta os dedos no local.

— Você não foi o único. — Eu me viro e o beijo onde o marquei, no lado livre de tatuagem.

— Marcados... — É só um murmúrio, mas resulta em um frio na barriga intenso.

Rafael se abaixa lentamente, tocando meus seios e descendo devagar. Estou contra a parede agora, e ele levanta minha saia. Enrosca os dedos na minha calcinha e me livra dela.

— Adoro suas saias. — Ele me toca profundamente, como na noite anterior.

Sinto que posso desvanecer e cair se não tiver mais apoio. Num piscar de olhos, ele se levanta e me pega no colo.

Não chegamos até o quarto. Ele me põe no chão, tira a calça e senta no sofá, me puxando para cima dele. Nós nos provocamos o máximo que resistimos. Quando ele aparece com uma camisinha, me surpreendo e tento descobrir de onde a tirou, mas meu raciocínio se perde antes mesmo que ele possa abrir o pacote, ao senti-lo abocanhar um dos meus seios. Arqueio as costas, suas mãos me seguram, me apertam, me prendem a ele.

— Quero você agora.

Sua voz rouca é suficiente para me fazer quase derreter, mas não cedo. Hoje é minha vez de fazer Rafael esperar para estar dentro de mim.

Antes que ele possa me segurar mais forte, escapo e deslizo para o chão. De joelhos, em frente ao sofá.

— Lembra quando você disse que me queria de joelhos? Quero você do mesmo jeito. — As palavras escapam dos meus lábios e um brilho lascivo atravessa o rosto de Rafael quando ele percebe o que tenho em mente.

— Ah, porra... — ele diz baixinho quando encosto a língua na ponta de sua ereção. — Porra... Porra!

Eu o envolvo com as mãos e o provoco com a boca. Rafael deita a cabeça no sofá, contendo-se, depois volta a olhar para mim. Nossos olhares se cruzam e não interrompo a carícia. Ele geme e afunda os dedos em meus cabelos, me puxando mais para perto. Sua respiração está tão acelerada quanto meu coração. Dar prazer a Rafael é tão bom quanto sentir seu toque.

Quando penso que ele está prestes a se perder, Rafael segura meus ombros e me levanta.

— Vem cá. — Não é um pedido e não demonstro resistência. — Eu disse que queria você, mas vou mudar: preciso de você agora. Puta que pariu, vem. Senta em mim.

Obedeço. Nossos gemidos se misturam. Seus dedos me apertam, minhas unhas se cravam em sua pele. Os beijos roubam nosso ar. Mais uma vez, Rafael e eu nos entregamos sem restrições e atingimos o auge da satisfação.

Quando ele estremece e solta um palavrão, repetido três vezes baixinho em meu ouvido, eu me sinto a mulher mais feliz do mundo. Nunca pensei que algo assim pudesse ser tão sensual. Rafael é tudo o que preciso, tudo o que quero. E ninguém pode mudar isso.

# 42
# RAFAEL

*It's not always rainbows and butterflies*
*It's compromise that moves us along, yeah*
*My heart is full and my door's always open*
*You can come anytime you want.*
— Maroon 5, "She Will Be Loved"*

**APÓS A PEGAÇÃO** insana no sofá, Viviane entra no banho e estou quase entrando com ela quando o telefone toca. É minha mãe.

Conversamos durante alguns minutos, depois desligo e vou para o quarto.

Estou colocando algumas peças de roupa na mochila quando Viviane entra vestindo um babydoll branco delicado com a barra rendada. Está longe de ser o furacão que é o vermelho e muito distante do pijama felpudo também. Se bem que para mim já não faz diferença.

— Ai, caralho... — solto e ela sorri, feliz por se sentir tão desejada. — Eu devia ter tomado banho com você — digo ao dobrar uma camiseta e colocar na mochila.

— O que você está fazendo? Não vai fugir, vai? — Ela senta na cama.

— Eu não sou de fugir. — Acaricio seu rosto. — Preciso das suas roupas também. É pra um dia, mas vamos dormir lá, então pode levar um dos seus babydolls. Ou não. — Seguro a alcinha entre os dedos e meu desejo é simplesmente rasgar tudo e beijar Viviane outra vez.

---

* "Nem sempre tudo são arco-íris e borboletas/ É o compromisso que nos mantém juntos, yeah/ Meu coração está cheio e minha porta sempre aberta/ Você pode vir quando quiser."

— Aonde vamos? — A voz dela sai num sussurro. Acabamos de transar e mesmo assim, só de pensar na próxima vez, ficamos excitados de novo.

— Visitar minha mãe. Ela me ligou agora. Quer me ver e, já que não sei como vão ser os próximos dias, é melhor que seja agora.

— Ela sabe que eu vou?

— Não falei nada, mas ela vai adorar você.

Ela separa as roupas que pedi. Eu me distraio e observo a guitarra pendurada na parede.

— Você acha que nunca mais vai tocar? — Viviane pergunta, me tirando do devaneio.

— Não sei. Não me vejo tocando. Às vezes pego o violão e sempre toco bateria, mas, quando penso em pegar a guitarra, lembro do meu pai e simplesmente não consigo. Tem uma coisa que não te contei. A Priscila, minha irmã, queria que eu tocasse guitarra no aniversário de dezoito anos dela. Pedia todos os anos. Eu sempre respondia que não, mas agora estava pensando que ela nunca vai completar dezoito anos. Eu devia ter tocado pra ela.

Acomodo as roupas dela, fecho a mochila e me deixo cair na cama. Ela deita ao meu lado e se aconchega a mim.

— Não se culpe por isso também, Rafa. — Sua mão acaricia meu peito.

— Não é culpa, é só tristeza. Talvez seja melhor nunca mais tocar essa guitarra. Talvez o certo seja isso mesmo.

— Às vezes não. Pode ser que um dia você sinta vontade de tocar. Pense em, sei lá, deixar tudo para trás e viver. Pode ser como um caminho de transição.

— É, vai saber. Não sei se um dia vou conseguir deixar tudo para trás e focar só no futuro, mas é uma boa hipótese. — Eu me viro e a acomodo sobre o travesseiro. — Ou eu poderia esquecer o futuro e ficar aqui, só beijando você.

E, por uns minutos, realmente esqueço de tudo. Eu a beijo como se fosse o bastante para me salvar. E talvez seja.

— Vou tomar banho e já volto, gata. Tá tarde e amanhã vamos sair cedo. Vou pedir o carro do Lex emprestado. É uma viagem longa pra te levar de moto. — Eu a cubro, depois me levanto e a deixo ali, confortavelmente olhando para a guitarra. Não posso imaginar o que mais se passa em sua mente.

A viagem é tranquila. Viviane fala bastante para tentar não dormir. Toda vez que ficamos em silêncio, seus olhos parecem pesados. Digo que pode cochilar um pouco, mas ela se nega e continuamos conversando.

O celular dela toca. Ela olha e não atende. Não digo nada, mas, quando acontece pela terceira vez, não aguento:

— Não vai atender?
— Não.
— Por quê?
— É o César.
— Hum... Quer que eu atenda?
— Eu sei me cuidar, Rafa.
— Ele tem ligado sempre?
— Tá com ciúme?
— Não. Só seria bom se ele parasse.
— Ownnn! Tá com ciúme. Que fofo, Rafa! Nunca pensei.
— Não é ciúme.
— E o que é?
— Instinto protetor aguçado por um ex-namorado filho da puta que não larga do pé da minha garota.
— Na última vez que atendi, eu disse pra ele que não existe chance de a gente voltar. Antes mesmo de ir pra sua casa, no dia que a minha mãe foi internada.
— Você disse, então...
— Ãrrã. E disse também que eu estava completamente apaixonada por outro cara.
— Que cara? — entro no jogo dela.

— Um barman sexy e tatuado, que ainda por cima é músico e me toca como ninguém.

— Foda esse cara, hein?

— Arrã... — Ela desliza a mão pela minha coxa, se aproximando cada vez mais do meu pau. Puta que pariu!

— E esse cara aí não se importa que você fique passando a mão em mim assim?

— Idiota! — ela ri, mas continua com a carícia que está me matando.

— Caralho, vou bater a porra do carro! — Ela tira a mão, assustada, e eu a seguro. — Não, não para. Pelo amor de Deus, não para.

Viviane me dá um beijo no rosto e inspira meu perfume, depois se afasta outra vez, mas não para muito longe, pois sua mão continua ali, tentando me enlouquecer.

Minha mãe abre a porta de casa e seus olhos se arregalam ao me ver de mãos dadas com Viviane. Eu nunca tinha trazido uma garota para conhecê-la. E nunca tive a intenção de fazer isso.

— Filho — minha mãe me abraça e Viviane solta minha mão, dando total liberdade a ela —, que saudade! Você está bem? — Então olha atentamente para Viviane, esperando uma apresentação.

— Oi, mãe. Senti saudade também. Estou bem. Estamos bem. — Troco um olhar com Vivi. — Vivi, essa é a dona Rosalia, minha mãe. E, mãe, essa é a Viviane, minha namorada.

Viviane prende o ar e aperta mais forte minha mão. Seus olhos brilham e sorrio para ela. Tem tanta coisa que ela me diz em silêncio. É quase como se minha mãe não estivesse por perto.

— Ah, minha querida! — ela abraça Viviane bem forte e diz para a gente entrar. — Nós já nos conhecemos? Tenho a sensação de já ter visto você.

É instantâneo. Acho que as palavras "minha namorada", que me escaparam com tanta naturalidade, funcionaram como mágica, e minha mãe também se apaixonou por ela.

Conforme entramos na sala, dou um passo para trás. As fotos de meu pai e de Priscila estão expostas na estante, e ver os dois me dói. Viviane percebe, volta e me pega. O que não passa despercebido por minha mãe.

A mesa para o almoço está posta, e eu sei que minha mãe fez costela assada, porque é meu prato preferido. O aroma invade a casa inteira.

— Por que você não coloca a mochila lá no quarto, filho?

Deixo as duas sozinhas e entro no quarto que era da minha irmã. Tive uma crise de choro na última vez em que estive aqui. Agora tudo está diferente no cômodo, todo o cor-de-rosa se foi. Sei que minha mãe fez isso por mim e não sei o que pensar. Não era minha intenção obrigá-la a se desfazer de tudo.

Volto para a cozinha devagar e ouço minha mãe perguntar a Viviane:

— Vocês se conhecem há muito tempo?

— A gente se conheceu esse ano — Vivi foge da data.

— E já são namorados? Você deve ser realmente especial. Esperei a vida inteira para ver o Rafael olhar para alguém como olha para você.

Por quanto tempo minha mãe nos viu juntos? Dois minutos? Sei que eu deveria entrar na cozinha, mas não resisto e fico escutando um pouco mais.

— E seus pais? O Rafael já conheceu?

É minha deixa. Entro na cozinha.

— Mãe, sem interrogatórios, por favor.

— Não perguntei nada de mais. Só quero saber mais sobre a Viviane. Tem algum problema?

Viviane balança a cabeça negativamente, lhe dando o pior incentivo que poderia dar.

— Aos poucos você vai descobrir tudo o que quiser, mãe.

— Ótimo. Agora vamos comer?

E, pela primeira vez em muito tempo, almoço com minha mãe, conversando sobre diversos assuntos, sem que meu peito arda e eu queira sair correndo. Com Viviane ao meu lado, finalmente pareço estar aceitando o que a vida me impôs.

O dia foi ótimo. Minha mãe continuou com suas perguntas, que evitamos como pudemos. Até que à noite, após o jantar, quando me encontrou no sofá da sala tentando beijar Viviane e nos ouviu rindo, ela resolveu que era hora de recomeçar.

— Você tem irmãos?
— Um só, o Rodrigo.
— Quantos anos você tem?
— Vou fazer dezenove no sábado.
— Uma idade linda. — Seu suspiro sai tremido. Talvez pense em Priscila. — E seus pais?

De novo, a pergunta da qual é impossível fugir por mais tempo.

— Meu pai faleceu no começo do ano — Viviane diz o que minha mãe descobriria mais cedo ou mais tarde.

— No começo do ano... — minha mãe repete, considerando, e troca um olhar comigo. — Espere... Eu conheço você.

Ah, droga. Por que não pensei nisso? Se eu cruzei com Viviane no dia em que perdemos quem amávamos, minha mãe também pode tê-la visto.

— Eu nunca poderia esquecer, porque... o casaco... — A mesma sensação que eu tive ao ver Viviane pela primeira vez. Ela me fez pensar em Priscila. — Você estava tão triste, com um olhar tão distante...

— Meu pai morreu no dia 2 de janeiro, depois de dez meses lutando contra um câncer de pulmão — Viviane esclarece e eu a puxo para mim, beijando-lhe a testa.

Minha mãe nos observa. Ela não chora ou se entristece, ao contrário do que eu pensava que faria. Apenas sorri. Não é uma felicidade plena, mas é como se reconhecesse o óbvio.

— Vocês se confortam. Deus age por caminhos misteriosos. — Ela assente e senta perto de nós no sofá, sua mão cobrindo as nossas. — Ela é um presente para você, filho. Depois de tudo, ela chegou. O mesmo vale para você, Vivi. É quase como se vocês estivessem destinados a ficar juntos. Um plano de Deus. Não sei se você percebe, meu anjo — ela faz carinho em meus cabelos —, mas com ela você se ilumina.

Minha mãe se levanta, beija cada um de nós e vai para o quarto, dizendo que nos vê pela manhã.

Guio Viviane pela mão até o quarto. Nós nos trocamos em silêncio. Depois nos deitamos, ela se aconchega a mim e eu a envolvo com o braço. É tão natural.

— Você está bem? — ela pergunta baixinho.

— Sim. E você?

— Também.

— Que bom.

Viviane levanta o queixo e nos beijamos com carinho. É um conforto mútuo, já que ambos mentimos sobre estar bem. Estamos feridos e a saudade de quem se foi bate forte.

Ela acompanha com o dedo o desenho da minha tatuagem e mexo em seus cabelos. Nada tem conotação sexual. Hoje, só precisamos ter o outro ao lado. Apenas isso.

# 43
# *Viviane*

> *Hold up!*
> *Hold on!*
> *Don't be scared*
> *You'll never change what's been and gone.*
> — Oasis, "Stop Crying Your Heart Out"\*

*A semana passa* rápido. Rafael me explica por que não posso trabalhar no bar, nem em nenhum outro lugar, por enquanto. Eu cedo, é claro. Não quero constrangê-lo ainda mais.

Vou com ele até o bar em dois dias, mas não quero dar a impressão de que preciso estar sempre por perto, então, nos outros dias, fico em casa ou saio com Mila, que está perdidamente apaixonada por meu irmão, mas ele nem olha para ela.

Rodrigo está numa fase ainda pior do que antes. Garotas entram e saem, e ponto-final. Ele não vai se apegar agora. Por mais que goste da Mila, nem percebe o que ela sente. Já Lucas... Eu o pego olhando para ela às vezes, mas ela não nota. O que acontece com eles? Seria tão mais fácil se os sentimentos fossem recíprocos, e não essa ciranda interminável.

Também invento de querer fazer coisas para Rafael. Queimo o arroz duas vezes por distração, mas finalmente dá certo, e o bife à parmegiana fica bom, mas um pouquinho salgado. Ele ri. Adoro o brilho de orgu-

---
\* "Aguente firme!/ Continue!/ Não se assuste/ Você nunca vai mudar o que já foi e passou."

lho que surge em seus olhos ao me ver tentando viver uma vida tão diferente da que eu costumava ter.

Meu avô continua sem falar comigo e tio Túlio me liga todos os dias, assim como minha avó. Tia Monique, mãe do Bernardo e da Branca, tem me telefonado bastante também. Todos parecem com medo, à espera de que algo dê errado. Não falo com Bernardo desde que vim para cá e estranho ele não ter me ligado mais. Acho que ele espera o meu contato, mas não quero brigar, então me mantenho distante. Não sei se ele aceitaria Rafael.

Fernanda ainda não contou ao meu avô que está grávida e pretende se casar em breve. Ela disse que está esperando o momento certo.

Por enquanto nada de crise de abstinência, mas a cada dia que passa sei que estamos mais perto e me apavoro mais. Preciso ser capaz de dar conta disso.

— Preparada? — Rafael me pergunta, sem imaginar o que estou pensando. Ele se refere a visitar minha mãe.

O horário de visita começa às treze horas. Hoje faz uma semana que ela foi internada e também é meu aniversário. Tudo o que desejo é ver minha mãe bem e que Rafael passe pela desintoxicação sem muito sofrimento. Desconfio que vovô tenha dado um jeitinho de mudar o dia de visita, que seria apenas daqui a três dias, por minha causa, mas, como ele está bravo comigo, nunca vai confessar.

— Acho que sim.

— Seu irmão já está lá embaixo com o carro. Vamos? — Ele me abraça e afundo em seu peito, sem querer sair dali. — Vai ficar tudo bem, Vivi. Vou estar por perto.

— Tem certeza que não vai te atrapalhar com o trabalho?

— Tenho. Dá tempo de ir e voltar até meu turno começar.

Saímos. Lucas nos acompanha e fico grata por isso. Ele vai no banco do passageiro, enquanto Rodrigo dirige e me aconchego a Rafael atrás, torcendo para que minha mãe esteja pelo menos um pouquinho melhor.

Chegamos. Eu me apoio em Rafael para descer do carro e o pior acontece: damos de cara com vovô. Vovó, Fernanda e Augusto, namorado e pai do bebê secreto da minha prima, estão com ele.

Entrelaço os dedos aos de Rafael e meu avô nos encara. Depois simplesmente se vira e nos ignora. Meu peito se aperta e sinto como se o ar fosse levado para longe. Toda essa situação é horrível, e ser ignorada por alguém que amo tanto é a gota-d'água. Quando me dou conta, estou tentando enxugar as lágrimas sem que ninguém perceba.

— Mas que porra... — Rafael murmura baixinho ao olhar para mim e me solta, caminhando decidido na direção do meu avô. — O que você pensa que tá fazendo?

Estou parada, com meu irmão ao lado, ambos sem reação e boquiabertos. Nunca em toda nossa vida vimos alguém confrontar vovô assim.

Meu avô para, olha Rafael de cima a baixo e o desprezo dói em mim. Vou rápido até eles e paro ao lado.

— Fernando, por favor... — minha avó pede baixinho quando nos alcança. Ela me dá um beijo, sem saber como se aproximar de Rafael, que enfrenta meu avô com olhos assassinos.

— O que esse moleque quer comigo? — ele pergunta ao meu irmão, que balança a cabeça e aperta a testa. Meu avô continua fingindo que eu não existo.

— Quem você pensa que é pra tratar a Viviane assim? — Rafael questiona. — Será que é tão cego que não vê como está ferindo a sua neta?

— Rafa, deixa pra lá... — peço, segurando seu braço, mas ele não se move.

Meu avô bate os olhos em minhas mãos e nas tatuagens de Rafael. O preconceito grita.

— Ninguém vai te tratar assim, Vivi. Não se eu puder evitar. — Sua voz se torna doce apenas para mim, depois endurece novamente quando se volta para o meu avô. — Você perde tanto tempo me odiando por eu ser diferente do que você esperava para a sua neta, mas não vê que a machuca mais do que qualquer um. As pessoas se vão com muita facilidade. Você devia saber como a vida é frágil. Devia dar valor às pessoas enquanto elas estão aqui

Minha avó deixa escapar um murmúrio e vejo seus olhos lacrimejarem.

— Quem você pensa que é? — meu avô aponta o dedo para Rafael.

— Ele é meu namorado! — respondo por ele.

— O quê?! Como se atreve a assumir isso? — Vovô está pálido, chego a pensar que vai desmaiar, mas ele logo fica muito vermelho. — Você me envergonha, Viviane.

— Olha como fala com ela! — Rafael não consegue mais se conter.

Os dois se enfrentam. O pessoal da clínica se aproxima, e provavelmente vamos ser repreendidos. Quando não sei mais o que fazer, minha prima dá um passo à frente.

— Ah, seja o que Deus quiser. Estou grávida! — Fernanda grita, chamando a atenção de todos.

Augusto imediatamente a ampara e meu avô fica sem palavras. Olha para todos nós sem reação. Pelo sorriso de minha avó, ela já sabia.

— Mas como? — vovô finalmente diz.

— Ora, Fernando, me poupe. Você não quer realmente saber como a Fernanda engravidou, não é? — Minha avó segura o braço dele e o massageia sem parar. É incrível ver como ele cede ao controle dela. — Agora chega. Todos vocês. Vamos entrar e ver como a Alice está. Afinal estamos todos aqui para vê-la bem, não é?

Vovô concorda e começa a caminhar, depois de dizer para Fernanda:

— Conversamos sobre isso mais tarde, mocinha.

Fernanda assente, despreocupada. A mãe dela já sabe e Augusto está com ela, que pouco se importa com os chiliques do vovô.

Vovô vai caminhando com ele, mas se vira para trás e sorri para Rafael, que, confuso, retribui o sorriso, sem entender direito se o merece ou não. Sei o que isso significa. Minha avó está feliz por ele ter ficado do meu lado, mesmo contra meu avô. Ela percebeu o que Rafael sente por mim e aprova.

À porta do salão de visitas, Rafael se despede de mim.

— Queria muito ir junto, mas é melhor você ir sozinha. Quando sua mãe tiver alta você me apresenta, tá?

Dou um beijo em seu rosto e o deixo com Lucas.

Rodrigo surge ao meu lado, assumindo o lugar vago e me oferecendo o braço, que aceito com prazer. Sinto sua ansiedade, e sei exatamente o que ele sente.

Minha mãe está sentada numa poltrona branca no canto do salão, com um livro na mão. Estamos tão tensos que permitimos que as outras pessoas se aproximem primeiro, mas somos surpreendidos quando ela se levanta e move a cabeça, claramente procurando por nós

Minha mãe toca o peito quando nos vê e, como crianças, corremos para ela. O abraço apertado é de longe tudo o que mais queremos. É como senti-la viva pela primeira vez após a morte do meu pai.

— Vocês estão bem? — ela pergunta ao dar um beijo em cada um. Depois olha com atenção para trás de mim e se senta, parecendo cansada. Acho que é muito para a primeira visita.

Eu me sento no sofá ao lado, bem perto dela, assim como Rodrigo.

— Como você está, mãe? — pergunto, inquieta.

— Estou melhorando. — Sua voz é suave, muito triste ainda, mas já não soa irreconhecível. — Quero saber de vocês.

Cruzo o olhar com meu avô e o vejo limpando as lágrimas disfarçadamente com um lenço. Quero muito abraçá-lo, porque sei que seu coração é grande por trás daquela fachada, mas me seguro. Minha mãe olha de mim para o meu avô, captando que há algo errado, e aperta os olhos, pensativa. Esse simples gesto me deixa tão feliz que sorrio. Ela está voltando. Pode demorar mais alguns dias, mas minha mãe está voltando para nós.

# 44
# RAFAEL

*Meu bem me deixa sempre muito à vontade*
*Ela me diz que é muito bom ter liberdade*
*Que não há mal nenhum em ter outra amizade*
*E que brigar por isso é muita crueldade*
*Mas eu me mordo de ciúme.*
— Ultraje a Rigor, "Ciúme"

**NO FIM, VIVIANE** sai da clínica muito feliz. A mãe ainda tem um caminho longo pela frente, mas vê-la bem melhor do que quando entrou deixa Vivi cheia de esperança. Sua alegria me contagia.

A avó se aproxima de mim rapidamente, me dá um beijo no rosto e diz:

— Cuide dela. — Depois se afasta, sem me dar chance de falar nada.

O avô segue com o gelo. Levo Viviane para o carro e acaricio seus cabelos em todo o trajeto. Quero que ela fique bem.

Paramos em casa. Eu a deixo lá, para que possa tomar banho e se preparar para mais tarde, e vou de moto para o trabalho. Ela ainda não sabe, mas chamei suas amigas para irem ao bar e encomendei um bolo, sem ter certeza se ela estaria no clima para comemoração. Com a mãe bem, ela vai estar.

Durante todos esses dias, Rodrigo e Lucas têm ficado comigo no bar. Sei que Lex também me vigia, mas é mais discreto.

Há uma hora estamos apenas eu e Lucas, porque Rodrigo foi buscar irmã. Estou preparando uma caipirinha de saquê quando a vejo entrar. Engulo em seco. Puta que pariu! Ela está usando um vestido pink curto, com uma jaqueta de couro preta por cima e um coturno que vai quase até os joelhos.

— Quero ver escapar do estoque... — Lex passa e me provoca. Realmente, quero ver como vou me segurar para não agarrar essa mulher até o fim da noite.

Quando ela vê as amigas, quase chora de felicidade. Estou de longe, apreciando cada uma de suas reações, extasiado. Até Clara veio, a amiga que eu não conhecia e que é casada com o primo do ex-namorado da Vivi.

Viviane se afasta das amigas e vem até mim. Tenho um presente para ela. Aperto o bolso e sinto a caixinha. Meu coração dispara em expectativa.

— Lex, vou ali no escritório.

— Ah, Rafa!

— Relaxa, volto rapidinho. Só quero dar um beijo nela. Por favor, cara. Só um beijo.

— Vai, vai — Lex responde, rindo.

Cruzo com Andressa quando saio do balcão, mas nem paro. Pego Viviane pela mão e ando o mais rápido que posso até o escritório, trancando a porta atrás de nós.

Antes que eu consiga falar, Viviane me empurra contra a parede e me beija. Porra! Porra! Porra! Como vou conseguir manter minha palavra de que seria só um beijo?

Minha mão já está procurando a barra do vestido, sem controle. Puta que pariu! O que me segura é que ela pressiona o corpo contra mim e esbarra na caixinha.

Viviane se afasta só um pouco, encosto a testa na dela e digo:

— Feliz aniversário, gata. Posso saber por que sou eu que tô ganhando o presente? — Passo a mão em sua bunda. — Não que eu me importe.

— Gostou da roupa? — ela gira, me provocando.

— Se gostei? Vou ficar com dor nas bolas até a gente chegar em casa. — *Em casa*. É tão natural pensar na minha casa como também dela. — Tenho um presente pra você.

— Sério? — Seus olhos brilham. — O que você fez hoje, e tudo o que tem feito, já são presentes lindos.

— Pode até ser, mas esse é melhor.

Pego a caixinha preta de veludo e entrego a Viviane. Ela abre devagar e suspira, sorrindo.

— Ah, meu Deus! Um anel de Claddagh! É um anel de Claddagh! — ela dá pulinhos, explodindo de felicidade. Meu coração se dissolve no peito. — Como você sabia?

— Sua prima me ajudou.

O anel de Claddagh é composto por um coração com uma coroa e duas mãos que o seguram. E é o anel de prata que Angel deu a Buffy na série *Buffy, a caça-vampiros*, que Vivi adora. O significado da coroa é lealdade, das mãos, amizade, e o coração é o óbvio: amor.

— Eu amei, Rafa. De verdade, amei muito. O melhor presente que já ganhei.

Enxugo uma lágrima em seu rosto e a beijo outra vez.

— Posso colocar em você?

— Pode.

Pego o anel e deslizo no dedo anelar da mão direita, com a ponta do coração direcionada para o punho.

— Isso significa que você é comprometida. — Toco sua mão com os lábios.

— Você sabe até o que o anel significa?

— Sei. Sempre vou querer saber mais sobre as coisas que você gosta.

Viviane olha a própria mão, admirando o anel, sorridente.

— Obrigada.

— Não precisa agradecer. Ou melhor, me agradeça mais tarde, em casa — digo, abrindo a porta. — Infelizmente preciso voltar para o bar.

— Ah, só um minutinho. — Ela fecha a porta correndo e me beija outra vez.

Uma hora depois, Viviane se aproxima do bar novamente.

— Não precisa ficar aqui. Vai lá com as suas amigas — digo, querendo que ela se divirta.

— Já vou. Só passei um pouquinho para ver como você estava.

— Ainda querendo você — provoco, colocando duas garrafas de Smirnoff Ice sobre o balcão para o garçom.

Ela morde o lábio inferior sem deixar de me olhar. Um cara alto e loiro se aproxima da mesa em que as amigas estão sentadas, e Branca aponta para o bar. Ele caminha decidido. Um pressentimento me incomoda. O tal cara está olhando para as costas de Viviane.

O garçom me pede mais duas cervejas e me viro para abrir a geladeira, no mesmo momento em que Viviane dá um gritinho. Olho para ela e o filho da puta está com as mãos em volta de sua cintura, tirando-a completamente do chão.

— Bernardo!

Então esse é o Bernardo. Ótimo.

— Vivi! — Ele dá um beijo estalado nela, que continua longe do chão. Puta que pariu! Se controla, Rafael. Se controla! Se controla!

Nunca na vida senti tanto ciúme.

— O que você está fazendo aqui? — ela pergunta quando ele finalmente a põe no chão.

Sem dar a mínima para mim, o puto coloca a mão no rosto dela, ajeita seu cabelo e diz:

— O quê, você não sabe? Sou oficialmente o plano B.

Que *porra* é essa de plano B?

# 45
# *Viviane*

*Everything inside me looks like everything I hate*
*You are the hope I have for change*
*You are the only chance I'll take*
*When I'm on fire when you're near me*
*I'm on fire when you speak.*
— Switchfoot, "On Fire"*

**Mal posso acreditar** que Bernardo está aqui e muito menos que ele é o plano B a que meu avô se referiu quando soube do Rafael.

A menção a isso me faz dar um passo atrás. Eu me choco com a banqueta e me viro para Rafael, cuja expressão fechada me diz tudo o que preciso saber. Ele não gostou nada dessa situação, isso porque nem sabe o que a presença de Bernardo realmente significa.

— Cara! — Rodrigo surge do nada e abraça Bernardo, dando-lhe tapas nas costas. — O que você tá fazendo aqui?

Se nem meu irmão sabia que ele estaria aqui hoje, é porque tem muito mais coisa por trás disso. E basta um olhar para Branca para saber que ela tem algo a ver com isso. Ela me lança um sorriso sem jeito, querendo dizer que não tem culpa e que só quer o meu bem e o de seu irmão. É irônico, porque o bem de Bernardo envolve a Clara, que está sentada ao lado dela — e que por sinal é casada.

---

* "Tudo dentro de mim parece com tudo o que odeio/ Você é a esperança que tenho para mudar/ Você é o único risco que vou correr/ Fico em chamas quando você está perto de mim/ Fico em chamas quando você fala."

Bernardo segue meu olhar e abaixa a cabeça. Certamente é um alívio — quer dizer, é horrível saber que ele ainda tem sentimentos por alguém com quem não pode ficar, mas pelo menos ele não transferiu isso para mim quando a gente ficou. Só nos machucaríamos mais.

Entro devagar na área do bar. Rafael está enxugando as mãos sem desviar o olhar do meu amigo. Lex sai da cozinha com o celular na mão e caminha para o bar, percebendo que algo não está bem.

— Rafa, acabei de falar com o André. Considere-se de férias a partir de amanhã. Já tá tudo certo.

Rafael assente e Lex toca meu ombro, esperando que eu saiba o que está acontecendo.

— Bernardo, esse é o Rafael, meu namorado — começo as apresentações que estão implorando para acontecer, antes que as faíscas causem um incêndio e o álcool intensifique tudo.

Lex cruza os braços, compreendendo. Apresento Bernardo como filho do meu padrinho e um grande amigo, o que ele é mesmo. Bernardo estende a mão para Rafael, que aceita, e o aperto é firme.

Não sei o que fazer. Rafael está muito irritado, fora do normal. Ah, meu Deus... Venho me preparando para isso, mas não é possível que a crise de abstinência vá começar bem agora. Li dois livros sobre isso que mencionam irritabilidade excessiva. Mas ele é tão confiante, não é natural que se sinta apreensivo com meu amigo.

Rodrigo nos tira do momento de tensão levando Bernardo para longe, para apresentá-lo a Lucas. Lex se afasta devagar e eu coloco a mão no punho de Rafael, posicionando meus dedos de modo que possa sentir sua pulsação acelerada. Meu pavor deve ter transparecido, porque Lex volta rápido.

— Leva o Rafa pro escritório agora, Vivi.

— Não vou a lugar nenhum. Tenho uma apresentação pra fazer, porra! — Rafael se nega a se mexer.

— Vai com ela ou vai comigo! — Lex o encara, sem dar chance de recusa. — Fica lá pelo tempo que precisar. Se conseguir, volta pra performance. Se não conseguir, tá dispensado. Vá pra casa.

— Não vou pra casa. Se é meu último dia, vou fazer direito.

— Tá bom, mas só depois que se acalmar. Se conseguir se acalmar. — Lex coloca a mão no ombro de Rafa, tentando confortá-lo, depois se vira para mim. — E você me chama se não der conta. Não tem que bancar a heroína, tá?

Estou segurando Rafael pela mão e me viro para olhar para trás. Felizmente Rafa não vê Bernardo estreitando os olhos e querendo se aproximar, mas sendo barrado por Rodrigo. As meninas se preocupam também e Branca se levanta. Em dois segundos, Lex está conversando com ela, e me tranco com Rafael no escritório o mais rápido possível.

Eu me encosto na porta, enquanto ele anda de um lado para o outro com os punhos fechados, como se segurasse um impulso gigantesco dentro de si. Não me mexo. Quero que ele se acalme primeiro.

— Esse cara... Por que ele tá aqui justo hoje? E que porra é essa de plano B? — ele pergunta, revoltado.

Por mais que eu fique tentada a mentir, Rafael percebe que não é só uma visitinha. Bernardo não deveria ter dito nada, mas quem o conhece sabe que, por trás do bom garoto, existe um provocador nato.

— Ele é um amigo, Rafa. Como as meninas, mas é homem, e por isso meu avô o chamou — explico baixinho enquanto ele apoia as mãos na mesa, de costas para mim. — Não sei exatamente o que o vovô espera. Mas o fato de Bernardo estar aqui não muda o que eu sinto por você.

— Pode não mudar, mas talvez seja melhor você ir embora e acabar logo com isso. — Seu tom grave me choca, mas não me mexo.

— O quê? Você está louco? Não vou a lugar nenhum.

— Viviane, a coisa está prestes a ficar muito feia. — Ele se vira rápido e começa a mexer nos bolsos. — Preciso fumar.

— Não, você não vai fumar. — Paro na frente dele, com a esperança de que se acalme, pois sei que, se ele quiser algo de verdade, não tenho como impedir. Ele passa as mãos nos cabelos e me olha, desesperado.

— Você precisa é se acalmar. É você que eu quero, Rafa. Pouco me importa o que as pessoas dizem. É com você que eu vou ficar. Não precisa ficar tão nervoso.

— Claro que preciso!

— Por quê? — pergunto, querendo que ele tente raciocinar.

— Porque eu te amo, porra! Não era assim que eu pretendia dizer. — Ele dá um murro na parede, enquanto meu coração dispara. — Queria fazer tudo certinho, cozinhar pra você, fazer carinho, amor... Eu encomendei flores, caralho! Queria ser o cara certo, mas não sou o cara que faz tudo perfeito. Esse seu amigo é. Faço tudo errado e até tinha orgulho disso antes de você chegar. Agora tô perdido. Nunca tive tanto medo de perder alguém. Puta que pariu, como tenho medo de perder você! Cara perfeito que vai te dar o mundo que você merece — ele aponta para a porta, mostrando que Bernardo está lá fora. — Filho da puta miserável que nunca amou ninguém como te ama, mas que vai te machucar mais cedo ou mais tarde — aponta para si mesmo. — Talvez mais cedo...

Rafael está a um metro de mim. Seus olhos estão dominados pela dor do que vive e do que espera viver se eu for embora. Caminho até ele e apoio as mãos em seu peito. Nós nos entreolhamos. Sorrio devagar, sentindo que poderia amar Rafael mesmo que estivéssemos à beira do precipício sem condições de nos salvar.

— Nunca foi uma escolha. Você não tem rivais. O Bernardo não é perfeito e nem me quer desse jeito, e mesmo que quisesse... Quer saber? Se fosse uma escolha, eu escolheria o filho da puta miserável — eu o surpreendo, e ele arregala os olhos pelo palavrão. — Eu te amo, porra.

Não sei se são minhas palavras, meu toque ou os palavrões que o fazem se acalmar aos poucos. Ainda sinto seu coração disparado sob meus dedos, mas a raiva está se dissipando. O menino perdido dentro de Rafael surge em sua expressão travessa.

— Ótimo, você me faz querer ser o cara bom e eu te faço falar palavrão. — Ele ri baixinho, descendo a mão pela minha cintura. — Repete, vai... — Seus lábios estão em meu pescoço.

— O quê? Que eu te amo ou porra? — Eu me sinto um pouco sem jeito. Não por amar Rafael. Posso amá-lo para sempre.

— Ah, caralho... Os dois... Você me mata, Vivi, me mata, mas é tão bom que eu passaria a vida inteira morrendo por você. — Seus olhos

azuis se perdem nos meus. Rafael está concentrado apenas em mim. Eu me tornei uma boia que o tira da correnteza forte e inesperada do mar e o coloca em segurança na areia. É uma grande responsabilidade, e é nisso que me foco. Quero que ele fique bem, preciso que ele fique bem.
— Eu te amo, linda. Tanto que não sei explicar — ele acaricia meu rosto com o dorso da mão.

— Eu te amo, Rafa. Amo cada particularidade sua. Amo que você não seja perfeito. Amo que lute para ser um cara melhor, mesmo que isso possa e vá te machucar. E amo que esteja tão confuso e perdido quanto eu nesse amor. É um sentimento tão forte que chega a sufocar, mas encontro em você o ar que preciso para respirar.

Ele segura minha nuca, me puxa para ele e me beija violentamente. Nunca sentimos essa urgência antes. O medo de que algo possa nos separar é sufocante. Não pretendo ir embora e preciso que ele se convença disso.

— Então... Cadê nosso ar? — Rafael pergunta, ofegante.

Seguro sua mão e a levo até meu peito.

— Aqui.

— Você é perfeita. Eu te amo tanto... E nem preciso pedir pra colocar a mão no seu peito. — O idiota faz piada e rimos abraçados.

— Você acha que consegue sair daqui e terminar sua noite de trabalho ou é melhor irmos pra casa?

Sua respiração se intensifica, e ele responde:

— Posso ficar. A apresentação de hoje vai me render um bom extra. Vamos precisar depois. Eu tô bem. Não sei por quanto tempo, mas dá pra aguentar mais um pouco. — Sei a que ele se refere e o abraço forte.

— O Bernardo vai falar comigo — digo o que me aflige. Por mais que eu ame Rafael, não posso esquecer minha vida de antes. Bernardo é meu amigo e não quero simplesmente parar de conversar com ele.

— É natural. Eu tô bem. Me pegaram de surpresa e hoje é um dia complicado, mas eu entendo. Relaxa. Sou eu que você ama, porra.

Rafael volta para o bar e sento com minhas amigas e, claro, com Bernardo. Ele arrasta a cadeira para perto de mim e sorri. Sei que ele é a última pessoa que me machucaria e que, se está no Brasil, é por se preocupar comigo.

— Senti sua falta. — Estamos na ponta da mesa. As meninas conversam e ele diz baixo, só para mim: — Ainda mais na última semana. A gente se falava todos os dias e de repente você sumiu.

— Também senti sua falta. Desculpa por sumir. Meu vô me fez escolher, e depois tudo aconteceu muito rápido. Não queria ter que brigar com mais alguém.

— Eu sei. Desculpa por não ter vindo quando seu pai morreu e agora por provocar o cara. Foi mal — ele balança a cabeça, arrependido.

— Foi sim. Você sabe o que ele está passando?

— A Branca me contou. O que eu fiz podia ter te machucado, fui inconsequente.

— Você tem dezoito anos, Bê. Ser inconsequente faz parte.

— E você acabou de fazer dezenove, então não aja como se tivesse trinta — ele me provoca e damos risada.

— Você tinha dezesseis e já agia como se tivesse trinta. Nem vem querer falar nada.

Às vezes Rafael olha para nós e sorrio para ele, que corresponde. Espero que esteja bem de verdade.

— Eu amo o Rafael. — Ele é o primeiro dos meus amigos para quem assumo isso com todas as letras.

— Ah, eu sei. Eu sabia que isso ia acontecer quando você começou a me contar sobre ele. Amor é assim. A gente não escolhe. — Seus olhos passeiam sobre a mesa e param em Clara, que conversa animadamente com as outras meninas.

— O que meu avô espera que você faça?

Estamos bem próximos, mas não nos tocamos. Apesar disso, Bernardo está plenamente focado em mim. Com ele é assim, a outra pessoa recebe toda sua atenção. Não importa quem seja, se forem amigos, é assim que acontece.

— Ele quer que eu te salve. Só não sei se você precisa ser salva. Não, né? — Ele levanta as mãos, se rendendo. — Sou o plano B. Como você não acatou os conselhos do seu avô, ele espera que eu resolva. O problema do plano B é que, quando o assunto é o coração, o plano A é o único possível. Seu avô acha que nós dois podemos nos apaixonar, mas tanto eu quanto você sabemos que não é assim que as coisas funcionam. — Há tristeza nele e também um pouco de apreensão. — Mesmo assim, como amigos, quero te levar comigo quando eu voltar pra Londres na semana que vem, Vi. Você e o Rô. Sei que vocês querem ficar, mas estou preocupado. Aquele cara tá perto de uma crise e não quero que você se afunde nisso. Sua mãe pode ir também quando sair da clínica. Meu tio insiste que todos vocês são bem-vindos.

— Não posso. Ele precisa de mim.

— Mas você poderia ir e voltar se ele realmente se recuperar. Se for pra ser, vai ser. Não é isso o que você sempre me diz?

É. Repito essas palavras para Bernardo há mais de dois anos. "Se for para ser, vai ser." E o espertinho usa isso contra mim.

— Não no meu caso. Ele precisa de mim para se recuperar, Bê. Não posso deixar o Rafa agora. Se você pudesse resgatar o seu amor e soubesse que só a sua presença pode ajudar, o que faria?

— Eu ficaria.

Tem tanta coisa por trás dessa resposta.

— Então...

— Tá certo, eu entendo. Seu avô vai ficar furioso, mas você está certa. Quero pedir uma coisa. Depois de tentar salvar esse cara, se infelizmente não funcionar, você vai pra Londres e me deixa cuidar de você.

Parece que cada uma das pessoas que me amam tem um conselho parecido. É uma triste constatação perceber que pelo menos lugar para eu correr não vai faltar.

— Ok. Espero que não aconteça, mas ok.

As luzes diminuem de repente e sei o que vai acontecer: mais uma performance de Rafael começa. Dá para perceber pela reação das pessoas quem está vendo pela primeira vez e quem já viu e está apreciando cada improviso que ele faz.

Minha boca seca quando o vejo dançar e fazer malabarismo com as garrafas em chamas. Meu Deus, como ele pode ser tão sexy? Quando nossos olhos se encontram, ele não disfarça que me quer e estremeço. Bernardo balança a cabeça e ri.

— Que que esse cara tem, hein, Clara? — Branca está intrigada, tentando encontrar as palavras. — Tem algo forte que não sei identificar, e isso está me matando.

— Humm... Não sei. Ele é... Não sei — Clara responde e olha para baixo quando Bernardo cruza o olhar com o dela.

— Ai, caramba! — Branca bate na mesa. — Não é algo que exista! É isso! Esse cara tem uma coisa só dele: paudurecência. — Ela abre as mãos e sorri para mim.

— Ai, Branca... — Bernardo murmura.

— Cala a boca, moleque! O bom de inventar uma palavra é que posso dar o significado que eu quiser. Não é só ao tamanho que me refiro, porque é óbvio que é grande. É tudo isso, essa sexualidade forte, esse jeito de olhar e pronto, fim de caso. E não adianta negar — ela me provoca, segurando minha mão e sorrindo. Acho que finalmente vai me deixar ficar com ele sem um plano mirabolante para me proteger. — Esse aí tem paudurecência gigantesca que eu sei.

# 46
# RAFAEL

*You are my sunshine, my only sunshine*
*You make me happy when skies are grey*
*You'll never know, dear, how much I love you*
*Please don't take my sunshine away.*
— Johnny Cash, "You Are My Sunshine"*

**DEPOIS DA MINHA** performance, vou até Viviane e seus amigos. É meu intervalo e tecnicamente eu nem deveria ter um, já que passei um tempo com ela no escritório. Mas Lex insiste. A noite de hoje, apesar de tudo, está rendendo bem, e todo mundo sabe que as performances são o carro-chefe do bar. Acho que por isso André fecha os olhos para o que sabe que acontece comigo.

Bernardo me vê chegando e move a cabeça na minha direção, mostrando a cadeira vaga ao seu lado. Eu me sento. Viviane está a duas cadeiras de distância, cochichando algo com Fernanda, que sorri para mim, agradecendo pela bebida sem álcool que fiz especialmente para ela. Vivi começa a levantar quando me vê, mas faço sinal de que está tudo bem. É melhor mesmo ver qual é a do cara.

— Acabou por hoje? — ele me pergunta, me surpreendendo por puxar papo comigo.

— Não.

---

* "Você é meu raio de sol, meu único raio de sol/ Você me faz feliz quando o céu está cinza/ Você nunca vai saber, querida, quanto eu te amo/ Por favor, não leve embora meu raio de sol."

— Sei o que pareceu quando você me viu com ela mais cedo, mas a Vivi e eu somos apenas amigos.

— Ela me disse.

Andressa passa por nós e é a segunda vez que me lança um olhar fulminante. Lex disse que está se preparando para substituí-la, e espero não a encontrar mais aqui quando voltar dessas férias forçadas.

Bernardo percebe o olhar e sua expressão se fecha. Algo que nunca pensei viver foi me apaixonar por uma garota e vir todo um pacote com ela: melhores amigas loucas, prima romântica, avô ditador, irmão moleque superpresente e agora o melhor amigo que atravessa um oceano só para se certificar de que ela está bem. Minha vida sempre foi mais restrita.

— A Viviane é como uma irmã pra mim. Eu insinuei e agi como se fosse mais quando cheguei, mas não é o caso. Só que isso não me impede de me preocupar com ela.

— Tudo o que eu quero é fazer a Vivi feliz.

— Bom saber, é o que eu quero também. Logo mais vou voltar pra Londres, e quero poder falar com ela e que isso não seja um problema. Por isso estou colocando as cartas na mesa: não tem, não teve e nunca terá nada entre nós. — Ele me encara, decidido. Está aí um que não tem medo de levar porrada.

— Não vai ser um problema. Vocês são amigos.

— Ótimo.

— Você é sincero. E eu achava que eu era sincero demais.

— Sou aberto. O Rodrigo é meu melhor amigo, sempre foi, mas, depois que me mudei para Londres, era com ela que eu falava quase todos os dias. Tenho meus segredos, que meio mundo sabe, mas todos fingem que não veem e... — Seu olhar corre para o outro lado da mesa, mas não dá tempo de eu ver qual é a garota em questão. — Ela me ajuda com isso. Nem todo mundo pode ficar com quem ama.

Não sei por que ele me diz isso. Não somos amigos nem nada. Acho que quer me mostrar que posso confiar nele. Eu o encaro por alguns instantes. Apesar de ter a mesma idade de Rodrigo, ele parece mais velho e maduro. Talvez por morar há um tempo longe da família.

— Bom... — Eu me levanto. Melhor encerrar essa pausa logo. — Fui. — E simplesmente saio. O moleque pode ser amigo dela, mas não sou obrigado a bater papo nem a disputar território com criança.

A banda que está tocando esta noite é a que normalmente se apresenta no bar. Lex, eu e os outros somos exceções, apesar de bastante apreciados e solicitados.

Eu me aproximo do palco e converso com um dos caras, explicando o que quero fazer. É tradição no bar que a última música seja escolhida pelo aniversariante, caso tenha um ali. Sei que deveria perguntar a Viviane, mas quero fazer uma surpresa, então nem vou esperar a última música.

Pensei em tocar minha guitarra, até a tirei da parede mais cedo. Mas não consegui. Meu peito travou e ela parecia queimar em minhas mãos. Então vai ter que ser com o violão. Um acústico, especialmente para ela.

A banda termina a música e Lex assume o palco. Ele dá um sorrisinho besta para mim, como se não acreditasse que existe uma garota capaz de abalar o meu mundo. Está tão orgulhoso que paro para pensar quanto ele se importa comigo. Talvez muito mais do que penso.

— Hoje vamos ter uma apresentação especial, e peço que a aniversariante se aproxime.

Viviane não pode nos ver de onde está sentada, então Lex chama seu nome.

Arrumo a banqueta no palco e me sento, ajeitando o violão, enquanto ela se aproxima devagar. Sua jaqueta está em algum lugar pelo bar, e tudo o que vejo é a menina de vestido pink e coturno, um contraste que sei que criei ao cruzar seu caminho. Não somos mais dois desconhecidos opostos. Parte de mim está nela, e parte dela está em mim. Consigo pensar no futuro, em uma vida normal, e tudo graças a ela.

O amigo perfeito está ao lado de Viviane, mas nem me importo. É tão visível que ela é minha. Tanto quanto eu sou dela. Como ela disse mais cedo, não existe escolha, não existem rivais. Somos um do outro, e não tem espaço para outras opções.

Começo a tocar e cantar "Hold My Hand", do Hootie & the Blowfish.

Os clientes fixos sorriem, curiosos, por nunca terem me ouvido cantar antes, mas pouco percebo, porque estou ligado nela e em mais ninguém.

As palavras saem de meus lábios e voam pelo salão para pousar no coração de Viviane. Ela está parada a uns dois metros de mim, com a mão no peito e os olhos cheios de lágrimas.

Conforme a música avança, faço um sinal para que Vivi se aproxime. Ela vem, incerta, até parar do meu lado. Como estou sentado, nossos olhos estão na mesma altura, e não vejo nada além da garota que amo e que significa tanto para mim.

*'Cause I've got a hand for you*
*I've got a hand for you*
*'Cause I wanna run with you*
*Ah, won't you let me run with you?*

*Hold my hand*
*Want you to hold my hand*
*Hold my hand*
*I'll take you to the promised land*
*Hold my hand*
*Maybe we can't change the world but*
*I wanna love you the best that*
*The best that I can.* \*

Quando termino, Viviane não esconde as lágrimas. Ela me envolve pelo pescoço e me aperta. Dou um beijo em seu rosto, tentando me segurar ao máximo para respeitar o lugar em que trabalho e não piorar ainda mais as coisas para mim.

---

\* "Porque eu tenho uma mão para você/ Eu tenho uma mão para você/ Porque eu quero correr com você/ Ah, você não vai me deixar correr com você?// Segure minha mão/ Eu quero que você segure minha mão/ Segure minha mão/ Eu vou te levar para a terra prometida/ Segure minha mão/ Talvez a gente não possa mudar o mundo, mas/ Eu quero te amar da melhor forma/ Da melhor forma que eu puder."

— Foi tão lindo... — ela murmura em meu ouvido.

— Nah, eu quis te dar algo diferente.

— Você já fez isso — ela mostra o anel.

— Hum... Então quis fazer de novo. — Tiro uma mecha de cabelo da sua testa. — Preciso voltar para o bar. Mais umas duas horas e tô liberado. Se quiser ir pra casa ou sair com as suas amigas, tudo bem.

— Vou ficar aqui, te esperando. — Ela se afasta, tão feliz que quase saltita, e meu coração encontra a paz outra vez.

# 47
# *Viviane*

> *Oh, I don't wanna share you with nothing else*
> *I gotta have you to myself*
> *Oh, I can't help it, I'm so in love*
> *I just can't get you close enough, no.*
> — Shania Twain, "I'm Jealous"*

*O expediente está* quase acabando. Rafael passa por mim e diz que precisa ir ao estoque para deixar a lista de compras atualizada para Lex. Depois podemos ir embora.

A hostess passa ao lado da nossa mesa pela milésima vez. Ela deu em cima do Bernardo a noite inteira, agora segue na direção em que Rafael foi.

— Se eu fosse você, ia atrás — Branca avisa, trocando um olhar com Mila.

— Essa aí vai aprontar. — Até Fernanda, que é a mais ingênua de nós, percebe.

— Ela quer seu macho. Tô avisando — Branca insiste.

Bernardo desvia o olhar do meu e me levanto. Ele também percebeu. Não é que eu não tenha visto, só pensei que ela respeitaria o fato de Rafael ter me assumido como namorada.

Meu sangue ferve quando sigo na mesma direção. Já fui até o estoque uma vez com Rafael, mas fiquei na porta enquanto ele fazia a con-

---

* "Ah, eu não quero te dividir com nada mais/ Preciso ter você para mim/ Ah, eu não posso evitar, estou tão apaixonada/ Eu simplesmente não consigo ter você perto o suficiente, não."

tagem da mercadoria. Agora encontro a porta fechada e ouço a voz de Rafael lá dentro:

— Já falei que não quero, caralho!

— Ah, vá. Tá namorando agora? — a garota zomba. — Não ligo, se esse é o problema. Você pode muito bem dar uma rapidinha comigo e voltar pra menina doce pra quem você canta.

Coloco a mão na maçaneta e me assusto ao ver minhas amigas atrás de mim. Até Lex nos observa de longe.

— Vou dar uma rapidinha na sua cara! — digo ao entrar no estoque e ver a vaca com o zíper do macacão aberto até o umbigo.

— É bom mesmo, porque se não der eu dou. — Branca larga a bolsa nas mãos da Fernanda e para ao meu lado.

Rafael me pede desculpas com o olhar. Ironicamente, terminamos a noite invertendo as posições — agora sou eu quem está morrendo de ciúme.

— Fecha essa merda e vaza — ele diz para a garota, referindo-se ao macacão, e continua anotando algo em uma prancheta.

Ao mesmo tempo em que o pouco-caso de Rafael a irrita, eu me acalmo. Nesses últimos dias aprendi muito bem a reconhecer quando ele está excitado, e para essa menina sobra apenas desprezo.

A vagabunda o encara e, sem se importar com a cena, umedece os lábios.

— Pra mim chega, vou te matar! — tento dar um passo à frente e sou suspensa no ar pelas mãos do Bernardo.

— Calma, Vivi. Olha em volta — ele diz tranquilo, e Rafael aperta a prancheta, nos encarando. — É um estoque cheio de bebidas. Não é lugar pra brigar.

Eu me sinto com doze anos de novo, quando tentei bater em três garotos que se juntaram para quebrar a bicicleta de Rodrigo. Bernardo estava ali para me segurar e evitar que eu piorasse a situação. Tudo bem que depois, quando eu estava bem longe dali, ele, Rodrigo e outros garotos se vingaram.

— Chega, Andressa. Sai — Lex está na porta e sua voz é dura como nunca ouvi. — Vamos acertar suas contas de uma vez.

— O quê?! — ela se revolta. — Tá louco?

— Você está no meu estoque, com os peitos de fora, assediando meu funcionário.

— Muito sexy — Branca murmura, e todos sabemos que não é da Andressa que ela fala.

— Eu? Todo mundo conhece a fama do Rafael. Ele pode muito bem ter começado — ela fala, balançando a cabeça de forma absurdamente irritante.

— Ele poderia, no passado, mas não agora. Você sabia que o seu trabalho aqui era temporário. Está no contrato, então acabou.

— O Rafael não vai ser punido? Geral sabe que ele comia todo mundo aqui!

— Punido por quê? Por não te comer? Não, não vai. Você sabe muito bem o que o Rafael significa para o bar. O André esteve aqui ontem. Lembra do que ele disse, né? Que o Rafael é essencial e o único funcionário, além de mim, que é insubstituível. Pode parar com a cena. Tenho várias testemunhas de que você está dando em cima dele desde que chegou.

— Mas que vaca... — murmuro, revoltada.

— Vem. Vamos até o escritório agora. — Lex balança a mão, e ela passa por mim contrariada. Tento meter a mão na cara dela, mas Bernardo me segura outra vez, enquanto Rafael bate a prancheta na prateleira, irritado.

Branca se aproveita do momento e dá um pisão com o salto agulha no pé de Andressa, que sai xingando, amparada por Lex.

— Vamos sair também — Bernardo diz e vai puxando as meninas, até que fico sozinha com Rafael.

Nem por um segundo achei que ele estivesse cedendo à provocação de Andressa, mas estou irritada com a cena.

Devagar, ele se aproxima de mim e fecha a porta, mantendo a mão ali e o rosto próximo ao meu.

— Então é aqui que você pegava as meninas, seu puto?!

— Tá virando moda isso. — Um brilho encantador surge em seu olhar. Ele aprecia meu ciúme. — Acho que é melhor voltar a me chamar de idiota.

— Puto! — Levanto o queixo e cruzo os braços. Ele dá um meio-sorriso, exatamente como fazia logo que nos conhecemos, quando eu me comportava assim.

— Sim, eu era. No passado, sabe? Desde que te beijei pela primeira vez, acabou pra todas as outras. Eu olho pra elas e é como se viessem com um saco embutido. Só você me dá tesão. Só quero você. Posso ter transado antes, como você também fez, mas isso é passado. É por você que eu acredito num futuro. Foi com você que eu descobri que as tais batidas perdidas do coração existem.

Eu me lembro dos nossos beijos no escritório e não consigo evitar a pergunta, mesmo sabendo que não é da minha conta.

— Você já ficou com alguém no escritório?

— Não.

— O estoque é seu motel particular.

— Era. No passado, lembra? Agora é você que está com ciúme.

— Não, não estou.

— E o que é isso então? — Ele descruza meus braços devagar e segura meu queixo perto do seu rosto.

— Instinto protetor despertado por uma vaca que acha que pode chegar tirando a roupa para o meu homem.

Rafael ri baixo, perto da minha boca, e me beija antes que eu possa reagir.

— Vamos pra casa — ele sussurra sem se afastar. — Tem algo que nunca fiz aqui e tô louco pra fazer com você a noite inteira.

— O quê? — acaricio sua barba, já me esquecendo de todo o resto.

— Amor.

# 48
# RAFAEL

*The beast in me*
*Is caged by frail and fragile bars*
*Restless by day*
*And by night, rants and rages at the stars*
*God help the beast in me.*
— Johnny Cash, "The Beast in Me"*

**AMO VIVIANE COM** calma, ternura e paixão até que seu corpo se esgota e ela se aconchega em mim, adormecendo pouco depois. Fiz o possível para que ela não percebesse o estado em que me encontro.

Beijo seus cabelos e a acomodo devagar sobre o travesseiro, cobrindo-a em seguida. Depois me deito de lado e me encolho. Cada célula do meu corpo começa a se partir.

Passo a mão em meu rosto quente. Gotas de suor surgem e o frio me faz vestir um moletom. A temperatura sobe conforme a dor aumenta. Quero ser forte por Viviane, mas a lembrança do que vem a seguir começa a me atormentar.

Eu me sento na cama, meu estômago está embrulhado. É hora de pagar o preço por negar a meu corpo aquilo que ele aprendeu a amar. Nem toda a felicidade que sinto com Viviane é capaz de aplacar a vingança da antiga felicidade fabricada.

---

* "A fera em mim/ Está enjaulada por barras fracas e frágeis/ Inquieta de dia/ E, de noite, cria confusão e se enfurece com as estrelas/ Deus ajude a fera em mim."

Aperto o colchão abaixo de mim, querendo me concentrar em qualquer coisa, menos no mal-estar que me consome e me faz tremer absurdamente.

Então me levanto e caminho devagar, tentando chegar ao banheiro a tempo. Uma dor insuportável me rasga inteiro e perco o equilíbrio. Tento me segurar na primeira coisa que vejo e tropeço no sofá, caindo de joelhos no chão. Mordo minha mão para conter o urro que explode em meus lábios e só paro quando sinto o gosto metálico. Eu me cortei. Limpo o sangue no moletom cinza, deixando uma mancha onde toco.

Eu me apoio no chão. A mão arde, o estômago dói, a cabeça estoura e a mente começa a se perder. Tento chegar ao banheiro engatinhando, mas não dá tempo. Uma ânsia violenta traz o vômito, que atinge minhas roupas e o chão.

Sem alternativa, choro de vergonha porque sei que chegou a hora, e Viviane vai ver exatamente o que eu me tornei.

# 49
## Viviane

*Light up, light up*
*As if you have a choice*
*Even if you cannot hear my voice*
*I'll be right beside you, dear.*
— Snow Patrol, "Run"\*

**Ouço ruídos que** parecem tão distantes, como uma mão querendo me agarrar dentro de um pesadelo que me sufoca. Em um impulso, eu me sento na cama, sem ar. Um calafrio me chacoalha. Estou sozinha, o colchão está gelado. Onde está Rafael?

Dou um pulo e saio da cama ao ouvir um acesso de tosse. Da porta do quarto, vejo Rafael caído à meia-luz, iluminado pelo fraco brilho do corredor. Acendo a lâmpada da sala. Meu coração para e acelera de uma vez, me dando a sensação de que pode sair pela boca a qualquer momento.

Corro para Rafael e me ajoelho a seu lado.

— Sai... — sua voz escapa por um fio enquanto uma das mãos tenta me afastar sem coordenação nenhuma.

— Meu Deus... — murmuro quando vejo sangue na mão estendida. — O que aconteceu? — pergunto, sentindo o cheiro do que ele quer esconder.

— Por favor, só sai daqui — ele implora, sem esconder as lágrimas

---

\* "Anime-se, anime-se/ Como se você tivesse escolha/ Mesmo que você não possa ouvir minha voz/ Eu vou estar bem ao seu lado, querido."

Um espasmo de dor o faz tremer e passo a mão em seus cabelos. Minhas reações estão lentas. Tento me lembrar do que li e como devo agir, mas tudo o que faço é sentir que estou me afogando.

— Não vou sair. — Corro para o banheiro e volto com uma toalha umedecida. Então eu o limpo, tentando fazer com que ele se sinta melhor.

Seu corpo desaba de vez no chão e Rafael se contrai, sem conseguir reprimir outra onda de vômito.

— Me deixa sozinho, Vivi. Tô te implorando. — Ele não tem forças nem para falar alto.

— Não vou sair.

— Tira a chave da porta, se tranca no quarto, liga pro Lex e não sai até ele chegar. Não tô conseguindo me segurar mais. Vai ser horrível, Vivi. Preciso da droga.

— Não, não precisa. Para — peço, como uma criança assustada, ao mesmo tempo em que tento confortá-lo.

A fragilidade de Rafael é absurda, como se não restasse muito mais do homem que conheci e que luta pela vida, como se ele estivesse refém do desejo absurdo pela droga.

Eu me levanto rápido e escondo as chaves. Pego o telefone, e depois de duas chamadas Lex atende com a voz sonolenta.

— É a Vivi.

Silêncio. Uma respiração profunda e a resposta:

— Chego aí em quinze minutos. — É só o que diz. Ele sabe.

Deixo o telefone na mesinha e me ajoelho ao lado de Rafael outra vez.

— Você não vai me deixar, né? — ele choraminga, envergonhado, enquanto procura minha mão e a aperta forte para passar pelo próximo espasmo de dor.

— Nunca. Aguenta firme, amor. — Acaricio suas costas e ele se move devagar, apoiando a cabeça em meu colo e envolvendo minha cintura com a mão livre.

— Preciso da droga, Vivi. Por favor, me deixa usar, por favor, por favor. Faço o que você quiser, mas me dá só um pouquinho — ele implora como uma criança, e seu sofrimento é tão doloroso em mim que não sei o que vou fazer se o vir assim por mais tempo.

    Não consigo segurar as lágrimas, que escorrem por meu rosto e caem sobre os cabelos dele, já empapados de suor. Um nó se forma em minha garganta. Só consigo pensar em meu pai e nas primeiras crises de náusea após a quimioterapia. Imagens se sobrepõem em meus pensamentos. Mais uma vez, vejo um homem que amo se reduzir a pó, e não há nada que eu possa fazer para diminuir a dor.

    Quinze minutos que se parecem horas se passam e Rafael continua gemendo baixinho, quando Lex abre a porta com sua chave. Acho que eles estavam preparados para isso. Branca está com ele, e não preciso de muito tempo para perceber que dormiram juntos outra vez. Agradeço a Deus por Lucas e Rodrigo terem saído com Bernardo após o bar fechar e não presenciarem o que vamos ter de enfrentar.

    Lex caminha até mim, toca meu rosto e balança a cabeça. Seu olhar é calmo e experiente. Ele quer me tranquilizar. Depois tira a jaqueta e esfrega a mão nas costas de Rafael. Ele se curva, coloca Rafael sobre o ombro e faz força para tirá-lo do chão.

— Liga o chuveiro, Branca. Apoia o corpo dele na frente, Vivi.

    Com prática, Lex nos dita ordens. Ver que ele sabe como agir me alivia momentaneamente, até que sinto Rafael se agitar em nossos braços.

— Me dá, Lex! Me dá essa porra!

— Não tem porra nenhuma aqui, cara. Desculpa.

    Colocamos Rafael sobre o assento do vaso e Lex puxa o moletom dele por cima da cabeça, assim como a camiseta, enquanto tento tirar sua calça. Após ligar o chuveiro, Branca nos ajuda e colocamos Rafael apenas de cueca sob a água morna. Ele se debate quando se sente molhado e, em um impulso, dá um murro para o lado, acertando a porta do boxe, que se solta e só não se espatifa no chão porque eu a seguro rápido. Por pouco ele não acerta Lex, que enxaguava seus cabelos. Rafael desaba no chão frio e seu amigo se abaixa, ainda cuidando dele, sem se importar com a água que molha todos nós.

— Vocês duas saiam daqui. Vão separar uma roupa pra ele. Uma cueca limpa e uma regata, Vivi. Nada muito pesado. — Nós saímos e ouvimos a voz dele de longe: — Se me bater, vou te acertar também, cara. Juro. Tô avisando.

Quando volto para o banheiro, Rafael está vomitando outra vez e Lex pega o chuveirinho para lavá-lo melhor.

— Coloca tudo pra fora. Vai, tudo.

Rafael balança a cabeça, tentando afastar o jato de água que acerta seu rosto por vários minutos, enquanto ele fica limpo de toda a sujeira.

— Foi tudo... — diz, tossindo.

Lex espera alguns minutos e depois desliga o chuveiro.

— Vou levantar ele e você o cobre com a toalha.

Aperto a toalha limpa nos braços e cubro Rafael assim que Lex consegue colocá-lo sobre os ombros outra vez.

Chegamos ao quarto e Rafa cai na cama, ainda molhado. Eu o seco com cuidado, enquanto Lex tira a guitarra da parede e entrega a Branca.

— Coloca na cozinha, em cima do armário. Depois tranca a porta e me dá a chave. Da última vez, ele tentou quebrar.

Visto Rafael, que está mole, mas consegue ter um pouco de controle sobre o corpo. Lex dá uma geral no quarto. Abre todas as gavetas, olha dentro do guarda-roupa, no meio dos livros. É minucioso e não encontra nada.

— Não tenho mais pó em casa, cara. Fui um idiota e joguei tudo fora — Rafael se lastima, ao mesmo tempo em que termina de vestir a camiseta. Está fraco, mas essa situação não vai durar muito.

Quando termino de secar seus cabelos, eu me sento ao lado dele e Lex se apoia na escrivaninha, de braços cruzados. Trocamos um olhar e ele aperta os lábios, balançando a perna, tenso.

Cubro Rafael e espero. Se tudo o que aprendi nesses dias for verdade, a noite está só começando.

# 50
# RAFAEL

> *And then I see a darkness*
> *Did you know how much I love you?*
> *Is there hope that somehow you*
> *Can save me from this darkness?*
> — Johnny Cash, "I See a Darkness"*

**AOS POUCOS O** frio vai passando e retomo o controle do corpo. Sinto uma dor constante, como uma gripe forte, daquelas capazes de te derrubar por dias, mas os espasmos já não me rasgam ao meio.

Levanto da cama e começo a andar pelo quarto.

— Cadê minha guitarra? — questiono, me sentindo absurdamente irritado.

— Tá guardada — Lex responde sem se alterar.

— Me dá!

— Não.

— Me dá, porra!

— Não.

— Quem pegou?

— Eu peguei.

— Você ou aquele puto que quer a minha garota? — Só consigo pensar em Bernardo com as mãos na cintura de Viviane e fecho os punhos, disposto a matar alguém.

---

* "Então eu vejo uma escuridão/ Você sabia quanto eu te amo?/ Há alguma esperança de que, de alguma maneira, você/ Possa me salvar dessa escuridão?"

Lex se levanta e pega Viviane pela mão. Isso me deixa louco. Puta que pariu! Levanto um braço para acertá-lo, mas ele é mais rápido e me empurra para a cama, enquanto a leva para fora do quarto. Tem alguém na sala, não sei quem é. Se for aquele cara, vou matar alguém agora.

— Você está delirando, Rafa. Se controla. — Lex para na porta e não me deixa sair.

— É o cara, né? Esse filho da puta veio tirar a Viviane de mim — grito e enfrento Lex, que não se move.

— É a Branca, Rafa — ouço Viviane dizer e um segundo de paz me envolve. Só um mísero segundo que precede o tormento.

— Vem cá, Vivi — chamo, e ela tenta passar por Lex.

— Fica aí. — O tirano maldito se põe no caminho.

— Como é que é, porra? Não vai deixar minha garota entrar?

— Não. Você tá delirando. Ela fica fora. Você já quase me bateu no banheiro. Se encostar nela, vou descer o cacete em você. — Sinto raiva da calma em sua voz.

Posso ver Viviane atrás dele, seus olhos castanhos assustados. Eu fiz isso? Eu a apavorei? Não, claro que não. Foi outra pessoa. Vou matar quem fez isso! Matar! Matar! Esmurro a parede várias vezes, enquanto ela grita para eu parar, e agora minhas duas mãos sangram.

Viro as mãos para mim. Quem me cortou? Como isso aconteceu? Por que as paredes estão manchadas?

— O que é isso, Lex? — pergunto, estendendo os braços para ele.

— Você fez isso.

— Ah, que caralho! Vai mentir na minha cara, porra? O que aconteceu? Eu caí da moto?

— Não.

— Cadê minha guitarra?

Ele não responde. Não entendo por que quer me enfurecer.

Ando pelo quarto. A prateleira de livros está bagunçada. Tiro todos os livros de lá, coloco sobre a escrivaninha e começo a arrumar um por um. Meu nariz coça. Meu corpo estremece. Minha boca seca. Minha cabeça dói.

Grito, jogando os livros no chão. Está tudo errado. Tudo fora de lugar.

— Me deixa entrar, Lex — Viviane se esforça para passar por ele.

— Quero ficar com ela. Por que você não deixa ela entrar, Lex? — Estou confuso. Não me lembro de ontem. Quem derrubou meus livros? Cadê minha guitarra?

Uma fúria vem de dentro de mim. Não entendo por quê, não sei a razão nem como controlar. Grito, viro o colchão, o atiro para fora da cama e chuto tudo muitas vezes. Meu pé acerta uma cadeira e me enfureço, jogando-a longe. Algum vizinho filho da puta bate na parede.

— Quem manda aqui sou eu, caralho! — grito, incontrolável.

Uma eletricidade começa a envolver meu corpo. Chacoalho as mãos e me deixo levar. De onde veio todo esse sangue?

Visto uma calça e procuro minhas chaves pelo quarto. Preciso delas, vou sair. Quem bagunçou tudo?

Tento passar por Lex e ele cruza os braços para mim, como um leão de chácara filho da puta.

— Sai da frente. Vou atrás dela. Preciso dela.

— Você não vai a lugar nenhum.

— Eu quero, seu filho da puta! Quem disse que é você que manda agora? Inferno! Miserável filho da puta!

Tudo o que consigo sentir é um desejo absurdo de me drogar e esquecer todo o resto.

Lex está distraído comigo e Viviane passa por baixo dos braços dele, parando na minha frente.

— Isso, gata. Me ajuda a sair daqui? Esse imbecil acha que é meu pai. Meu pai morreu... Tudo o que eu amo morre. — A tristeza me envolve e toco o rosto de Viviane devagar. — E se eu perder você também?

— Você não vai me perder, Rafa. Vou ficar aqui, tá? Só tenta se acalmar.

— Ah, linda. Tô calmo. Eu só preciso sair. Não dá mais pra ficar aqui. — Aperto os dedos sem parar. — Tá doendo... Preciso ir.

Os lábios de Viviane tremem e ela chora em silêncio. Me dói saber que algo a está ferindo assim, me dói saber que sou eu. O que estou fazendo? Por que não posso sentar aqui e esperar isso passar? Porque dói, porque me rasga, porque parece que meu corpo é apunhalado repetidas vezes e preciso encontrar uma cura. A cura está lá fora.

Ela passa os dedos em meus ferimentos. É estranho, sei que deveriam estar ardendo, mas não consigo mais sentir minhas mãos. Não sinto muito além da dor pungente que me envolve por inteiro.

Num impulso, empurro Lex e corro para a porta da frente. Cadê a porra da chave?

Sinto alguém me tocar e me viro com tudo, empurrando sem querer Viviane e me assustando ao vê-la se chocar contra a parede.

— Cacete, Rafa! Fica longe dela! — Lex bate com as mãos no meu peito.

— Eu não sabia que era ela. — Eu me sinto perdido, inconsolável e absurdamente triste.

Tento tocar Viviane, e ela se encolhe perto de Branca, que a abraça. Quando Branca chegou aqui?

Lex segura meu braço e o empurro.

— Não encosta em mim, caralho! Não encosta em mim! Não encosta em mim!

Ando de novo de um lado para o outro, como se fosse surgir uma saída. A janela! Corro para a janela.

— Ah, meu Deus! — Viviane agarra minhas costas, quando tudo o que quero é sair daqui.

— Pega ela, Branca — ouço a voz de Lex, e o toque de Viviane se vai.

Não dá tempo de fazer nada. Os braços de Lex me seguram firme pela barriga. Tento me soltar e ele me domina. Não dá para lutar com quem conhece todos os meus pontos fracos. Se eu pudesse, o mataria. Isso, o mataria para sempre. De novo, de novo e de novo!

Um desespero me envolve. É sufocante. Queima. Me mata mil vezes.

— Me solta, Lex. Não dá. Não consigo. Não consigo respirar — choro e imploro ao mesmo tempo. — Eu não consigo respirar. Pelo amor de Deus, só me deixa abrir a janela, preciso respirar. Por favor. Por favor.

Por favor. Eu vou morrer! Se não usar agora, vou morrer! Tô morrendo! Me ajuda, por favor! Sou seu irmão, cara. Me ajuda, por favor. Não dá pra respirar!

    Tudo está girando, meus olhos estão pesados. Meu coração bate num ritmo que não pode ser natural. Quase o sinto rasgar meu peito e saltar para fora de mim. Lex me puxa para o quarto como se eu não fosse nada, e de repente, pouco antes de desabar, eu entendo. É isto o que sou: nada.

# 51
# Viviane

*Lights will guide you home*
*And ignite your bones*
*And I will try to fix you.*
— Coldplay, "Fix You"*

**Um grito histérico** escapa dos meus lábios quando Rafael cai no chão, debatendo-se incontrolavelmente.

Rápido e precavido, Lex pega o travesseiro e coloca sob a cabeça dele, virando-o de lado. Rafa se debate sem parar, e a cada espasmo meu coração se parte. Sinto que não há mais nada para se partir em mim. É terrível e doloroso admitir, mas, por um segundo insuportável, sei que eu lhe daria a droga, só para vê-lo bem outra vez.

— Vamos levar o Rafa para o hospital, Lex. — Pego o telefone e começo a discar.

— Não, Vivi. É só a primeira noite. Se a gente internar o Rafa, na primeira oportunidade ele foge e volta a usar. É horrível, mas tem que ser assim. Ele tem que sentir a dor.

— Mas é perigoso... — Branca intercede.

— Já parou. — Ele passa a mão nos cabelos de Rafael. — Não foram nem trinta segundos de convulsão. Vamos observar a noite toda. A qualquer sinal de perigo, eu chamo uma ambulância. — Ele me olha

---
* "Luzes vão te guiar até em casa/ E inflamar seus ossos/ E eu vou tentar consertar você."

diretamente. — Sei que você quer levar o Rafa, mas ele não nasceu pra ficar preso. Não dá. Não vai funcionar com ele.

A respiração de Rafael está agitada e aos poucos recupera o ritmo normal. Ele abre os olhos, confuso, e fecha outra vez, esgotado. Branca e eu ajudamos Lex a arrumar a cama e a deitá-lo.

Eu deveria ficar feliz por vê-lo calmo, mas tudo o que sinto é pesar. Branca sai do quarto quando Lex cobre Rafael, e eu a sigo.

— Desculpa por te fazer passar por isso, Branca.

Seus olhos, normalmente tão vivos, estão preocupados.

— Eu falei com a Mila.

— Quando?

— Agora há pouco. Liguei pra ela quando você foi pro quarto.

— O que ela disse?

— Ela não pode sair agora sem alertar os pais dela, mas vem amanhã bem cedo. Disse pra gente ligar se a coisa ficar feia. Ficou feia, né? Só que ela me falou que tem pior. — Ela rói a ponta da unha. Nunca a vi fazer isso antes. — Você não tem medo do pior, Vivi?

— Tenho mais medo de perder o Rafa, Branca. — Eu me movo enquanto falo, limpando a sujeira que a crise de Rafael gerou. Estou tão tensa que, se não me movimentar, vou ter uma crise de choro. — Sei que você está preocupada comigo. Sei que só quer o meu bem e que parece que longe do Rafael é um lugar mais seguro, mas eu preciso estar por perto. Por pior que pareça, sei que ele vai conseguir se eu ficar aqui.

— Vem comigo — ela diz quando coloco de molho os panos sujos no tanque da lavanderia. Em seguida, ela me guia até o banheiro e fecha a porta atrás de si. — Vai, toma um banho. Ele vai dormir agora.

— Como você sabe?

— Você é minha amiga. Não quero você com ele pelos motivos óbvios, mas, se era pra passar por isso, eu estudei. Agora é a fase do esgotamento. — Tiro a roupa e abro o chuveiro, sem me importar com a presença dela. — Ele parecia tão perdido, como se nem estivesse ali — Branca diz, pensativa.

— É porque a dor é maior que ele, por isso ele precisa tanto da droga.

— Vou pegar sua roupa. Espera aí.

Branca sai por pouco tempo e volta com meu pijama. As lágrimas escorrem pelo meu rosto e se misturam à água.

— Não quero que você se machuque. — Ela me passa a toalha quando fecho o chuveiro. Movo o braço e vejo seus olhos se arregalarem. O reflexo no espelho mostra uma marca arroxeada se formando onde Rafael bateu ao me jogar contra a parede.

— Não foi de propósito — defendo, vestindo a blusa.

— Eu sei, eu vi, mas mesmo assim... — Branca morde o lábio inferior, nervosa.

— Por isso você chamou seu irmão.

— Só queria que vocês se entendessem. O Bernardo não pode viver de paixão enrustida, e você está arriscando tanto nesse relacionamento. A Mila disse que é só o primeiro dia, como o Lex já falou. Você acha que dá conta de passar por isso vários dias seguidos? E se ele te machucar? Eu mato esse cara, Vivi. Meu Deus, nem dá tempo do Bernardo matar. Eu arranco a cabeça dele. Estou avisando — ela diz, tentando segurar a fúria.

Eu a entendo — é difícil, parece horrível e incompreensível que eu esteja aqui lutando por um homem que está se perdendo em si mesmo e não deu nenhuma garantia de que vai melhorar. Mas, para mim, é cristalino: meu lugar é onde ele estiver.

— Eu não tenho escolha. Preciso cuidar dele. Ele não vai me machucar. Não vai.

— Vamos tentar, então. — Ela me abraça, ciente de que ele já me machucou e que mesmo assim não vou ceder.

— Você vai parar de tentar me convencer a deixar o Rafa?

— Se depois de tudo o que viu hoje você não desistiu, não tem mais nada que eu possa fazer. — Saímos do banheiro.

— Eu amo o Rafael, Branca. Amo tanto que ver ele se machucando hoje me feriu mais do que qualquer coisa. Isso — toco o local que provavelmente vai ficar muito roxo amanhã — não é nada perto de ver ele ferido. A marca vai sair com o tempo. Mas e ele? Será que a marca que o Rafael tem no coração vai desaparecer também? Preciso que ele aguente. É mais do que salvar o Rafa, é salvar quem eu amo para que eu não desabe também.

— Eu preciso dela — escuto a voz de Rafael do quarto e corro para lá. — Não sou inteiro sem ela.

— Não vou te dar drogas, cara — Lex insiste.

Rafael continua deitado, sem forças para se mexer.

— Não, não das drogas. — Cada palavra é um esforço gigantesco. — Preciso da Viviane.

Sem que ele precise pedir duas vezes, entro debaixo da coberta, me encosto nele e o trago o máximo possível para perto de mim.

— Estou aqui, Rafa. Estou aqui — digo entre lágrimas.

— Eu te amo, Vivi Eu te amo tanto, tanto, tanto...

E, antes que eu possa responder, Rafael já está dormindo com os braços firmes em volta da minha cintura. Agarrado a mim, como se eu fosse a única pessoa que o prendesse a este mundo. Eu me permito chorar com a cabeça em seu peito, desejando, mais do que tudo, que meu amor seja suficiente para trazê-lo de volta.

# 52
# RAFAEL

*There are many things that I would like to say to you*
*But I don't know how*
*Because maybe*
*You're gonna be the one that saves me*
*And after all*
*You're my wonderwall.*
— Oasis, "Wonderwall"*

**ABRO OS OLHOS,** desnorteado. O quarto está na penumbra e a porta entreaberta. Ouço vozes abafadas, pequenos sussurros que me preocupam. Sento na cama devagar. Meu corpo dói, como se tivesse passado vários dias levantando mais peso do que posso aguentar.

Saio da cama, dou um passo e me sinto tonto. Apoio a mão na parede e me arrasto até a porta. A camiseta está grudada em mim, molhada de suor. Estou fraco, tão fraco que uma brisa seria capaz de me derrubar.

Na sala, Lucas, Lex, Fernanda, Mila, Rodrigo e Branca estão sentados no sofá e param de falar quando me veem. Até Bernardo está ali, encostado na parede perto da cozinha, com as mãos nos bolsos e a testa franzida, aguardando minha reação.

Meus olhos vasculham o ambiente à procura de Viviane, que surge da cozinha com um copo de água e quase o derruba ao me ver. Bernardo

---

* "Há muitas coisas que eu gostaria de te dizer/ Mas não sei como/ Porque talvez/ Você seja aquela que me salve/ E depois de tudo/ Você é minha fortaleza."

pega o copo tão rápido que me pergunto quanto está ligado nela, quanto se preocupa e a observa de perto, para checar se não vou destruí-la.

Desde que contei sobre os meus problemas, este era o momento que eu mais temia: a maneira como ela me olharia após a primeira crise. Sou tomado por uma vontade absurda de chorar ao não encontrar nem uma sombra de julgamento em seu rosto. No sorriso inseguro que ela me lança, antes de correr para mim, quase me derrubando com o impulso, existe apenas alívio.

Tento ampará-la e lhe dizer algo, mas minha voz custa a sair. Lex, como um raio certeiro, me segura quando cambaleio.

— Eu assumo daqui, Vivi — ele diz, querendo me dar mais tempo. — Por que não esquenta a sopa que eu preparei? O Rafa precisa de outro banho agora.

Nem tento dizer nada. Aproveito que meu amigo me dá cobertura nessa louca e tenebrosa volta da morte e me calo, caminhando para o banheiro sem soltá-lo.

Lex abre o chuveiro enquanto tiro a roupa. Ele se vira de costas, mexendo na pia e me dando um pouco de privacidade, como se eu não imaginasse tudo o que ele deve ter visto durante a noite.

A água morna é um conforto. A vontade de arrancar meus músculos ainda me domina, e saber que a dor vai durar vários dias me assusta.

— Por quanto tempo dormi? — pergunto, lavando os cabelos.

— Quinze horas e vinte e três minutos.

— Você contou até os minutos?

— Eu não, mas a Vivi contou. Acho que ela é mesmo a garota certa pra você. Deu até orgulho de ver. Tem algo nela... Quando a gente bate o olho, acha que é uma patricinha, mas aí, se olhar com atenção, dá pra ver que ela é forte e capaz de qualquer coisa por quem ama. E ela te ama, não tenho dúvida.

Um sorriso triste me escapa e um sentimento quente se espalha pelo meu peito. Eu amo tanto essa garota.

— Eu machuquei a Viviane?

— Não. Ela tá bem.

— Ficou muito assustada?

— Ficou mais preocupada que assustada. Bastante — ele diz ao me entregar a escova e a pasta de dentes.

— O amigo estava aqui ontem?

— O Bernardo? — A menção ao nome não me passa despercebida. Lex já o conhece, o que significa que ele está no apartamento há um tempo. Não me lembro de ver os dois conversando no bar. — Não. A Branca veio comigo. O irmão dela chegou de manhã e os outros vieram em seguida, em fila indiana.

— Ele quis levar a Viviane embora? — pergunto, fingindo que não dou muita importância, e escovo os dentes debaixo do chuveiro.

— Se quer mesmo saber, não. Nem uma vez. Ele é um cara legal, prestativo. Ela pisca e ele está por perto. Ela funga e ele se aproxima. Acho que se preocupa mesmo e só. Não vi nada que indique que ele queira a sua garota. Fica de boa, tá?

— Tô bem. Eu só queria saber. — Desligo o chuveiro.

— Ãrrã... Fica tranquilo. Ela não vai a lugar nenhum.

— Eu senti que ela estava comigo enquanto eu dormia. Tive tantos pesadelos que às vezes era difícil saber qual dor era real e qual era parte do sonho.

— Ela ficou lá com você. Passou praticamente o dia inteiro no quarto. Tentei fazer ela dormir, porque sei que temos mais noites pela frente, mas ela me ignorou. Parecia até você

Enrolo a toalha na cintura e piso no tapete. Outra onda de tontura me pega de jeito e Lex me segura.

— Você dormiu? — Estou com medo e ele sabe exatamente a razão.

— Dormi sim. A tarde toda. Quando a Mila chegou com o Rodrigo, fui pra casa um pouco. Ela é estudante de medicina e ele poderia te segurar com o Lucas, se fosse o caso. Aliás, ela insiste que você devia se internar.

— Não vou me internar.

— Eu sei, mas tô avisando. Agora para de pensar nisso e se foca em melhorar. Até terça na hora do trabalho tô liberado, depois vemos as escalas.

— Escalas?

Preciso dele desperto quando a crise voltar.

— É, a Branca passou horas trabalhando em planilhas. — Lex dá um sorrisinho besta que me surpreende, balançando a cabeça. — Ela disse que se acalma.

— Obrigado, cara. — Trocamos um olhar rápido e ele me abraça, pouco ligando que eu esteja só de toalha.

— Relaxa. Só aguenta firme. — Então me solta e abre a porta.

No quarto, Viviane está sentada na cama, ao lado da roupa que separou para mim. Depender assim de outras pessoas não é algo que eu aprecie, mas sei que jamais conseguiria passar pela abstinência sozinho.

Lex nos deixa e me sento — não, desabo a seu lado. Ela se arrasta na cama e apoia a cabeça em meu ombro, acariciando meu braço e contornando a tatuagem com a ponta do dedo. Isso já se tornou parte do nosso cotidiano, e sinto como se um pedaço dela se prendesse às marcas em meu corpo, ficando sempre perto de mim.

Eu a puxo devagar para o meu peito e aspiro seu perfume, querendo que meus sentidos provem que ela é real e não mais uma das muitas alucinações que tive durante a noite. Preciso que eles me mostrem o que é pesadelo e o que é realidade.

Não dizemos nada por longos minutos. O som de nossa respiração nos mostra que estamos vivos, e por enquanto isso é tudo o que importa

Viviane ergue a cabeça e nossos olhares se encontram. Há olheiras em seu rosto lindo, tão profundas quanto as que vi em meu reflexo no espelho. Com a ponta do dedo, toco a área escura embaixo de seus olhos, devagar. Ela pisca rápido. Lágrimas contidas.

— Você me perdoa? — São as primeiras palavras que consigo dizer a ela.

Sua expressão se confunde e ela puxa a manga da blusa, sem entender.

— Por quê?

Ah, essa voz... Fecho os olhos, querendo que Viviane fale mais. Algumas horas atrás, quando eu estava perdido nas trevas, foi sua voz que me guiou de volta para casa.

— Por tudo o que eu fiz — murmuro, beijando sua testa.

— Você não fez nada. — Mentirosa. Uma mentirosa linda que quer me proteger.

Com carinho, Viviane passa pomada em meus dedos cortados, depois os cobre com gaze, prendendo com esparadrapo.

— Não quer comer um pouco?

— Já vou.

— Posso trazer aqui, se você quiser.

Abro os olhos outra vez.

— Não. Já vou.

Eu não pretendo, nem sequer estou pensando nisso, mas, quando dou por mim, cubro sua boca com a minha. Meus lábios a tomam bem devagar. Seu beijo é leve, como se temesse me machucar. Ela não sabe que o efeito é o contrário — está me curando, como se de repente eu fosse uma espécie torta de príncipe encantado, e ela minha guerreira salvadora.

Viviane acaricia meu peito tão lentamente que sinto as células se agitando em cada ponto de contato. Seu toque quer me reconstruir e me livrar da dor que ainda habita em meus músculos.

Ela interrompe o beijo, apoia a cabeça em meu peito, encosta os lábios no ponto em que fica meu coração, que é incapaz de bater por outra, e se afasta.

— Se troca, vai. Depois quero que coma.

— Sim, senhora. — Sorrio para o tom autoritário que ela assume.

Enquanto me visto, percebo que Viviane está vermelha.

— Por que você está de manga comprida? Está quente.

— Por nada. Estou com um pouco de frio.

— Você tá vermelha. Não é febre? — Toco seu rosto e a temperatura parece normal, mas não entendo a coloração. — Tem certeza que não tá com calor?

Balançando a cabeça negativamente, Viviane se levanta e tenta sair do quarto. Eu me viro e seguro seu braço, e ela dá um pulo, se encolhendo.

— Puta que pariu... — o palavrão me escapa baixo com a revelação do que aconteceu. Em algum momento na noite passada, machuquei Viviane. — Tira a blusa, Vivi — peço com o coração aos trancos. O que foi que eu fiz?

Sabendo que nada vai me fazer mudar de ideia, ela tira, e o impacto do que vejo me faz dar um passo para trás. Seu braço direito tem uma mancha roxa escura, grande o suficiente para ter sido causada por um murro.

Bato as costas no guarda-roupa e passo as mãos nos cabelos. Minha respiração acelera e me sinto o pior cara do mundo.

— Olha pra mim — Viviane segura meu rosto com as duas mãos. — Não era você, tá?

— Claro que era. — Não a olho.

— Não, não era. Você estava descontrolado. Alterado por causa da abstinência. Não foi culpa sua.

— Porra, Vivi... Porra. Porra. Como eu pude fazer isso? — Continuo sem conseguir olhar para ela.

— Pouco importa. Rafa, olha pra mim. — É uma ordem. Chega a ser irônico como ela tem assumido o controle. Tão forte e tão frágil. Obedeço. — Vou dizer uma vez só, depois você vai sair desse quarto e comer. Você vai escutar e parar de se afundar em culpa, ok?

É tão firme que me sinto um menino, apenas esperando a solução de um problema.

— Ok.

— Não importa o que aconteceu ou o que ainda vai acontecer. — O franzido em sua testa se dissipa e um sorriso ocupa o lugar da preocupação, querendo que eu sinta que está tudo bem. E, aos poucos, é isso o que sinto. — Não importa se você acha que é um monstro, você não é. Eu estou bem e você vai ficar bem. Sabe por quê?

— Por quê? — pergunto, mas já sei a resposta. Está no jeito como ela mexe o lábio e morde a pontinha dele.

— Porque eu te amo.

— Só ama?

Ela cora outra vez e sei que é pela provocação.

— Eu te amo, porra.

— Ah, fica tão melhor assim. — E me concentro nela mais uma vez, buscando a paz que preciso.

Um a um, os dias se passam. É como se um borrão bloqueasse minha vista. Nunca sei exatamente o que aconteceu no dia anterior. A dor extrema se intercala com momentos de cansaço. Não sei mais diferenciar dias e noites. Odeio me sentir tão confuso, sensível e incapaz.

De tudo, o que mais detesto são os lapsos de memória. Em um segundo estou no chão, no outro Lucas está com o nariz sangrando, no próximo estou arrancando a maçaneta da porta da sala, depois gritando, chorando, sendo contido por alguém e implorando por qualquer coisa que me faça sofrer menos.

É uma rotina insana e insuportável. Mal fico sozinho com Viviane e, quando fico, preciso que ela me conforte, ou ajo como um estúpido, um ignorante. Explodo quando quero ser seu homem e não a criança de quem ela precisa cuidar. Ela se contém por mim, mas, quando vejo seus olhos vermelhos por ter chorado, dói mais do que a ausência da droga.

As pessoas se revezam para me vigiar como se eu fosse um bebê, mas Viviane está sempre por perto. Cada vez que acordo, ela está ao meu lado com um sorriso doce, não importa que eu tenha ameaçado arrancar a cabeça de alguém ou esmurrado uma das janelas, me cortando.

Bernardo, o moleque que me deixou com tanto ciúme na primeira noite, é quem cuida da polícia quando ela vem, porque é óbvio que os vizinhos chamam. Não sei a que ponto o pai dele teve ou não que se envolver. Quando tento agradecer, tudo o que ouço é:

— Só se concentra em ficar bem pra ela. Enquanto a Viviane estiver bem, não vai ter problema entre a gente.

Fico um pouco puto, justamente por ele não facilitar a minha vida. Não dá para não gostar dele. É quase como se não fosse uma opção. Cara folgado.

Ah, nem, ele é uma boa pessoa. Eu também quero ser, por ela.

# 53
# Viviane

> *I'd live and I'd die for you*
> *I'll steal the sun from the sky for you*
> *Words can't say what love can do*
> *I'll be there for you.*
> — Bon Jovi, "I'll Be There for You"*

**Aos poucos, os** dias vão deixando de ser tão ruins, e a cada amanhecer Rafael dá mais um passo em direção à vida. Saio apenas duas vezes do apartamento, nos dias de visita da minha mãe.

Quando ela sorri, sinto que vai ficar tudo bem. Nas duas ocasiões, meu avô está junto e não conversamos de imediato. Ele me observa, parece que procurando as palavras certas para falar comigo, mas nunca abre a boca.

— Que anel é esse? — A voz de minha mãe me traz de volta à visita. — Parece um anel de compromisso. — Ela segura minha mão entre as dela.

Meu avô se levanta e caminha um pouco pelo salão, mas se mantém por perto, nos observando.

— É de compromisso — respondo, apreensiva com sua reação, mas muito feliz por ela ter notado.

— O César te deu?

---
* "Eu viveria e morreria por você/ Roubaria o sol do céu para você/ Palavras não podem dizer o que o amor pode fazer/ Eu estarei lá por você."

É o que basta para me preocupar. Não quero deixar minha mãe nervosa nem mentir. Ela vai ter alta na próxima semana, e os médicos nos aconselharam a conversar normalmente, sem tratá-la como incapaz.

— O César e eu terminamos, mãe.

— O quê? Mas como? Quando foi isso? E já tem outro? Assim tão sério para um anel de compromisso?

Normalmente, quando ela fazia perguntas assim eu me apavorava, mas agora estou rindo. É minha mãe, inteira.

— O César e eu não estávamos nos entendendo já fazia um tempo. Foi melhor para nós dois.

— Hum... Isso explica por que ele não veio me visitar — ela reflete, e Rodrigo nem disfarça a risada quando a vê tamborilar os dedos no joelho. Sempre foi um sinal de que ela está juntando as peças do quebra-cabeça, quando nós, os filhos, contávamos as coisas pela metade.
— Mas me diga... O rapaz que te deu o anel, eu conheço? Quem é ele?

Vovô revira os olhos, vovó ajeita a blusa, Rodrigo mexe no celular e eu aperto as mãos, sem saber se é uma boa hora para revelar tanto. Tenho medo de dizer algo e meu avô me contrariar ou falar mal de Rafael.

E então, como que num passe de mágica, enquanto estou pensando nas palavras certas, Fernanda diz, radiante:

— Tia, eu não te contei ainda. Sabia que estou grávida?

Quando estamos saindo, felizes por saber que a alta da minha mãe foi confirmada para a semana que vem, ouço a voz de meu avô:

— Podemos conversar, *cariño*?

Ele para, fingindo prestar atenção em volta e tentando não demonstrar como é importante para ele falar comigo.

— Claro, vô. — Caminho com ele até sentar em um banco ao seu lado.

— Quer almoçar comigo um dia desses?

— Quero.

Nenhum de nós se mexe. Existe uma linha que nos separa, e ambos estamos lutando para ver quem consegue resistir por mais tempo a cruzá-la. Sim, com os Villa é preciso teimar para não ceder. Rodrigo nos observa de longe. Vovô está tão desconfortável quanto eu.

— O Bernardo me disse que vocês não se acertaram — ele comenta, provavelmente se referindo ao fato de eu não ter deixado Rafael por Bernardo, como ele queria que acontecesse.

— Na verdade, nos acertamos — respondo em voz baixa, mantendo a tranquilidade.

— Aquele garoto ama muito você.

— Eu também o amo muito.

— É, mas os dois amam do jeito errado. — Sua mão fica suspensa no ar, indo e vindo, até que ele não se aguenta e segura a minha. — Se vocês se amassem direito, poderiam resolver os meus problemas.

— Não tem jeito errado de amar, vô.

— Mas tem jeito perigoso. — Meus ombros ficam tensos. — Não sei se você sabe, mas não sou um cara mau — ele abre e fecha aspas, marcando a última palavra. — Sou só um velho apavorado que não sabe mais se vai conseguir proteger sua menininha.

— Eu sei. Não queria te deixar preocupado.

— Preocupação é inerente ao sangue. Basta nascer. Não, basta ser gerado. Sua prima Fernanda me deu esses fios brancos aqui, ó — ele mostra seus cabelos, ainda mais grisalhos nos últimos meses. — Sua vó quer fazer uma pequena reunião de amigos no dia em que a sua mãe sair daqui. Sábado que vem. E eu estava pensando que talvez você pudesse ir.

— É minha mãe, vô. Claro que eu vou.

— Eu sei... E o que acha de levar seu... namorado? — Quase não posso acreditar no esforço que ele fez para dizer essa palavra.

— Sério?

— Não, estou brincando. — Sua espontaneidade me faz rir. — Claro que é sério.

Por mais que eu queira dizer sim na hora, preciso consultar Rafael antes.

— Vou conversar com ele, tá?

— Se ele não for, vou considerar uma afronta. — Ele cruza os braços.
— Vô!
— O quê? Eu dou um passo, ele dá outro. É assim que funciona. Ninguém pode esperar que eu seja o único a ceder.
— Hum... E desde quando você cede?
— Desde que o inútil do plano B me disse que, se eu não cedesse, perderia você.
— Não fala assim do Bernardo — peço, mas não estou zangada. Envolvo seu braço e encosto a cabeça em seu ombro.
— Por acaso o plano B foi útil?
— Foi sim, a seu modo. — Dou tapinhas em sua coxa. Não tem jeito, ele precisa entender que, nesse caso, quem não cede sou eu.
— Não, não. Ou ele foi útil ou foi inútil. Está vendo? Foi só se envolver com quem eu não aprovo e já ficou burra. Duvido que esteja lendo os jornais diariamente e...
— Eu te amo, vô. — Beijo sua bochecha e me levanto, puxando-o pela mão. — Mais do que você imagina.
Meu avô tira um lenço do bolso e enxuga os olhos, antes de me abraçar.
— E eu também te amo, *cariño*. Tanto que não consigo dormir quando não sei se está bem.
— Eu estou bem.
— Até quando? — Seus dedos se perdem nas pontas dos meus cabelos, algo que ele faz desde que eu era criança.
— Não sei, até a vida me permitir estar.
— Meu maior medo é esse rapaz partir você ao meio.
— Já fui partida, vô. Fui partida em dezenas de pedaços quando descobri o câncer do meu pai, em centenas quando disseram que era terminal, em milhares quando ele se foi e em milhões quando achei que perderia minha mãe também. Não sobrou muito aqui para ser partido. Eu só não demonstro tanto.
— Sabe que dá para multiplicar mais vezes, não sabe? — ele caçoa de mim, bagunçando meus cabelos, tentando fugir do fato de que fui muito machucada.

— Sou sua neta, claro que sei. — Pisco várias vezes, imitando a menininha que ele adora proteger.

— Bem, traga-o na semana que vem. Sua mãe vai querer conhecê-lo, e eu vou tentar não matar aquele rapaz.

— Hum... Você pensa muito nisso, não é? — finjo que estou zangada, estreitando os olhos.

— Em matar esse garoto?

— Sim.

— São tantas opções... — ele agita os braços inocentemente.

— Vô!

— Quer a lista em ordem numérica ou alfabética?

Rodrigo resolve passar em casa para pegar algumas roupas e me deixa esperando no carro. Quando ele estaciona em frente ao prédio de Rafael, já é noite. Estou preocupada, mas Lex disse que ficaria até eu chegar, mesmo que isso o fizesse se atrasar para o trabalho.

Abro a porta e meu coração dispara. As luzes estão apagadas, tem velas espalhadas pela sala e pétalas de rosa formam um caminho até o quarto. Um perfume adocicado envolve o ambiente. Tão diferente do que temos vivido nos últimos quinze dias.

Entro no quarto devagar. Em pé, segurando rosas brancas, está Rafael.

— Quis comprar rosas, mas vermelho é muito óbvio e, gata — ele estreita os olhos, sorrindo de forma assustadoramente sexy —, eu sou tudo, menos óbvio.

Eu me jogo em seus braços, apertando-o o mais forte que posso, como se tivéssemos passado meses longe. Quando ele me envolve, percebo que se sente exatamente do mesmo jeito.

— Cadê o Lex? Ele te deixou sozinho? — Não consigo esconder a preocupação.

— Calma. Não tenho nenhuma crise há seis dias. O pior já passou. Calma. Calma. — Ele acomoda a mão em meu pescoço, despertando sensações que mantive adormecidas durante a fase de tensão. — Agora é basicamente autocontrole e frequentar reuniões semanais por, sei lá, o resto da vida.

Quero perguntar se ele ficou muito tempo sozinho, se esperou demais por mim, mas me seguro. Vou ter que ficar de olho nele por muito tempo ainda, e não quero que pense que está sendo vigiado. Ele precisa se sentir bem, cada dia melhor. E isso depende muito mais de Rafael do que de mim.

— São lindas. Obrigada. — Inspiro o perfume das flores. — Gostei mais por serem brancas.

— Achei que combinava. Você zerou a minha vida. Sou uma folha em branco. Não uma folha nova e sem passado, porque seria impossível. Sou uma folha amassada, pisada e provavelmente rasgada em alguns pedaços, mas acho que ainda dá pra tentar escrever uma história nova.

— Como funciona agora? — Minha voz treme, mesmo que eu me esforce para soar natural.

— A gente vive um dia após o outro. Não tem fórmula mágica. A gente tenta, e talvez dê certo, talvez não. Quero que dê.

— Eu também.

— Então pronto.

Rafael coloca as flores sobre o criado-mudo, segura minha mão e entrelaça os dedos nos meus, sem deixar de me olhar. Depois me beija como se tivesse todo o tempo do mundo e precisasse me degustar. Corro as mãos por seus cabelos, trazendo-o o mais perto que posso.

— Porra, que saudade de você assim — ele murmura, procurando o zíper do meu vestido. — Só minha, sem ninguém pra chegar, sem ninguém pra atrapalhar. Como eu senti a sua falta. — Sua mão encontra o fecho do meu sutiã ao mesmo tempo em que desabotoo sua calça.

O desespero nos consome. Todos esses dias nos controlamos, nenhum toque tinha conotação sexual. Eu cuidava dele para que ficasse bem, sem pensar em nada mais. Agora quero, preciso, necessito desesperadamente sentir Rafael dentro de mim.

— Rafa... — Eu me agarro em seus ombros quando ele me toca entre as pernas. Meu coração bate tão rápido que sinto como se nunca tivesse me perdido em seus braços antes. — Por favor...

Imploro por ele. Não aguento mais esperar e puxo sua cueca enquanto ele me empurra para a cama. Nossos corpos agem por conta própria. Não há racionalização. Não há espera. Não há contenção. Neste momento, Rafael e eu somos apenas entrega. Intensa e plena entrega.

# 54
# RAFAEL

*Did I say that I need you?*
*Did I say that I want you?*
*Oh, if I didn't I'm a fool, you see*
*No one knows this more than me.*
— Pearl Jam, "Just Breathe"*

**ESTÁ AÍ ALGO** que nunca pensei: que eu seria convidado para um almoço na casa da família de Viviane. Ela passa o dia anterior inteiro mexendo em suas roupas, e nosso quarto acaba parecendo mais uma zona de guerra.

Sem prestar atenção, ela atira peças na cama, muitas vezes me atingindo, sem nem se dar conta.

— Você fica perfeita com qualquer roupa, Vivi.
— Não, você não entende. Eu quero que seja realmente perfeito.
— E vai ser.
— Você acha? — Ela sobe na cama de joelhos e se aproxima de mim.
— Acho.
— Estou tão confusa. — Joga o vestido azul-marinho sobre o lençol e encosta a cabeça no meu peito sem camisa. — Sei que parece bobo, mas roupa significa tanto pra mim.
— Não parece bobo. — Acaricio sua barriga com calma. A praga tinha que estar só de calcinha e sutiã.

---

* "Eu já disse que preciso de você?/ Eu já disse que te quero?/ Ah, se eu não disse, sou um tolo, veja você/ Ninguém sabe disso melhor do que eu."

— É que, se eu não fizer assim, se eu não escolher com cuidado cada peça de roupa, parece que...

— Você tá perdendo o controle — completo.

— É, é isso.

— Acho que é normal. Eu sou assim também com a casa. Quer dizer... — Pego uma blusinha e balanço para ela. — Alguém descontrolou o meu mundo!

Eu a surpreendo agarrando-a e girando nossos corpos até que ela fique presa sob mim, fazendo-a rir.

— Ah! — ela dá um gritinho. — Eu arrumo tudo, juro! — promete, balançando as pernas enquanto faço cócegas em sua barriga. — Por favor, para! — as palavras saem em meio a gargalhadas, até que eu paro, deixando-a respirar.

— Depois você arruma. Posso aguentar um pouquinho de descontrole, assim como você. Qualquer roupa que usar vai te deixar linda. Quer parar de se preocupar?

— Ok — a resposta sai com um suspiro, e ela sorri após morder o lábio inferior.

— Ah, garota... Problema de roupa resolvido: tira tudo agora.

Rodrigo e Viviane buscam a mãe na clínica com os avós. Depois de deixar os mais velhos em casa, passam para me pegar. Apesar de preferir estar com minha moto, quero que Viviane vá de carro. No fim, ela se decidiu por meias pretas até os joelhos, a saia vermelha que usou na primeira vez em que nos beijamos e uma blusa preta com alguns detalhes, mas quem disse que consigo ver muito além da saia vermelha?

Entramos na casa de mãos dadas, com Lucas e Rodrigo, um de cada lado. De longe, ouço a risada da Branca e nunca pensei que diria isso, mas ela me tranquiliza. Por mais louca que seja, não tenho dúvida de que é de confiança. Ela pode te xingar na maior parte do tempo ou te olhar com desdém algumas vezes, mas vai te proteger se achar que deve. Quando nos vê, ela se levanta e vem sorrindo até nós.

— Vivi! — a abraça carinhosamente. — Mestre. — Ela me chama assim às vezes, fazendo Viviane revirar os olhos. Ninguém me explicou a razão ainda, só sei que tem algo a ver com uma palavra que Branca inventou a meu respeito.

Por trás do muro, a casa é muito mais do que imagino. A família de Viviane tem dinheiro e não faz questão de esconder.

Entramos na sala, estou com o coração disparado. É uma sensação estranha. Uma ansiedade incômoda.

Um garçom passa oferecendo bebida e normalmente, numa situação dessas, eu aceitaria. Mesmo agora a tentação é grande. Não é só passar pela abstinência — não existe ex-vício, é para sempre, a grande questão é saber lidar com o desejo.

Viviane não me olha, mas sua mão aperta a minha devagar, quase como se lesse minha mente e soubesse que, por trás da fachada, estou inseguro. É a mãe dela que vou conhecer hoje. Por mais que eu saiba que Vivi não vai me deixar caso a mãe peça, não gostaria que ela tivesse de escolher. Sem saber o que se passa comigo, o garçom oferece bebida novamente. Não quero. Não posso. Não vou.

Coisas assim são os maiores testes que alguém pode enfrentar — ver o que precisa bem na sua frente e escolher entre o sim e o não. Em meio a um momento desesperador, Viviane desliza a mão livre pelo meu braço, desenhando o contorno da tatuagem, parecendo distraída. Mas, quando me olha e sorri, sei que quer me acalmar. Ela é meu porto seguro em meio ao caos.

A reação das pessoas ao me ver é a mais diversa possível. Enquanto Mila é doce, mas desconfiada, Fernanda me abraça tão forte que me sinto um gatinho nas mãos da Felícia, do desenho animado *Tiny Toons*. É, já fui criança, como todo mundo. Não tem como nascer já sendo um cara mau, sexy e tatuado.

Túlio aparece com a esposa. Mais solidários, impossível. Quase todas as pessoas já sabem quem eu sou quando se dirigem a mim.

Viviane segue cumprimentando e pedindo licença até chegarmos à área externa. Tem uma piscina gigantesca, e várias pessoas conversam perto da churrasqueira. Reconheço a avó e a mãe, que observei de longe durante a internação na clínica. Quando nos aproximamos delas, as pessoas se afastam, e tenho a sensação de que todo mundo neste lugar sabe quem eu sou e o que vim fazer aqui. Como eles se comunicam? Telefone sem fio?

Agora, com o rosto mais corado e as roupas arrumadas, é fácil reconhecer Viviane na mãe. Elas são bem parecidas.

— Mãe, esse é o Rafael. Rafa, essa é a minha mãe, Alice.

Nossas mãos se encontram em um aperto formal. Ela me surpreende e me dá um beijo no rosto, mas o olhar apreensivo que lança à tatuagem não passa despercebido.

Confesso que, pela primeira vez na vida, nunca estive tão apavorado. Quero ser aceito por essas pessoas, e não é por mim. Viviane não merece se afastar de todos por querer ficar comigo. Quero que ela tenha tudo. Estar com essa garota me tira do eixo, ao mesmo tempo em que recupera meu equilíbrio.

Sua avó e sua mãe conversam banalidades e às vezes me fazem uma ou outra pergunta sobre trabalho e família. Quando meu pai e minha irmã vêm à tona, não há dúvidas de que ganho um olhar complacente, como se de repente eu me tornasse mais apreciável por saber na pele o que elas sentiram ao perder quem amavam.

Não é tão difícil quanto eu pensava, mas não consigo afastar uma comichão na palma das mãos. Sorrio, sou educado e não sei se me surpreendo ou fico chocado com o modo como a mãe e a avó parecem gostar rapidamente de mim.

Os primeiros trinta minutos se passam e ainda estou esperando o momento em que a casa vai cair e alguém vai saltar das sombras querendo que Viviane escolha. Quando ela se ajeita rapidamente na cadeira, sei que algo a deixou apreensiva, e, ao seguir seu olhar, a última pessoa por cuja avaliação tenho que passar se aproxima.

Vovô "Sean Connery" está com uma sobrancelha levantada. Quando tira a mão das costas e a estende para mim, eu o encaro, preparado para alguma palavra dura que possa machucar Viviane ou até, sei lá, um punhal para acabar com a minha raça.

— E aqui está o rapaz que faz minha neta feliz — ele surpreendentemente sorri.

A falta de ironia em seu tom leva minha ansiedade para longe. Nunca pensei que pudesse agradar todos eles, e honestamente sei que não vou, mas não estou pronto para uma briga por Viviane. Por mais que eu a queira comigo, sei que ela precisa deles.

O sorriso escancarado que ela lança para o avô, e que é retribuído na mesma medida, me alegra mais do que se fosse direcionado a mim.

Neste momento, depois de tudo o que passamos, só o que posso querer é ver Viviane feliz.

# 55
# Viviane

> *If everyone goes away, I will stay*
> *We push and pull*
> *And I fall down sometimes*
> *And I'm not letting go*
> *You hold the other line*
> *'Cause there is a light in your eyes, in your eyes.*
> — Mat Kearney, "Breathe in, Breathe out"*

**Aprendi com meu** pai a nunca ter medo de viver, então, quando os dias se tornam semanas e a tranquilidade preenche nosso cotidiano, não me surpreendo nem temo que possa passar. Apenas vivo.

Não voltei para a casa da minha mãe quando ela saiu da clínica, mas a vejo todos os dias. Como eu não quis retomar a faculdade por um semestre, ela me faz acompanhá-la a várias reuniões com suas amigas. Também tem ocupado seus dias com projetos sociais deixados pelo meu pai, e assim a memória dele é lembrada e ela não se sente tão só. Rodrigo voltou a morar com ela, o que me dá mais tranquilidade.

Às vezes durmo por lá, mas não gosto. Por mais que não fique procurando sombras no presente, se não estou perto de Rafael, tenho medo do que pode acontecer com ele.

A maior surpresa desse período é que vovô simplesmente morre de amores por ninguém menos que Lucas! Se Rodrigo não fosse tão bem

---

* "Se todos forem embora, eu ficarei/ A gente empurra e puxa/ E eu caio às vezes/ E não vou largar/ Você segura a outra ponta/ Porque há uma luz nos seus olhos, nos seus olhos."

resolvido, teria ciúme. No dia em que minha mãe saiu da clínica, meu avô estava discutindo informalmente uma campanha publicitária para uma marca de carro e Lucas deu sua opinião, assim, do nada, deixando todos nós boquiabertos. O investidor que existe em meu avô está completamente obcecado em tornar Lucas seu funcionário, querendo até financiar sua faculdade.

A princípio, Rafael não quis que seu primo aceitasse, mas depois teve a brilhante ideia de dizer que Lucas só pode cursar publicidade se Rodrigo parar de enrolar e prestar vestibular também. E foi assim que Rafa deu um passo importante no gráfico mental que vovô tem sobre ele.

Rodrigo concordou. Então, no semestre que vem, vou retomar meus estudos e eles vão iniciar os deles.

Meu avô quis me dar meus cartões de crédito de volta. Não banquei a orgulhosa, aceitei, mas quase não gasto com nada no apartamento. Rafael faz questão de pagar as contas. Estamos pensando em nos mudar para um apê de dois quartos, para que Lucas não precise mais dormir na sala.

Não sei exatamente como minha família se sente com meu relacionamento. Às vezes tenho a sensação de que eles não batem de frente comigo para que eu não me rebele e assim me afaste deles. Mas isso não quer dizer que aprovem. Talvez estejam só esperando que eu volte. Como não dá para ter certeza, sigo vivendo.

Rafael já voltou a trabalhar no bar, que, graças a Deus, não tem mais Andressa entre as funcionárias.

Nossa vida se entrelaça mais a cada dia, e sei que nunca amei outra pessoa como amo Rafael.

Converso com dona Rosalia, a mãe dele, de vez em quando, e ela tenta me ensinar a cozinhar, apesar de eu ser um fiasco total. Passamos uma semana com ela quando Rafael ainda estava em férias, e seria impossível amar mais aquela mulher. É a pessoa mais fofa do universo.

Minha mãe também faz questão de me ensinar, apesar de não saber cozinhar nem um ovo sozinha. Rimos constantemente de nossas tentativas frustradas. A diferença é que minha mãe tem a cozinheira para salvá-la, e eu... bem... tenho um cara que fica lindo de avental.

Não deu outra — agora, saio correndo do banho enrolada na toalha no exato segundo em que Rafael entra no apartamento e descobre que queimei a comida.

— Ah, droga — choramingo, enquanto ele pega a panela quase preta e coloca na pia.

— Relaxa, Vivi. — Ele beija meu rosto e dá risada. — Só quero saber como você não sentiu o cheiro de queimado.

— Fui tomar banho e acendi velas aromáticas no banheiro. Achei que dava tempo. Acho que deixei o fogo muito alto. Poxa...

— Não tem problema. A gente pede uma pizza e pronto.

E, como sempre, ele resolve as crises na cozinha. Ou pede algo ou ele mesmo faz.

— O Lucas vai demorar? — pergunto com o telefone na mão para saber o que pedir.

— Vai. Ele disse que ia sair com uma garota. Não sei quem — ele acrescenta, quando faço que vou questionar.

Jantamos, conversamos, vemos televisão. A vida vai colocando tudo nos eixos e uma rotina deliciosa nos envolve. É quase bom demais para acreditar.

— Banda ou cantor com B — Rafael pergunta horas mais tarde, deitado na cama, enquanto estou apoiada em seu braço.

Talvez música seja o assunto sobre o qual mais falamos. Rafael tem um conhecimento musical gigantesco e com brincadeiras assim ele diz que me ensina, apesar do preço alto a pagar com minhas respostas. É o que o idiota diz.

— Britney, claro — respondo, sorridente.

— Deus do céu...

— Deus é com D.

— Gracinha.

— Ah, para. Você tem que lembrar que eu nunca te fiz ouvir. Minha vez: banda ou cantor com P.

— Papa Roach.

Pisco, buscando o nome na mente. Não, nunca ouvi.

— Hum... Achei que você ia responder Pearl Jam.

— Pelo menos essa você conhece. Papa Roach é muito bom. Acho que você vai gostar de algumas músicas, não de todas.

Rafael já está em pé mexendo no som. Toda vez que ele me pergunta sobre música terminamos ouvindo uma, ou duas, ou várias.

— É, gostei de "Scars" e achei "Last Resort" bem mais ou menos.

— Fresca. — Ele pula na cama e prende minhas mãos acima da cabeça.

— Grosso.

— Para de me elogiar — ele usa seu tom mais sensual e me mata.

— Idiota.

Ele gargalha e meu peito se enche de calor. Amo esse som. É a melhor música que eu poderia ouvir.

— Eu estava pensando... Você tem aprendido várias músicas boas, mas tô te achando preguiçosa. E se a gente dificultasse um pouco as coisas?

— Dificultar como?

— Se você não reconhecer uma banda que eu gosto, a gente transa. — Sua língua acaricia a curva do meu pescoço.

— Se fizermos isso, vamos transar o tempo inteiro!

— E por que isso seria um problema?

— Por nada — respondo, e ele me surpreende quando se levanta, me pega no colo e me carrega até o banheiro. — O que está fazendo, seu maluco?!

— Você tem dois segundos pra adivinhar — ele diz e me coloca no chão, já abrindo o boxe. — Se errar, já sabe, vai rolar sexo.

— Assim eu vou errar de propósito!

— Erra, gata. Por favor, erra. — Ele não desvia os olhos de mim e isso é tão sexy!

Tiro a blusa ao mesmo tempo em que Rafael arranca a camisa. Quando deixo a calcinha cair pelas pernas, ele abre o chuveiro e me segura pela mão, juntando nossos corpos molhados.

Seu beijo é voraz, possessivo, intenso. Ficamos sem ar e nos encaramos com a testa colada. A água escorre entre nós. Ele retoma o beijo, lento, doce, insuportavelmente provocante, enquanto meu coração rodopia sem conseguir um lugar para se apoiar dentro do peito.

Rafael coloca distância entre nossos lábios e passeia por meu pescoço. Aproveito para fazer o mesmo com ele depois. O gosto, o calor do corpo e a textura da pele dele pipocam em minha língua. Quando ele geme, quase desfaleço.

Ele me provoca com os dedos e apoio as costas na parede, enquanto o outro braço me agarra.

— Adoro quando você faz isso...

— Porra, e eu adoro fazer — ele sussurra para mim. — Puta que pariu, Vivi. Quando você pega no meu pau assim, chega a doer. É bom, é bom pra caralho, mas me deixa tão louco que dói. Tem noção?

— Tenho — respondo baixinho, mordendo seu ombro.

— E gosta, né? Você me mata e gosta.

— Uhum...

— Vamos empatar, então.

Sua língua invade minha boca em um dos beijos mais loucos e provocantes que já demos. Uma mão aperta meu seio e a outra desliza entre minhas pernas, me tocando delicadamente em um ponto que não tem mais volta. Estou prestes a me perder completamente e ele não se afasta. Meus gemidos ficam perdidos entre beijos enquanto me seguro o melhor que posso em seus braços e meu corpo se dissolve internamente.

Suas mãos deslizam e param em cheio na minha bunda. Rafael me levanta e enrosco as pernas nele, ao mesmo tempo em que ele entra em mim com urgência, da forma mais profunda possível. Uma eletricidade nos conecta. Não de maneira simples. Sinto como se nossas células fossem capazes de se misturar e se prender para sempre. Fazer amor desse jeito é assustador e libertador.

É quase como se estivéssemos à beira do precipício um do outro e ironicamente esse fosse o único caminho possível.

Na manhã seguinte, estamos preguiçosamente enroscados um no outro quando o telefone toca e me levanto para atender. Não sem escapar de um tapa em cheio na bunda. Saio rindo, tropeçando, enquanto ele sorri. O sorriso mais perfeito e doce que já vi.

Atendo. Ouço a voz de Lucas do outro lado. A calma tão comum está nublada de tristeza quando ele me dá a notícia que mais uma vez vai mudar nossa vida.

Meu pai dizia que o destino é como uma flecha atirada por um exímio arqueiro. Às vezes você está ali, sorrindo, cantando, amando, e a flecha te atinge de forma certeira, no coração. Exatamente no lugar mais frágil.

É assim que olho para Rafael agora, sorrindo para mim da cama, sem saber o que o aguarda, sem saber que todas as suas feridas vão se abrir novamente quando eu contar quem perdemos.

Meus olhos se enchem de lágrimas e meus pensamentos buscam uma saída que não existe, um caminho impossível de ser encontrado. Rafael percebe o pesar que me toma e se levanta. Vejo tudo em câmera lenta. Queria poder voltar e não atender o telefone. Queria poder voltar e não permitir que acontecesse outra vez.

Mesmo que eu ame Rafael como nunca amei ninguém, mesmo que eu queira dar a vida por ele, mesmo que a dor dele se torne minha, sei que, por mais que ele tente lutar, quando souber quem perdeu dessa vez, vai morrer novamente.

Rafael vem até mim e segura meus braços devagar, tentando me confortar, sem nem imaginar o que tenho para lhe dizer. Meu coração se despedaça porque sabe que, assim que lhe der a notícia, eu o perderei.

Eu queria ser a força que vai mantê-lo são, mas, depois de mais uma perda irreversível, não sei se tenho esse poder. E, nesses segundos que antecedem a revelação, a única coisa que consigo pensar é: *Por quê?*

# 56
# RAFAEL

> *Baby I've been here before*
> *I've seen this room and I've walked this floor*
> *You know, I used to live alone before I knew you*
> *And I've seen your flag on the marble arch*
> *And love is not a victory march*
> *It's a cold and it's a broken hallelujah.*
> — Leonard Cohen, "Hallelujah"*

**VIVIANE ESTÁ DE** costas quando atende o telefone. Seu tom alegre morre quase em seguida. Eu não estou preparado para a tristeza em seu rosto. Queria saber menos e não perceber o exato momento em que o brilho no olhar muda e algo se parte.

Um segundo. Um mísero segundo é o tempo que preciso para saber que algo terrível aconteceu. É quase como se um sinal disparasse, me avisando que eu deveria me preparar.

Eu a seguro devagar, tentando ler mais do que consigo. Ela desliga o telefone e me abraça.

— O que foi? — minha voz sai cortada, como se tivesse medo da resposta.

---

* "Baby, eu já estive aqui antes/ Eu vi este quarto e andei neste chão/ Você sabe, eu vivia sozinho antes de te conhecer/ E eu vi sua bandeira no arco de mármore/ E o amor não é uma marcha da vitória/ É uma fria e sofrida aleluia."

— Rafa... — Ela se afasta, passa as mãos no rosto e nos cabelos, dá alguns passos para lá e para cá e segura minha mão. Não consegue mais esconder as lágrimas.

A maioria das pessoas não imagina, mas só existe um olhar para informar a morte. O modo como os olhos perdem o brilho e a expressão pesarosa do rosto denunciam o que a pessoa não quer contar.

— O que foi? — pergunto outra vez. Viviane abre a boca e seus lábios tremem. Reformulo a pergunta: — Quem foi?

Completamente perdida, ela hesita, apertando as mãos. Viviane, melhor do que ninguém, sabe que expressões como "Você tem que ser forte" não servem para nada. Posso vê-la procurando palavras que não existem. Não há nada de bom em algo ruim.

Sei que a notícia tem a ver comigo, porque, se fosse alguma coisa relacionada a Viviane, ela já teria me dito. O silêncio é quase dar a notícia sem revelar quem foi. É tão assustador quanto, e ela sabe, porque diz:

— Senta aqui — e tenta me puxar para o sofá, mas eu não me mexo.

— Quem era no telefone?

— O Lucas. — A resposta sai rápida, ao mesmo tempo em que ela arregala os olhos, para depois fechar. — Rafa, ligaram para o Lucas porque a sua mãe...

Solto a mão de Viviane e cambaleio para trás, interrompendo sua fala.

— Não diz nada.

— Rafa.

— Não diz, porra! — xingo em voz alta, tentando respirar. Onde está o ar desse apartamento, caralho?! — O Lucas tá bêbado em algum lugar e se confundiu. Vou ligar pra casa.

Ligo para minha mãe. Ela vai atender e tudo isso não terá passado de um mal-entendido. Aí vou socar o Lucas.

Viviane senta no braço do sofá, olhando atentamente para mim. Preciso pedir desculpas por gritar, mas primeiro vou descobrir que tudo isso é um engano.

O telefone toca uma vez, duas, três...

— Alô.

Franzo a testa ao ouvir a voz de Matilde, vizinha da minha mãe Calma, ela vai chamá-la e pronto.

Tenho um vislumbre de consciência, mas não vou aceitar isso.

— Matilde, é o Rafael. Chama minha mãe, por favor.

Um fio delicado é o que me segura na superfície. Uma esperança minúscula, extinta pelo "sinto muito" seguido do choro de Matilde.

Desligo.

Viviane e eu nos olhamos. Ela se move na minha direção. Levanto a mão para que não venha. A ficha cai e meu controle desaparece. Arremesso o telefone contra a parede e caio de joelhos no chão.

O fio que me mantinha lúcido se parte e estou na merda outra vez.

Contrariando o que pedi, Viviane cai de joelhos perto de mim e me abraça. Eu a aperto tão forte que tenho medo de esmagá-la. Choro compulsivamente. Depois de tudo, ainda perdi minha mãe.

— Perdi minha mãe. — Estou sufocando. A dor é tanta que cada ferida se abre e sangra outra vez. Parece que vou morrer a qualquer momento.

— Sinto muito, Rafa. Sinto tanto.

Viviane passa a mão no meu rosto, beija meu queixo, me abraça mais. Está desesperada para me consolar e eu queria sinceramente que isso fosse possível.

— Não sei como foi, não perguntei como foi... — Estou confuso e desesperado. — Você sabe?

— Foi dormindo, mas não sabem a causa.

— Por quê? Por quê, porra? POR QUÊ?

A dor começa a dar lugar à ira. Tô tão puto, tão puto, tão puto!

Afasto Viviane, que estranha, mas não me impede, e me levanto. Vou para o quarto e me visto em silêncio. O buraco no peito não vai passar. A agonia de nunca mais ver alguém que eu amo só vai me consumir. A vida virou morte outra vez. Já não sei a razão de continuar tentando ser forte.

Viviane se levanta e fica ali parada, respeitando meu espaço, mas machucada por me ver assim. Um lado meu quer buscar consolo nela, quer abraçá-la até a dor diminuir. Mas o outro lado sabe que não vai parar de doer porra nenhuma. Se cada pessoa que eu amo se vai, quem me garante que Viviane não será a próxima?

Pego o capacete e a chave, mas antes de destrancar a porta Viviane me segura.

— Aonde você vai?

— Sair.

— Pra onde?

— Por aí.

— Rafa.

— Preciso de ar.

— Fica. — Ela me abraça forte.

— Me deixa ir.

— Não posso.

— Vivi — seguro a mão que ingenuamente pensa que pode me prender —, preciso sair daqui.

— Sair pra onde? Você precisa ficar.

— Não dá. — Sei que isso a machuca, mas agora já não dou conta de ser o cara certo para ela.

— Fica comigo, por favor — Viviane me pede com preocupação e carinho.

Enxugo as lágrimas, depois seguro seu rosto entre as mãos e só o que consigo pensar é: *Tudo o que eu amo morre.*

— Eu já saí, linda. Tô oco. Não tem mais nada aqui. Já saí, já saí...

Eu a beijo e ela se distrai, pensando que significa que vou ficar. Mas, assim como a puxei rápido, eu a solto, abro a porta e desço pelas escadas, correndo o máximo que posso para não ser alcançado.

Ouço sua voz me chamando. A voz que aprendeu a acalmar meu coração e que hoje só me machuca mais.

Não tem mais nada que ela possa fazer por mim.

# 57
# Viviane

> *If you're lost, you can look and you will find me*
> *Time after time*
> *If you fall, I will catch you*
> *I'll be waiting*
> *Time after time.*
> — Cyndi Lauper, "Time After Time"*

*Tento correr atrás* de Rafael. Estou descalça e escorrego depois de três lances de escada. Ele não percebe, está muito longe para me ver ou ouvir. Apoio as mãos no chão, chorando. Machuquei os dois joelhos. A dor física não elimina o buraco que começou a crescer em meu peito desde que eu soube que a mãe de Rafael havia morrido.

Lex chega ao apartamento pouco depois de Rafael ter saído e me encontra aos prantos. Ligamos para várias pessoas que o conhecem e para os lugares aonde ele poderia ir, mas é em vão. Mais tarde Lucas chega, inconsolável pela perda da tia e preocupado com o primo, e Lex sai para procurar Rafael.

É quase noite quando percebemos que não vamos encontrá-lo se ele não quiser ser encontrado.

Lucas quer ir velar sua tia, e meu irmão e eu vamos com ele. Estou me prendendo à pequena chance de Rafael fazer o mesmo, apesar de não atender o celular.

---

* "Se você estiver perdido, pode procurar e vai me encontrar/ Hora após hora/ Se você cair, eu vou te segurar/ Estarei esperando/ Hora após hora."

No trajeto, envio mais mensagens. Começo a me desesperar. Tento ser forte por Lucas e até mesmo por Rafael, mas me sinto desmoronar. Como vou ajudar o Rafa se ele não me deixa entrar? Como posso curá-lo agora? Será que serei suficiente?

Penso que não e choro. Então me lembro do que senti quando achei que minha mãe estava morta. O golpe me atravessou. Era claro para mim que eu não aguentaria mais uma perda.

Rafael foi tão corajoso ao parar com as drogas, mesmo sofrendo por isso, mesmo muitos dias tendo vontade de usar e fingindo que estava tudo bem, porque não queria que eu me preocupasse. Agora nada foi capaz de segurá-lo perto de mim. Espero que, pelo menos, ele ainda seja capaz de se manter longe do resto.

Não conto a ninguém da minha família, além de Rodrigo, o que aconteceu. Não quero que comecem a se preocupar e não pretendo abandonar Rafael, mesmo que... Não, mesmo que nada. Que ele não use de novo, por favor...

Passo a noite em claro no velório e Rafael não dá sinal de vida. São seis horas da manhã quando Branca, Mila e Fernanda aparecem e correm para me abraçar.

Choro sem perguntar como me encontraram e a resposta está logo atrás delas. Lex chega e seu olhar complacente me mostra que fez isso por mim, mesmo contra todas as minhas justificativas. Depois balança a cabeça negativamente. Ele continua sem saber onde Rafael está.

Minhas amigas tentam me confortar. Estou segurando uma onda de desespero, tentando mantê-la abaixo da pele, sem estourar, mas temo explodir a qualquer momento.

Um pouco antes do enterro, Mila me força a ir com ela até a lanchonete. Não consigo comer, mas tomo um copo de suco, esperando que o açúcar impeça minha pressão de cair mais.

— Vivi — seu tom é baixo e preocupado —, eu sei que não é hora, mas tudo isso parece tão irreal que a hora certa não vai chegar nunca.

Se o Rafael tiver usado, vai ser um caminho sem volta e você precisa estar preparada.

— Eu sei.

— Sinto muito por ele, por você, pelo Lucas, de verdade. — Ela coloca uma mecha de cabelo atrás da minha orelha. — Você sabe que eu tive medo, mas vi a força dele, vi como ele tentou. E tem que querer muito para largar as drogas sem tratamento. Ele é um guerreiro. Acho que a paixão que ele sente por você ajudou muito nisso tudo. Paixão mexe com o corpo também. Eu quase tive um treco no começo. Achei que era um risco desnecessário que você estava assumindo. Depois vi que talvez desse certo, ele estava tentando tanto que comecei a torcer, ainda estou torcendo. Com medo de novo, mas torcendo. É tão triste... Quase como se ele tivesse agenesia de anjo da guarda.

— O quê?

— Agenesia significa atrofia de um órgão. No hospital, em uma das visitas da faculdade, um residente falou esse termo e nunca mais esqueci. Mas ele usou de forma metafórica, como se a pessoa estivesse destinada a sofrer muitas provações e perdas, como se tivesse nascido sem anjo da guarda.

— Você acha que isso é possível?

— Talvez, não sei. Vai da crença de cada um. Muita gente acredita em anjos da guarda, e a gente vê cada coisa no hospital que às vezes fica tentada a acreditar também. São casos horríveis que estudamos todos os dias. Talvez o Rafael possa ter mesmo agenesia no campo espiritual, mas ele tem você. Você tem sido muito mais do que um anjo da guarda pra ele.

— Eu quero ser o anjo da guarda dele, mas como, se eu não sei nem onde ele está? — pergunto enquanto caminhamos de volta.

As pessoas estão se preparando para seguir com o cortejo, e, quando o funcionário do cemitério fecha o caixão de dona Rosalia, Rafael surge à porta.

— Abre. — Sua voz sai ainda mais rouca.

Ele não olha para ninguém, está focado no caixão. Os funcionários se entreolham e Rafael insiste:

— Abre. Não vou falar de novo.

— Tudo bem, mas tem que ser rápido — eles cedem.

Rafael se abaixa perto do rosto da mãe, beija sua testa, fala baixinho e a acaricia. As lágrimas caem, molhando-a, e ele não faz menção de se afastar. Lucas vai até ele e coloca a mão em seu ombro. Rafael se vira, os dois se abraçam e choram e meu coração se despedaça. Nada pode doer mais em mim do que o ver tão ferido.

— Fica comigo, primo. Por favor, fica comigo. — O que Lucas pede é muito mais do que a presença física.

O caixão é fechado outra vez, Rafael segura uma das alças e, pela primeira vez desde que chegou, seu olhar cruza com o meu. Seus olhos estão vermelhos, muito vermelhos. As lágrimas não param de escorrer por seu rosto, mas é muito além disso. Tão além que sinto medo de perdê-lo para sempre.

O enterro termina e Rafael vira as costas, sem esperar por nenhum de nós. Corro para alcançá-lo, e o teria perdido se Lex não o segurasse.

— Para agora. — Lex não lhe dá alternativa. — Não vai sumir de novo.

— Cai fora, cara — Rafael empurra a mão estendida e sobe na moto.

Estou na frente dele e Lex se afasta, para nos dar privacidade.

— Não vai embora assim, Rafa. A gente precisa conversar. — Seguro o guidão da moto.

— Vivi, aconteceu. A gente tentou e não deu certo. Acabou. — Ele dá de ombros, como se tudo se resumisse a um término de relacionamento. — Você vai ter que lidar com isso.

— Rafael, para. Você não está bem. Não é assim. — Nem considero as palavras dele.

— Não tô bem e nunca mais vou ficar. — Ele acende um cigarro. Não consigo ver bem, mas o cheiro é diferente. Não é nicotina.

— Você está usando outra vez? — A pior pergunta que eu poderia fazer.

— Tô usando outra vez. — Suas palavras são pausadas. É um aviso. — E aí? Ainda quer ficar comigo? — ele zomba, com uma risada forçada. — Duvido que seu avô vai aprovar.

— Meu avô não tem nada a ver com a gente. — Tento segurar um espirro e não consigo. Rafael está despertando minha alergia de propósito.

— É, mas eu tenho e acho que já ficou claro: todas as pessoas que eu amo morrem. Eu vou perder você de qualquer jeito, então chega. Só tô antecipando a merda. Você tá melhor sem mim.

Quero dizer que não vou morrer, que ele precisa parar de pensar assim, mas, ao mesmo tempo, como posso garantir? Se tem algo que a vida me ensinou é que a morte é implacável e inevitável.

Seguro sua mão. Ele me olha, reconheço o sofrimento intenso, por sua mãe, por abrir mão de nós, por voltar a usar.

— Nunca vou ficar melhor sem você.

— Você tá errada e vai aprender.

— Quando se ama, não tem isso de aprender a viver sem — teimo inutilmente.

— Tá errada de novo. Melhor do que ninguém, a gente sabe que a vida nos obriga a viver sem as pessoas que a gente ama. Olha a porra do lugar onde a gente está, Viviane! — Ele abre os braços para o cemitério, revoltado. — Acorda! Eu jurei que só voltaria morto pra cá e tô enterrando outra pessoa.

— Você está vivo e eu te amo. Para de falar merda! — eu me altero e aumento o tom de voz, mais do que gostaria.

Rodrigo, que está com nossos amigos a alguns metros, dá um passo à frente. Branca o impede de se aproximar.

— Tô vivo? — Ele dá uma longa tragada no baseado. — Você pode afirmar com toda certeza que eu tô vivo? Se eu me sinto morto, quem é você pra me dizer o contrário?

— Alguém que te ama.

— Então, eis um conselho. — Ele joga o cigarro longe e coloca o capacete. — Aprenda a não me amar.

Espirro outra vez. Rafael dá partida e vai embora sem olhar para trás.

Para ele, terminamos aqui. Não choro, não consigo. Na verdade, estou com raiva por vê-lo se entregar assim. Tem que ser muito idiota para achar que eu vou aceitar sua palavra como final.

# 58
# RAFAEL

*If you got bad news, you wanna kick them blues*
*Cocaine*
*When your day is done and you wanna run*
*Cocaine.*
— Eric Clapton, "Cocaine"*

**O PROBLEMA DE** ser tão íntimo de alguém é que ele sempre sabe onde te encontrar. Passo os últimos dias fugindo de Lex. Dormindo cada noite em um lugar, isso quando durmo, e deixando claro que não quero aproximação.

O filho da puta bloqueou todos os meus cartões pelo telefone. Não sei de quem tenho mais raiva — do meu "amigo", por ter feito isso, ou de mim, por, quando sóbrio, ter passado todos os dados necessários para ser encurralado assim. Onde eu estava com a cabeça? Achei que poderia ficar limpo para sempre? Gargalho por ter sido tão idiota.

Gigante me arruma um lugar para ficar. Provisório, claro. Dá pro gasto e tem o que me mantém anestesiado.

Minha sorte foi ter sacado dinheiro antes, mas a grana não vai durar muito e preciso de um plano B. Porra, por que fui me lembrar disso? Tem um caralho de plano B em algum lugar, só esperando um vacilo meu para pegar a minha garota, e vacilei em sequência. Tô fodido. Cara,

---

* "Se você recebe más notícias, quer se livrar da tristeza/ Cocaína/ Quando seu dia acabou e você quer fugir/ Cocaína."

eu preciso dela. Não, não preciso de porra nenhuma. Preciso é de mais pó e de outra garrafa de Jack Daniel's.

 Sobriedade é uma palavra que não conheço mais. Se não estou bebendo, estou dormindo ou de ressaca. Não dá para manter a mente limpa, porque isso me leva até Viviane, e, se eu pensar nela, vou ter que voltar. Sinto sua falta. Mais do que do seu corpo ou de transar com ela. Sinto falta da porra da essência dela. Queria ela aqui, com seus dedos contornando minha tatuagem e trazendo minha sanidade de volta. Como ela consegue tão fácil?

 Acho que o segredo é este: eu me viciei em Viviane. Agora preciso passar pela abstinência. E, se ela me tirou das drogas, as drogas vão me tirar dela. Ah, preciso chapar mais. Voltar para as profundezas. Querer essa garota me faz querer ficar limpo. Faz com que eu me sinta culpado por ter sido fraco.

 Não quero sentir culpa, não quero sentir porra nenhuma.

 Sentir me faz viver, e tudo o que eu quero é morrer.

# 59
# *Viviane*

> *I know this really isn't you*
> *I know your heart is somewhere else*
> *And I'll do anything I can*
> *To help you break out of this spell.*
> — Aly & AJ, "Never Far Behind"*

**Nos primeiros dias,** vou atrás de Rafael na casa onde aconteceu a festa em que ele me buscou há mais de três meses, no dia em que conversamos a madrugada inteira sobre a dor de perder nossos pais. Se eu pudesse estabelecer um dia em que tudo começou, seria esse. Eu já sabia da conexão que a morte havia nos imposto, mas, ao ouvi-lo me contar tão abertamente quanto sofria, nunca mais consegui me libertar dele.

Reconheço Gigante, o amigo dele, abrindo o portão. Então me lembro de que muitas vezes as drogas vinham dali.

— E não é que você veio mesmo? — ele diz, atravessando a rua e vindo até mim, antes que eu possa me mexer.

— Você sabe quem eu sou?

— A mina do Barman. O Rafa disse que você viria.

— Ele está aqui?

— Não. Estava. Vazou porque o porra-louca do Lex veio buscar ele. Os dois brigaram. Acho que você sabe. — Não, eu não sabia. Achei que Lex não tinha encontrado Rafael. — Briga feia. Tive que separar.

---

* "Eu sei que esse não é realmente você/ Eu sei que seu coração está em outro lugar/ E vou fazer o que eu puder/ Para te ajudar a se libertar desse feitiço."

— Eu não sabia.

— É. O Rafa tá por aí. Deixem o cara ter o tempo dele. Uma hora ele aparece, se dermos sorte. — Não gosto do tom de lástima que sinto em sua voz. Ele sabe mais do que diz.

— Pode me dizer onde ele está?

— Não. Se você topar com ele, ele vai correr. Não se aperta alguém com tanta branquinha no sangue. Ou ele corre, ou te bate. Pergunta pro Lex. O Rafa vai querer morrer se te bater, melhor ficar longe.

— Ele nunca me bateria — levanto o queixo, indignada.

Ele ri, coça a cabeça e responde:

— Você não sabe nada do mundo, né? O cara que você conheceu não existe mais.

— Quero que você pare de vender pra ele. — Abro a bolsa e lhe estendo um maço de notas. — Pago o dobro ou o triplo para não vender.

— Eu não vendo pro Rafa e não vou pegar o seu dinheiro. Guarda essa porra. — Ele me força a abrir a bolsa e a guardar as notas. — O Barman salvou minha vida uma vez, não tô louco de acabar com a dele. Não sou santo, curto a droga, sei o barato que ela dá, mas não quero perder um amigo. O Rafa fica melhor sem ela. A merda é que eu não sei se dá pra sair mais.

Gigante me lança um sorriso triste e vejo nele o amigo que Rafael dizia ter. Ele não parece tão mal como eu pensava.

— O Rafa vai encontrar drogas em outro lugar. Já encontrou. Tá na rua e conhece a fonte. Foi mal, mas não rola impedir. Quem quer acha. Tá em todo lugar. — Nunca vou esquecer a tristeza que vejo em seu olhar. Eu me viro para ir embora. Branca e Mila estão me esperando no carro, a uns dez metros de nós. — Ei, menina — Gigante me chama e eu paro. — Vê se fica longe. Esse lugar não é pra você. Eu respeito o Rafa e não vou te fazer nada, mas não é geral. Você é cheia da grana, as pessoas falam. No estado em que ele tá, é melhor ficar longe, pra segurança de vocês dois e da sua família. Se vazar que alguém no estado dele tem de onde tirar dinheiro, eles vão atrás de você ou de alguém que você ama.

Estremeço. É tão mais perigoso do que pensei que seria. Queria que meu pai estivesse vivo, mas, se estivesse, eu nunca teria conhecido Rafael. Preciso encontrá-lo.

Um mês sem notícias de Rafael. A única vez que ele esteve no apartamento foi logo após a nossa saída para o velório. Pegou tudo o que precisava e não voltou mais.

Continuo aqui, para dar apoio a Lucas, e na esperança de que ele retorne. Não saio, mal durmo, como pouco. Estar sem ele e preocupada o tempo todo me esgota.

A campainha toca e, sozinha no apartamento, corro para atender. A esperança é horrível. Meu coração sempre dispara, mesmo sabendo que ele tem chave e não precisaria tocar.

Minha surpresa não poderia ser maior ao ver meu avô do outro lado. Não deu para esconder essa situação da minha mãe por muito tempo, mas eu esperava que ele não soubesse tão cedo.

— Posso entrar? — ele pergunta suavemente.

Estou tão chocada que não digo nada, só me afasto. Meu avô me abraça. Encosto a cabeça em seu peito e todo meu autocontrole se esvai em lágrimas.

Quando consigo parar, fecho a porta e me afasto, sentando no sofá. Dobro as pernas e aperto os joelhos. Sei por que vovô veio e não sei se ele está errado.

— Vocês se superaram em guardar segredo dessa vez — ele diz. Não há raiva em sua voz. Parece cansado e bem triste. — O Túlio está indignado e muito preocupado com você. Queria vir comigo, mas nós dois precisamos conversar.

— Quem contou?

— O Bernardo quer largar a universidade e voltar para o Brasil.

— Eu não contei para ele. — Justamente por saber qual seria sua reação. — Foi a Branca?

— Foi seu irmão.

De todas as pessoas que poderiam contar o que estou vivendo, Rodrigo jamais passou pela minha cabeça. Se ele contou, é porque está perdendo as esperanças de ver Rafael bem.

— Não sei o que fazer, vô. Eu não posso abandonar o Rafael.

Meu avô frigueja baixinho, balança a cabeça e se senta bem perto de mim.

— Sabe o que é pior? Eu vim até aqui determinado a resolver tudo, levar você para casa e afastar esse rapaz de vez. Agora, vendo você tão pequena, magra e frágil, como um passarinho — seus dedos acariciam o meu rosto —, sei que isso te destruiria. Vim para propor algo... Que, se você voltasse, eu faria qualquer coisa para encontrar esse garoto e nós o internaríamos na marra, desde que você fosse para Londres e não o procurasse mais.

— Não posso aceitar.

— Eu sei. Seu amor por ele está destruindo você, e se eu fizer o que tinha em mente só vou prejudicá-la mais. Você já perdeu tanto. Então tenho outra proposta: você volta para casa e vou encontrar esse rapaz. Em parte, ele não tem culpa. Poderia evitar, sim, mas, meu Deus, como a vida bate no Rafael. Já entrei em contato com o que restou da família dele no interior. Vamos interditá-lo e interná-lo à força. Não quero enganar você, pequena. Um inferno nos espera, mas acho que você já vive nele, não é?

— Sim. — Enxugo o rosto. Chorar tem sido rotina.

— Então vem para casa comigo.

— Não posso ir, vô. O Lucas precisa de mim.

— O Rodrigo conversou com o Lucas. Ele vai pra casa também. Esse menino precisa de alguém que cuide dele, e nós faremos isso. Se você está pensando no Lucas também, o melhor para ele é um ambiente saudável, não ficar desesperado neste apartamento, esperando por notícias do primo.

Mordo o lábio inferior, aflita. Rodrigo está tomando a frente. Está ocupando a posição que era minha desde que nosso pai ficou doente. Meu irmão está fazendo o que ninguém mais consegue fazer e isso me dói.

— Vem comigo, *cariño*. Eu ajudo na procura, prometo. Às vezes, ele não volta porque sabe que vai te encontrar aqui. Já pensou nisso?

Sim, já. E saber que meu avô está certo me faz engolir um soluço.

Em silêncio, vou até o quarto e preparo uma mochila. Não quero ficar longe por muito tempo. Talvez alguns dias bastem.

Quando estamos no corredor à espera do elevador, volto correndo para o apartamento, tiro a guitarra da parede e a levo comigo.

Mais cedo ou mais tarde, não importa o estado em que Rafael esteja, ele vai querer a guitarra de volta. E, quando a hora chegar, vai ter que me procurar.

Minha mãe se sente aliviada por nos ter em casa e, principalmente, enche todos nós de carinho. Ela não deixa Lucas em paz, o tempo todo querendo saber se está bem ou se precisa de algo. Ele continua triste, mas dá para ver que aprecia o tratamento.

À noite, assim que abro o MSN, Bernardo me chama:

**Bernardo Albuquerque diz:**
  Já comprou a passagem?

**Viviane Villa diz:**
  Não vou, Bê. Meu lugar é aqui.

**Bernardo Albuquerque diz:**
  Vem, Vivi.
  Larga tudo e vem pra cá.

**Viviane Villa diz:**
  Não posso, Bê. Preciso ficar.

**Bernardo Albuquerque diz:**
  Tô com medo. Nunca senti isso antes.

**Viviane Villa diz:**
>   Medo?
>   De quê?

**Bernardo Albuquerque diz:**
>   Perder vc.

**Viviane Villa diz:**
>   Vc não vai me perder.

**Bernardo Albuquerque diz:**
>   Tô com um mau pressentimento, Vi.
>   Vem pra cá. É sério.

**Viviane Villa diz:**
>   Não posso, Bê.

**Bernardo Albuquerque diz:**
>   Vai ficar aí até qdo?

**Viviane Villa diz:**
>   Até salvar o Rafa.

**Bernardo Albuquerque diz:**
>   E se não conseguir?

**Viviane Villa diz:**
>   Vou conseguir.
>   Ou vou morrer tentando.

Assim que envio a mensagem, me dou conta do que escrevi. Eu morreria por Rafael se soubesse que isso o tiraria das drogas. É irônico e assustador, porque, se algo me acontecer, ele se perde de vez, mais do que já está perdido. Ainda assim, eu seria capaz de morrer mil vezes para salvá-lo.

# 60
# RAFAEL

> *Look into my eyes and see my pain*
> *Now that I lost what I thought I'd gained*
> *Sorrowness and fear is all I taste*
> *Now I understand what I had to waste*
> *My love.*
> — Seether, "Senseless Tragedy"*

**A MERDA ACONTECE:** a porra do meu dinheiro acaba e em breve não vou ter como me manter.

Preciso ir para casa descobrir o que tem para vender por lá.

Gigante manda um amigo checar e descobre que Viviane saiu há quinze dias. Ninguém sabe para onde foi, mas acho que a família finalmente se meteu.

Penso em Lucas às vezes. Mesmo assim não telefono para ele. Está melhor sem mim e Viviane não o deixaria sozinho. Ela é boa demais para abandonar qualquer um. Porra, para de pensar nela, mas que caralho!

É noite quando entro no apartamento. Tudo está como deixei. Nossa casa. Tudo o que vivemos volta e balanço a cabeça tentando esquecer.

Não tem muita coisa que eu possa vender. A televisão e o som, talvez. É, vou ligar para o Gigante. Pego o celular e entro no quarto.

---

* "Olhe nos meus olhos e veja minha dor/ Agora que perdi o que pensei ter ganhado/ Tristeza e medo são tudo o que provo/ Agora eu entendo o que tive de desperdiçar/ Meu amor."

— Cadê a minha guitarra? O Lex tá muito folgado, puta que pariu!

Gigante diz que só vai poder vir me ajudar de madrugada, então decido passar parte da noite na minha cama. Tomo um banho, enrolo uma toalha na cintura e saio pingando pela casa. Quando chego ao quarto, Viviane está olhando pela janela.

— Ah, caralho... — murmuro, chamando sua atenção.

Ela se vira para mim, em silêncio. Está usando calça jeans e moletom. Sei que só optaria por isso na pressa. Porteiro filho da puta!

Ela toca os lábios com a mão, emocionada. Está mais magra, pálida e com olheiras. Ainda usa o anel de compromisso que lhe dei e isso me mata. Não nos vemos há quarenta e nove dias e Viviane ainda não desistiu de mim. Não nos vemos há quarenta e nove dias e meu coração ainda perde uma batida por ela. Quarenta e nove malditos dias.

— Vai embora. — Sou duro. É melhor assim.

Viviane não se mexe. Seus olhos percorrem meu corpo e depois encontram os meus. Porra, porra, porra! Ela provavelmente está querendo ver se estou bem, mas só consigo pensar em jogá-la na cama.

— Você é muito egoísta, Rafael.

De tudo o que eu esperava ouvir dela, o tom duro estava fora da lista. Levanto uma sobrancelha. Se ela quer seguir por esse caminho, o jogo dá para dois.

— Só agora você percebeu?

— Só agora você foi. O que mostra que não é algo seu, é essa droga maldita.

— Vai embora.

Ela cruza os braços e levanta o queixo, me enfrentando. Puta que pariu, até disso senti falta!

Eu a conheço bem. Ela não vai sair. Se está aqui é porque acha que pode me salvar. Não pode e vou mostrar a ela. Mexo na mochila sobre a cama e tiro um saquinho de cocaína. Despejo parte do conteúdo sobre a cômoda. Viviane está tão chocada que demora para reagir. É tempo suficiente para que eu estique e aspire. Não tanto para chapar demais, mas o suficiente para escandalizá-la.

Sem pensar, ela vem para cima de mim e começa a me bater.

— Como você pode ser tão estúpido?! Essa merda vai ter matar! — Um tapa atinge meu rosto, outro o peito, e ela não para. — Por que você faz isso?

Prendo suas mãos e a empurro contra a parede, imobilizando-a.

— Isso é o que eu sou, Viviane — sussurro perto do rosto dela. Sinto algo escorrer na minha bochecha. Solto uma das mãos e descubro que ela me cortou em um dos tapas, estou sangrando. Volto a segurá-la. — Satisfeita?

— Não. Devia ter batido mais. — Seu olhar baixa e percebo que na confusão minha toalha caiu. Estou pelado, prensando o corpo dela contra a parede. Caralho! Caralho! Caralho! — Me solta. A gente precisa conversar.

— A gente terminou, garota. *Você e eu* não existe mais. Não te devo satisfação.

— Cala a boca, Rafael. Ou se abrir que não seja para falar merda. — Ela está tão furiosa que me surpreendo.

— Ah, você é dessas agora? O que faz no Brasil ainda? Fiquei sabendo que seu amigo te quer em Londres.

— Como você sabe? — ela pergunta, confusa. Não sabia até agora! Vou matar aquele garoto filho da puta. — Me solta! — ela se debate.

— Quero que você vá embora — digo firme, pausadamente e bem perto de seu rosto.

Viviane tenta se mover e eu a prendo mais. Sua coxa está entre as minhas pernas e, pelo brilho repentino que surge em seus olhos, acho que ela vai me bater quando tiver oportunidade.

— Não sei mais quem você é.

— Sou o cara que vai partir seu coração.

— Não, você é o cara que já partiu meu coração.

A droga começa a fazer efeito, Viviane começa a fazer efeito. Puta que pariu, sou um viciado do caralho! Quero tudo! Quero as duas!

— Me solta. Você está me machucando.

Afrouxo os braços. Ela tem marcas vermelhas nos punhos. Sou um animal.

— Vai embora — digo, sem me afastar nem um milímetro.

— Não posso — agora é ela quem diz. — Você está me segurando. Minhas mãos estão na cintura dela. Quando isso aconteceu?

— Não dá pra ficar nisso a noite inteira.

— Então me solta. — Ela me encara. Pouco restou da menina inocente. Mais uma coisa para colocar na lista do que matei.

— Não dá — murmuro, sem desviar os olhos dela.

— Por quê?

— Porque eu te amo, porra! E isso não sai de mim, por mais que eu tente.

Se eu tivesse que dizer como começou, jamais saberia, mas, quando me dou conta, estou beijando Viviane e pressionando ainda mais seu corpo contra a parede. Ela aperta meus braços e envolve meu pescoço, me puxando cada vez mais.

Meus batimentos estão descontrolados, assim como meu senso de realidade. Cada toque me alucina. Estou chapado e não sei qual das duas drogas desperta mais a loucura em mim.

Em segundos estamos na cama, estou dentro de Viviane, estou em casa.

# 61
# Viviane

> *I can't believe this could be the end*
> *It looks as though you're letting go*
> *And if it's real*
> *Well I don't want to know.*
> — No Doubt, "Don't Speak"*

*Pouco depois de* nos entregarmos tão insanamente um ao outro, eu me levanto da cama, decepcionada comigo mesma por ter cedido. Ficar com Rafael, por mais que eu quisesse, não vai trazê-lo de volta e só vai me ferir ainda mais. Preciso que ele se foque em melhorar.

Eu me levanto e procuro minhas roupas. Quando olho para ele, não consigo esconder que estou chorando.

— Eu te machuquei — ele diz, preocupado. Tão perto de ser o Rafael que aprendi a amar.

— Não durante o sexo. — Visto a calcinha e depois a calça, evitando-o.

— Quando te prendi na parede? — Ele veste uma cueca e tenta se aproximar.

Eu estendo as mãos, barrando-o.

— Quando você cheirou na minha frente, quando preferiu fugir de novo, quando me abandonou, quando abandonou o Lucas. — Saio do

---

* "Não posso acreditar que esse pode ser o fim/ Parece que você está desistindo/ E se isso for real/ Bem, eu não quero saber."

quarto, completamente vestida. — São tantas opções, Rafael. Você precisa se tratar, e dessa vez com ajuda médica.

— Não fala merda. — A ira volta a seu tom, e isso me fere tanto.

— Você precisa me ouvir.

— Não preciso de porra nenhuma! Vai embora daqui, Vivi. — Ele passa as mãos nos cabelos.

— Quero que você se interne. Se não for por você, que seja pelo Lucas e por mim.

— Quero que vocês se fodam! — ele vira a mesa de centro da sala, jogando-a longe.

— Você não quer isso.

— Ah, não? Tem razão! Sabe o que eu quero? Comer qualquer uma por aí. Sabe por quê? Pra ver se tiro você daqui! — ele afunda as unhas no peito, machucando a própria pele. — Você é pior que cocaína! SAI DA MINHA MENTE, CARALHO! — bate na cabeça. — Eu tentei comer outras, sabia? Tentei de verdade. Hoje mesmo, antes de você chegar, marquei com alguém, porque não aguento mais te ver em todas as outras. Tô cansado de te amar! Não aguento mais essa PORRA! — ele berra e fecho os olhos. Não quero pensar em Rafael com outra. Não me surpreende que ele tenha tentado, mas dói demais. — Mas, sabe, meu pau é um traidor filho da puta e não levantou. Esse miserável só quer você! Tô cansado de só querer você! Não quero mais isso. Não quero esse amor, porra! Quero ser livre outra vez. Antes eu conseguia me esconder nas drogas, mas agora, mesmo chapado, tudo o que eu quero é você, CARALHO!

— Em vez de se revoltar contra a droga, você se revolta por me amar e não conseguir transar com outra, é isso? Você é patético! — grito ao mesmo tempo em que a campainha toca. Rafael arregala os olhos, como se se desse conta de algo que eu não deveria saber. — Quem é? — Tento ir em direção à porta, mas ele me segura.

— Eu disse.

— Disse o quê? — Estou completamente confusa.

— A gente terminou. Tô tentando te esquecer.

— Me solta — digo. Ele não solta e grito: — A porta está aberta! Quem tá aí, porra?!

Deixei aberta porque não sabia como encontraria Rafael. Tive medo de trancar e precisar correr para buscar ajuda.

Ele balança a cabeça devagar. A porta se abre. Andressa entra, sorrindo.

— Eu disse: um dia você ia vazar e seria eu que estaria aqui.

# 62
# RAFAEL

> *This is the end*
> *My only friend, the end*
> *Of our elaborate plans, the end*
> *Of everything that stands, the end*
> *No safety or surprise, the end*
> *I'll never look into your eyes... again.*
> — The Doors, "The End"*

**HÁ TANTA DOR** no olhar de Viviane que sinto que posso morrer de culpa. Sou um maldito miserável. Quero encontrar as palavras certas, mas elas não existem.

— Você ia transar com ela? — O lábio inferior de Viviane treme.

Não respondo. Apesar de não ter nenhuma garantia de que conseguiria, eu ia tentar.

— Sai daqui, Andressa! — digo, sem tirar os olhos de Viviane, que dá um passo para longe de mim, colocando muito mais que distância entre nós.

— Não, não saia — diz a única garota que amei na vida e a que mais feri. — Já passou da hora de eu ir.

Antes que eu possa fazer qualquer coisa para consertar a situação, ela faz o improvável: esmaga minhas bolas e me joga no chão.

---

\* "Este é o fim/ Meu único amigo, o fim/ De nossos elaborados planos, o fim/ De tudo que permanece, o fim/ Sem segurança ou surpresa, o fim/ Eu nunca vou olhar em seus olhos... de novo."

— Nunca mais quero te ver. Pra mim chega, Rafael. Sinta-se livre para se matar, se quiser — são suas últimas palavras antes de virar as costas e sair.

Tento me levantar para ir atrás dela, mas, puta que pariu, não dá. Que dor da porra! Andressa está chocada e tenta me ajudar.

— Sai você também, porra! Sai!

— Ah, Rafael, por favor. Esquece essa patricinha e pronto. Melhora, me fode e acabou. Quanta frescura por uma mulher! Nem parece você.

Estou caído com a mão no saco, morrendo de dor, e ainda consigo pensar que machuquei Viviane. Realmente não sou eu.

— Foda-se se pareço eu ou não. Só sai daqui.

— Tá brincando?

— Não! Sai daqui, caralho!

E ela finalmente sai, batendo a porta.

Não sei de onde veio a ideia imbecil de achar que eu conseguiria transar com alguém além de Viviane. Há dias que tento, e nem muito chapado consigo. Só quero a filha da puta que me esmagou as bolas.

Minutos depois, tento ligar para Viviane, inutilmente. Mando mensagem e nada.

As tentativas falham e o desespero me domina. Quero ir atrás dela, mas não dá. Estou tremendo feito gelatina. Efeito dessa porra. Um buraco sem fundo se abre abaixo de mim e estou escorregando cada vez mais.

Depois de tudo, finalmente a perdi. Ela vai me escutar e sair da minha vida. É o melhor para ela. Então por que me dói tanto?

As últimas palavras de Viviane se chocam como ecos na parede vazia da minha mente: *Nunca mais quero te ver. Pra mim chega, Rafael. Sinta-se livre para se matar, se quiser.* Sinta-se livre para se matar. Sinta-se livre para se matar...

Cheiro uma carreira e mais outra. Bebo um gole e mais outro.

Não demora muito e o teto do quarto rodopia.

O exterior se perde, e, mesmo quando quero apagar Viviane, tudo o que vejo é ela.

# 63
# *Viviane*

> *Oh, I thought the world of you*
> *I thought nothing could go wrong*
> *But I was wrong*
> *I was wrong.*
> — The Cranberries, "Linger"*

*Consigo conter as* lágrimas ao chegar ao elevador. Estou com tanta raiva que a dor se perde em meio à revolta. Minha primeira reação é mandar uma mensagem para Branca:

> Branca, avisa seu irmão que está decidido: eu vou.
> O mais rápido possível.

Saio do prédio depois de receber um olhar pesaroso do porteiro. Atravesso a rua e fico atrás de alguns carros, porque não quero que Rafael me encontre, se resolver me procurar. Chamo um táxi e espero.

Meu desejo é ir embora e nunca mais olhar para trás, mas meu amor por Rafael é maior. Penso melhor, cancelo o táxi e em seguida ligo para Lex. Já corri todos os riscos vindo para cá sem avisar ninguém. Por mais que ele tenha me magoado, quero que se trate, e essa é a única chance que temos.

---

* "Ah, eu achava você o máximo/ Eu pensei que nada pudesse dar errado/ Mas eu estava errada/ Eu estava errada."

Não se passam nem dois minutos e Andressa sai cuspindo fogo. Pouco depois, meu celular começa a tocar. É Rafael. Não vou atender. Ele continua insistindo. Só não desligo o aparelho porque Lex pode me ligar.

As mensagens chegam uma atrás da outra.

> Vivi, não fiquei com ela.

> Continuo querendo vc, mesmo quando quero esquecer.

> Volta pra gente conversar.

> Não me faça ir gritar no seu portão, caralho!

> É errado querer te esquecer?

E a última, que me mata e me faz querer correr para dentro do prédio:

> Eu te amo, porra.

Por mais que eu saiba que grande parte do que levou Rafael a procurar outras garotas foi motivada pelas drogas e por todo o sofrimento que ele está passando, não consigo simplesmente perdoar. Que eu o amo não há dúvidas, mas por quanto tempo vou aguentar tudo isso?

Antes que eu faça algo de que poderia me arrepender depois, Lex estaciona o carro.

— Como ele tá? — pergunta ao me cumprimentar.

— Drogado.

Ele aperta os lábios, balança a cabeça, segura meus ombros e diz:

— Como você tá?

— Eu fiquei com ele, Lex. Sei que não devia, mas, quando a gente se beijou, não deu para parar. Aí logo em seguida vi que tinha errado. A Andressa apareceu e... Vou ficar bem. Só vamos resolver isso. — Volto a entrar no prédio e paro em frente ao elevador, apertando o botão.

— Como você pretende levar o Rafa para a clínica? Só nós dois não vamos conseguir.

— Eu liguei pro seu avô.

— O quê? — quase cambaleio de susto.

— Desculpa. Ele é o contato com a clínica. Seu vô é o cara mais influente que eu conheço. Em cinco minutos ele já tinha uma resposta. Vão mandar alguém pra cá em no máximo duas horas. Só precisamos manter o Rafa aí, e, se você disse que ele tá chapado, são duas opções, dependendo do nível: ele me derruba ou eu derrubo ele. Se a coisa ficar feia, você corre e chama o porteiro.

— Ok.

A porta do apartamento está encostada. Eu a empurro e entro, seguida de Lex. Um calafrio percorre meu corpo ao encontrar tudo no mais completo silêncio. Caminho devagar para o quarto. Sei que ele está sozinho, a menos que tenha chegado alguém. É estranho não o ver surgir assim que entramos, já que não faz muito tempo que recebi as mensagens.

No quarto, a luz acesa mostra Rafael atravessado na cama, ainda vestindo apenas a cueca. Seu braço estendido me chama a atenção. Flashes de minha mãe após a overdose de remédio me vêm à mente. Procuro por medicamentos no chão. Não encontro, mas sobre a cômoda estão saquinhos vazios e, na cama, uma garrafa de uísque sem uma gota da bebida.

— Ah, meu Deus! — Corro e meus dedos procuram seu punho, em busca de pulsação.

— Calma! — Lex é ainda mais rápido. — Ele só tá chapado. Apagou, mas tá bem.

— Com tudo isso que tomou? Como ele pode estar bem, Lex? Como?! — balanço a garrafa e aponto para a cômoda.

Descontrolada, tento chacoalhar Rafael. Preciso que ele acorde e me diga por ele mesmo que está bem. Não dá mais para viver sem saber se vou encontrá-lo vivo ou morto da próxima vez.

— A pulsação está normal, Vivi. Ele apagou antes que fosse pior. Fica tranquila.

— Eu disse que por mim ele podia morrer, Lex! Eu disse. Ah, meu Deus! Por que eu fui dizer isso?! — Dou tapinhas no rosto de Rafael enquanto chamo seu nome.

— Calma! — Lex segura meus ombros, tentando de todo jeito me trazer à razão. — É melhor assim, pelo menos vamos internar ele ainda dopado.

— O caralho que vão internar o Barman. — A voz de Gigante quase me faz cair da cama.

— Gigante, fica na sua! — Lex já está em pé, enfrentando-o.

— Fica você na sua — ele rebate, mas seu tom é calmo. — Estamos em quatro, mano. — Consigo ver dois deles na sala e não sei do outro. — Ainda bem que resolvi meu negócio antes da hora. Amigo pra caralho você, hein, Lex? O Rafa vai comigo.

— Ele precisa ser internado. Escapou de uma overdose por pouco hoje, cara — Lex tenta dialogar, em vão.

— Não vai rolar. Você não vai prender o cara, não. Nem fodendo. — Gigante se vira para os amigos na sala. — Ei, vamos tirar o Barman daqui.

— Por favor — intercedo, segurando a mão de Rafael. — Por favor, deixa ele aqui. Que fim ele vai ter na rua? Que tipo de amigo você é?

Gigante também tenta checar a pulsação de Rafael, mas dou um tapa em sua mão. Um dos caras que estão com ele dá um passo à frente, mas recebe um sinal do próprio para que fique lá.

— Guenta aí, Vitinho — Gigante balança a mão. — Ela é marrenta, mas ainda é a mina do Rafa. Fica na tua.

Vitinho me encara e sinto um calafrio. Ele é mais baixo que o Gigante, mas bastante troncudo. Tem tatuagens nos dois braços e na cabeça raspada.

— Se o Rafael sair, que chance eu tenho de encontrar ele outra vez? — tento argumentar. — Como posso salvá-lo das drogas assim? Não posso perder o Rafa, por favor.

— Mas que porra de complexo de salvadora você tem, garota! Desiste, caralho! Entre você e as drogas, tá na cara o que ele quer.

— Não se desiste de quem a gente ama. Me deixa tentar, por favor.

Os outros olham para o Gigante, que pensa por dois segundos, depois balança a cabeça.

— Não. O trato é esse: eu levo o Barman e conto pra ele o plano de vocês. Aí, se ele quiser, ele volta.

— Você sabe que ele não vai voltar. Tô nem aí pra quantos caras você tem, Gigante! — Lex o enfrenta. — O Rafael não sai daqui.

— Ah, mas que porra! — Gigante saca um revólver. — Sai da frente!

Lex cruza os braços sem se mover, disposto a dar a vida por Rafael. Eu me coloco ao lado dele, com uma última esperança nas mãos.

— Eu pago, Gigante. O que você quiser. Para todos vocês. — A oferta chama atenção. Vitinho ri e me lança um olhar de cobiça. Sei que por ele teríamos um acordo.

— Você precisa falar da porra do seu dinheiro toda hora, caralho?! Tô começando a achar que você é um puta problema na mão do Rafa. — Ele engatilha o revólver. — Sai, Lex! Só vou falar uma vez. Vitinho, pega o Rafa, mas que caralho!

Puxo Lex pelo braço e sei que ele só cede por minha causa. Ele jamais permitiria que levassem Rafael. Tudo o que eu faço é por ele também. Se Gigante ferisse Lex, Rafael nunca se perdoaria.

Eu me ajoelho ao lado da cama e beijo Rafael nos lábios, enquanto acarício seus cabelos.

— Vou encontrar você outra vez. É uma promessa.

O sentimento de impotência que me envolve, quando dois daqueles homens carregam Rafael, é como uma corda amarrada em meu pescoço. Quero respirar e sou impedida. Meu ar é carregado para longe de mim, e tudo o que posso fazer é chorar. Lex e eu nos amparamos. Nós dois nos sentimos um nada, incapazes de proteger a pessoa que tanto amamos.

Não fui para Londres e também não tenho notícias de Rafael há uma semana. Lex ainda não se perdoou por não ter conseguido fazer nada. Seu sentimento de culpa só não é maior que o meu, por ter dito que

Rafael podia morrer e por não ter chamado meu avô antes de ir para o apartamento, naquela noite.

Ao mesmo tempo, bate o medo e um alívio, ainda mais culposo. E se meu avô estivesse lá, esperando o pessoal da clínica comigo? Ele nunca teria permitido que Gigante saísse de lá. A arma seria apenas um detalhe. Eu poderia ter causado a morte do meu avô. É uma hipótese boba que eu nem deveria cogitar, mas, depois daquela noite, tudo o que penso é nas pessoas que posso ferir por amar Rafael. Não que isso mude o que eu sinto. É impossível. Eu o amo tanto que não dá para simplesmente ser racional e me afastar. Preciso encontrá-lo.

Estou em meu quarto, o sol do meio-dia bate sobre mim, deitada na cama. Minha pressão caiu outra vez. Olho para o teto, esperando que as estrelinhas brilhantes me deem a resposta que preciso, quando Lucas bate na porta e entra, apertando as mãos.

— O que aconteceu? — Eu me sento de imediato. Posso sentir sua tensão.

— Vivi, tô meio mal de te falar... — Lucas está muito pálido. — Eu ia conversar com o Rodrigo primeiro, mas ele tá no banho e não dá pra esperar.

— Aconteceu alguma coisa com o Rafa? Ele... ele morreu? — Tenho tanto medo de saber, mas não vou aguentar esperar que ele crie coragem quando eu mesma sei como é difícil dar esse tipo de notícia.

— Não! Não. Ele tá bem. Quer dizer, tá vivo.

— Você sabe dele?

— Sei. Me ligaram.

— Ele está no hospital ou algo assim?

— Não. Um cara... Ele ligou e disse que tá com o Rafa, e que se a gente não pagar vão matar ele. — Sua voz treme um pouco ao falar.

— Como? Quem fez isso?

— O Vitinho.

Não preciso me olhar no espelho para saber que estou tão pálida quanto Lucas. Vitinho é um dos homens do Gigante.

— O Gigante está envolvido?

— Não, eu liguei pra ele. Tá puto. Não sabe de nada. — Lucas parece sem jeito. — O Gigante disse que o Vitinho soube da sua grana e resolveu fazer isso.

— Eu ofereci dinheiro para não levarem o Rafa naquele dia.

— A culpa não é sua.

— Claro que é. Eu expus todos nós.

— A culpa não é sua. É do Rafa. — A revolta aparece. Lucas se ressente muito por seu primo nunca mais o ter procurado. — A gente só precisa pensar no que fazer agora. Ele disse que se a gente chamar a polícia vão matar meu primo.

— Quanto eles querem?

— Trinta mil.

— Ok.

O valor é bem menor do que eu imaginava. Acho que eles não sabem exatamente quem somos nós, afinal. Espero que não descubram até trazermos Rafael.

— Você tem trinta mil? Sei que você e o Rodrigo têm grana. Ele já chegou a gastar uns três mil em um fim de semana, mas trinta mil...?

— Eu tenho, só não posso pegar assim. Dá pra juntar sem que meu avô perceba. Ele vai acabar percebendo um dia, mas não agora.

— O que vamos fazer?

— Acho que a primeira coisa é fechar a porta. — Rodrigo entra no quarto de bermuda e sem camisa, com a toalha pendurada no pescoço.

— O que você ouviu? — pergunto, assustada.

— O suficiente. Ainda bem que fui eu, né?

— O que vamos fazer, Rô? — Somente o desespero me faria perguntar uma coisa dessas ao meu irmão caçula.

— Dá pra chamar a polícia? — ele questiona Lucas.

— Não. Matariam o Rafa na primeira sirene.

— Então tá. Vamos manter a calma, ligar pro Lex, juntar o dinheiro e tirar o Rafael de lá.

Rodrigo faz tudo parecer tão fácil que, por um instante, acredito ingenuamente que tudo vai ficar bem.

# 64
# RAFAEL

*What if I fell to the floor?*
*Couldn't take this anymore*
*What would you do, do, do?*
— Thirty Seconds to Mars, "The Kill"*

**ACORDO SEM SABER** onde estou. Minha cabeça explode. É quase uma rotina nas últimas semanas. Acontece pelo menos uma vez a cada três ou quatro dias.

— Você não morreu, cara. Só chapou até desmaiar — Gigante diz rindo do outro lado da sala, enquanto me ajeito no sofá.

— E a Viviane? — Lembro de ter escutado a voz dela, mas não sei se sonhei.

— Ela tava lá. Mano, faltou pouco pra atirar no Lex.

— Pouco pra quê?! — Eu me sento e minha cabeça roda. Que porra!

— Os dois iam te internar, Barman. Acho até legal você dar uma maneirada, mas internar é demais. Esquece essa mina. — Ele deixa a sala gargalhando, como se fosse fácil esquecer Viviane.

Eu me viro para mandar o cara para a puta que pariu e tudo fica branco. Apago e não sei de nada.

Acordo só no dia seguinte e mantenho minha rotina longe daqueles que amo e que ainda me amam. Não cheiro todos os dias, mas bebo pequenas doses constantemente. Sou um estúpido covarde, porque que-

---
* "E se eu caísse no chão?/ Não pudesse mais aguentar isso/ O que você faria, faria, faria?"

ro morrer e não consigo, então uso doses que só me mantenham anestesiado. Infelizmente não tanto quanto eu gostaria.

Mais alguns dias se passam como repetições estúpidas de uma realidade insuportável.

Estou no quintal, fumando, pensando inevitavelmente nela. Na garota mais forte que a droga. Na garota que mudaria tudo. Na garota que eu abandonei.

Gigante saiu para mais um de seus negócios. Eu deveria estar sozinho, mas o barulho de uma garrafa rolando no chão me faz olhar para trás.

Vitinho caminha com seu gingado malandro. Nós nunca nos demos bem. Já brigamos mais vezes do que o Gigante deu conta de separar.

Ele me lança um sorriso maquiavélico, e estou prestes a perguntar que porra ele quer comigo quando alguém acerta minha cabeça por trás.

Acordo sem saber onde estou. Minha cabeça explode.

Estou em um quarto pequeno, sem móveis. A porta está trancada. Eu a esmurro.

— Abre esse caralho, Gigante!

Vitinho abre com uma arma em punho. Levanto as mãos, reconhecendo a situação.

— Fica de boa aí, Barman. Logo mais sua mina vai chegar com a grana.

— Que porra é essa? Cadê o Gigante?

— Tá fora da jogada. Tô assumindo essa porra. Você é minha fonte de renda — ele zomba, mas não abaixa a arma. — Quem diria? O filho da puta que eu quero matar há anos vai me sustentar graças à vadia gostosa e cheia da grana que arrumou. Sabia que ela oferece dinheiro pra todo mundo pra te tirar daqui? Tá na hora de alguém ser vivo e aceitar. Cabô pra você, seu pau no cu! Vou te foder e vou foder onde mais dói. O melhor é que vai ser bem na porra da tua cara!

Não tenho tempo de reagir. Ele fecha a porta e me dou conta do que está acontecendo.

Ah, porra. O que foi que eu fiz?

# 65
# Viviane

> *Run just as fast as I can*
> *To the middle of nowhere*
> *To the middle of my frustrated fears*
> *And I swear you're just like a pill*
> *Instead of making me better*
> *You keep making me ill.*
> — P!nk, "Just Like a Pill"*

**Rodrigo e eu** conseguimos juntar mais de metade do dinheiro. Sacamos um pouco de cada conta, para não levantar tanta suspeita. Provavelmente meu avô vai ser informado amanhã e teremos de enfrentar as consequências, mas eu penso nisso depois. Lex conseguiu o restante.

— É óbvio que, se dependesse de mim, vocês não iriam — Lex deixa claro quando, por volta das oito da noite, estamos todos no carro rumo ao endereço passado para o Lucas. — O que vocês precisam saber é que eles são viciados, não bandidos profissionais.

— Isso é bom, não é? — Rodrigo pergunta.

— Não, na verdade é o contrário. — Lex passa a mão nos cabelos castanhos, e sei que está pensando em parar o carro e deixar a gente em qualquer lugar, menos com ele. — Viciados não têm controle, não têm

---

\* "Correr o mais rápido que eu puder/ Para o meio do nada/ Para o meio dos meus medos frustrados/ E eu juro que você é como uma pílula/ Em vez de me fazer melhorar/ Continua me deixando doente."

regras e agem por instinto. Fiquem perto de mim, não falem nada e me deixem resolver as coisas. Viviane, você só tá indo porque os caras exigiram.

Eu pedi, certa de que negariam, para ir sozinha. Sei que eles querem me proteger, mas não consigo lidar com a perspectiva de qualquer um deles se ferir por minha causa.

Pensei muito em conversar com tio Túlio. Porém sua resposta seria chamar a polícia, e isso seria uma sentença de morte para Rafael.

Assim, sigo com meu irmão, Lucas e Lex para algo que sei que não pode terminar bem.

A casa fica em uma zona pobre da cidade. Para nossa surpresa, o lugar não se parece em nada com um quartel fortemente armado. Não é difícil entrar, ninguém está tomando conta e isso me espanta a ponto de eu comentar com Lex.

— É sempre fácil entrar, Vivi — ele explica, me puxando para perto, enquanto Rodrigo assume o outro lado e Lucas fica atrás de nós. Não gosto da sensação de mocinha indefesa, mas não vou criar caso por algo tão pequeno perto do que estamos enfrentando. — Já sair... E não estamos tão sozinhos assim. — Ele aponta com a cabeça para o telhado e vejo um moleque de uns doze anos sentado lá, nos encarando.

Aperto a mochila nos braços. O dinheiro para salvar Rafael. Hesitei antes de entrar com ele, afinal é nossa única garantia, mas Lex disse que era o melhor a fazer. Ele está estranho. Talvez seja pela situação, não sei. Desde que a gente se conheceu, passei a reparar nas nuances de suas mudanças de humor, e aposto que ele sabe de algo que eu não sei.

Estamos em um corredor longo, como o da casa do Gigante, que nos leva aos fundos, e me pergunto se isso é padrão no mundo das drogas. As imagens de Rafael rindo enquanto saíamos da casa de seu amigo alguns meses atrás invadem meus pensamentos. Não é hora de pensar nisso, mas nunca mais vou passar por um lugar assim sem pensar.

Tem uma porta e, antes de chegarmos perto, ela se abre.

— Olha só... A marrentinha trouxe guarda-costas — Vitinho zomba quando nos vê. Lex está tão grudado em mim que sinto que a qualquer momento ele pode bater no imbecil que sequestrou Rafael. Então prefiro não responder. — Ih, o Rafa sabe dessa intimidade toda? Ou ela dá pra geral?

— Onde ele tá? — Lex pergunta antes que eu consiga abrir a boca.

— Traz o cara — Vitinho diz a outro rapaz, e entramos na casa.

Não tem móveis nem lâmpadas. Lampiões e velas estão espalhados por todos os lados, banhando o lugar de uma luz sobrenatural. A cada frase, o eco se choca contra as paredes. É assustador.

Sinto a mão de Rodrigo segurar a minha. Dois caras entram arrastando Rafael e o jogam no chão, a meus pés.

# 66
# RAFAEL

> *But I'm sorry*
> *This illusion has caused you a lot of pain*
> *And I have no solution*
> *I'll try to never be back again.*
> — Evergrey, "I'm Sorry"*

**APOIO AS MÃOS** no chão e ao levantar os olhos vejo Viviane. Se eu pudesse escolher um momento para morrer, seria este, ao ver a garota que eu amo neste lugar imundo, correndo perigo por minha causa. Não, eu teria morrido antes. Talvez antes de entrar na vida dela e causar todo esse caos.

— Rafa! — ela se abaixa e me abraça.

*Rafa*. Achei que nunca mais ouviria isso. Só "Rafael", num tom duro. Mal tenho tempo de envolver sua cintura.

— Tá bonito isso, tá coisa de cinema. Agora se afasta. — Vitinho faz um sinal e os dois caras me seguram mais uma vez.

— O que eles estão fazendo aqui? — pergunto, querendo ouvir uma resposta diferente da que imagino. Que porra eu fiz?

— Viemos pagar seu resgate — Lucas responde, e seu tom de voz é muito diferente do que me lembro. É a primeira vez que o vejo desde o enterro. Seu olhar se divide entre ressentimento e alívio. Destruí

---

* "Mas eu sinto muito/ Que essa ilusão tenha lhe causado muita dor/ E eu não tenha solução/ Vou tentar nunca mais voltar."

tantas coisas em meu caminho, e entre elas está o menino que havia em Lucas. Foi-se a inocência de Vivi, a ingenuidade de Lucas, só falta matar a alegria de Rodrigo.

— Bom, já que estamos aqui pra isso, vamos pagar logo essa merda e levar o irresponsável aí pra casa, né? — Rodrigo diz.

— Eu não disse que seria eu quem trataria de tudo? — Lex lança olhares irritados a Rodrigo e Lucas.

— Ah, cara, só tô sendo prático — Rodrigo se defende.

Em meio à discussão, balanço a cabeça e seguro um sorriso. Um a menos na minha lista de destruição. O irmão de Viviane está intacto.

— Acho que já deu essa porra toda. Cadê a grana, engraçadinho? — Vitinho balança os braços para Rodrigo, que pega a mochila de Viviane e estende. — Tá tudo aqui?

— Pode contar — Lex diz, sem olhar para mim.

Aliás, nesse tempo todo Lex não me olhou uma vez sequer. Sei que ele está puto por eu ter envolvido crianças nos meus problemas.

— Conta essa porra — Vitinho passa a mochila para o único cara livre e continua nos encarando.

Franzo a testa ao perceber que é por Viviane que ele se interessa.

— Tô pensando em subir o preço desse filho da puta. Não que ele tenha tanto valor assim, mas acho que você pagaria. — Vitinho segura o queixo de Viviane, que balança a cabeça com força e se solta. — Não banca a difícil que isso só me dá mais tesão.

— Não toca nela! — praticamente rujo, me debatendo. Quero matar esse puto!

Vitinho gargalha, me ignorando. O eco explode pela sala.

— Então... — Ele se aproxima outra vez de Viviane e passa dois dedos perigosamente perto dos peitos dela. — Você dá pra qualquer viciado ou só praquele ali? — e aponta para mim.

— Só para aquele ali — ela cruza os braços e levanta o queixo.

Isso me dá um puta orgulho e um medo do caralho ao mesmo tempo. É tudo muito rápido.

Vitinho coloca uma mão no peito de Viviane e a puxa pela cintura.

— Larga ela, porra! Larga ela, *porra*! LARGA ELA, PORRA! — Tento me soltar, mas tomo uma porrada na cara e caio de joelhos.

Lex empurra Vitinho, que cambaleia no susto. O cara que conta o dinheiro interrompe o que está fazendo e voa para cima de Lex. Eles começam a brigar.

Rodrigo pula em Vitinho e Lucas puxa Viviane, tentando protegê-la com o corpo. Todos estão na linha de fogo. Todos. E meu coração para quando ouço um tiro.

# 67
# *Viviane*

> *I will never let you fall*
> *I'll stand up with you forever*
> *I'll be there for you through it all*
> *Even if saving you sends me to heaven.*
> — The Red Jumpsuit Apparatus, "Your Guardian Angel"*

*Lucas me empurra* contra a parede quando ouço um tiro. Minha respiração se acelera e olho rapidamente em volta. Rafael está caído com a mão no rosto, mas balança a cabeça para mim. Não foi ele. Lex derrubou um dos bandidos e está se levantando. Neste momento, meu peito fica completamente sem ar e meu irmão desaba de costas no chão.

— Não! — grito e corro para Rodrigo, ajoelhando ao seu lado e o chacoalhando. — Fala comigo, fala comigo, fala comigo!

— Calma, Vivi. Foi na barriga, não tô mudo — Rodrigo ainda tenta fazer graça, mas seu gemido mostra que está com muita dor. — Puta que pariu! Essa porra queima! — Ele aperta o ferimento. Está escuro e não consigo ver direito onde pegou, mas ele definitivamente levou um tiro.

— Conta essa porra de dinheiro logo e deixa a gente ir embora daqui, seu filho da puta! — grito, revoltada.

Vitinho está em silêncio, olhando para o cara que Lex apagou não sei como durante a confusão. Ele aponta a arma para Lex e Lucas, já que Rafael está imobilizado pelos dois que sobraram e Rodrigo está deitado,

---
* "Nunca vou deixar você cair/ Vou enfrentar tudo com você para sempre/ Vou estar ao seu lado o caminho todo/ Mesmo que te salvar me mande para o céu."

ferido. Parece hesitar, pensar ou... Meu Deus... Ele balança o braço de um para o outro e para repentinamente, atirando no peito de Lex, que cai, gemendo.

— Lex! — Rafa grita, se debatendo. — Eu vou te matar, caralho! Vitinho, me solta e me enfrenta que nem homem, seu filho da puta!

Aperto os lábios enquanto Rodrigo segura minha mão. Os dedos dele estão molhados e pegajosos. Sei que é sangue. Troco um olhar com Lucas, implorando que ele não se mexa.

— Isso, seu filho da puta, é pra não vir bancar o herói na porra da minha área! — Vitinho chuta Lex, que não solta um gemido sequer, apesar de não ter perdido os sentidos. Eu me levanto correndo para ver como ele está. — E você também, sua vadia. — Antes que eu possa piscar, ele me dá um murro tão forte na cara que minha cabeça bate no chão. Meu lábio começa a sangrar.

— Caralho! — Rafael acerta o estômago de um dos caras com o ombro e tenta pegar o outro, quando Vitinho me arrasta pelos cabelos e eu grito.

— Tem certeza disso, seu corno? Porque eu pretendia comer a sua mulher, mas, se for bancar o porra-louca filho da puta, vou ter que matar a piranha de uma vez! — Ele força o cano da arma na minha cabeça e Rafael para de se debater, me lançando um olhar aflito.

Lucas está com as duas mãos no ferimento de Lex, tentando estancar o sangramento. A situação dele parece muito mais grave que a do Rodrigo. O primo de Rafael me olha em desespero e balanço a cabeça para ele não se mexer. Não preciso de mais ninguém machucado por minha causa. Se algum deles morrer...

— Todos de boa e concordando que eu não devo estourar a cabeça dessa vadia? — Vitinho pergunta num tom que me arrepia. Nunca senti tanto medo.

— Vou te matar, seu filho da puta! — Rafael grita. — Seu problema é comigo! Solta a minha garota agora!

— *Sua* garota? — Vitinho ironiza, descendo a mão vulgarmente pelo meu corpo, enquanto os dois caras seguram Rafael, praticamente incontrolável. — Se fosse sua, eu faria isso? — Ele pega um canivete, abre, passa pelo meu peito e rasga minha blusa, expondo parte do meu seio.

As lágrimas escorrem pelo meu rosto. Não tem como essa situação terminar bem. Viemos até aqui sem envolver a polícia porque, caso contrário, o Rafael poderia morrer. Agora, acho que todos nós vamos morrer. E eu causei isso. Ao escolher Rafael, condenei todos os outros.

— Cansei de ver garotinhas deslumbradas como você que pensam que são melhores que a gente. Mas quer saber? A gente é tudo igual depois da primeira carreira — Vitinho diz ao passar a língua pelo meu pescoço e descer, mordendo meu seio. Nunca senti tanta dor e tanto nojo. Meu peito arde demais, acho que cortou minha pele. Meu estômago revira e sinto que posso vomitar. O enjoo é violento. Ele mexe no bolso e estende um saquinho com pó branco. — Olha só o que tenho aqui. Aí, Barman, vou resolver o seu problema. Essa vadia não vai mais olhar a gente de cima.

— Vitinho, não! — Rafael vai da ira à súplica quando o vê me arrastar até uma mesinha no canto, oculta pelas sombras, e depositar o pó sobre ela. — Por favor, solta eles. Me mata se quiser, mas, pelo amor de Deus, não faz isso com a Viviane. PELO AMOR DE DEUS!

Vitinho não se comove. Ele afunda ainda mais a mão em meus cabelos e me abaixa com violência rente à mesa. Posso sentir parte do pó entrando em meu nariz quando respiro, mesmo sem aspirar com força.

— Cheira, vagabunda!

Prendo a respiração. Ele me bate outra vez.

— Solta ela, porra! — Rafael grita, e sei que está chorando.

— Cheira, vadia! Depois tem outra coisa pra você — ele pressiona o quadril nas minhas costas e sinto sua ereção.

— Tira a mão dela, caralho! — Rafael se debate, sem se importar com os riscos. — Me mata, mas não faz isso com ela. ME MATA, CARALHO! SÓ ME MATA, MAS DEIXA ELA IR!

Rodrigo não emite um único som, e isso me desespera. Se meu irmão não está falando, é porque está inconsciente.

Meus olhos começam a se turvar de lágrimas, mas ainda consigo ver Lucas se levantar, assentir para Rafael e se jogar sobre um dos caras que o seguram. Vitinho bate minha cabeça com tudo na mesa.

Em um segundo, Rafael está em pé. Ouço outro tiro e tudo fica escuro.

# 68
# RAFAEL

> *It's the best thing that you ever had*
> *The best thing that you ever, ever had*
> *It's the best thing that you ever had*
> *The best thing you ever had has gone away.*
> — Radiohead, "High and Dry"*

**EU DISSE MIL** vezes para a polícia que não sei o que aconteceu após ter me soltado. É mentira. Vi Gigante entrar metendo o pé na porta e acertar um tiro na cabeça do Vitinho, antes que ele sequer pensasse em atirar em mim, e depois matar os outros caras.

Viviane, Lex e Rodrigo estavam desacordados quando a polícia e as ambulâncias chegaram. Lucas só escapou com vida graças ao Gigante, que aliás fugiu antes que sujasse para ele.

Para variar fui preso e, para variar, de novo, Túlio me tirou da cadeia poucas horas depois, já que dessa vez eu não era o culpado — pelo menos não para a polícia.

— Sabe por que estou aqui? — o padrinho de Viviane me pergunta.

— Túlio, eu preciso saber como eles estão.

— Já se passaram algumas horas, o Rodrigo foi operado e está em observação. Seu amigo Lex teve o pulmão perfurado e não sabem se vai sobreviver, e a Viviane está sedada. Ela se alterou quando acordou

---

* "Essa é a melhor coisa que você já teve/ A melhor coisa que você jamais teve/ Essa é a melhor coisa que você já teve/ A melhor coisa que você já teve se foi."

e soube das notícias. Os médicos acharam melhor dar algumas horas a ela. Seu primo está em estado de choque e precisou ser medicado. Como pode ver, o estrago foi grande.

Balanço a cabeça em afirmativa, sem dizer mais nada. O que posso dizer? Que é minha culpa, todo mundo já sabe.

— Quero ver todos eles.

— Eu vim te soltar para isso. A Viviane precisa de você agora, mas não posso mais permitir que fique perto por muito tempo. O Fernando e eu estamos de acordo. Ela vai embora, querendo ou não.

Quero gritar, quero dizer que ele não tem nada a ver com o que sentimos um pelo outro, quero manter Viviane comigo, mas não tenho mais esse direito. Então, tudo o que digo é:

— Só preciso me despedir.

Entramos no carro e seguimos para o hospital. Está amanhecendo. É impossível não me lembrar de ter feito este mesmo caminho da outra vez, antes de tudo desabar, quando achei que seria possível ter uma vida ao lado dela e deixar minha escuridão para trás.

Dizem que, quando estamos prestes a morrer, a vida passa como um filme em nossa cabeça. Acho que isso não é verdade, a menos que eu só tenha vivido ao lado de Viviane. Porque ontem, um segundo antes de Gigante entrar, quando achei que Vitinho fosse atirar em mim, tudo o que pensei foi em tê-la em meus braços uma última vez.

# 69
# Viviane

> *Hollow, like you don't remember me*
> *Underneath everything I guess I always dreamed*
> *That I would be the one to take you away*
> *From all this wasted pain*
> *But I can't save you from yourself.*
> — Evanescence, "Disappear"\*

**Depois de vovô** ameaçar conseguir a cabeça do hospital inteiro, eles finalmente me deixam ver meu irmão na UTI. Só posso ficar por alguns minutos, mas preciso me assegurar de que ele vai ficar bem, como me disseram.

Rodrigo está pálido, tão pálido que o contraste do rosto com os cabelos negros é chocante. Aperto o roupão que minha mãe trouxe, já que vou ter que passar a noite aqui, e sinto um calafrio. Odeio hospitais, e o barulho das máquinas que controlam sua vida é ensurdecedor. Tem uma daquelas mangueirinhas de oxigênio em seu nariz.

— Acho que a gente devia comprar um hospital — ele diz baixinho, com a voz rouca, abrindo os olhos e puxando a mangueirinha.

— Fica com isso! — recoloco o tubo enquanto ele revira os olhos.

— É sério. Fala pro vô comprar um. Aí pelo menos fica todo mundo no mesmo quarto.

---

\* "Oca, como se você não se lembrasse de mim/ Por baixo de tudo acho que eu sempre sonhei/ Que eu seria aquela a tirar você/ De toda essa dor desperdiçada/ Mas eu não posso te salvar de si mesmo."

— Bobo. — Beijo seu rosto e deslizo os dedos pelos seus cabelos. — Como você está?

— Tranquilo. Anotaram a placa do caminhão?

— Para de brincar, Rô! É sério.

Estou apavorada, porque meu avô está dócil demais comigo. Era para ele estar furioso, por tudo a que expus a família. Ele me disse que Rafael tinha sido preso por engano e que tio Túlio ia trazê-lo para cá. Não faz sentido. Como ele não quer matar Rafael? Vovô só fica assim quando tem uma notícia terrível que vai me machucar ainda mais. Por um momento, quando ele me abraçou, achei que Rodrigo tivesse morrido e tive uma crise tão forte que precisaram me sedar. Sou a primeira pessoa, além de minha mãe, a ficar um pouquinho com meu irmão depois que ele voltou da anestesia.

— Ah, eu tô bem, Vivi. Ainda não tá doendo nada. Os remédios me deixam com sono, mas tô bem. Vai doer pra cacete depois. Como o Lex tá? — Seu tom muda e a brincadeira acaba.

— Ainda se recuperando. — Não me estendo, porque o risco de Lex não sair dessa é gigantesco.

A enfermeira faz sinal para mim pelo vidro.

— Merda! — exclamo baixinho.

— É, eu morri. Ou fui para uma realidade paralela onde a minha irmã fala como um maloqueiro.

— Você fala assim.

— Eu sou maloqueiro, só que cheio da grana.

Outra vez o sinal da enfermeira.

— Preciso ir, mas quero te dizer algo. Acho que, se eu falar em voz alta, não vou voltar atrás. Quando você melhorar, eu vou para Londres, Rô.

— É, eu imaginei que a gente ia.

— *A gente?*

— Você não achou que eu ia te deixar sozinha, né? Não vou ficar lá de vez, como acho que você vai, mas no primeiro mês, pelo menos, vou ficar por lá. E tem mais.

— O quê?
— Vamos levar o Lucas.
— Ok.
— Sei o que você tá pensando. No Rafael. Eu também amo o cara, Vivi. É, amo. Mas a gente já tentou ajudar e não deu muito certo. É com ele agora.
— Eu sei. Não tem mais nada que a gente possa fazer.

As palavras são difíceis de pronunciar. A verdade que elas carregam me fere como agulhas venenosas. Sei que preciso de Rafael para viver, mas cheguei ao limite. Se é para doer assim, que doa enquanto eu estiver longe o bastante para não machucar mais ninguém que eu amo.

Volto para meu quarto, amparada por minha mãe, e me deito na cama. Minhas amigas passaram por aqui também. Estou cansada. Lucas entra e aperta minha mão. Ele está tão perdido. Em meio a toda a desgraça que vivemos, tenho minha família, mas Lucas tem apenas Rafael. Nós estamos aqui com ele, mas é diferente. É como se faltasse um pedaço dele.

Minha mãe, que havia saído, retorna e abraça Lucas. Ela praticamente o adotou. Sorrio enquanto ela beija os cabelos dele, que aperta os lábios, tentando lidar com tanto carinho quando aprendeu que é melhor se manter distante para não sofrer tanto.

Meu avô entra e eles saem. Vovô sorri, complacente. Eu me apavoro outra vez. Tem alguma coisa muito ruim acontecendo. Tio Túlio aparece na porta e isso só pode significar uma coisa: Rafael.

Toda minha determinação de ir embora corre para longe quando Rafael entra e caminha até mim devagar. Ainda sem saber direito se o quero por perto. Meu Deus, como o quero por perto!

Ele me abraça e eu me perco. Eu o aperto enquanto suas mãos me puxam. Eu choro, ele chora.

— Me perdoa? — Rafael pergunta o que não é mais necessário. Basta tê-lo por perto e qualquer restrição que eu tenha se esvai. Jamais vou conseguir me afastar.

— Doutor. — A voz de meu avô me traz de volta à realidade antes que eu possa responder.

— Tem certeza? Podemos esperar — diz o médico, que acabou de entrar no quarto.

— Sim. É melhor agora.

Tio Túlio abaixa a cabeça e pega um lenço no bolso. O que está acontecendo?

— Sou o dr. Paulo. Fui eu que atendi você quando chegou inconsciente.

— Ela tá bem? — Rafael se altera. Procuro sua mão com a minha e entrelaçamos os dedos.

— Ela vai ficar bem. Vai se recuperar como se nada tivesse acontecido, e vocês vão poder tentar outra vez.

Vovô pigarreia, insatisfeito.

— Tentar o quê? — pergunto, confusa. O que o médico tem a ver com o meu relacionamento?

— Infelizmente você perdeu seu bebê.

— O... o quê? — gaguejo. — Que bebê?

Rafael passa a mão no cabelo e lança um olhar apreensivo para tio Túlio. Ele compreende antes de mim.

— Ela estava grávida?

— Não, claro que não! — nego veementemente. — Eu não estava grávida. Eu menstruei todos esses meses. Certinho! Eu não estou grávida.

— Você estava — o médico usa seu tom complacente. Sei que ele quer que eu me acalme, mas só me sinto mais perdida. — Não é tão raro assim a mulher continuar menstruando. São várias as possibilidades, estresse, alimentação...

— De quanto tempo? — Rafael pergunta, enquanto meus pensamentos rodopiam em busca de lógica. O que está acontecendo?

— Oito semanas, aproximadamente.

— Não, não, não! — Vou desabar, não é possível. — A gente sempre usou camisinha.

— Não usamos no chuveiro, Vivi — Rafael sussurra para mim, pesaroso.

Um dia antes de a mãe dele morrer. Um dia antes de tudo mudar. Um dia antes de nos perdermos um do outro. Não pode ser. Não é possível. Estão todos loucos.

— Infelizmente você perdeu o bebê hoje — o médico confirma. Que triste e dolorosa ironia. — Sinto muito.

Aos poucos, vou assimilando as palavras do médico e afasto devagar a mão de Rafael. Seu olhar está repleto de dor. Ele sabe. O que tio Túlio e meu avô fizeram foi cruel. Trazer Rafael aqui e esperar para me dar a notícia com ele ao lado, cientes do que isso significaria, foi um plano audacioso, mas, ao mesmo tempo, tudo o que eu precisava para ter forças. Nós dois sempre estivemos à beira de um precipício, isso nunca foi novidade para mim. Agora sinto como se o precipício se abrisse entre nós, finalmente nos separando. Colocando entre nós todas as barreiras que ninguém mais foi capaz de colocar.

— Quero ficar sozinha.

— Vivi, não faz isso — Rafael tenta me segurar e me afasto. Há lágrimas em seus olhos, apenas esperando para rolar, mas me nego a sentir sua dor. A minha já é grande demais.

— Vovô... — peço, e ele toca o ombro do homem que mais amei na vida e que provavelmente nunca vou deixar de amar, mas que não consigo perdoar agora. — Por favor, Rafael, só me deixa sozinha.

Surpreendentemente, ele me atende e sai.

Eu me encolho na cama e choro. Choro por Lex, por Lucas, por Rodrigo, por Rafael, por mim e por um bebê que morreu sem que eu soubesse que ele existia.

— Cuida dele como eu não soube cuidar, pai... — murmuro, antes de ser engolida pelas lágrimas.

Duas semanas depois, quando Rodrigo tem alta e Lex está fora de perigo, decido que é hora de partir. Não posso esperar até que meu irmão seja liberado para viajar. Se ficar mais um dia no Brasil, vou sufocar.

A última coisa que preciso fazer antes de embarcar é uma visita a Lex, a quem devo muito mais que a vida. Meu avô está pagando todo seu tratamento, mas isso é tão pouco perto do que ele fez por nós ao longo desses meses.

— Vivi! — ele diz sorridente ao me ver entrar no quarto.

Não é surpresa ver Branca por lá. Ela ainda está zangada comigo por esconder muita coisa do que aconteceu nos últimos dias antes de encontrarmos Rafael, mas me ama o suficiente para não me abandonar, e parece que Lex mexe com minha amiga também.

Eu os abraço. Conversamos por uma hora e chega o momento da despedida. Inevitavelmente tocamos no nome de Rafael.

— Eu me sinto fraca por não ser a June dele.

— Ah, cala a boca. Você não tem que ser a porra da June de ninguém. Você é a Viviane, caralho! O Rafael tem que parar com essa putaria. Acho que o erro veio daí. Ele tem que melhorar por ele mesmo, não por outras pessoas.

— Tão doce e amável. — Lex sorri e dá um suspiro fingido, provocando Branca. — Como não morrer de amor por ela? — Ela aperta a mão para se segurar e não bater nele, mas ri. — É só uma metáfora. O Rafa se prende a ela porque é mais fácil do que encarar a realidade.

Gosto da interação dos dois. Lex é calmo e sabe lidar com as explosões de Branca. Ele fica um pouco mais sério quando me diz:

— Não se culpa. Você fez tudo o que podia. Sabe, Vivi, eu amo o Rafael como a um irmão. Só que isso não me impede de viver minha vida. Tá bom que de vez em quando eu levo um tiro — ele ainda brinca e rio de sua careta. — Mas no geral eu posso amar aquele cabeça-dura e ser feliz. E você? Não dá pra amar alguém e ser infeliz. Ele não tá te fazendo bem. O Rafa tá na pior e, em vez de aproveitar a sua presença pra sair dessa, ele tá te deixando na pior também. Não é justo.

— E se eu não conseguir viver sem ele?

— Pelo menos você tenta. É o certo. Você tem que ir.

— É...

— Mas tem uma coisa que você precisa fazer antes de ir — Ele inspira profundamente e sei que ainda sente dor.

— O quê?

— Se despedir.

— Lex, o que você está inventando? Vou te socar bem no machucado, hein? — Branca se altera, mas ele nem liga.

— Não dá tempo. Meu voo sai daqui a três horas. — É pura desculpa. Eu não quero ver Rafael.

— Quando você me disse ontem que vinha me ver, eu posso acidentalmente ter avisado uma pessoa... Sou um cara ferido e tal. E daí que o tiro foi no peito? O cérebro pode ter sido afetado na queda, mesmo que eu não tenha batido a cabeça. Pode acontecer, você não acha?

— Ah, seu filho da puta! Pode se preparar pra ficar sem sexo! — Branca cruza os braços e ele sorri para ela, apontando para a cama do hospital. — Hum... Vou ficar só brava, então. Por uma meia hora.

— O que você fez? — pergunto, mas não consigo ficar chateada. Nem teria como ficar, com esses dois se tratando assim.

Lex aponta para a porta e Rafael está parado lá. Ele cortou os cabelos e fez a barba. Está magro ainda, mas já parece mais com o cara que conheci. Meu coração amolece.

— Então, eu até sairia daqui e daria um pouco de privacidade pra vocês, mas, segundo as enfermeiras, este aqui é o meu quarto.

— Vem, Vivi... — Rafael me estende a mão.

Eu poderia correr, poderia dizer não, mas tudo o que faço é concordar. Rafael entrelaça os dedos nos meus e me guia para fora do hospital. Seu dedo resvala em meu anel e ele sorri, triste, sem me olhar. Nunca vou conseguir tirar o anel que ele me deu.

Atravessamos a porta principal e nos afastamos do entra e sai de pessoas, para um lugar um pouco mais reservado.

Nossos olhares se cruzam. Seus olhos azuis estão mais límpidos que da última vez em que o vi, e me pergunto se ele parou de novo com as drogas. *Não faz isso, não pensa nisso. Não se machuca assim.*

— Sei que você vai embora hoje — Rafael quebra o silêncio.

— Vou.

— Tem data pra voltar?

— Não.

— É justo — ele assente, magoado, mas não me cobra nada.

— O que você quer, Rafa? — Meu tom é brando. Sei que não posso ficar muito perto sem querer voltar para ele e para o inferno em que estávamos vivendo.

— Quando eu te conheci, eu tava na merda. Mas, não sei como, você me tirou de lá. Eu me apaixonei por você e pela primeira vez achei que podia dar certo. Não deu. Quando a minha mãe morreu, eu escolhi voltar pra merda. Você foi lá me buscar e isso te custou tanto... Custou tanto pra todos nós. — Seus olhos se voltam para minha barriga. As lágrimas começam a escorrer pelo meu rosto e ele as enxuga. — Eu nunca vou me perdoar.

— Eu achei que ia conseguir. Achei que poderia te salvar. Fui uma idiota. Não se salva quem não quer ser salvo. Meu amor por você se tornou um risco para as outras pessoas. Eu escolhi você naquele dia. O Lex e o Rodrigo quase morreram e eu perdi o bebê. Corri tanto pra te salvar que nem sabia que tinha um bebê. — Soluço alto e ele me abraça. Permito esse último contato. Vou embora e nunca mais o verei. — Acabou, Rafa. Estou morrendo de medo de dizer isso e você se entregar de vez. Estou apavorada, partida em mil pedaços e numa agonia que me deixa sem ar. Mas não posso arriscar perder outra pessoa que amo porque você decidiu se destruir. Eu tive que escolher, Rafa, escolher ir atrás de você ou avisar meu avô, que mandaria a polícia para lá, mas no fim todo mundo ficaria bem. Eu escolhi você e escolhi matar o nosso bebê, mesmo que eu nem soubesse que estava grávida. Eu teria escolhido você ainda que soubesse da gravidez, e isso acaba comigo. Eu teria escolhido você. — Estou chorando tão alto que meu corpo chacoalha. Rafael me mantém perto dele e escuto seus soluços. Ele está tão desolado quanto eu. — Eu matei o nosso filho.

— Não diz isso. O culpado sou eu. — Sua voz está rouca e embargada. — É tudo culpa minha.

— Eu escolhi.

— Pra não me matarem.

A dor me rasga inteira.

— Não posso mais fazer uma escolha dessas. Não posso mais arriscar ter que escolher entre você e outra pessoa. Não posso mais ver ninguém morrer. Eu te amo e provavelmente vou amar pra sempre, mas não posso mais ser a sua June. Me desculpa por não conseguir ser aquela que vai te salvar.

— Eu errei. A Branca tem razão quanto a isso. Você não tem que ser outra pessoa. Basta ser você. — Ele aperta os lábios, como se cada palavra o ferisse. — Vivi, vou deixar você ir. Não vou te segurar. Não vou tentar te impedir de jeito nenhum. Só quis te ver porque precisava dizer que... — Eu sei o que ele vai dizer e juro que não quero ouvir, mas tem um lado em mim que necessita dessas palavras. — Eu te amo, porra.

Ele se afasta um pouco para me olhar, mas continuamos muito próximos. Nosso rosto está molhado de lágrimas. Sua tristeza me atrai, como a ressaca do mar. Não tem como não ser sugada por Rafael.

Eu me perco em seus olhos uma última vez. Toco seu rosto uma última vez. Ele fecha os olhos e aprecia o toque uma última vez. Inspiro seu perfume uma última vez. Ele se aproxima devagar uma última vez. Me beija com voracidade uma última vez. Eu me entrego uma última vez. E, depois de tudo o que vivemos, meu coração perde uma batida, uma última vez.

# 70
# RAFAEL

> *If we're ever parted*
> *I will keep the tie that binds us*
> *And I'll never let it break*
> *'Cause I love you.*
> — Johnny Cash e June Carter Cash, "'Cause I Love You"*

**DEIXAR VIVIANE PARTIR,** depois de toda dor que eu causei a ela, foi o fundo do poço para mim. As pessoas dizem que pelo menos o fundo do poço é o limite e nada mais de ruim pode acontecer, mas sempre pode. Paredes desmoronam e você é soterrado.

Viviane se foi. Só causei mal ao maior amor que tive na vida.

Tem um lado meu que quer se entregar, enquanto o outro me mostra alguém que não pode simplesmente ir embora: Lucas.

Meu primo volta a morar no apartamento, mas quase não fala comigo. Ele me culpa por tudo o que aconteceu e está coberto de razão.

Eu tenho dois caminhos à minha frente: me deixar levar por tudo o que perdi ou tentar sair do lugar imundo e desolador em que me encontro.

Quando chego em casa, ele está lá. Sentado no sofá, jogando videogame. Parece o mesmo Lucas de sempre até olhar para mim. Ele não sabe o que fazer, está preso entre a raiva e o compromisso que tem comigo como alguém que ainda me ama.

---

* "Se alguma vez nos separarmos/ Vou manter o laço que nos ata/ E nunca vou deixar que ele se desfaça/ Porque eu te amo".

Eu me sento ao seu lado e pego o controle. Lucas me olha espantado. Nunca jogamos juntos. Ele reinicia o jogo e tenta agir normalmente, enquanto faz um gol atrás do outro.

— Você foi com ela ao aeroporto? — pergunto, entre um movimento e outro.

— Ãrrã.

— Não te pediram pra voltar pra casa deles?

— Pediram.

— Preciso que você vá.

— Tá me expulsando? — Ele pausa o jogo e me encara.

— Não. É que vou passar um tempo fora.

— Vai ficar nessa vida até morrer?

— Não. — Respiro fundo antes de contar a ele minha decisão. — Vou me internar.

Lucas abre a boca e não consegue pronunciar um único som. Chocado, solta o controle sobre o sofá. Seus olhos começam a lacrimejar, e, antes que eu dê maiores explicações, ele me abraça chorando.

No dia seguinte, chego ao escritório de Fernando Villa acompanhado de Lucas, que parece criança novamente. Sua fé em mim me surpreende mais uma vez. Ele acha que é simples me salvar. Acho que faz parte do amor cego.

— Eu conversei com ele, Rafa. — Lucas se refere ao avô de Viviane. — Ele concordou em falar com você. Vai dar certo, cara. Só tenta não estragar tudo — ele pede sem jeito, como se agora eu fosse um cara frágil e pudesse desabar a qualquer momento.

Incomodado, entro no escritório e fecho a porta atrás de mim. Se Fernando já é um homem intimidante, vê-lo atrás de sua mesa, com seu terno e sua pose de matador, potencializa ainda mais sua postura de mafioso.

— Sente-se — ele aponta a cadeira à sua frente. — A Viviane partiu há menos de vinte e quatro horas. Espero que não esteja aqui para me pedir o contato dela.

— Não estou.

— Ótimo. — Ele se ajeita na cadeira.

— Parei de usar drogas quando tudo aconteceu. — Minha voz sai tremida, assim como estão minhas mãos. Estou prestes a ter uma puta crise de abstinência, e não tenho Viviane para me ajudar.

— É compreensível, mas sei que já parou outras vezes.

— Duas vezes.

— E o que muda agora? Por que seria definitivo desta vez? — Seus dedos batem na mesa, parecendo ansioso.

— Eu falhei com a Viviane, mas nunca deixei de amar sua neta. Nunca vou deixar. Ela queria que eu me curasse, então vou me curar. — Estou decidido e falo com firmeza.

— Por ela?

— Não. Quero honrar o que nós tivemos, mas já tentei por ela e não consegui me segurar na primeira crise. Preciso tentar por mim.

— Sozinho? — Tenho a impressão de que ele me faz perguntas cuja resposta já sabe, mas quer ouvir de mim.

— Não dá pra ser sozinho.

— E o que pretende?

— O Lex me disse que você arrumou uma clínica e que ia me internar na marra. — Cada palavra é um peso. Não tem nada pior para mim do que pedir ajuda.

— Sim.

— Será que eu ainda posso ir, sem ser na marra?

— Pelo tempo que for necessário?

— Pelo tempo que for necessário.

O avô disfarça um sorriso, se levanta e dá a volta na mesa, ficando de frente para mim. Então coloca as mãos em meus ombros.

— Tem algo em você, garoto... Não sei o que é, mas você desperta um instinto protetor nas pessoas. Acho que você sabe, tendo em vista o estrago que deixou pelo caminho. Quando soube o que havia acontecido à sua mãe, eu disse à minha neta que a vida bate em você. Bate mesmo, e bate duro, mas tem algo que você precisa saber: a vida nunca bate mais do que podemos aguentar, e você é mais forte do que imagina.

— Eu não sei se vou conseguir sair. Não quero enganar ninguém. Também não quero que a Viviane saiba que eu tô tentando. Ela pode criar expectativas, pode querer voltar, e quero ela longe de tudo isso.

— Concordamos nesse ponto. — Ele me solta e encosta na mesa, sem desviar a atenção de mim.

— E eu quero te pagar de volta. Não vou conseguir pagar tudo de uma vez, mas cada centavo que gastar comigo, vou devolver.

— Ok. — Não tem como não me lembrar dela.

— Você pode cuidar do Lucas também? Sei que tô pedindo muito e que não tenho esse direito, mas não sei a quem mais pedir. O Lex tá fodido... — Ele franze a testa, me recriminando pelo palavrão. — O Lex tá ferrado por minha causa — conserto, contrariado. Ele está me ajudando, e o mínimo que posso fazer é medir a porra das palavras.

— Posso resolver tudo.

— Você fala como se fosse simples.

— Não é, mas, quando se trata da família, você aprende a fazer o que é necessário.

— Eu sou da família?

— Uma parte meio torta e que eu não queria muito, mas é. — Ele balança a cabeça. — Mais alguma coisa?

— Sim, eu preciso ser internado hoje. O mais rápido possível. — A voz sai engasgada quando uma crise de dor me domina. Vai começar tudo de novo.

# 71
## *Viviane*

> *I pulled away to face the pain*
> *I close my eyes and drift away*
> *Over the fear that I will never find*
> *A way to heal my soul*
> *And I will wander 'til the end of time*
> *Torn away from you.*
> — Evanescence, "My Heart Is Broken"*

*O avião pousa* em Londres e toco meu anel. Sei que deveria jogar fora ou pelo menos tirar, mas não consigo. Afastar-me de Rafael não o arranca de meu coração, então não vou fingir que é simples assim.

Minha mãe não pôde vir comigo, porque Rodrigo ainda precisa de algumas semanas para se recuperar.

Antes de partir, pedi a todos que não me dessem nenhuma notícia de Rafael. Se eu souber dele, só vou me machucar mais. Não quero sentir culpa quando souber que ele se jogou de novo nas drogas por minha causa.

Desembarco, passo pela burocracia necessária e procuro a esteira para pegar minhas malas. Já empurrando o carrinho, vejo Bernardo de longe em meio às pessoas que aguardam seus amigos, familiares e até colegas de trabalho, com plaquinhas para que se localizem.

---

* "Eu me afastei para enfrentar a dor/ Fecho os olhos e me distancio/ Por causa do medo de nunca encontrar/ Uma maneira de curar minha alma/ E vagar até o fim dos tempos/ Separada de você."

Bernardo segura uma placa e contenho as lágrimas ao ler:

**À ESPERA DA GAROTA COM O CORAÇÃO PARTIDO.**

Eu me aproximo e ele vira a placa. Tem mais uma coisa escrita:

**NÃO HÁ DOR QUE DURE PARA SEMPRE,
MAS, SE DURAR, ESTAREI AQUI.**

    O cartaz cai de sua mão quando ele me abraça forte. "Não há dor que dure para sempre" é uma das frases que meu pai gostava de repetir, e foi o que eu disse a Bernardo quando ele decidiu que não podia mais morar no Brasil, depois do casamento da Clara. E o acréscimo "mas, se durar, estarei aqui" foi meu, exclusivamente para ele.

    Talvez Londres seja o lar dos corações partidos.

# 72
# RAFAEL

> *Remembering you — what happened to you?*
> *I wonder if we'll meet again*
> *Talk about life since then*
> *Talk about why did it end?*
> — Stereophonics, "Dakota"*

**NOS PRIMEIROS DIAS** na clínica, chego bem perto de morrer. Ou pelo menos é assim que me sinto, como se a morte me rondasse e dissesse que seria mais fácil e menos doloroso.

É difícil para alguém como eu ser tão controlado e vigiado, mas aos poucos estabeleço uma relação com minhas partes obscuras e me sinto melhor por não passar por isso sozinho.

Sou obrigado a ser aberto e não me adapto bem a isso. Sim, sempre fui sincero com as pessoas, mas neste lugar é como se cada pensamento meu devesse ser partilhado.

Todas as minhas dores são investigadas e cada ferida é escancarada para sangrar à vista de todos. As semanas anteriores à internação, minha vida antes das drogas, minha família, Viviane, nada mais é só meu. Tudo o que sinto passa a ser de todos, assim como o que os outros sentem passa a ser meu.

---

\* "Lembrando de você — o que aconteceu com você?/ Eu me pergunto se vamos nos encontrar novamente/ E conversar sobre a vida desde então/ Conversar sobre por que acabou."

O pior momento, e que me rende a crise de abstinência mais avassaladora, é contar o que me trouxe à internação. Meu amor por Viviane e a dor que causei a ela. É por isso que estou em tratamento.

Muitas listas são feitas, das pessoas que feri, das que me feriram. Das razões para me odiarem, das minhas razões para odiar o mundo. São tantas que temo não haver papel suficiente.

Estou internado há trinta dias. É a primeira vez que vou receber visitas. Primeira vez que vou ter notícias do mundo lá fora. Faz trinta e um dias que ela foi embora.

Prometi a mim mesmo que não pediria a ninguém para procurá-la ou para dar algum recado meu, mas o terapeuta diz que devo colocar para fora o que sinto e que escrever pode ser bom. Então pretendo escrever cartas que ela nunca vai ler. Não sei se dá para chamar de carta, mas a primeira é esta:

*Me desculpa. ~~porra~~.*

É, preciso trabalhar nisso. O terapeuta diz que tem agressividade no meu jeito de falar, mas é meu jeito, caralho!

Tudo o que eu queria era apagar o que fiz, era poder ouvir o coração do nosso bebê, era poder dormir com ela todas as noites. Meu Deus, eu daria tudo só para dormir com ela em meus braços.

# 73
# *Viviane*

> *E se eu desmoronar*
> *Se não pudesse mais aguentar*
> *O que você faria?*
> — Thirty Seconds to Mars feat. Pitty, "The Kill"

*Não sei do* Rafa. A cada dia me obrigo a não perguntar. Apenas mais um dia, Vivi. Aguente apenas mais um dia. E ele passa. Mais um dia longe dele. Mais um dia sem saber se ele está vivo ou se teve uma overdose fatal. Mais um dia longe da lembrança do bebê que perdi. Uma ilusão, como se o tempo fosse capaz de me fazer esquecer. Penso que é melhor não saber e mordo o lábio até cortar quando a vontade de perguntar me consome. Se eu criar coragem e descobrir que o Rafa partiu, vou morrer com ele. Estou apavorada.

Minha mãe chegou a Londres e conversamos muito, sobre todos os assuntos, menos sobre o Rafa e o meu bebê. Ela quer que eu volte a estudar, mas tudo o que eu almejava para mim antes de Rafael parece sem sentido agora, então não tenho ideia do que fazer. Rodrigo passou uns quinze dias aqui e voltou para o Brasil. Lucas não quis vir. Lex se recuperou totalmente e está namorando Branca. Mila me liga todos os dias e Fernanda descobriu que vai ter um menino. Ela não me contou, ninguém quer me falar nada sobre bebês, mas ouvi minha mãe comentar com o tio de Bernardo quando passei pela sala. Ela não me viu e foi melhor assim.

Bernardo está comigo todos os dias. Almoçamos juntos, jantamos juntos e vemos filmes juntos até que eu adormeça. Às vezes tenho crises de choro e ele me abraça bem forte. Fecho os olhos e penso no Rafa. Finjo que estou em seus braços. Meu Deus, eu daria tudo para estar em seus braços.

# 74
# RAFAEL

> *Someday, somehow*
> *I'm gonna make it all right but not right now*
> *I know you're wondering when*
> *(You're the only one who knows that).*
> — Nickelback, "Someday"*

**JANEIRO DE 2005** chega rápido e completo seis meses de internação. A cada dia, é por ela que sobrevivo. Aguento firme porque quero ser um cara digno dela.

Não é mais tão difícil como no começo, mas ainda é uma prisão na qual eu mesmo me encarcerei.

Lucas e Rodrigo finalmente prestaram vestibular, e Fernando, que me visita todos os meses, está empolgado. Com o tempo, aprendo que ele é um velho legal. Faz pressão quando algo não sai como quer, mas sua intenção é sempre digna: proteger quem ama.

Aos poucos, algo muda em mim. Quero que Viviane se orgulhe de mim, mas também quero me olhar no espelho e saber que sou merecedor de respeito. Não preciso mais me odiar tanto.

As cartas vão evoluindo aos poucos, mas nenhuma é boa o suficiente. Ah, tá tudo uma porra do caralho, pra falar a verdade. É, nessas horas é bom que meu terapeuta não leia pensamentos.

---

* "Algum dia, de alguma forma/ Vou fazer com que tudo fique bem, mas não agora/ Eu sei que você está se perguntando quando/ (Você é a única que sabe)."

Pelo menos para o Lex consigo escrever razoavelmente bem. Ele é o cara que luta por mim há mais tempo e quase causei sua morte. Demorei muito para conseguir lidar com isso. Ainda lembro como foi difícil escrever a primeira carta. Por sorte, Lex é tão parceiro que me escreveu primeiro, aí eu respondi e a coisa fluiu.

> Lex,
>
> Fiquei feliz por você estar bem, e ainda estou tentando aceitar que mereço sua amizade depois de tudo. Valeu por mandar a carta e me dar a chance de responder. Não sabia como recomeçar o contato com você depois de tudo.
>
> Aqui os dias são longos e as noites infinitas. Tudo é tão regrado que me sinto como uma criança em um colégio interno. Eles não me deixam falar palavrão. Quer dizer, ninguém proíbe nem nada, mas cada vez que falo sinto como se tivesse matado a porra de uma fada. Opa... Lá se vai mais uma.
>
> Não me acostumei a estar preso, mas você tinha razão quando dizia que era o melhor. É uma porra de uma merda de um caralho, mas é o melhor. (Será que eles leem as cartas antes de enviar? Se lerem, tô fodido. Ah, foda-se. Caguei!)
>
> Os médicos dizem que estou respondendo bem ao tratamento, mas que ainda tenho um longo caminho pela frente.
>
> Espero que você não esteja muito decepcionado comigo. Ainda te devo desculpas decentes, cara. Eu sei.
>
> Vou tentar escrever mais vezes e dizer a coisa certa da próxima vez.

Ele veio me ver todos os meses depois disso, mas não conversamos sobre nada muito profundo. Passados seis meses, ainda não consigo falar do que aconteceu.

*Pessoas para quem preciso pedir desculpas e por quê*
(a ordem não é importante)

Lucas: por tê-lo abandonado quando a morte já o tinha destruído tanto quanto a mim.

Lex: por fazê-lo perder dinheiro comigo, por trair sua confiança, por fazê-lo tomar um tiro tentando me defender e por não ter sido o amigo que ele merecia.

Rodrigo: por ter aprendido mais com ele, quando deveria ter ensinado, e, é claro, pelo tiro.

Júlio: por fazê-lo mentir para me tirar da cadeia.

Fernando: por ter ferido seus netos e não ter me afastado quando deveria. (Vale o mesmo para as outras pessoas da família.)

~~Viviane:~~

Não consigo. Ainda não dá.

# 75
# *Viviane*

> *Make-believing we're together*
> *That I'm sheltered by your heart*
> *But in and outside I've turned to water*
> *Like a teardrop in your palm.*
> — Roxette, "It Must Have Been Love"*

— *Ele está* vivo.

Três palavras que me fazem respirar de novo. Três palavras que Bernardo diz após me ver definhar mais a cada dia. Contrariando minha mãe, que lhe lança um olhar zangado, ele não resiste e me conta, após dois meses da internação de Rafael.

Nunca pensei que ele pudesse se internar e não sei como aguentei tanto tempo sem saber, mas meus lábios cortados e inchados são a prova de que o medo da resposta era maior. Comecei a ferir a mim mesma, a ponto de Bernardo não conseguir mais se segurar.

Ao contrário do que minha família pensava, quando descobri que a iniciativa de se livrar das drogas partiu dele, eu não quis voltar para casa. Estou assustada demais para voltar.

Vou ficar em Londres, com Bernardo, onde é seguro.

---

* "Faço de conta que estamos juntos/ E que estou abrigada pelo seu coração/ Mas por dentro e por fora estou desabando/ Como uma lágrima na palma da sua mão."

— O Rafael está internado há seis meses — Bernardo diz, enquanto tomamos café da manhã. — O Rodrigo disse que ele está indo bem. A previsão é que saia daqui a mais uns seis meses.

Temos um acordo silencioso: ele conta sem que eu pergunte, e eu não faço comentários.

Saber que ele está tentando me enche de orgulho, mas o medo e a lembrança das vidas que arrisquei e perdi destruíram minhas esperanças. E, ainda que eu não queira, fico esperando uma recaída.

# 76
# RAFAEL

*Since you've gone I've been lost without a trace*
*I dream at night I can only see your face*
*I look around but it's you I can't replace*
*I feel so cold and I long for your embrace*
*I keep crying baby, baby, please.*
— The Police, "Every Breath You Take"*

**RODRIGO, LUCAS E,** é claro, Lex vêm me buscar no primeiro domingo de julho, dia da minha alta. Fernando veio no dia anterior e me deu os parabéns. Vindo dele é muito importante, mas não mereço ser parabenizado por estar agindo como homem. É o certo e o que preciso manter para o resto da vida, vivendo um dia de cada vez.

Ser liberado não significa que tudo acabou. Não, é apenas mais um passo. As drogas sempre serão um risco e, se eu ceder, vou me tornar um viciado novamente. Depois que comecei a usar, nunca fiquei tanto tempo limpo, e isso me dá força.

Durante esse ano que passou, assinei uma procuração para que Lex vendesse meu apartamento e comprasse outro, com dois quartos, para quando eu saísse. Fiz isso por dois motivos: quero dar um lar decente para o Lucas e não quero lembranças.

---

* "Desde que você se foi, estou completamente perdido/ Eu sonho à noite e só consigo ver o seu rosto/ Olho em volta, mas não consigo substituir você/ Sinto tanto frio e anseio pelo seu abraço/ Eu continuo chorando, baby, baby, por favor."

Ao chegar lá, nem sei por que me surpreendo ao ver que Rodrigo gastou dinheiro para trocar meus móveis.

— Você disse que não queria lembranças, cara — ele se justifica, um pouco incomodado. — Então, mas tem uma coisa... — Eu o sigo até o quarto e minha guitarra está sobre a cama, com um envelope branco ao lado. — Eu não sabia se devia te entregar, porque não sei o peso do que tem aí. A Vivi escreveu essa carta quando pegou a guitarra, antes de muita coisa acontecer. Mas eu conversei com o psicólogo da clínica e ele disse que você precisa lidar com as consequências dos seus atos e... essa é uma consequência e tanto.

Balanço a cabeça, sento na cama e passo os dedos devagar pela guitarra. Lembranças. Tudo o que eu não queria. Mas Rodrigo tem razão — aprendi que o passado existe e que me revoltar contra ele não vai trazer ninguém de volta à vida nem para perto de mim.

Os três me dão privacidade e pego o envelope. Além de saber que Viviane está em Londres e que não é namorada de Bernardo, o que Lucas faz questão de frisar o tempo todo, não sei muito mais dela. Também não vou saber agora, já que a carta é antiga. Mas é dela, e só isso já faz meu coração acelerar.

*18 de maio de 2004*

*Rafa,*

*Se você está lendo esta carta, é porque tudo terminou terrivelmente mal.*

*Meu avô me buscou no seu apartamento hoje e voltei para casa.*

*O Lucas está com a gente e a cada dia mais triste.*

*Há mais de um mês não temos notícias suas. Já não sei o que fazer.*

*Sinto sua falta de forma alucinante, dolorosa e desesperadora, mas o pior é não saber se você está vivo.*

*Toda vez que o telefone toca, penso que é alguém dizendo que você morreu. Se alguém suspira ou me olha com* tristeza, acho que você morreu e a pessoa está com medo de me contar. Se o telefone não toca, acho que você morreu e ninguém te encontrou ainda, ou encontraram e não sabem quem você é.

 Sinto muito por não ter conseguido te salvar. Eu sabia que não seria fácil. Só não pensei que seria tão difícil.

 Espero te encontrar e entregar sua guitarra pessoalmente, mas, se isso não acontecer e, por algum motivo, um de nós não conseguir encontrar o outro, quero que você saiba que nunca amei ninguém como te amo.

 Eu queria que amar fosse suficiente.

*Sempre sua,*
*Vivi*

Lágrimas caem sobre a folha e afasto a carta rapidamente. Não quero manchar as únicas palavras que tenho da garota que eu amo.

Sua tristeza, seu desespero, o medo de que eu morresse e ela tivesse que me enterrar para sempre saltam em cada linha e me tocam direto no coração. Eu já tinha essa consciência de como fiz todo mundo sofrer, mas ler uma carta de mais de um ano atrás é forte. Muito forte. E felizmente sou homem o bastante para lidar com isso.

Tem uma escrivaninha no canto do quarto, com meu computador sobre ela. Tem folhas também, e canetas. Eu me pergunto qual deles adivinhou que eu precisaria disso e me sento para escrever uma carta para Viviane.

# 77
# *Viviane*

> *I try to call but I don't know what to tell you*
> *I leave a kiss on your answering machine*
> *Oh help me please is there someone who can make me*
> *Wake up from this dream?*
> — Roxette, "Spending My Time"*

— *Nunca pensei* que eu fosse dizer isso, mas já faz um ano que o cara saiu da reabilitação e não voltou a usar drogas, Vivi. Ele está trabalhando, se recuperando bem. Quanto tempo mais vai demorar para você voltar e conversar com ele? — Bernardo entra em meu quarto e diz de supetão enquanto vejo tevê. — Não quer mesmo voltar?

— Não, não quero — respondo sem olhar para ele.

— Vivi, você não pode continuar assim. Fora estudar, o que você faz?

— Saio com você.

— Para. Não tem lógica você amar alguém que está lá e ficar aqui.

— Bernardo, se olha no espelho, por favor. — Sei que estou sendo dura, mas ele faz exatamente o mesmo.

— Se a Clara estivesse solteira, eu não estaria aqui. Se ela ficar solteira, juro pra você, não espero nem um minuto e chego nela — Bernardo fala decidido e me calo, sabendo que ele tem razão. Sei que ele iria mesmo. — Do que você tem medo? De perdoar o Rafael?

---

* "Eu tento ligar, mas não sei o que lhe dizer/ Deixo um beijo na sua secretária eletrônica/ Oh, me ajude, por favor, existe alguém que possa/ Me fazer acordar deste sonho?"

— Eu já perdoei, quando ainda estava no Brasil. — Encaro o teto, como se uma luz para os meus problemas fosse aparecer. — O meu medo é esse. Sou incapaz de guardar raiva dele. Tudo o que a minha cabeça aponta como negativo, o meu coração justifica. Não quero lutar o resto da vida comigo mesma.

— E por que precisaria?

— Não é hora de voltar.

— E quando vai ser?

— Não sei. — Eu me sento, sem querer olhar para Bernardo.

— Só acho que você está perdendo tempo com medo. Foi horrível o que vocês passaram. — Ele se senta ao meu lado. — Vi, foi horrível o que aconteceu. Muito. O pior foi o bebê, eu sei disso. Porque os outros sobreviveram, mesmo correndo riscos. — Ele me abraça antes que eu desmorone. Ainda não consigo falar do aborto sem chorar. — Mas já se passaram dois anos. O Rafael está vivendo, é você quem está fugindo. Não fica brava, mas pensa em tudo o que poderia ter acontecido se a gravidez tivesse ido adiante. Será que o Rafael teria se internado? Será que ele teria fugido? Será que o bebê nasceria bem com todo o estresse que você passou? São tantas variáveis, Vivi. Sei que não tem comparação, mas, com tudo o que eu já passei, aprendi a olhar para frente e a pensar nas possibilidades futuras.

— Você nem gostava do Rafael, Bê. Por que quer que eu volte?

— Eu não gostava das drogas e isso acabou. A Branca elogiou o esforço do cara, Vivi. A Branca! — ele ergue os braços. — E o meu pai e o seu avô! Ninguém quer te ver naquela situação de novo, mas ninguém quer que você sofra para sempre também. Eu estou pronto para voltar pro Brasil.

— De vez?

— De vez. Volta comigo?

Ele pede com tanto carinho e argumenta tão bem que não posso mais teimar.

— Tá bom, eu volto.

# 78
# RAFAEL

*What about now?*
*What about today?*
*What if you're making me all that I was meant to be?*
*What if our love never went away?*
*What if it's lost behind words we could never find?*
*Baby, before it's too late*
*What about now?*
— Chris Daughtry, "What About Now"*

**FAZ UM ANO** que saí e, além da carta, não tive mais sinal de Viviane. Rodrigo só diz que ela está em Londres e não pretende voltar. Não enviei a carta que escrevi. Decidi que quero entregar pessoalmente.

Paguei cada centavo do que devia ao seu avô. Financeiramente estou muito melhor do que poderia esperar. Dois meses depois que saí da clínica, Lex e Rodrigo me propuseram sociedade para montar uma balada em São Paulo. Rodrigo tinha conhecimento zero, mas entrou com a maior parte da grana. Inauguramos há seis meses e temos feito muito sucesso.

Quero saber por que Rodrigo me disse para vir ao Ibirapuera com a carta que escrevi para Vivi. Lucas contou a ele que não tenho cora-

---
* "Que tal agora?/ Que tal hoje?/ E se você estiver me tornando tudo que eu estava destinado a ser?/ E se nosso amor nunca tiver acabado?/ E se estiver perdido por detrás de palavras que nunca conseguimos encontrar?/ Baby, antes que seja tarde demais/ Que tal agora?"

gem de mandar. Vou matar meu primo por isso. Ele está andando demais com essa família e ficando tão fofoqueiro quanto.

O dia está quente, mesmo sendo julho. Acho que o verão é tão marrento quanto eu e decidiu invadir o inverno.

Duas crianças passam correndo atrás de uma bola, um senhor caminha com um cachorro e uma gargalhada ecoa, fazendo meu coração parar. Puta que pariu, meu coração parou! Puta que pariu!

Eu reconheceria esse som em qualquer lugar. Eu me viro e ao longe vejo Viviane rindo. Bernardo está com ela e continua dizendo algo que a faz se dobrar de rir. Meu coração dispara de um jeito que me faz tocar o peito para conferir se ele não vai explodir e sair como louco atrás dela. Mal consigo respirar. Nunca duvidei do que sentia, mas agora, vendo Viviane a metros de mim, é como se esse amor tomasse cada partícula do meu corpo. Nada do que usei em meus piores anos me deu tanto prazer quanto olhar para ela, mesmo de longe, mesmo perto de outro cara, mesmo com a possibilidade de que ela nunca mais seja minha. Ela voltou. Ela voltou. Ela voltou! Passo as mãos pelos cabelos, sem acreditar. É inevitável, perco uma batida, duas, três... Perderia todas por ela.

Meu primeiro impulso é me afastar e me ocultar atrás das árvores, mas continuo espiando sem que ela possa me ver. Quando me tornei o cara que se esconde?

— Ela parece feliz, não? — A voz grave de Fernando me faz dar um pulo.

— Parece. De onde você saiu?

— Se eu dissesse que os dois estão namorando e felizes, o que você faria? — Ele não me responde e ainda lança uma pergunta dessas. Parece uma versão bizarra do Mestre dos Magos.

— Não faria nada. Eu deixaria a Viviane ser feliz e continuaria longe. — Por mais triste que eu me sinta admitindo isso, é exatamente o que eu faria.

— Muito bem. Acho melhor dizer logo que eles não estão juntos nem nunca estiveram. — O alívio me invade. — O Rodrigo me disse que você escreveu uma carta para ela e nunca enviou.

— É. — Que porra de moleque fofoqueiro!

— Você trouxe?

— Trouxe. O Rodrigo pediu e fiquei sem entender. Achei que ele fosse enviar pra ela e que talvez estivesse mesmo na hora. Parece que escrevi há tanto tempo.

— Está na hora de entregar. — Fernando arranca o envelope da minha mão antes que eu possa reagir. — Agora vá embora e ligue para o meu neto. Pelo que fui informado, vocês têm uma apresentação especial no bar hoje à noite.

— E se eu quiser falar com ela? — Estou agoniado de vontade de falar com Viviane.

— Ah, garoto, vocês estão separados há dois anos. Já esperaram tanto. Deixe esse velho romântico fazer tudo direito, por favor.

Penso, repenso, e a resposta é óbvia:

— Ok.

# 79
## Viviane

*I try to make my way to you*
*But still I feel so lost*
*I don't know what else I can do*
*I've seen it all and it's never enough*
*It keeps leaving me needing you.*
— Lifehouse, "Take Me Away"*

— *Cariño!* — Ouço a voz de meu avô e corro para os seus braços.

— Que saudade, vô! — Beijo seu rosto enquanto ele me abraça, e noto que está segurando um envelope.

— Me perdoe por não te buscar no aeroporto ontem. Realmente não pude.

— Não tem problema. Só estranhei você querer me encontrar aqui no Ibirapuera.

— Este era o lugar favorito do seu pai. Sempre que posso, eu venho.

Olho ao redor e penso em meu pai por um instante. Tanto se passou desde que ele partiu...

— O senhor leva a Vivi, certo? — Bernardo me dá um beijo na bochecha e se afasta antes que eu argumente. — Passo na sua casa lá pelas onze! — ele grita, andando de costas.

---

* "Eu tento seguir meu caminho até você/ Mas ainda me sinto tão perdida/ Não sei o que mais posso fazer/ Eu já vi tudo isso e nunca é o suficiente/ Continua me deixando com necessidade de você."

Por que ele vai passar em casa tão tarde?

— Vamos nos sentar um pouquinho? — meu avô convida, me guiando até a beira do lago.

— Tem algum motivo especial para você querer falar comigo, vô? — É claro que tem, mas é melhor saber logo. Ele me estende o envelope. — O que é isso?

— A situação está tão difícil que estou fazendo bico de carteiro — ele diz com a expressão mais séria possível, para depois rir. — É algo que você já deveria ter lido. Hum... Veja só... A situação está tão difícil que estou fazendo bico de cupido!

Minha respiração se acelera ao ver a letra de Rafael na carta, escrita há mais de um ano.

*3 de julho de 2005*

*Vivi,*

*Há um ano escrevo rascunhos de cartas. Há um ano jogo todas no lixo. Finalmente estou pronto para te pedir perdão.*

*Agora, lendo a carta que você escreveu, percebo a verdade: há um ano escrevo rascunhos de mim. Há um ano jogo tudo no lixo. Finalmente estou pronto para ser mais do que um esboço. Para ser o Rafael que você sempre viu em mim.*

*Estou limpo desde o dia em que você arriscou tudo para me salvar, desde o dia que talvez nos separe para sempre. Mas, depois de tudo, preciso te contar que, mesmo sem você, mesmo que eu nunca possa te amar como quero, não pretendo me entregar de novo.*

*De hoje em diante, vivo em busca do seu perdão. Não para que a gente fique junto de novo. Eu não seria ingênuo a ponto de esperar por isso. Apenas para podermos seguir adiante.*

*Às vezes penso no filho que perdemos. Não, não quero mentir. Todos os dias penso no filho que, por minha culpa,* não pôde nascer. Minha culpa, entende? MINHA CULPA, não sua. Nada do que aconteceu foi culpa sua. Seu coração gigantesco só queria me trazer de volta, e ninguém pode ser culpado por amar demais.

Sou o único culpado, o único que deveria ser punido, e serei. Tenho uma vida inteira para viver sem você.

Me perdoa por não ter resistido a você, me perdoa por ter me aproximado, me perdoa por ter te mantido comigo, me perdoa por ter feito você acreditar que o seu amor era o suficiente para me tirar das drogas quando eu sabia que só dependia de mim, me perdoa por ter feito você se sentir responsável por mim e pelo meu primo, me perdoa por ter feito você ir contra a sua família, me perdoa por ter tentado te esquecer depois, me perdoa por ter procurado outras mulheres, me perdoa por ter te machucado, me perdoa por ter te engravidado, me perdoa por ter matado o nosso filho, me perdoa por ter te guiado para um lugar cheio de bandidos, me perdoa pelo tiro que o seu irmão tomou por minha causa, me perdoa pelo que fizeram com você naquele dia, me perdoa por não ter sido homem o bastante para você, me perdoa por não ter sido capaz de te proteger, me perdoa por ter sido fraco, me perdoa por ter sido imbecil, me perdoa por não ter te valorizado, me perdoa por ter me deixado levar, me perdoa por toda a dor, por toda a tristeza, por todas as feridas, me perdoa por querer morrer quando você estava lá, viva, esperando por mim.

E me perdoa, principalmente, por te amar.

Porque eu amo, não consigo evitar.

Eu comparava seu amor às drogas e estava errado, porque, com a distância, as drogas foram saindo do meu foco e do meu desejo, mas você não. O tempo e a distância não mudam nada. Eu ainda te amo.

E vou amar loucamente, para sempre.

*Vou amar insanamente, o tempo todo.*
*Vou amar perdidamente, mesmo de longe, mesmo sem você, mesmo sem nunca mais poder dizer em voz alta.*
*Por isso, ainda que pela última vez, aqui, eu grito:*
*EU TE AMO, PORRA!*

*Rafa,*
*O cara que não tá nem aí se "porra" não deveria estar numa declaração de amor*

Lágrimas escorrem descontroladamente pelo meu rosto. Vovô me entrega um lenço.

— Quando ele te deu isso?

— Cinco minutos antes de eu falar com você. Ali, atrás daquelas árvores — meu avô aponta para longe, porém tão perto. Não acredito que estivemos no mesmo lugar e não nos vimos.

— Por que ele não falou comigo?

— Não sabíamos como você ia reagir.

— *Sabíamos?*

— Ah, a família toda está nisso. Somos nós. Meio óbvio, não?

— Ele ainda está aqui? — olho ao redor.

— Não.

— Não sei se quero ver o Rafael. — O pior é que eu sei que quero. Quero muito.

— Você ainda tem medo, é natural, mas seu pai não te criou para ter medo. Você sabe que eu seria o primeiro a querer o Rafael longe se ele representasse algum perigo para você. Mas ele tem se esforçado tanto e seu progresso é invejável, digno de qualquer amor, digno do *seu* amor, *cariño*. Vocês precisam pelo menos conversar. Sabia que ele tem um negócio próprio agora?

— O Bernardo me contou.

— Então apareça lá hoje, por volta da meia-noite.

Balanço a cabeça, percebendo que Bernardo já sabia. Ele é tão fofoqueiro com todo mundo da família, e justo de mim escondeu um segredo.

— Não sei.
— Você o ama?
— Amo.
— Com ou sem palavrão? — ele pergunta, e estou chocada. Ele leu a carta!
— Vô!
— O quê? Estava em letras maiúsculas e li sem querer por cima do seu ombro. — Ele se faz de inocente. — Mas, então, conta para o seu avô preferido.
— Você é meu único avô.
— E já era o preferido antes do outro virar pó que eu sei. Agora para de enrolar e me diz: você ama o Rafael com ou sem palavrão?
— Com.
— Então pronto. Vá vê-lo e ouça o que ele tem a dizer.
— E se eu não quiser ir, vovô?
— Você vai passar o resto da vida pensando: *E se eu tivesse ido?*

E eu vou. Quem estou tentando enganar? Eu amo Rafael, nunca deixei de pensar nele, e não nos dar a chance de uma última conversa seria estupidez. Mesmo que a gente não consiga se entender, preciso vê-lo.

O bar deles é maravilhoso. Mal posso acreditar que seja tão lindo.

Bernardo está ao meu lado, mas logo sou soterrada por abraços. Mila, Branca e Fernanda me esmagam e dão gritinhos.

Eu já tinha visto Fernanda de manhã, quando fui visitar seu filho, o Felipe. Conversamos muito e me emocionei ao pensar que meu bebê seria apenas alguns meses mais novo que o dela.

Lex quase me tira do chão com um abraço e Lucas também aparece. Eu me surpreendo ao perceber como ele parece mais velho e mais forte.

Ver todos eles juntos ali, depois de tanto tempo, me abala. A lembrança do que vivemos volta à mente na pior hora. Eu me sinto sufocar e não sei se estou preparada para ver Rafael. Então me viro, tentando encontrar um espaço para passar, e a música para. Quero sair, preciso ir embora.

— Espera! Só me escuta uma última vez — a voz reverbera por todo o salão através das caixas de som. Meu coração dá saltos mortais no peito. Sinto o chão se derreter sob meus pés ao ouvir a voz de Rafael.

Eu me viro devagar até ficar de frente para ele, mas não chego mais perto. Permanecemos parados. Ele em cima do palco. Eu no chão, a alguns metros dele, com o coração aos solavancos.

Rafael sorri, hesitante. É a primeira vez que o vejo inseguro. Ele está tão diferente de quando nos despedimos, há dois anos. Seus cabelos estão mais compridos e a barba mais rente. Tão saudável, tão bem, tão leve.

O contraste entre o viciado que precisei buscar em um cativeiro e o homem sadio à minha frente me rouba um suspiro alto, que se mistura a um soluço descompassado. Meu coração encontra o ritmo ao vê-lo finalmente salvo e vivendo.

Seu olhar me revela que ele sabe exatamente o que sinto. Sua mão se fecha em punho e ele bate duas vezes devagar sobre o peito, emocionado. Ele inspira e expira várias vezes, e sinto que tenta recuperar a capacidade de falar.

As pessoas olham de mim para ele e não consigo falar nem fazer nada.

— A próxima música vai pra garota que ainda quero chamar de minha — Rafael diz e dedilha os primeiros acordes na guitarra.

Aperto o peito, sem controlar a respiração. Rafael está tocando a guitarra que ganhou do pai, aquela que ele pensou que nunca mais voltaria a tocar.

Os primeiros versos de "Here Without You", do Three Doors Down, saem de seus lábios e ele não tira os olhos dos meus. E de repente é como se não houvesse mais nenhuma barreira entre nós.

*A hundred days have made me older*
*Since the last time that I saw your pretty face.**

---

* "Cem dias me fizeram mais velho/ Desde a última vez em que vi seu rosto lindo."

# 80
# RAFAEL

*I've found a reason for me*
*To change who I used to be*
*A reason to start over new*
*And the reason is you.*
— Hoobastank, "The Reason"*

**ASSIM QUE VIVIANE** põe os pés na balada, eu a sigo de longe com o olhar. Cada expressão me mostra que ela está prestes a ter uma crise nervosa. É muito pedir que esteja aqui. É muito estarmos todos juntos. É muito para lembrar.

No parque, era muito para absorver e eu não quis que ela me visse. Agora estou na minha área. Há sombras neste lugar que conheço como ninguém, e envolto por elas admiro Viviane. Seus cabelos estão pelo menos um palmo mais curtos, passando um pouco dos ombros, e levemente mais claros. O corpo amadureceu nestes dois anos, e ela parece ainda mais viva, mais mulher. Não tem mais quase nada da menina de roupas cor-de-rosa.

Sua tensão me faz temer que ela fuja, por isso me adianto no palco e por um triz consigo evitar que ela se vá.

Quando nossos olhares se cruzam, parece que voltamos no tempo. É a minha garota. A menininha de quem parti o coração. A mulher que

---

\* "Eu encontrei uma razão/ Para mudar quem eu costumava ser/ Uma razão para começar de novo/ E a razão é você."

lutou por mim e só desistiu quando a destruí completamente. Eu me perco nela, e é tão bom saber que nossa ligação se mantém forte, mesmo depois do furacão que nos arrasou.

Ela aperta o peito e sei que reconheceu a guitarra. Sei que sabe o que significa. Eu superei e não pretendo desistir de tentar compensar o passado.

As amigas a fazem chegar mais perto do palco e ela se deixa levar, mesmo ainda tensa, mesmo querendo fugir, mesmo sem estar preparada para ouvir tudo o que preciso dizer. Então eu canto, canto e canto, como se isso bastasse para trazê-la de volta.

*I'm here without you, baby*
*But you're still on my lonely mind*
*I think about you, baby*
*And I dream about you all the time*
*I'm here without you, baby*
*But you're still with me in my dreams*
*And tonight it's only you and me.*

*Everything I know, and anywhere I go*
*It gets hard but it won't take away my love*
*And when the last one falls, when it's all said and done*
*It gets hard but it won't take away my love.\**

Canto cada verso como se minha alma pudesse sair de mim, flutuar pelas palavras e pousar no coração ferido de Viviane.

As lágrimas escorrem em seu rosto e ela aperta os lábios, emocionada. A cada passo que ela dá até mim, meu coração transborda de amor.

---

\* "Estou aqui sem você, baby/ Mas você continua em minha mente solitária/ Eu penso em você, baby/ E sonho com você o tempo todo/ Estou aqui sem você, baby/ Mas você continua comigo em meus sonhos/ E esta noite somos apenas você e eu.// Tudo que eu sei e para qualquer lugar que eu vá/ Fica difícil, mas não vai apagar o meu amor/ E quando o último cair, quando tudo acabar/ Fica difícil, mas não vai apagar o meu a noi "

Estou chorando em público e pouco me fodendo para isso. Viviane está aqui, e ela é tudo o que me importa.

Termino a música, entrego a guitarra para um dos assistentes do bar e desço as escadas do palco. Sem tirar os olhos de Viviane em nenhum momento. Estou apavorado, mas, se ela veio, é porque temos uma chance.

Eu me aproximo devagar e paro perto dela. A banda recomeça a tocar e as pessoas a dançar. O barulho torna qualquer conversa impossível.

Pego em seu braço e a guio para o meu escritório. Fecho a porta atrás de nós. Viviane está encostada na parede e eu sei que deveria ir com calma, mas, quando dou por mim, estou segurando seus braços, com a testa quase encostada na dela.

Só nos olhamos, sem dizer uma palavra. Controlo minha respiração de acordo com a dela e vamos da aceleração extrema à calmaria após a tempestade. Enxugo seu rosto e ela toca o meu lentamente. Seus dedos tremem, como se ela não acreditasse que eu estou ali, que não sou uma ilusão, que estou inteiro.

— Recebeu minha carta? — finalmente quebro o silêncio entre nós.

— Recebi. — Sua voz. Cada parte de mim reage à sua doce voz.

— Me perdoa?

— Eu já perdoei faz muito tempo.

Falamos baixo, como se confidenciássemos pequenos segredos um ao outro.

— Então por que não voltou?

— Medo de sofrer ainda mais. Eu sentia a sua falta, mas era melhor não ver se você estava se destruindo ou não.

— Não estou.

— É, estou vendo. Você está bem. — Um sorriso tímido surge.

— Você tá linda — acaricio seu rosto devagar.

— Você também.

— Tô linda?

— Não, idiota. — Sai tão fácil que rio um pouco.

— Você acha que podemos recomeçar?

— Não sei se consigo evitar.

— Isso é bom.

— Será? — ela franze a testa, preocupada.

— Me deixa te mostrar que não precisa mais ter medo. Sempre fui eu que vivi com medo. Medo da morte, medo de perder quem eu amo, medo de sofrer e não aguentar o sofrimento — sussurro perto de seu rosto. — Agora é você.

— Como você deixou de ter medo? — Eu a sinto segurar meu braço, e seu dedo instintivamente toca minha tatuagem.

— Você me salvou.

— Eu fui embora.

— E por ironia foi assim que me salvou.

— Então, teoricamente, você tem que ir embora para me salvar. — Sei que ela está me provocando. Isso é bom, está reagindo a mim.

— Nah! Ir embora não faz mais parte de mim. Agora sou dos que ficam.

— Pra sempre?

— Pra sempre.

— Acho que o pra sempre pode ser bom.

A cada palavra ela vai se abrindo para mim. Preciso ter paciência, mas quem disse que tenho?

— Casa comigo? — Vejo um vislumbre de medo em seus olhos e acrescento rapidamente: — Senti tanta saudade que comprei um CD da Britney Spears. Britney Spears. Britney Spears — repito, demonstrando total desolação. — Por favor, casa comigo antes que eu jogue meu gosto musical no lixo.

— Você ouviu mesmo Britney? — ela se surpreende e sorri para mim. Eu ouviria Britney mil vezes por esse sorriso. Cantarolo um pedacinho da música grudenta daquela mulher e ela ri. — Senti saudade — ela deixa escapar.

— Sei de algo ótimo pra saudade.

— O quê?

— Não ir embora. O que você acha?

Uma mecha de cabelo cai em sua testa e afasto devagar, colocando-a atrás da orelha. É um gesto tão simples e tão delicioso de fazer com ela.

— Pode ser bom.

— Pode mesmo. Vamos à terceira tentativa: casa comigo?

O brilho em seus olhos me revela a resposta antes mesmo que ela diga:

— Ok.

Um sorriso enorme invade seu rosto e reflete no meu. Viviane morde o lábio devagar e tem início o tormento de cada gesto por que ansiei. Viajo em seu olhar em silêncio, o máximo que resisto, depois desço a mão por seu pescoço e deixo meu corpo pressionar o dela contra a parede ao mesmo tempo em que a beijo.

Quando nossos lábios se tocam, é como se nossos corpos atingissem um prazer ainda mais intenso do que antes. Puta que pariu, que saudade! Que saudade! Que saudade, porra!

Nós nos perdemos ali, um no outro. Nos apertamos, nos jogamos, nos amamos a cada toque. Viviane é tudo o que eu quero. Tudo o que eu sempre quis e tudo o que não posso viver sem. É a garota que eu amo.

Não sou ingênuo. Sei que não é um recomeço imune à dor, e a tristeza do que perdemos talvez se apresente em muitos momentos. Mas estaremos juntos, tentando, sem nunca desistir da ligação maior que nos atrai um para o outro e nos impossibilita de tentar com outras pessoas.

Viviane geme em meus lábios e minha mão desliza em sua coxa, dando graças aos céus por ela não ter perdido o costume de usar saias curtas. Ela não me impede quando a coloco sentada sobre a mesa, tirando sua calcinha. E ainda me deixa louco ao envolver minha cintura com as pernas e me puxar para perto.

Não demora muito e estou dentro dela. Envolvo suas costas para colar meu corpo ao dela e beijo seu ombro. Nosso coração bate junto e se perde junto. Batidas perdidas em conjunto a cada sensação conhecida e agora intensificada.

Beijo sua boca, feliz como nunca pensei que seria outra vez. Desgrudo nossos lábios por um segundo. Tem algo que preciso dizer e tem que ser agora, comigo dentro de Viviane, ao mesmo tempo em que nossos corpos estremecem violentamente.

— Eu te amo, porra.

# AGRADECIMENTOS

Escrever este livro foi intenso. As palavras escaparam por meus dedos em trinta e sete dias em que mal comi e mal dormi. Eu vivia de Rafael e Viviane.

Mas jamais teria conseguido sozinha. Tive o prazer de trabalhar com uma equipe linda.

Agradeço a Alba Marchesini Milena por ser a primeira pessoa a ler e a editar meus textos. Obrigada por não me deixar parar de escrever quando esmoreci e perdi a fé, por dizer que eu deveria reformular a história de Rafael e Viviane, escrita muito tempo antes, e torná-la algo completamente novo. Obrigada por sempre acreditar e dizer: "Bi, relaxa, é Verus", quando eu nem imaginava que teria essa honra.

A Guta Bauer, que chegou como uma profissional para trabalhar em meus livros e se tornou uma das melhores amigas que eu poderia ter, que me abraça forte, mesmo de longe, e não me deixa parar no meio do caminho.

Eu não poderia deixar de mencionar as outras queridas que compõem o grupo: Mariana Dal Chico, Sabrina Inserra, Ana Marchesini e Lívia Martins. Suas dicas e sugestões são preciosas demais e tornam cada texto melhor, enquanto seus conselhos pessoais salvam minha vida.

Ao meu irmão do coração, Lex Bastos, por existir, por ser irmão no sentido mais real da palavra e o primeiro homem que lê o que escrevo. Meu agradecimento se estende a sua noiva, minha cunhadinha, Bárbara Zanirato.

Ao pessoal da Verus Editora, por acreditar em minha história e pelo trabalho perfeito. Ainda parece sonho!

Às minhas irmãs, aos meus pais, a toda a minha família e meus amigos, pela força, pela crença de que um dia eu poderia publicar por uma grande editora e por acreditarem em mim quando eu tinha medo. Agradeço em especial à minha irmã Bruna, por me ajudar com cada detalhe médico e por todo o resto.

Às minhas avós, pelos conselhos e pelo carinho. E por me dizerem para não desistir do que eu sentia, mesmo quando tudo parecia conspirar contra.

A Deus, por tudo o que vivi e que ainda nem sonho em viver.

Agradeço também aos meus preciosos filhos, Athos e Arthur, por terem paciência toda vez que um livro resolve escapar de mim. Por entenderem quando eu ando pela casa "conversando" com personagens e por me permitirem falar sem parar sobre eles. Se cheguei até aqui, em primeiro lugar, foi por vocês. Tudo por vocês. Amo vocês demais.

Eu não poderia deixar de agradecer aos personagens. Obrigada pela viagem. Foi um prazer e mal posso esperar pela próxima.

E, finalmente, ao amor da minha vida... Eu não sabia o que escrever nem se deveria, mas são seis anos e não seis dias. É amor verdadeiro e não paixão efêmera.

Você ficou ao meu lado o tempo todo em que batalhei para realizar este sonho e todos os outros, então não poderia faltar nos agradecimentos.

Álvaro, por tudo o que vivemos (e ainda viveremos), muito obrigada.

Eu perdi aquela batida, e sem você meu coração viveria eternamente descompassado.

Nunca deixarei de acreditar em nós.

Impresso no Brasil pelo Sistema Cameron da Divisão Gráfica da
DISTRIBUIDORA RECORD DE SERVIÇOS DE IMPRENSA S.A.